大唐侧写师

公 里⊙著

青岛出版集团 | 青岛出版社

图书在版编目（CIP）数据

大唐侧写师 / 公里著. -- 青岛：青岛出版社，
2025. -- ISBN 978-7-5736-2415-4
　Ⅰ. I247.5
中国国家版本馆 CIP 数据核字第 2024P8X312 号

DATANG CEXIE SHI

书　　名	大唐侧写师
著　　者	公　里
出版发行	青岛出版社（青岛市崂山区海尔路 182 号，266061）
本社网址	http://www.qdpub.com
邮购电话	0532-68068091
策　　划	刘　坤
责任编辑	刘芳明
封面插图	宿　清
内文排版	戊戌同文
印　　刷	青岛双星华信印刷有限公司
出版日期	2025 年 1 月第 1 版　2025 年 1 月第 1 次印刷
开　　本	16 开
印　　张	28.25
字　　数	500 千
书　　号	ISBN 978-7-5736-2415-4
定　　价	68.00 元

编校印装质量、盗版监督服务电话　4006532017　0532-68068050

目录

第一章　蹊跷的哭声（上）／ 001

第二章　蹊跷的哭声（下）／ 008

第三章　陷　阱（上）／ 014

第四章　陷　阱（下）／ 021

第五章　夜探殓房（上）／ 026

第六章　夜探殓房（下）／ 033

第七章　翠玉楼里的谜团（上）／ 038

第八章　翠玉楼里的谜团（下）／ 045

第九章　南诏杀人香（上）／ 050

第十章　南诏杀人香（下）／ 057

第十一章　肚　仙（上）／ 062

第十二章　肚　仙（下）／ 068

第十三章　山水画卷定嫌犯（上）／ 074

第十四章　山水画卷定嫌犯（下）／ 080

第十五章　墨色人偶（上）／ 086

第十六章　墨色人偶（下）／ 091

第十七章　鱼　符（上）／ *097*

第十八章　鱼　符（下）／ *104*

第十九章　被绑架的老鸨（上）／ *111*

第二十章　被绑架的老鸨（下）／ *116*

第二十一章　诡异的黑色驴车（上）／ *122*

第二十二章　诡异的黑色驴车（下）／ *130*

第二十三章　毒山恶斗（上）／ *136*

第二十四章　毒山恶斗（下）／ *144*

第二十五章　离魂症（上）／ *151*

第二十六章　离魂症（下）／ *157*

第二十七章　狐仙闹扬州（上）／ *165*

第二十八章　狐仙闹扬州（下）／ *172*

第二十九章　妖之屋（上）／ *178*

第三十章　妖之屋（下）／ *183*

第三十一章　波斯老妪（上）／ *191*

第三十二章　波斯老妪（下）／ *198*

第三十三章　梅花古堡的埋伏（上）／ *205*

第三十四章　梅花古堡的埋伏（下）／ *210*

第三十五章　变　身（上）／ *217*

第三十六章　变　身（下）／ *222*

第三十七章 奇怪的脚印（上）/ 229

第三十八章 奇怪的脚印（下）/ 234

第三十九章 假画乱真（上）/ 240

第四十章 假画乱真（下）/ 246

第四十一章 墨色人偶再现（上）/ 253

第四十二章 墨色人偶再现（下）/ 260

第四十三章 鬼市赌坊（上）/ 265

第四十四章 鬼市赌坊（下）/ 271

第四十五章 李白诗里的奥秘（上）/ 277

第四十六章 李白诗里的奥秘（下）/ 283

第四十七章 昆仑奴的私牢（上）/ 288

第四十八章 昆仑奴的私牢（下）/ 294

第四十九章 飞鸽传书（上）/ 299

第五十章 飞鸽传书（下）/ 305

第五十一章 越 狱（上）/ 310

第五十二章 越 狱（下）/ 317

第五十三章 焚 画（上）/ 323

第五十四章 焚 画（下）/ 331

第五十五章 落风帮（上）／ 336
第五十六章 落风帮（下）／ 345
第五十七章 萨满巫师神灵附体（上）／ 350
第五十八章 萨满巫师神灵附体（下）／ 357
第五十九章 杀人者盛子晏（上）／ 362
第六十章 杀人者盛子晏（下）／ 369
第六十一章 布灰辨凶（上）／ 375
第六十二章 布灰辨凶（下）／ 380
第六十三章 悲田院（上）／ 386
第六十四章 悲田院（下）／ 394
第六十五章 杀机毕现（上）／ 398
第六十六章 杀机毕现（下）／ 405
第六十七章 李代桃僵（上）／ 409
第六十八章 李代桃僵（下）／ 416
第六十九章 人偶社传奇（上）／ 421
第七十章 人偶社传奇（下）／ 427
第七十一章 请君入瓮（上）／ 432
第七十二章 请君入瓮（下）／ 439

第一章
蹊跷的哭声

七月廿六,宜嫁娶、动土、订盟。大吉。

一声狼嚎,乱云飞渡。

这匹从不曾露面的老狼,被尊为润州城外焦山的山神,只要它凄厉的嚎叫声传来,不一会儿,焦山上人迹罕至的密林里蒸腾的水汽便会笼罩润州城。街市上,早有经验的胡商们急忙收起售卖的各色神奇物件,跑到长江之畔的万岁楼避雨。

这万岁楼矗立之处,江平天阔,气象万千。当朝大诗人王昌龄专门为万岁楼赋诗:"江上巍巍万岁楼,不知经历几千秋。年年喜见山长在,日日悲看水独流。猿狖何曾离暮岭,鸬鹚空自泛寒洲。谁堪登望云烟里,向晚茫茫发旅愁。"更值得一提的是,万岁楼的大厨也是名噪一时,据说是曾为唐太宗制作御膳的长安尉迟家族后人,为躲避安史之乱,才隐姓埋名来到润州。正值午时,万岁楼人声鼎沸,游人和避雨的市民、商贾交织。用膳的二层却是安静得很,几个包间里,都是富商在私密聚餐。当地官员虽有权力,却顾及影响,不敢明目张胆地在此宴客。

迎客的小二倚在二楼楼梯口,正百无聊赖,忽然听到脚步声。两位客人不疾不徐地走上楼来，前面一位四十多岁，文士打扮，一副放荡不羁的名士风范，举止中有一股凌人的傲气，不怒自威；另一位二十出头的年轻人，有着渤海国人的明显特征：白皮肤，高颧骨，大眼睛，后脑勺如刀削般笔直。虽然也是文士打扮，却完全是一副大大咧咧的江湖人做派。

小二连忙迎上去，把二人让进剩下的唯一包间，殷勤地倒茶，态度谦卑地问着："两位吃点儿什么？"

中年文士深吸一口气，眼神里满是期待："烧尾宴。"

这一句云淡风轻的回答，竟吓得小二连手里的茶壶都没拿稳，洒出了几滴！"烧尾宴"可是顶级盛宴，哪怕是区区几道菜也价值不菲，就算是润州城里的富商，也得掂量掂量，因此，这万岁楼的"烧尾宴"，一年也就能点上个一两次。再看看这二人的穿着，虽说是文士服饰不假，可那衣服质地可够普通的，看成色无非是市面上常见的麻布而已，火浣布、云锦不说，就连蜀锦都谈不上，这身打扮，吃得起两锭金子起步的"烧尾宴"？别是骗子吧？

小二有点儿含糊，于是试探二人："两位，'烧尾宴'百十道菜，至少也是四道菜，两锭金开席，得先付账。"

中年文士示意年轻人掏钱，年轻人摸索着身上，突然脸色大变："包袱您没背着？"

中年文士气乐了："我背着？有老师背包袱的道理？"

年轻人回忆着："出客栈的时候，肯定在肩上呢。哎哟！准是刚才看影戏的时候，落座上了。"

说着，年轻人就要往外跑。

小二阴阳怪气地接话："您这是要找包袱去？人家皮影摊早收了，去也得下午再去了。"

年轻人一寻思："也是。"一边寻思，一边停下脚步。

小二可就下了逐客令了："二位，一会儿肯定还有贵客上来。包间就剩这一间。要不，明儿再来吃这'烧尾宴'吧！"

小二特地把"烧尾宴"三个字说得一字一顿,满含讥讽。

"不行!"中年文士急赤白脸地说道。

小二糊涂了:"不行?为啥不行?没钱还不走?"

中年文士涨红着脸,急得说不出话来。为了这顿梦寐以求的"烧尾宴",中年文士可是搞足了仪式感,早算好了这天是大吉大利的黄道吉日,天还没亮就从客栈起来,焚香沐浴更衣不说,连早饭都忍住没吃,一身清爽地来到这万岁楼,气氛烘托到这份儿上了,要是不吃上这"烧尾宴"的几道菜,非憋疯不可。可这些丢面子的话,哪好意思说出口?中年文士气哼哼地看着丢了包袱的徒弟,恨不得将其生吞活剥!

那小二可不知道中年文士的想法,反正认准了这俩是骗子,一个劲儿地催两人走。年轻人被催烦了,横眉立目起来,正要发作,中年文士朝年轻人一皱眉,年轻人立马又戾了。小二见状,更是得理不饶人,声音越来越大,惹得隔壁包间的几位富商也过来瞧热闹。

小二不依不饶地喊道:"大家评评理,没钱愣要骗吃'烧尾宴'不说,这还孥着膀子要打人!现在这骗子,胆儿可真肥!"

年轻人暴怒不已,太阳穴上的青筋一鼓一鼓的,却碍着中年文士在旁边,不敢动粗回嘴。

中年文士听着小二一口一个"骗子",终于忍不住了,朝小二大声喝道:"拿画纸笔墨来!"

小二愣了,追问了一句,等听明白中年文士要画纸笔墨,稀里糊涂直挠头,不解其意。旁边瞧热闹的一位富商看出些苗头,连忙说酒楼没有上好画纸,自己酷爱字画,恰好刚在贤客斋买了一些,于是吩咐随从去包间取来,并请小二把账房处的笔墨拿了上来。

中年文士看了看画纸,竟然是宣州的上等货色,不禁一喜,可瞅了眼取自账房处的劣质笔墨,不由得又皱了皱眉。可事已至此,多说无益,中年文士挽起袖子,在纸上挥洒起来。也怪,挥毫之间,中年文士竟仿佛变了个人,逼人的气势让几名看客不得不屏住呼吸,不敢作声。

半盏茶的工夫，中年文士长舒了口气，将毛笔掷于桌上，看向几位富商："耕牛图，二金！"

几位富商围拢过来，看向画纸，只见一头耕牛栩栩如生。

突然，提供画纸的富商反应过来，激动得双颊泛红，额头冒汗，转身吩咐着随从，声音颤抖："快！快！取、取二十金！"

片刻，随从一溜小跑捧回个沉甸甸的包袱，富商一把夺过来，双手捧给中年文士，声音犹自颤抖着："等、等您闲暇时，给落、落个款，可否？"

中年文士不动声色地点点头，从包裹中只取两锭金交给小二，其余的金锭坚决不要。那富商欣喜若狂，小心翼翼地捧起画卷，离开了包间。其他富商蜂拥相随，留下了中年文士、年轻人，还有看傻了的小二。等中年文士看向小二，小二这才醒过味来，待问清楚他要的是光明虾炙、金银夹花平截、同心生结脯以及白龙臛四道菜后，便急急忙忙去通知后厨了。

走廊里，另几位富商还一头雾水，低声询问买画的富商详情。买画的富商总算心情稍稍平复，向众人说道："你们真是有眼无珠。这、这、这可是韩滉韩大人的画作啊！"

"啊？"走廊里一片惊呼。

这中年文士正是即将上任的润州刺史、大唐数一数二的大画家韩滉，那渤海国年轻人是韩滉百般嫌弃、推脱不开的弟子景大天。

韩滉对这"烧尾宴"，可是期待太久了。"烧尾宴"曾经在长安风行一时，当初流行的时候，可不是有钱就能吃得上的，只有学人出仕或官员升迁的时候才能举办。这"烧尾"一词有各种说法，流传最广的说法是，传说鲤鱼跃龙门之后，被天火烧掉鱼尾才能变成真龙，于是大家用"烧尾"做隐喻，图个日后能飞黄腾达的好彩头。不过，因为这"烧尾宴"过于奢靡，玄宗时经济窘迫、民生艰难，玄宗便听取大臣建议，明令禁止官员举办"烧尾宴"，以倡导节俭之风。紧接着的"安史之乱",又搅动得大半个国家山河动荡,活着都不易,何谈饕餮盛宴!如今,"安史之乱"已经过去几年,虽说盛唐气象早已不再,但是和战乱年代相比,毕竟经济复苏,凋敝百业趋好,因此,这"烧尾宴"又开始小范围流行起来,只不过因为针对官员的禁食令仍在,"烧尾宴"也就变成有钱人的顶级享受了。

为了规避这道针对官员的禁食令,韩滉索性借口自己生病,需要去太医院调理,推迟了上任的时间,给自己留出了一个月的闲暇,准备以布衣身份,好吃好喝,大玩一番。毕竟,韩滉出身名门,父亲乃宰相韩休,对于见惯了高官显贵的韩滉来说,上任主政一方的一州刺史远不如挥笔作画、品味珍馐美酒来得痛快。

韩滉和景大天正百无聊赖地枯坐,小二从门缝中探进头来。韩滉以为上菜了,眼睛猛地一亮。

那小二一脸歉疚地给两人续茶:"劳烦二位,再稍等片刻。"

韩滉勉强装出一副沉稳劲儿,等小二退下后,长长叹了口气,抹了一把终于没忍住流到嘴角的哈喇子。

旁边的景大天很是不解:"老师,这'烧尾宴'有啥好吃的啊?犯得上又是贱卖画作,又是如此苦等吗?"

韩滉看了看景大天,皱着眉头没有说话,心里直念叨:不解风情,朽木不可雕也!不过,想是这么想,毕竟,这可是自己唯一的弟子,所以韩滉只是哼哼两声敷衍一下,终究没有发作。

景大天见韩滉只是哼哼不说话,还以为韩滉没听清楚呢,就又问了一遍。

韩滉不耐烦地摆摆手:"一会儿你跟着我吃就行了,说了你也不懂。"

景大天倒是实诚,看不出眉眼高低,一个劲儿地追问:"您倒是说说,我爹说了,在大唐,吃喝玩乐都是文化!"

一边说,景大天的肚子还一边"咕噜咕噜"地叫了起来。

韩滉看景大天饿成这样,心里一阵愧疚。为了品尝这顿"烧尾宴",自己忍忍不吃早饭也就罢了,可这景大天每天早上至少四碗乌精饭起步，让弟子也跟着饿到现在，不太合适。于是，韩滉勉为其难地发话："算了，就告诉你这'烧尾宴'的妙处！这'烧尾宴'算起来，有几十道美味佳肴，食材丰富，山珍海味无所不有，不但有大唐传统美食，更有从天竺、大食等地传入的外来食物，大唐的开放与万国来朝的盛世景象尽在其中。"

景大天兴致勃勃地问："有咱渤海国的吗？"

韩滉思索片刻："这倒是个好问题，晚上查查书。"

景大天继续发问："您点的光明虾炙、金银夹花平截、同心生结脯、白龙臛这四道菜，有啥讲究？"

韩滉抹抹嘴，一副垂涎欲滴的样子，说道："咱们两个人吃，就不能太铺张，四道菜恰到好处。可选哪四道菜，那就见功夫了，没有几个人能选对！在我看来，不但要色、香、味俱佳，更要能充分体现出大厨手艺，还要有寓意！就拿这光明虾炙来说吧，这可是韦巨源拜尚书左仆射时，向中宗进献的菜肴啊！一会儿你看看它的形状，宛如点燃的宫灯，寓意不言自明。"

说到这儿，韩滉已经说不下去了，努力平息着自己激动的心情，好一会儿，才继续说："另几道菜，为师就不给你一一细说了，免得你食指大动，更饿了。对了，知道为啥咱们非要到这润州来吃'烧尾宴'吗？"

景大天接道："因为这万岁楼掌勺的是太宗御厨后人？"

韩滉点点头："那是一方面，还有啊，这制作光明虾炙用的湖虾、金银夹花平截用的螃蟹、白龙臛用的鳜鱼都还好说，有可替代之物，唯有这同心生结脯用到的山猪肉，必须出自润州焦山的黑猪，其品质最为上乘，非其他各处的猪肉能比！"

韩滉越讲越开心，讲得师徒二人都忍不住直咽口水。突然，窗外传来了一阵女人的哭声，哭声不大，但因为距离很近，声音足够清晰。韩滉不禁皱起了眉头。眼前是长江的壮阔美景，即将到来的是顶级美食，为了这一天，自己做了这么多功课，结果来个女人号哭，真是大煞风景。韩滉真想发火，但又不好公然动怒：自己虽然还未上任，但毕竟得自重啊！

韩滉正在暗自咬牙搓火，那边景大天已经拍起了桌子，高声断喝："小二！"

小二跑了进来，看到面色不爽的景大天和韩滉，忙不迭地解释："两位，再有半个时辰，准好！今天实在是人太多，我们这儿……"

景大天一指外面："我是说外面！你们这么做生意，太不讲究了！怎么弄个女人哭哭啼啼的？"

韩滉接上了景大天的话茬："对呀，你们怎么回事？看把这女子吓得，这么害怕！"

小二闻言，叹口气，赔着笑回道："两位，你们可全误会了，第一呀，这哭哭啼啼的声音可不是我们万岁楼院子里的，是后身青衣巷传过来的。第二啊，这女子可不是害怕，早上没开张的时候，我们都去看热闹呢，唉，那场面，真是谁看了谁难过……"

景大天不耐烦地说："痛快点儿！因为啥？"

小二看景大天面目不善，赶紧直奔主题："这女子姓陈，她的丈夫杨松，昨夜亥时……上吊自杀了！"

"哦？不是害怕，是伤心？"韩滉皱起了眉头，奇怪地自言自语。

小二又是长吁短叹："可不是嘛！伤心。现在估计是见着吊丧的亲友了，又哭开了。唉，没办法，人家遇到这种事儿，我们也不能拦着不是？"

韩滉截住了小二的话头："菜什么时候能上？"

小二："半个时辰。"

韩滉点点头："我们俩先下去转转。"

小二点头哈腰地回道："好嘞，我给您二位催着。"

韩滉吓了一跳，连忙阻止："千万别催！不能急，火候得到！"

韩滉好生嘱咐小二一番，这才领着景大天走下楼去。

第二章
蹊跷的哭声

万岁楼后身的青衣巷，住户以商贾居多，户户都是雕花门楼。这些砖雕由东周瓦当、空心砖和汉代画像砖发展而来。砖的材质不像石头那样硬冷，因此工匠们将砖雕放在门楼上，供人欣赏，图案多是山水花鸟，也有不少人物故事。润州城以富庶著称，产生了一批做生意的富户，这些人兴建了许多深宅大院，也就诞生了一批富有特色的雕花门楼。

不过韩滉可无暇欣赏砖雕，也没心思为景大天解惑，径直来到陈氏哭灵的杨家大院。发生悲剧的这进院子的堂屋，停放着灵柩，年轻的陈氏扶着棺椁，由于太过悲伤，哭声已经由大哭变成了断续的抽泣。颇有几分姿色的脸薄施粉黛，妆容虽然没有哭花，但是悲悲切切的样子我见犹怜。杨家的一些亲朋好友，以及前来吊丧的左邻右舍三三两两地在院子里站着。东厢房里，死者杨松的父亲悲痛欲绝，旁边有丫鬟服侍。

韩滉看看西厢房，房门紧闭，扒着窗户看进去，依稀可见房梁上还吊着半截绳索，这里应该就是死者自杀的现场。韩滉刚想进去看看，斜刺里蹿出一个面色苍白的男人，拦住了韩滉的去路："不能进。"

景大天见这男人对老师无礼，就要上前。韩滉阻止了景大天，客客气气地冲着这男人解释："唉，相交有些时日，谁知……"

说着，韩滉朝摆着灵柩的堂屋看看，面色悲伤。旁边景大天一阵好笑，心说老师装得还挺像。

男人致谢，但依旧不让韩滉进去："这是姐姐的伤心地，而且里面就是姐夫的书房，除了几幅他自己的画作，没什么可凭吊之物，两位还是移步吧。"

韩滉还是不死心："就凭吊一下遗物，便无遗憾。"

男人长吁短叹："这屋子，要封一阵子了，太可怕了！"

说着，男人心有余悸，停顿半天之后说道："我永远忘不了，姐夫吊在梁上，那脸冲着门……"

韩滉见男人情绪不稳，也就不好坚持，待问明白才知，这男人是陈氏的妹夫公孙央，刚从泉州来润州做生意，借住姐姐家已有月余。于是，韩滉说了几句节哀之类的场面话，便拉着景大天站到角落里，打量院子里吊丧的人群，发现一个身材颀长、相貌俊朗的年轻男子，夹杂在一大群絮絮叨叨的邻居间，和这位聊两句，又扭头和那位说几声，面色丝毫不带悲伤，明显不在吊丧者之列。韩滉正盯着这年轻人，年轻人仿佛察觉到什么，猛地抬头，恰好与韩滉四目相对，各有深意。韩滉正在好奇，旁边的景大天附耳小声说："老师，菜该做好了吧？"

韩滉扭头看了一眼景大天："哎哟！差点忘了！"

说着，韩滉便跟着景大天往院外走，等再回头看时，那个年轻人已经消失不见。

子时已过，夜色笼罩着润州城。

青苔寺旁的渌水客栈格外寂静，一阵花样迭出的鼾声从客房传出，源头正是睡得四仰八叉的景大天。也难怪，晌午吃了"烧尾宴"，晚上又足足吃了大半只红羊枝杖，直撑得慌，睡得不香才怪。

突然，房门处传来了两下轻轻的敲击声，正在熟睡的景大天立刻警醒，起身、下床、拿枕边刀，动作一气呵成。他迅速来到门边，轻声问道："谁？"

门外传来了韩滉的声音："快开门。"

景大天很是惊讶，连忙开门，一团黑影蹿了进来，竟然是一身夜行人打扮的韩滉！景大天惊呆了。

韩滉看着景大天惊讶的样子，得意扬扬地说道："怎么样，够利落吧？"

景大天不想指出韩滉装束的业余之处，忍住嘲笑的冲动，只是纳闷："您这是要去哪儿？"

韩滉也不答话，自顾自地问："记得你跟我说过，你能飞檐走壁？"

景大天点点头："小事一桩。"

韩滉道："好！那遇到查宵禁的捕快，好对付吗？"

景大天轻蔑地一笑："太简单了，一刀一个！"

韩滉吓了一跳，怒言道："谁让你弄出人命了？伤了都不行！"

景大天糊涂了，不解其意。

韩滉挠挠脑袋："江湖上，是不是有种点穴之术？一点，就能让对方睡一会儿？"

景大天这才恍然大悟："这功夫啊？老师，不瞒您说，咱学的都是渤海国那边的招数，杀个把人、偷些东西、搞些迷药，都易如反掌……"

景大天说得正高兴，忽然醒过味儿来，连忙冲着韩滉解释："老师，我可都是把这些功夫用在正道上，没干过坏事儿！"

韩滉摆摆手："行啦行啦，你要干坏事，你爹也饶不了你。"

景大天这才放下心来，继续说："点穴之术也许有，可这是西域的功夫，还没有老师教过我。不过，我懂老师的意思，咱把人打晕没问题！"

说着，景大天还秀了秀胳膊上的肌肉。

韩滉点点头，心里琢磨徒弟这次领会自己的意图倒挺快，不像以前学画时那般愚钝，于是态度也好了很多："这就对了，现在，带着我慢一点，飞。"

景大天大惑不解："飞？飞哪儿去呀？"

韩滉又嫌景大天笨了："这还用问？杨家大院啊！还能去哪儿？"

景大天连忙答应，换好了衣服，拎着韩滉二话不说从窗户就上了房。夜色中，两个穿着紧身衣的黑影，沿着接续不断的屋脊，朝杨家大院掠去。韩滉初次"飞檐走壁"，磕磕绊绊跟跟跄跄，好在景大天力大无比，顺手提溜着韩滉，脚尖轻点，腾云驾雾一般，韩滉飞得气喘吁吁，夹杂着一点儿心旷神怡。

途中，偶然有巡逻的捕快，不过此时没有月亮，夜色帮助韩滉和景大天遮掩踪迹，再加上景大天速度奇快，当捕快们反应过来时，两个黑影已经迅速消失在夜色之中。有的捕快以为是自己的幻觉，还有的捕快以为是大鸟飞过，毕竟当时润州城外的金山、焦山林深坑密，不时有鹰隼掠过润州城，倒也不足为奇。

不一会儿，韩滉和景大天便"飞"到了杨家大院的屋顶。

韩滉和景大天伏低身子观察，只见院子里静谧无声。因为杨松是自缢而亡，杨家人不想徒增悲伤，再加上适逢吉日，当天下午杨松便被迅速安葬在家族墓地，堂屋里只是供奉着牌位，守灵的陈氏和公孙央，以及另外两个亲戚，已经是委顿不堪，在椅子上沉沉睡去。韩滉正要往西厢房屋顶挪，突然发现西厢房屋顶上竟然也伏着一个人！韩滉和景大天慢慢接近，发现竟然是中午遇到的那个面容俊朗的年轻人。年轻人也发现了韩滉和景大天，机警凝视，明亮的眸子闪着清冷光芒。

韩滉轻轻爬到年轻人身边："深夜出行，违反大唐宵禁，意欲何为？"

年轻人面无表情："和你一样。"

韩滉满是好奇："和我一样？说说看，所为何来？"

年轻人的面色依旧沉静如水:"陈氏虽在哭丧,但在回答亲朋好友问题时,眉毛却是时时上扬,这明明是心头暗喜的表现;她每哭一会儿,歇息时又眉头舒展,仿若卸下千钧重担,没有丝毫痛失夫君之感。"

"说得好!"韩滉不自觉地轻声脱口而出,投向年轻人的目光里满是赞赏。旁边的景大天看见,一撇嘴,心说跟着老师快一年了,从没见过他朝自己露出这般赏识的神情,于是看向年轻人的眼神就有了几分不服气。

年轻人一副宠辱不惊的样子,反问韩滉:"那你呢?又是如何看出端倪的?"

韩滉微微一笑:"失去了丈夫,哭声中却只有恐惧,没有伤心,难道不是一件怪事?"

年轻人恍然大悟:"殊途同归。"

韩滉朝年轻人会心一笑,年轻人却只是漠然点头,搞得韩滉挺尴尬。不过韩滉是爱才之人,忽略了年轻人的些微无礼,询问道:"请问尊姓大名?"

年轻人冷若冰霜地回道:"进奏官盛子晏。"

韩滉很是奇怪:"进奏官?难道不应该在长安值守吗?"

盛子晏叹口气,摇摇头:"一言难尽。"

韩滉也不去追究:"也是,先让眼前事水落石出。"

说着,韩滉回头看了一眼景大天:"不走门,如何能进去?"

景大天也不答话,随手就掀开了几片屋瓦,给屋顶开了个"天窗",又解下缠绕在腰间的用长白山神仙草捻索子,小心翼翼地把韩滉绑好,轻轻顺着"天窗"把韩滉下放到西厢房内,等韩滉下到底,景大天轻声地说:"我帮着警戒,您点火折子吧。"

看到韩滉顺利下去,盛子晏拍拍景大天的胳膊:"我怎么下去?"

景大天瞥了一眼盛子晏,没好气地说:"你在这儿忍忍吧。"

盛子晏没办法,只好和景大天一起低头看着西厢房里的韩滉。

此刻，火折子已经点起，韩滉一下子就看到房梁上垂着的一段绳索，断茬齐整，显然是家人发现死者上吊后，用刀砍断的。另半截绳索已无踪迹，剩下这半截兀自挂在房梁上，煞是瘆人。韩滉又看了看四周，发现这死者果然如陈氏妹夫所说，喜欢画画。桌子上铺着一幅未完成的山水画，在韩滉这样的大家眼里，自然是笔法稚嫩，但是在普通人中也算是有模有样了。在这幅山水画的下半部分，一丛水草有被画者衣袖拖曳的痕迹。画的左上方桌案上，摆着笔墨砚台，都是江南名家所制，还有几张随手画出的人像习作叠成一叠。

韩滉善画人物，于是饶有兴致地翻看着死者的人物习作，突然盯着一张脸朝向右侧的人物画像，面色严峻，随即仔细观察山水画，终于发现右下角有几个不清晰的指印。韩滉仔细观察了一番指印，又瞄了一眼山水画左上方的砚台和笔架，取了一个木凳，快步来到房梁处，站在木凳上仔细观察系在房梁上那半截绳索的索扣，表情凝重。

这时，院子里传来窸窸窣窣的声音，韩滉赶紧吹灭火折子，藏在桌子底下；屋顶上的景大天和盛子晏也是严阵以待。只见睡得迷迷糊糊的公孙央来到西厢房门口，检查了一下门上的锁，又隔窗看看里面，然后才睡眼惺忪地回到堂屋，看了看沉睡的陈氏，脱下自己的衣服为陈氏披上，随后自己也打起了瞌睡。

四下归于平静。景大天拖拖索子，韩滉会意，蹑手蹑脚来到"天窗"下。景大天几下就把韩滉拖上了屋顶，随手将屋瓦码好。

景大天急切打听着："发现情况了？"

韩滉没顾上看景大天，冲着盛子晏面带微笑地说："如果不介意的话，请回客栈一叙。"

景大天颇没面子，嘟囔着："还回客栈聊，不睡觉啊？"

韩滉说道："睡不睡觉都是小事儿了，能破上一宗杀人案，就是几天不睡，也是值得。"

景大天大惊："杀人案？那、那是谋杀亲夫吗？"

盛子晏倒是不意外，明亮的眼睛看着韩滉，若有所思。

第三章
陷　阱
上

　　景大天醒来，已是日上三竿。

　　他摸了摸脑袋，昏昏沉沉的，依稀记得昨夜里"飞"回来，实在困顿难耐，得到韩滉"睡个好觉"的指令，就放空一切，尽情享受了。这就是景大天的一项大能耐，他的生物钟好像可以随时调节，需要警醒的时候，他可以睡得很浅；能够放松的时候，就算天崩地裂也绝不起床。想来，这也和他从小在白山黑水间狩猎大有关联。

　　景大天愉快地伸了个懒腰，起床下地，突然吓了一跳，只见地上竟然躺着老师韩滉！景大天吓得快哭了，急忙凑到韩滉面前，伸手探他的鼻息。韩滉本来睡得好好的，突然鼻子被挡住大半个出气儿的通道，憋得实在难受，一边张开嘴大口喘气儿，一边睁眼，一看又是这个稀里糊涂的徒弟，相当无奈。

　　知道自己扰了老师的清梦，景大天很不好意思，涨红了脸说道："老师，我还以为你死了，一着急……"

　　韩滉看景大天真情流露，心头挺暖："昨晚上想跟你挤一宿，一看你这睡得四仰八叉的，呼噜又打得美，人都横过来了，占了整张大床，为师姑且就在地上忍忍。"

景大天看看韩滉铺在地上的麻制靠垫，心说这客栈还真是贵得有道理，房间里配着大户人家才得见的靠背椅，这靠垫可就起了大作用。虽说如此，景大天还是过意不去："您咋不睡自己的屋子呢？"

韩滉一笑："让给进奏官啦。"

提起进奏官，景大天突然想起来，一拍大腿："昨儿太困了。老师，那上吊的咋回事儿？确定了不是自杀？"

韩滉一撇嘴："当然不是，从一开始就断得八九不离十啊！再加上昨晚夜探西厢房……"

景大天来了兴致："确认了？"

韩滉点点头，一边起身，揉揉腰。

景大天追问："都看出啥来了？"

韩滉道："好多呢，就说那人物肖像画吧，都是脸朝右，再对上房梁上的索扣。"

景大天等了会儿，见韩滉没话了，好奇地问："然后呢？"

韩滉很是诧异："还要啥然后？这答案就差给你写下来了！"

这就是韩滉的脾气，也许是他太过聪明的缘故，对那些不太聪明的人，就少了很多耐心。景大天跟了韩滉一年，早已经习惯了，也就小心翼翼地，不敢继续打听案情，可又控制不住自己的好奇心，于是又追问起盛子晏的去向。

一提起聪明人盛子晏，韩滉的脸上立刻浮现出微笑："那小伙子啊，主动出击了，只要再验证一件事儿，基本上就可以锁定真凶了！"

润州城最繁华的集市上，"流芳丝绸"永远是人流量最多的一家店铺。这家丝绸店的丝绸以颜色艳丽、花纹精美著称，并且花色繁多，有不少异域风情的图案与样式，吸引着润州城最时尚的少女少妇们。公孙央也夹杂在挑选丝绸的人群中，他看上了一件粉色蓝带的大袖衫，左右摆弄着，想象着陈氏穿在身上的美丽模样，继而又想象着自己亲手为陈氏褪去衣衫的旖旎风光,那浑然忘我的样子,惹得柜台里的小姑娘掩嘴直笑。

突然,旁边有人伸手轻拍公孙央的肩膀,公孙央扭头,发现正是在吊丧现场见过的那位年轻人,当然他并不知道这位年轻人就是进奏官盛子晏。

盛子晏笑问道:"选好这件了?"

公孙央忙不迭地把手中这件颜色鲜艳的大袖衫甩回柜台,毕竟姐夫昨天刚刚下葬,无论如何要有些悲伤的样子,于是赶紧遮掩道:"来这里做生意,总得见识见识,唉,可惜没心情。"

盛子晏叹着气:"是啊,杨松正当壮年,妻子又……"

公孙央点点头,接话道:"我来这儿的时日不长,但是姐姐、姐夫对我关照有加。"

说着,公孙央露出一副悲伤的神情,以袖拭泪。

盛子晏接着探询:"对了,听说是丫鬟小倩发现的尸体?"

公孙央警觉道:"你问这干吗?"

盛子晏赶紧缓和语气:"好奇而已。听一些邻居们说起过。"

公孙央狐疑地盯了盛子晏片刻,点点头:"是啊,每天姐夫都要作画,来了兴致的时候,更是废寝忘食。小倩就会在晚上给他熬一碗秋葵杏仁露。唉,那天我已经歇息了,突然听见一声惊叫,出门一看,小倩就、就站在西厢房门口,盛杏仁露的瓷碗碎落在地!西厢房里黑漆漆的,现在想来,姐夫是去意已决啊!生怕旁人发现他寻死,为防止被救,摸着黑走的啊!"

公孙央说的时候一直哽咽,至此,已是泣不成声。

盛子晏也陪着露出难过的样子:"杨松……脸冲着大门?"

公孙央坚决地说:"当然了!小倩吓傻了,动弹不得,我跑过去,姐夫的脸太可怕了,舌头伸得老长,就在那晃……"

盛子晏突然疑惑地说道:"可里面灯都灭了。"

公孙央不满盛子晏的一再插话,有些不耐烦:"小倩把门推开了,月光下，依稀看到的……你问这些到底要干吗？"

盛子晏连忙解释："没什么没什么。"

说着，盛子晏压低声音："没有不敬的意思，在下专写市井传奇，搜罗些素材。"

公孙央愤愤不平："原来是拿人家丧事做文章！"

"别急，别急，恕我考虑不周。"盛子晏连忙安慰公孙央，然后露出心有余悸的样子，感叹道，"唉，如果这一幕我也亲眼见到，该是多么恐怖！"

公孙央瞪了盛子晏一眼，不说话，扭头离开了。盛子晏看着远去的公孙央走在明媚阳光下的人群里，想着这个认准了的凶手，才刚亲手扼杀了一条人命，登时不寒而栗。

渌水客栈的上房里，听了盛子晏的讲述，韩滉的眼神锐利起来："他果真说了，在月色之下，看到漆黑屋子里杨松上吊的情景？"

盛子晏一副确凿无疑的语气："这还信不过我？要的就是这句话，能不听仔细了？"

旁边的景大天听了，吓了一跳，心想：自己要是用这种语气和老师说话，早就被训斥了。再一看韩滉，却是和颜悦色："嗯，聪明人，果然不用多废话。"

景大天插话道："就是这公孙央干的？"

盛子晏礼节性地朝景大天微微点点头，接着对韩滉说道："下午，我去走访城里的药店，看看公孙央或者陈氏是不是在药店买过砒霜，把事坐实。"

景大天又忍不住插话："毒死的？"

韩滉皱眉看看景大天："那死者身强力壮，除非用毒药，否则，要是有一番激烈搏斗的话，闹出来的动静肯定不小，不可能没有邻居听到……你有啥看法？"

景大天不服气地说："去药店找砒霜的线索，我看白费劲。"

第三章 陷阱（上） | 017

韩滉和盛子晏带着不信任的语气，异口同声地问："为什么？"

景大天见两个人都看向自己，而自己就要说出擅长领域的事儿，大为开心："老师，咱来这润州三四天，白天逛集市不说，晚上，我可是偷摸出去过一两回，专门去看了看那不亚于长安城鬼市的润州城鬼市。"

韩滉恍然大悟："哦，你小子！难怪白天哈欠连天。"

景大天得意地说："是您说的，读万卷书，行万里路，就得多长见识。欲穷千里目，更上一层楼……"

韩滉催促着："驴唇不对马嘴！赶紧说正经的。"

景大天见韩滉不快，吐吐舌头，赶紧转回正题："这润州的鬼市，那可着实不一般！活胎都敢卖！不说其他的，就说那来自波斯、大食、扶桑的各种毒草毒药，比砒霜毒性强上不下三五倍的，我就见过六种！老师，您想想，要是这公孙央和陈氏真想害人，怎么会公然到药铺去买？"

韩滉、盛子晏都觉得这番话在理，不禁陷入沉默。

良久，盛子晏开了口："那就只有开棺验尸了。"

韩滉毫不犹豫地拒绝了："不妥。"

"有什么不妥？"盛子晏奇怪地看着韩滉。

韩滉耐心地解释着："先不说开棺这事儿杨松的家属能不能同意；即使同意了，可就要惊动官府，若要通报官府，咱们就都得出面。你们倒没啥，可我一出面，唉……"

韩滉说不下去了，心说自己要是一出面，这装病推迟上任的事，可就露馅儿了，游山玩水的好日子就得提前结束。除非用尽各种办法都不能昭示正义，否则，还是尽量留着这大吃大喝的机会吧！

盛子晏知道韩滉有难言之隐，倒也没有追问，屋子里又是一片沉寂。

突然，韩滉灵机一动："要不，咱们试试请君入瓮？"

盛子晏、景大天不明所以。

韩滉胸有成竹地看着盛子晏："你是本地人，能不能帮着去找一套录事的衣服？"

盛子晏痛快答应。韩滉严肃地嘱咐着："必须是可以以假乱真，但又不能是真的才行，按我大唐律例，假冒衙门官员可是重罪！"

韩滉是在杨家门口的拐弯处，等到陈氏的。

其时，陈氏挎个菜篮，正准备去买菜，听邻居说今日肉铺的羊肉比往常的新鲜，陈氏想着下厨做一道苜蓿羊肉，犒劳一下这段日子很是辛苦的公孙央。她刚一出门，就见到韩滉正上下打量着自家院落，还不时地轻轻敲打一下墙体，仿佛在考察结实与否，于是忍不住发问："这位先生是……"

韩滉微笑着问道："这间宅子，可想出卖？"

陈氏摇摇头，快步朝前走去。韩滉的声音从后面传来："一百贯，可否？"

听到这价钱，陈氏不由得停住了脚步。要知道，这可不是一个小数字，就算在寸土寸金的帝都长安，这一百贯也足够在偏远郊区买处小房子了，更何况，"安史之乱"刚过几年，市面上并不景气，能拿出一百贯买房的人，绝不会很多。就在迟疑间，韩滉慢慢走到近前："夫人好好考虑考虑，这价格可不常有。"

陈氏犹犹豫豫地说："可我不急于售卖，先夫刚刚下葬，实在没有这个心情。"

韩滉叹口气："理解。不过，也不能错过时机呀！杨君是自缢身亡，这院子，算不算凶宅？"

陈氏闻言，眉头一皱。

韩滉趁热打铁，把盛子晏打探到的情况娓娓道来："据我所知，杨君对你宠爱有加，这房子的房契写的还是你的名字。可是，毕竟他父母尚在，这房子归谁所有，难免会产生纠纷。做我这一行的，这种事可是司空见惯了，平时和和气气，一旦涉及财产，可就是鸡飞狗跳，不得安宁！"

一番话说到了陈氏心里。陈氏上下打量着韩滉："你是做牙行的？"

韩滉点点头："这位买家从长安来，就想在这里安一房从长安带来的小妾，而且，难得地只在乎地段，不在乎是否为凶宅，出钱也大方，并无赊买，我劝你还是好好考虑考虑。"

陈氏点点头："一百贯……能不能再多些？"

韩滉微笑着说道："可以商量。"

见陈氏仍有些迟疑，韩滉一拍胸脯："这样，衙门里有相识的录事，我们去请那位录事作证，签署一份意向书，我拿给买家，让他先付定金，也暂时断了他再寻其他家牙行的念头。哪怕夫人到时候不想卖了，退了定金就行。"

陈氏终于点点头，随着韩滉朝着衙门方向走去。韩滉大功告成，很是得意，心想：就等着看那盛子晏的了。

第四章
陷　阱

　　润州城西，有座松寥山，山不高，但极神秘，李白曾登焦山寻仙，却眺望到了宛若灵霄仙境的松寥山，大为震撼，发出"安得五彩虹，驾天作长桥。仙人如爱我，举手来相招"的感叹。不过在润州百姓看来，这个"仙"字，更多的是和狐仙有关，不止一个人说曾在松寥山见过狐仙于月圆之夜修炼内丹，向着月亮站立吐纳，吸取精华。

　　如今这松寥山，西边山林内藏鬼市，虽然通道崎岖，可一到了夜里却是人影幢幢，据说把狐仙都赶到了东边的山林里。除了有狐仙，东边这一侧坑深林密，因此人迹罕至，连采药人与猎户也少有涉足。盛子晏便守在松寥山东坡山脚下的一处浓荫里，等着公孙央的出现。

　　当初陈氏哭灵，盛子晏前往走访时就发现公孙央的表情大有文章。而对于表情的分析，盛子晏自有一套绝招。盛子晏自小父母亡故，曾短暂寄宿在悲田院，随后和养父霍新一起生活。这种寄人篱下的生活经历，让盛子晏自小就学会了察言观色。长大后，盛子晏成为一名进奏官。除了遍读传奇笔记之外，善动脑子的他更是在走街探巷、明察暗访的过程中，自创出一套表情分析方法。他可以从眼睛的闪动、眉毛的张扬、鼻子的张缩、嘴唇的闭合，乃至肌肉的牵动、四肢的挪移等身体语言中窥探出行为之人的特定情绪，且屡试不爽。而这公孙央，正是因为在回答盛子晏关于杨松自缢的话题时，没来由地鼻尖冒汗，才让盛子晏开始生疑……

公孙央是泉州人氏，盛子晏在晋人猎奇笔记中曾读到过一个奇特的闽地旧俗：当地人对吊死鬼上吊用过的绳子十分忌讳，认为这吊绳极不吉利，谁碰上它，谁就会成为下一个倒霉鬼，因此，要抓紧处理吊绳，并且要悄悄地来到荒郊野外，焚香烧纸，挖坑深埋。杨松从"自缢"到下葬，时间很短，公孙央此前一直没有时间处理这吊绳，而松寥山出城便到，对于人生地不熟的外来人公孙央来说，这里是最好的埋吊绳的地点。

果然，城外官道上，公孙央急匆匆地沿小径上了山。约莫一盏茶的工夫，公孙央满身灰尘地下了山，守株待兔的盛子晏立刻迎了上去。

公孙央见到又是屡屡纠缠自己的盛子晏，又惊又怒道："你到底是谁？"

盛子晏面无表情："别担心，我只是润州衙门小小的不良人。"

公孙央瞪着盛子晏："我又没犯法，总跟着我做什么？"

盛子晏依旧心平气和，一脸无奈的模样："杨松上吊，有邻居报了官，说此事蹊跷，上头命令我们几人分头跟踪，一看究竟。"

公孙央强自镇定，一副讥讽的语气："看出什么究竟了吗？"

盛子晏摇摇头："你这里是毫无可疑之处。明明就是个自杀，但偏偏有人给我们制造不必要的麻烦。没办法，先生跟我去衙门走一趟，当面说清就好。"

公孙央没办法，只好跟着盛子晏一前一后进了城。快到衙门口的时候，公孙央突然愣住了，只见衙门前街对面的茶社里，陈氏正和韩滉还有一身录事装束的景大天坐在一起，桌子上摆着讼状样的纸帛，陈氏一边听韩滉一本正经地陈词，一边把手伸向红泥盘，准备签字画押。

公孙央哪知道韩滉、景大天正演戏给自己看，那讼状其实就是陈氏房产的委托文书。盛子晏一把将惊恐万状的公孙央拉到坊口拐弯处墙角，厉声低喝："公孙央，你知罪吗？"

"什么？"公孙央大惊失色。

盛子晏声色俱厉："你和陈氏串通，毒死杨松，伪造自缢现场，现在，陈氏已经招供画押，说一切受你指使！"

"胡说！"公孙央愤怒地辩解，"明明是她起意，让我买了西域毒草，说是毒死杨松，我们俩远走高飞！"

盛子晏低声说道："两锭银！随后你去自首，其他事，我帮你解决，定然把这罪名落在陈氏头上！"

见公孙央不说话，盛子晏解释了一句："这两锭银不是给我一个人，用得上的兄弟几个都有份。"

其实公孙央倒不是犹豫，在唐代，捕快的地位十分低下，多数为"贱民"身份，家族中一人干捕快，三代禁科举，也因此，捕快才有了"不良人"之称。而且不良人没有固定的收入，因此索贿受贿反而成了惯例。公孙央是生气，想不到陈氏与自己一同起誓下毒，结果还是大难临头各自飞！

于是，公孙央咬牙切齿地冲进衙门自首，并举报陈氏引诱自己，下毒谋害亲夫……

在通向松寥山鬼市的蜿蜒通道上，眼看就要到最热闹的望海牌楼，顺着一条被杂草遮蔽、几乎难以注意到的小路左转，走上十几步，就是一个挂着三角翠绿酒旗的破落酒馆，掩在几棵腰身极粗的枯树间，好不吓人。子时已过，韩滉、盛子晏、景大天三人就坐在这酒馆门口，吃着手扒肉，准备一醉方休。

酒馆是前几日景大天夜探鬼市的时候发现的，关键是这里竟有渤海国的黑狗烧刀子！只不过竟然要价一百文！景大天只带了五六十文钱，满以为够花了，谁知竟然是这么离谱的价钱，于是把刀拔了出来……今夜又至,那老板吓得哆里哆嗦,哪知这凶神恶煞般的渤海国客人这次格外豪爽,直接甩下足足八百文,乐得掌柜将存酒毫无保留地拿了出来,其中就有让韩滉眼睛发直的女儿红。江南人家里最地道的女儿红,都是女儿一落生就酿好埋在地里,等女儿出嫁时才能挖出来供婚宴宾客品尝。别说寻常小饭铺,就算是大的酒楼里的女儿红,再贵,也都只是几年的货色,没有陈酿的幽香。可这鬼市里的酒肆,竟然有几十年的女儿红,看来,不知道是谁家的姑娘没嫁出去,使得这酒流落市井,让好酒的韩滉饱了口福。

趁着老师高兴,景大天把心里的不解一股脑儿倒了出来,比如为啥断定杨松不是自缢身亡,比如为啥公孙央和盛子晏说的一席话露出了马脚。

韩滉美美地喝了口女儿红,依旧不忘教育徒弟:"你可真得长脑子,虽说你跟我学的是作画,不是探案,可这眼力,也是画者必备的能力啊!"

景大天委屈地说:"可我从小就没摸过画笔啊!"

韩滉板起面孔:"忘了你爹说啥了?"

景大天赶紧诺诺连声,不再搭腔。旁边,一向不苟言笑的盛子晏,听着这一对师徒的对话,颇觉搞笑,难得地露出一丝笑意。

韩滉详详细细地给景大天讲解:"为师下到屋子里,桌子上铺着一幅未完成的山水画,还有几张随手画出的人像习作,这些人物画像中的人物脸都朝向右边,一般只有左撇子才会如此作画!我再继续寻找佐证,山水画的下半部分,一丛水草有被画者衣袖拖曳的痕迹,右下角还有几个不清晰的指印,笔墨砚台摆在桌案左上方,所有这些,都说明死者杨松是左撇子无疑。接着,我便再去房梁死者自尽处查看,想着既然死者是面朝房门自缢,那就应该是左手绳穿右手圈而下,这才是左撇子系绳索的习惯,可实际上绳索索扣截然相反……"

景大天恍然大悟:"明白了,是个右撇子系的绳扣,伪造了自缢现场!"

韩滉说了半天，早已经口干舌燥，连忙又喝了一碗女儿红，微晃着脑袋，细细品鉴。

盛子晏接着说道："那陈氏柔柔弱弱，断无力一个人处置杨松的尸身，因此公孙央就成了头号嫌疑人。停灵那天，我当面和他聊过，此人说到杨松自缢时，鼻尖冒汗，没有来由地紧张与烦躁，很是可疑。等他当面说出月光照着杨松自缢的尸身时，就已经承认自己的凶徒身份了。"

"为什么？"景大天不解发问。

盛子晏指指天上的明月："七月廿六，月亮要半夜之后才出来，杨松自缢在亥时，哪儿来的月亮？"

景大天张大了嘴，一时语塞。

韩滉喝干了这一坛女儿红，又尝起了景大天的烧刀子："这俩，杀个人都这般拙劣。"

盛子晏叹口气："唉，其中也是有隐情，这杨松虽说宠爱陈氏，可总怀疑陈氏红杏出墙，动辄对其打骂，那陈氏也是忍无可忍。这公孙央说是陈氏的妹夫，其实和陈氏从小青梅竹马，因为家贫，上门提亲时为陈氏的父亲所拒。这次公孙央来润州，本想和陈氏见上一面，然后回泉州娶妻生子，此生再不联系，哪知道见到了杨松打骂陈氏……两人终于搭到了一处。"

三个人唏嘘不已，举杯仰脖喝干。

"不管怎样，总不能伤了人命！"韩滉说道，随即意气风发，"轻松破了这起案子，还有些意犹未尽呢！"

盛子晏笑笑："要真是意犹未尽，我倒是知道另外一桩尚未破解的案子，其复杂程度与这桩伪装自缢案相比，简直是天壤之别！"

"说说？"韩滉和景大天异口同声，又来了兴致。

这时，忽然刮起一阵阴风，韩滉不禁打了个寒战。

第五章
夜探殓房
上

　　句容，去润州百里，有一大湖，名唤柳泽湖，湖边沼泽遍布，据传是上古一大泽不断萎缩而成。西汉丹渎王墓就位于此。这丹渎王墓和岭南的南越王墓并称为西汉两大王墓，南越王墓劈山而建，地势险恶，据说内藏有"文帝行玺"金印、错金铭文虎节、印花铜板模、平板玻璃铜牌饰等宝物；丹渎王墓则择水而栖，墓里除了金玉满满，更为诱人的是三幅山水帛画，有说出自丹渎王之手，也有说是不知名画师的手笔，虽技法平平，但这三幅山水画卷组合在一起，却是昭示着位于黄天荡的一处藏有汉王室宝藏的地点！也正因此，这两座王墓一直被盗墓者觊觎。

　　十二年前，一个盗墓团伙辗转发现了丹渎王墓，夜盗王墓时，火药爆炸，一名盗墓者江亦天被炸死，横尸沼泽，墓室内宝藏尽失，那三幅帛画也不知所踪。月余，一个叫贾寻的人因偷卖金器被抓，经过最具盛名的司珍院首席鉴宝大家司徒慧查验，金器乃丹渎王墓所出。这贾寻百般抵赖，咬定自己"无辜"，声称只是被几名盗墓贼雇佣望风，除了得到几件作为赏金的金器外，其他信息一概不知。因此，虽然贾寻有盗丹渎王墓的嫌疑，但句容主簿况海久审无功，只好将贾寻收监判刑了事。

几天前,这贾寻出狱,去其老友处取了十二年前寄存的包裹、银两等物,随后直奔妓院……

"哪家妓院?"韩滉打断了盛子晏的讲述,仔细地询问着。

盛子晏皱着眉头:"翠玉楼。"

"那倒是有些奇怪。"韩滉沉吟道。

景大天不解地插话:"坐了十几年大牢,这好不容易出来了,还是个男人,他不得……"正唾沫横飞地说着,景大天一看韩滉面色不悦,于是说话声音越来越小,"出来快活一番,不也正常?"

韩滉见景大天说话声音变小,这才发觉景大天可能是误会自己不满了。韩滉不想徒弟总是吃瘪,于是难得地耐心解释着:"倒是正常,我是在想,为什么是翠玉楼?"

盛子晏见景大天依旧一副糊涂模样,接着解释道:"润州城里这风月之地也是层次分明,云上楼里的姑娘国色天香,明月苑里的姑娘才艺双绝,翠玉楼里则养着不少没有经过官府登记备案的娼妇,所以价格低廉。"

景大天点点头,恍然大悟:"普通人也消费得起呗。"

看着韩滉和盛子晏谁也不接自己的话茬儿,景大天颇有些尴尬。

韩滉凝视着盛子晏:"会不会有啥相好的?"

盛子晏委婉地说:"十二年了。"

景大天听明白了,又插话:"是啊,都人老珠黄了,谁还稀得搭理!"

韩滉终于忍不住瞪了景大天一眼:"这天下男女,不都是庸俗之辈!若有真情在,又岂是容颜老去所能改变的?"

这回轮到盛子晏和景大天互相对视一眼,双双不解了。盛子晏更加委婉地说:"可、可这是妓院这种地方啊。"

韩滉不满地说:"这种地方怎么了?想当年……"

韩滉意识到快要说漏嘴,猛地打住,赶紧咳嗽两声。

第五章 夜探验房(上)

景大天追问着:"想当年您怎么啦?"

韩滉支支吾吾:"以后再说,以后再说。嗯,如果不是有相好的,那他非挑这个翠玉楼,就有点儿意思了。"

盛子晏点点头:"是啊。贾寻的朋友家在城东月掩巷龙王庙旁,他要穿过几乎整个润州城,来到城西的翠玉楼,很难令人相信没有所图。"

韩滉摆摆手:"不管这个,你接着说。"

盛子晏继续说道:"贾寻到了翠玉楼,住下后并未找任何人,房门紧闭,然后晚上就……死了!"

景大天很是奇怪:"谁也没找?"

韩滉挠挠头:"怎么死的?"

盛子晏:"上气发作。"

这"上气"其实就是后来人们所称的哮喘,"上气"之称源自汉代医学大师张仲景所著《金匮要略》,书中有"咳而上气,喉中水鸡声"的记载。上气自古就是痼疾,无根治之法。

盛子晏接着往下说:"润州司法参军况海,也就是刚才说过的那位曾经的句容主簿,将其定为病发而亡,就此结案。"

司法参军负责社会治安,韩滉一旦上任,司法参军就是自己的重要助手。盛子晏两次提到况海这个名字,韩滉不禁点点头:"况海,我知道。"

说到这儿,韩滉看了盛子晏一眼,只见盛子晏若无其事,对自己如此熟悉一州参军的名字,好像并不觉得奇怪,于是好奇地探询:"盛子晏,你好像还从没有问过我是谁。"

盛子晏不动声色:"相逢何必曾相识,有缘即可。"

韩滉微微一笑:"那你倒猜猜,我是何身份?"

盛子晏敏捷作答:"大人更像是微服私访。"

韩滉哈哈大笑:"聪明人!不过,既然是微服私访,总'大人''大人'地叫着,还不露馅?"说着,扭头看了看在枯树间睡得摇摇欲坠的酒馆老板,转回头来,"以后,你称呼我为老师即可。"

旁边的景大天一听就不高兴了,可又不敢公然违抗韩滉,只能甩着脸子说道:"那得当我师弟。"

"哪儿都有你!"韩滉嗔怪着,然后转向盛子晏,"不过,仅凭这几点,也不能断定官府是草草结案。"

盛子晏辩解道:"当然不能。只是,这贾寻死后第二天,恰逢我去翠玉楼采风。"

景大天一撇嘴:"还采风?玩耍去了吧?"

盛子晏不搭理景大天的冷言冷语,继续说:"我还问了翠玉楼的老鸨和几个坊里的姑娘,得知贾寻死后的第二天一早,有一个叫王楚儿的妓女就不见踪迹了!"

韩滉思考片刻:"那贾寻的尸体,还停在润州府的殓房?"

盛子晏点点头。

韩滉盯着盛子晏:"能不能从尸体入手,找出贾寻死亡的真正原因?"

盛子晏迎着韩滉的锐利目光:"老师可是要剖尸查案?"

旁边的景大天惊恐地问:"剖尸?"

哪怕景大天是渤海国人,也知道大唐律例,明白不可打尸体的主意。这一点,景大天的父亲在景大天来大唐前对其百般叮嘱,就怕江湖气重的儿子犯了戒。虽然当时人体解剖术已有长足进步,太宗时期已经有完备的人体解剖图"明堂图",但就算是仵作,也不可随意解剖尸体,除非死者家属同意,再由至少是县级官府下发正式文件并备案,才能在公开场合进行。而且剖尸前后,必须进行一套烦琐的仪式,以慰死者在天之灵。

见两人不说话,景大天着急地呵斥盛子晏:"有你这么害老师的吗?残害死尸及弃尸水中者,按照斗杀罪减一等!斗杀罪是重刑,要不判绞刑,要不流放三千里,减一等,也就是流放距离少一点罢了。这么大罪过,你这是让老师流放千里啊!"

韩滉右手下摆，制止了景大天："哪有这么严重，有什么后果，为师担得住！再说，咱们这是为了查清案情，不放过凶手，师出有名！"

韩滉这一番掷地有声的话语，令盛子晏面露赞许之色："这贾寻子然一身，头一条需要家属同意，可以免了；如果老师日后能够补上公文，也说得过去；这第三……"

"不用一二三四这么啰唆，车到山前必有路！"韩滉豪爽地打断了盛子晏，随即转了话题，赞赏地看着他，"你这位进奏官，倒是多才多艺呀，还懂医理，通解剖之术。"

盛子晏连忙摇头："我可不行，不过我有个邻居，她是太医署咒禁科的祝由师，叫胡笑笑，这女子最大的爱好，就是琢磨尸体！"

花间巷的汉家药肆，掌柜刘孚之刚刚给以看官家菜园子为生的胡老头把了脉，确定他只是风热咳嗽，于是备了三副足够祛病的药，再加上治疗老腰的汉家膏药，交给胡老头，并执意推却胡老头捂在手心里的十文钱，让胡老头把这仅有的钱存起来，以备他用。等胡老头走出药肆，刘孚之连忙回到药肆院子里的石桌旁，和盛子晏的养父霍新继续未完的棋局。

满脸麻子的霍新一边下棋，一边抚着瘸了的右腿，念叨着："你给我的膏药，总觉得没啥用啊。"

刘孚之笑着回应："你这腿又不是风寒，贴膏药只能勉强减减痛，可怪不得我。"

说着，刘孚之投下一子，然后看着手里捏着的一小把石质棋子，大为感慨："唉，十年前，我可是玩犀牛角棋子的，知道吗？那可是滇南的上品。"

"好歹你还有棋下，有棋子摸，连年战乱，多少人，命都没了。"

两个四十多岁的男人正感慨着，一阵银铃般的声音从院子一侧的茶室传出："喝茶喽！"

随着话音，茶室里蹿出来一只身子灵活、眼神凶狠的"大猫"，奔着石桌迅猛扑去！尽管打过好多次照面，可霍新还是被吓得站了起来——竟是一只猞猁！正在这时，胡笑笑走了出来，赶紧大叫一声"阿花"，那猞猁一个迅猛回身，跑到胡笑笑身边，一下子变得温顺无比，乖巧地蹲起痒痒来。胡笑笑胡噜胡噜这猞猁"阿花"的脑袋，又轻拍一下，示意它去屋里玩，别吓到客人，接着，笑模滋儿地托着茶盘，给舅舅刘孚之和霍新奉茶来了。

受开药铺的母亲熏陶，胡笑笑自小热衷于悬壶济世，治病救人。父母因战乱早亡后，胡笑笑与舅舅刘孚之相依为命，考上了太医院医学士，同时成为太医院咒禁科祝由师，可是街坊四邻眼中的天之骄女。那猞猁"阿花"和胡笑笑还有段故事。当时，突厥与大唐交好，便向大唐进贡可作为宠物的特产猞猁，而王公贵胄也就时常在狩猎或野外游玩时带着猞猁出行。这"阿花"便是在随长乐郡王狩猎时，被猛虎咬伤，多亏胡笑笑及时救治才死里逃生。康复的"阿花"竟死死咬住胡笑笑的衣衫，不放胡笑笑走，那长乐郡王见状，索性成全好事，将这价值不菲的"阿花"送给了胡笑笑。

看着胡笑笑端上来的陶制茶碗，刘孚之又感慨上了："就说这喝茶，不同的茶碗，那喝起来可不是一个味道，要是用咱过去那白玉茶碗，那股子晶莹剔透劲儿，光看不喝都舒服！"

正说着，盛子晏从门外走进来，恭恭敬敬地和霍新、刘孚之打过招呼后，冲着胡笑笑问道："可有闲暇？"

胡笑笑扑闪着大眼睛："自然。"

盛子晏点点头："有一桩公事，要去殓房。"

胡笑笑一听"殓房"二字，眼睛一亮，可还没接话，就被舅舅刘孚之一把拖住往屋里走。刘孚之边走边回头，替胡笑笑答应着："没问题，是不是夜里去？你照顾好笑笑就好！"

进得房来，等舅舅松开自己，胡笑笑揉着被捏疼的胳膊，嗔怪道："怎么这么急？"

刘孚之着急忙慌地催促着："快快快！"

说着，刘孚之抽出堂屋柜子的抽屉，取出一个精致的漆盒，递给胡笑笑："上好的糯米粉底，昨天给你买的，没想到今天就派上用场了。"

紧接着，又掏出了另外一个更为精巧的漆盒，说道："快！这是上等胭脂，刚从波斯运来的。"

胡笑笑大为奇怪："我去殓房查尸体，化妆干吗？"

刘孚之一瞪眼："你看那盛子晏，人家可是进奏官，长得又俊俏，跟你这医学士，正般配！"

胡笑笑哭笑不得："这都哪儿跟哪儿啊！我那刀袋子呢？"

说着，胡笑笑翻箱倒柜起来。

刘孚之在旁边自说自话："不瞒你说，我和你霍叔早就商量好了，一年前他搬到咱这儿来，这就是老天注定的！快快快，弄精致些！"

胡笑笑在最里面的抽屉找到精巧的盛刀小布袋，实在拗不过舅舅，胡乱地把粉底、胭脂往脸上抹了抹，赶紧往外跑。在她手中拎着的小布袋里，一把把各色精巧的刀具若隐若现，闪闪发亮。

第六章
夜探殓房
下

　　润州府衙门的殓房，原来在衙门口拐弯处一座独立的小院子里。传闻一个月前，一只诡异的白鸟夜半飞临，啄食一具尸体，随后，这具尸体竟突然诈尸，离开了殓房，把当晚住在衙门办公的一位录事吓得不轻。因此，这殓房也就临时挪了地方，搬到距离衙门三个街口的破败的祖师庙里，希望庙宇里的真武大帝能够镇住这些想翻身的厉鬼。当然，事后也有人说，那所谓的诈尸厉鬼，是一个死者的家属，因为无力掩埋死去的亲人，所以趁夜偷偷守灵，又偷偷离开，方才制造了厉鬼的假象，至于白鸟云云，纯属巧合。

　　看守殓房的捕快正在茅厕解手，透过观察口，看见外面两人推着辆平板羊头车朝殓房走来，车上是一具用草席覆盖着的尸体。捕快连忙收拾停当，提着裤子从茅厕出来，迎上前去，询问送尸体的手续公文。

　　推着羊头车的两个人，一前一后，正是盛子晏和景大天，躺在车上假扮尸体的是韩漶，更玄乎的是，板车底下藏着胡笑笑，她紧紧扒着车底，大气不敢出。

　　盛子晏诚恳地向捕快解释着，说这是刚刚病死的邻居，孤苦伶厅，自己已经跟保长打过招呼，先送到这里，明天再补办手续、补送棺材，同时，又塞给捕快一小锭银子。捕快收下，这才不情愿地挥手，放盛子晏、景大天进去。

盛子晏和景大天推着羊头车进了配殿。这里的褪色门窗在夜风里已经是"吱扭"乱摇，配殿里除了两扇破屏风，空无一物，庙前的两个石狮子也暂时停放在这里。靠窗处的空地上，摆着一溜十几口棺材，大都是家人一时还未找得好地方安葬，或是死者客死他乡，家人准备运回本土去安葬，或是穷得无以为殓，只好暂时寄放在此。虽说已经是初秋，而且殓房尸体至多停放三天就要下葬，但即便如此，仍有一些尸体不可避免地散发出腐臭味道。盛子晏和景大天一直把羊头车推到最里头，把韩滉抬到靠里的空地，早已经累得手臂发酸的胡笑笑终于撑不住"砰"的一声坠地，赶紧一骨碌滚到石狮子后面。

盛子晏和景大天推车离开后，那捕快总觉得不对劲，守在配殿门口，不住地向里面张望。

韩滉蒙着张破席子，透过破洞看到捕快就站在门口，不敢放肆呼吸，生怕呼出来的气息鼓动草席而露馅，再想想周围十几口棺材里的十几个死人，又听到一声轻微的喘息声，明知道是石狮子旁边的胡笑笑发出的，还是有一丝的心惊胆战；石狮子后面的胡笑笑也是屏息以待，着实难受。

突然，一只通体惨白的鸟从庙墙外面的大树里钻出，盘旋着掠过配殿上空。那捕快看到这白鸟，想起诈尸传闻，吓得赶紧回到门房，把门关紧，喝口酒压惊，随后蒙头大睡。只见这白鸟盘旋一圈，又飞回到大树的浓荫中，却是木头所制的机械装置！景大天一把捉住木头白鸟，松开机巧，把白鸟拆散成几个部件，揣进怀里，冲着盛子晏一撇嘴："看见没有？这可是真本事！"

盛子晏着实惊讶，曾在传奇笔记里看到的故事，竟然变成了现实，令人难以置信。

见外面静谧无声，韩滉起身和胡笑笑会合，借着火折子的微光，找到了贾寻的棺材，轻轻打开。

仅仅存放了两天，尸体就已经有些臭味，韩滉不禁捂鼻皱眉。胡笑笑倒是习以为常，先是双手合十向天祷告，口中念念有词，随后又向贾寻尸体深鞠一躬，这才拿出小布袋，挑选好合适的工具，开始划开贾寻的前胸。

见胡笑笑刀法熟练，韩滉不禁轻声赞叹："肯定是练过不少次了。"

"哪儿敢！"胡笑笑一边仔细操作，一边回答着韩滉，"我们太医院的所有经验，都拜王莽所赐。"

韩滉知道，胡笑笑说的是西汉王莽捕得政敌王孙庆后，和太医、尚方官员以及几位技术精绝的屠夫一起对其进行活体解剖，虽然是为了惩罚，但打的名目是研究人体内脏的大小、相对位置，以及血管分布和血液循环规律，并留有文字。这次活体解剖令后人闻之色变，本朝太宗看到了这项研究成果，除了严令禁止解剖尸体外，还下令以后在笞刑中只许击打臀部，不得击背，以免伤及遍布上身的各种器官。然而，韩滉知道，仅凭书本上的知识，是无法真正掌握如此精细的解剖技巧的，于是笑着对胡笑笑说："尽管说，我们如今在同一条船上，我定然不会去报官。"

胡笑笑呵呵一乐："我可没胆子做这违反律例之事，倒是百般求着太医院的太医令，借着他和仵作相熟的机会，看过验尸，然后嘛，承蒙大家信任，动过几回刀。"

韩滉称赞有加："名不虚传，难怪那盛子晏说你的爱好就是研究尸体。"

胡笑笑："这是自然，很多病的病理不清楚，不找到第一手的'材料'，如何能够对症下药？"

韩滉点点头："这么说来，跟我作画倒是有几分相像。"

胡笑笑头也不抬："你是画家？"

韩滉轻声回答:"就算是吧,而且画得还不错,要知道,这画画更需要研究人体,揣摩细微变化,这样才能画得生动,令人物栩栩如生。"

胡笑笑轻叹一声:"唉,你找描摹的对象,有钱即可。可我们研究尸体,既受律例所限,又要顾虑到公序良俗,太不容易!要是有一天,太医院的医学士都能解剖尸体,而且是堂堂正正的,那现在很多的疑难杂症肯定能迎刃而解。"

韩滉看着月色下清秀的胡笑笑:"有志气!真想不到,你小小年纪,又是……"

说到这儿,韩滉没说下去,倒是胡笑笑接住了话茬:"又是弱女子,怎么可能和尸体打交道,对不?"

韩滉笑而不语,暗想这胡笑笑真是冰雪聪明。

胡笑笑告诉韩滉,"安史之乱"刚起时,自己的父母担心远在冀州的外婆,千里奔赴冀州,想把外婆接回,结果父亲和外婆遭遇乱军,惨死途中,只有母亲一个人孤零零地回到了润州,随后一病不起,临终前,把外公传给她的药肆,连带着自己,托付给了舅舅。"我娘医术高超,所以,外公这才违背了传男不传女的传统,把药肆留给了我娘。"

一直运刀如飞的胡笑笑提到母亲,不禁放下手中刀,望着窗外的皎洁月色,长舒了一口气。

韩滉安慰道:"你受到熏陶,并继承其志,她在另一个世界,也一定大为欣慰了。"

胡笑笑听了,重新露出灿烂的笑脸:"当然,她的那本'明堂图',我七岁的时候就翻烂了。"

说着,胡笑笑又开始飞快地解剖贾寻的尸体。眼看着胡笑笑的动作如庖丁解牛般娴熟,韩滉忍不住再度赞叹:"你这边剖尸边聊天,一心二用,手法竟也丝毫不乱。"

胡笑笑嫣然一笑:"乱总是乱不了,不过,还是应该专心致志。

我这也是头一次在做这活的时候说这么多话。"

韩溟开着玩笑:"和我说话有趣?"

胡笑笑一脸歉然:"那倒不是,不过,一说话,你就不紧张了吧?我看你刚才见我下刀,手直哆嗦,就知道……不过没关系,第一次看见刀就这样划开皮肉,有点儿害怕很正常。"

被说中心事的韩溟有点儿不好意思,看向胡笑笑的目光多了一丝佩服,心想这小女子可不简单。等视线转回尸体,韩溟突然叫停:"等等!"

胡笑笑诧异地停了下来。原来,韩溟发现贾寻尸体的右肩有一道从肩后延伸至肩前的墨线。胡笑笑帮着韩溟略微翻转尸体,一个神态诡异的墨色人偶呈现在眼前。韩溟凝视良久,随后把尸体放平,冲着胡笑笑说道:"笑笑小姐,请继续。"

"完事啦!"胡笑笑给出了结论,"你看!"

胡笑笑一边说着,一边指着切开的气管:"我随太医令做过两次因上气而死的病例的解剖,气管里遍布黏稠的分泌物,而这人,气管壁光滑无比,与上气发作而死的症状大不相同。"

韩溟眉头紧锁:"那是……"

胡笑笑说道:"八成是被捂死的。"

"捂死的?"韩溟一惊。

胡笑笑肯定地说:"对,如果是捂死的,就会像现在这样,丝毫看不出痕迹,而且我看了看他的头、眼、颈、胸等,外观并无异样,所以,被捂死的可能性最大!"

胡笑笑向着贾寻尸体再度深鞠一躬,随后开始麻利地缝合刀口。

韩溟注视着贾寻的尸体,拼命抑制着想呕吐的冲动,暗自想着:看来,得去妓院一看究竟了。

月光之下,贾寻尸身上那个诡异的人偶,泛着墨色的光芒。

第七章
翠玉楼里的谜团
上

"去翠玉楼探案？支持！支持！"景大天闻听韩滉此言，显得特别开心，"俺爹说了，这大唐的风月之地，那可是大有文化，要想进里边还得会吟诗呢！老师，也该我展现一下吟诗的本领了。"

坐在旁边的胡笑笑想笑，又不好意思笑出声，怕有损景大天的面子，只好低着头假装拧手帕，肩头一耸一耸的，强忍着。

盛子晏坦言："老兄，我们大唐的风月之地，也分三六九等，这翠玉楼……嗯……比较直接……"

"啥叫直接？"景大天不解，扭头看向韩滉。

韩滉眯着眼睛，怡然自得地品着天柱鬼茶，说出来的话却和景大天的问题毫无关系："这天柱山并没有多高，但也是钟灵毓秀，更奇的是，当地产这种茶叶的茶树就种在燕巢旁边。据传茶圣陆羽去寻此茶，竟发现食人鬼也在饱餐！不过可惜啊，这茶香虽别具一格，却失之于甜。"

胡笑笑笑眯眯地接话道："所以，一会儿等着那鬼茗粥上来，您就可以大快朵颐了！"

"不错！"韩滉笑着点头，看向胡笑笑的眼神里满是赞赏。

韩滉四人正坐在"晓月茶社"。寻常人来此，只为品鉴那风味独特的天柱鬼茶，却不知真正懂得美食之人所垂涎的，却是胡笑笑所说的鬼茗粥！鬼茗粥久煮而成，因其表面凝结出一层类似粥膜的薄膜而被称为茗粥。天柱鬼茶在茶谱里面，味道也就位列中上；可是若将其制成茗粥，在粥类中就可独占鳌头了。

景大天看韩滉光聊茗粥，不说正事儿，很是着急："老师！怎么探妓院？给句话啊。"

韩滉微笑着看向盛子晏："你是本地人氏，有什么主意？"

盛子晏缜密回答："翠玉楼非同一般，在润州的市井中声名显赫。楼中少有官妓，多数女子皆是贫苦出身，也有流落至此的异域风尘女子，还有一些，甚至是被拐卖、强掳至此。也因此，这老鸨招揽的伙计，多是江湖浪荡子，有几下功夫。"

景大天来了兴致："那我更得去了，对付这帮人，咱在行！"

盛子晏不露声色："老兄自然是在行，不过，就算进去了，又如何接近贾寻住过的那间屋子？你得摆脱那些女子的纠缠，还得不引起其他人的注意……"

说到这儿，盛子晏特意看了一眼景大天："就算能把所有人都打服，但那动静也太大，无法成事，所以，只能以巧过关。"

胡笑笑突然插话："我有个好办法。"

盛子晏不再说话了，朝着胡笑笑点点头，示意其说下去。

胡笑笑娓娓而谈："我也耳闻过翠玉楼的种种故事。半年前，有位青州来的姑娘，因为在翠玉楼前的酒铺饮酒，竟被几个翠玉楼的伙计拽进去，强逼着卖笑！这事儿闹得挺大，最后好像那老鸨掏了不少银子，才勉强摆平。"

盛子晏灵机一动："你莫非想……"

胡笑笑闪动着大眼睛："怎么样？"

见韩滉、盛子晏都在犹豫，胡笑笑继续鼓动着："这不光是件好玩的事儿，我也能帮你们看看屋子里有无异样。"

第七章 翠玉楼里的谜团（上）

这下景大天听明白了:"哦,你要假扮妓女?行!那我假扮嫖客,咱俩去探探这贾寻的住所!"

胡笑笑看着特别热情的景大天,大感为难,支支吾吾地说:"大哥,我觉得这样……不太好。"

景大天很是执着:"有啥不好?"

韩滉替不好开口的胡笑笑解了围:"笑笑小姐假冒妓女是为了能做内应,咱们接应的人呢,必须有明察秋毫的眼力,能洞悉那房里的蛛丝马迹……"

景大天不高兴了:"那就是我不能明察秋毫呗。"

说着,景大天不服气地看向俊朗的盛子晏。

"我去。"盛子晏面无表情,说话倒是简简单单、毫不客气,随后转向韩滉,"明天早上,咱们客栈碰头!"

说完,盛子晏喝干了杯中茶,和胡笑笑一起作别后,匆匆下楼,回去准备。

见二人离去,景大天噘着嘴,跟韩滉抱怨:"咱俩这不成废物了吗?什么都不做,就在外面干等着!"

韩滉瞥了眼景大天:"什么废物废物的,你以为咱们就闲着?"

景大天奇怪地问:"除了吃吃喝喝,还能干啥?"

"咱们得去一趟衙门!"韩滉一副神秘莫测的样子,给徒弟解释着,"既然衙门封了屋子,里面的证物,应该存放在刑房……"

景大天依旧赌气:"人家乔装打扮探妓院,咱们大摇大摆进衙门看证物,这也差太多了。"

韩滉吃惊地说:"大摇大摆?咱们能大摇大摆进衙门吗?也得用计谋!"

提到用计谋,景大天来了精神:"那太好了,咱用啥计谋?"

韩滉微笑着说:"起码,得把看门的衙役引开吧?"

景大天兴高采烈:"行啊,我给您易易容,把他们引开,然后我独闯龙潭虎穴!"

韩滉大惑不解："我引开，你去？"

景大天瞪大了眼睛："可不是得我去吗？您会溜门撬锁吗？万一遇到衙役前来纠缠，您对付得了他们吗？"

一提到动武，韩滉可就败下阵来："好吧，可千万给为师易好容，我可不能以本来面目示人。"

景大天不接茬："我去解个手。"说完，便急匆匆地出去了。

过了一会儿，一个身着普通衣衫的老头儿拿着一把胡琴走进来，探询地看向韩滉。韩滉摆摆手，示意不听，但也随手给了五文钱，这老头儿用景大天的声音得意地说："谢谢老师。"

韩滉一惊，仔细看看景大天的装扮，还揪了揪景大天的胡子，满意道："你小子，有这本事，为师可就不担心露馅儿了，这好吃好玩好看的一个月才刚开始呢，要是被认出来，我可就得走马上任喽！对了，帮为师催一催，那鬼茗粥，到底啥时候做好！"

京口瓜洲一水间，这润州自古是交通要道，出了西门便是京口码头，不少货船停靠于此。商人、船工中，意图走私的、猎奇的，便会纷纷去往松寥山的鬼市，寻常人等便进城找乐子。也因此，润州城西门附近的平乐坊成了商贾云集的繁华地带，店铺林立，游人如织。因宵禁令仅适用于坊间街道，平乐坊则成为一个提供吃喝玩住全方位服务的娱乐中心。这里的酒榭歌楼灯火通明，宾客们欢呼酣饮，日暮不休，是润州城最繁华的所在。

翠玉楼旁，莲花酒铺的门轻轻开启，一位年轻靓丽的女子袅袅婷婷地走了进来，正是胡笑笑。

胡笑笑走进店内，目光扫视了一圈，在柜台坐下，递给了小二几文钱。小二给胡笑笑倒了一杯高昌葡萄酒，胡笑笑轻轻呷了一口，尽量装作妩媚的样子，眼睛四处瞟着。瞥见在隔两个桌子的位置，有一个独身男客在喝酒，胡笑笑便款款走去，抛出一个并不熟练的媚眼，那男客吓了一跳，任由胡笑笑缓缓坐在身边。

柜台处那小二看见胡笑笑的举动后，赶紧放下手里的酒壶、酒杯，偷偷溜了出去。胡笑笑见状，暗自放心，知道这小二去通风报信了，于是安安静静等着翠玉楼来人。倒是那男客显得有些手足无措，不知道胡笑笑究竟要干什么。

不一会儿，小二领着几个翠玉楼的伙计跑了进来，为首的护院薛超压低声音，语气却极为不善："好大的胆子！敢在这儿搅翠玉楼的生意！"

胡笑笑扬起脸："奇怪，我做我的生意，和你有什么相干？"

薛超没想到胡笑笑如此硬气，很是惊讶，摸不清胡笑笑的来路，又见胡笑笑容颜出众，不再耍狠斗横："不一般呀！哪儿来的？"

胡笑笑傲然："洛阳城。"

薛超露出奇怪的神情："那里的生意，怎么会不好做？"

胡笑笑头一扬："当然不是，不过我更喜欢这润州风物，洛阳的气候，不适应。"

"我去过，太干燥！"薛超点点头，接着摆出一副为难的样子，"不过，姑娘在这里，我们也难做，不如我介绍我家掌柜给你认识。"

见胡笑笑犹疑，薛超卖力鼓动着："在这里，你可挣不到什么钱，要是去了翠玉楼，可就不一样了，南来北往的生意人有的是钱，就看你怎么挣。"

胡笑笑皱着眉头："翠玉楼？大吗？"

薛超哈哈大笑，难以置信："大吗？你进这酒铺之前，没看看旁边？没看到那气魄宏伟的大房子？那就是翠玉楼啊！"

胡笑笑假装大感兴趣，跟着薛超出了酒铺，留下那傻傻的男客，瞪大眼睛看着一行人离去。

暮色更深了一些，此时的翠玉楼已经有些热闹，陆续有客人进入。这翠玉楼斗拱硕大、屋檐高挑，飞檐映着郁郁葱葱的高大槐树和茂密的竹林，很是气派。

大堂里，老鸨马莹莹端着茶壶，一边缓缓往茶杯里倒茶，一边打量着面前站着的胡笑笑。倒好茶之后，马莹莹慢慢喝了一口，又抬眼看着胡笑笑，以言语打探："就算是洛阳城知名的院子，也得想办法留住姑娘这样的标致人物。姑娘就为了这江南风物，便舍了洛阳城的大好春光？"

胡笑笑微笑以对："若论十年前，洛阳自然豪客如云，尤其当官的，更是腰缠万贯。战乱之后，洛阳城一派萧条气象，比不得润州这里，富商更多。"

胡笑笑说起这些，倒是毫不滞涩，因为舅舅刘孚之成天感慨，说连年不断的"安史之乱"，令包括他自己在内的许多大户人家都无法再像过去那样大手大脚。这些话胡笑笑听得耳朵都快磨出茧子来了。

马莹莹听后恍然大悟："原来姑娘做过官家生意！不过，竟然瞧得起我们这种地方？难道不知道这润州城里，还有云上楼、明月苑那般上等的院子？"

胡笑笑早已经和盛子晏排演过，按照盛子晏所教的说辞，娓娓道来："当然知道，那几间院子一向傍着官家。可这第一，如今世道不好，当官的人人自危，出手比不得民间豪客大方，谁瞧不起谁，还不一定呢。这第二嘛，翠玉楼看起来，的确差了那么一些，不过，既然来到这儿，和你就大有价钱可谈了。"

马莹莹听到这话，稍许放下了疑心："姑娘倒是精明人，不过，怎么看都觉得姑娘……有点儿不一样。"

胡笑笑微微一笑："相由心生。"

马莹莹不解地问："怎么讲？"

胡笑笑轻叹一声："到这个地步，是女人，都要认命。"

马莹莹点点头："好！姑娘走近几步。"

胡笑笑走到马莹莹面前，开始接受马莹莹的检查。但凡要入青楼者，所要接受的第一项考核，就是核验家世、来历，这一步，已经在刚才的试探中完成了。接下来，马莹莹就要查看胡笑笑的体态了。除了唇红齿白、眉清目秀外，身材也要肥瘦适中，这些因素将共同决定胡笑笑会获得什么样的地位。马莹莹检查一番，对胡笑笑很是满意，至于琴棋书画、舞蹈等才艺，马莹莹也没多问，她心想既然是来自洛阳城的官妓，又能差到哪儿去？于是，马莹莹开始让胡笑笑开条件。

胡笑笑不打磕巴，冲口而出："两个条件。第一，不在大堂揽客；第二，一贯钱的见面礼，可交由你，但客人要经过我认可，方可翻牌入房。"

这两个条件，胡笑笑也是和盛子晏商量过的，第一条尤为关键，虽说这润州城人口众多，可万一遇到相熟的人，再让舅舅知道，自己就算是浑身是嘴，也说不清楚了。

马莹莹爽快地答应了胡笑笑的条件，倒不是因为一旦有恩客入房，自己就先得了一贯钱这笔肥钱，而是因为她早就想提升翠玉楼的档次了。她计划着在城西官员居多的坊间，开一家翠玉楼的分号，专做官员的生意，要是有幸得到有名的文人骚客的赏识，自己的事业可就能上好几层楼呢，再多几个眼前这般的姑娘，开分号的事儿，指日可待。

条件谈妥后，自称"巧云"的胡笑笑立刻就挂了牌子。让马莹莹颇感奇怪的是，明明有两位看上去还算有钱的川北商人，和一位不知道落魄与否、长相倒还标致的书生，要翻"巧云"的牌子，可"巧云"都没看上。

她究竟要等谁呢？马莹莹暗自思量着。

第八章
翠玉楼里的谜团
下

润州衙门的门口,两名把守的差役正在闲聊。马上就要到宵禁时间了,他们商量着回家后各自的打算,一个要哄闹腾的孩子早些睡觉,另一个准备和新婚的妻子温存几番。

突然,前街拐角处传来一阵撕心裂肺的哭泣声。两名差役扭头一看,只见装扮成老人的韩滉正蹲在角落里捶胸顿足。两名差役互相看了看,其中一人慢慢走到韩滉身边,俯下身去:"老人家,别在这儿哭了!"

韩滉根本不住声:"我姑娘被二荤铺掌柜的羊头车撞了,脚落下个残疾,这可找谁说理?"

说罢,韩滉又大哭起来。

差役无奈地说:"你明日再来这儿报官才是正道。"

韩滉抬起头来,竟几乎看不出其原本的模样,可见景大天易容技术之高超。"早报了,可没人搭理!你们想想,要是你们被车撞了,阿爷阿娘的心里得多着急!"

这差役听了,将心比心,倒也不好意思再去轰韩滉。可眼见韩滉越哭越厉害,双肩猛烈抽动,他不禁轻抚韩滉的肩膀,想安慰一下韩滉。岂知韩滉猛地一抖肩,把差役的手甩开,大声质问:"干吗打人?"

这时,守在衙门门口的另一名差役急了,眼见同伴去了这么久,不但没能解决问题,还闹起了纠纷,于是四下打量,见街上并无其他人,便也走到街角拐弯处,和同伴一起安慰韩滉。这时,街道另一头,身着录事服饰的景大天迅速跑向县衙。景大天跑到一半时,其中一名差役要转身,想回县衙门口继续守卫,眼看计划即将败露,韩滉突然大叫一声,吓了要转身的差役一跳,连忙关切地问道:"又怎么了?"

韩滉喘着粗气,脸色苍白:"好悬,一口气差点没上来!"

等这差役平复心跳再转回身,长街上已空无一人,景大天早已溜进了润州衙门。韩滉完成了任务,拍拍身上的土说道:"宵禁了,我先回去,明天再来。"说完,拍拍屁股扬长而去,两个差役面面相觑,望着韩滉的背影,露出无奈的苦笑。

景大天按照韩滉的指点,快步来到思补堂,即县衙二堂的院落所在。这里是初审案件以及商议一些存疑案件处理办法的地方,刑房就在这个院落的东厢房。景大天轻轻推开门,屋里很是宽大,摆着一溜长长的木架,分门别类地摆放着各类案件的证物。景大天很轻松地就找到了标有"贾寻"的一格,里面的证物简单至极:一把折扇,还有出狱时衙门出具的文书。除此,便再无一物。景大天仔细盯着这两样证物,不敢错过任何细节,就差把文书背下来了。正准备离开的时候,靠东那面墙的窗户处响起了窸窸窣窣的敲窗声!景大天拔出匕首,悄悄凑过去,扒住窗沿往外看:高窗之下,韩滉垫着两块石头,踮着脚,使劲地够着窗户,轻轻敲着。

景大天连忙打开窗户,用力把着韩滉的胳膊,生生把韩滉拎进了屋内。灰头土脸的韩滉顾不上满身邋遢,急切地询问:"找到了吗?"

景大天气鼓鼓的,也不说话,直到韩滉发问,才不高兴地说:"老师!您怎么老信不过我?"

韩滉没工夫照顾景大天的情绪："别让我着急，找到证物没有？"

景大天不敢再顶嘴，连忙应声："找到了找到了，啥也没有！"

"啥也没有？"韩滉难以置信，"你说，我能信得过你吗？怎么会什么都没有？"

"不信您自己去看！"景大天把韩滉带到了贾寻的证物旁，"没有吧？"

韩滉看了看贾寻的证物，又向相邻的格子看了看，担心证物是不是掉落到其他证物格里。可惜，隔壁的两个格子，分别放着一本《霓裳羽衣曲》的乐谱和一些不值钱的文房四宝。韩滉皱着眉头，自言自语道："奇怪。"

"奇怪啥？"景大天不解地问。

韩滉依旧是眉头紧锁："盛子晏说，这贾寻进翠玉楼时是带着包袱的，这也得到了门口伙计的证实，可是，这包袱在哪儿呢？"

这时，窗外传来了打更的梆子声，二更已到。

翠玉楼二楼的房间里，胡笑笑盖着长巾，甜甜入睡。被胡笑笑"选中"入房的盛子晏一直保持警醒，听到梆子响声，欠身轻拍胡笑笑："醒醒，到时间了！"

胡笑笑猛然惊醒，四处打量了一下，方才意识到自己身处翠玉楼里，真好像做梦一样。再看看身边这位"嫖客"，想起盛子晏进翠玉楼的时候，马莹莹找到自己，说新来了一个和自己很般配的书生。想到这里，胡笑笑觉得脸有些发烧，赶紧扭扭身子清清嗓子："行动吧！"

两个人蹑手蹑脚地走出房间，沿着灯光昏暗的长廊，朝二楼另一端贾寻的房间走去。突然，一阵独轮车的声音传来，盛子晏连忙拉着胡笑笑躲进廊柱背后。虽说情况紧急，可被盛子晏拉住手的瞬间，胡笑笑的心中涌起了一股难以言喻的悸动，可惜盛子晏很快就松开了手，密切观察着长廊里的动向。

只见一名伙计推着独轮车，车上放着黑色漆皮箱子，向翠玉楼的后院运送被褥等物品。等这伙计消失在一楼的通道里,翠玉楼又恢复了平静,只是偶尔有男女的调笑声传来,更衬得夜色宁静。盛子晏和胡笑笑转出廊柱,正要朝贾寻房间走去,盛子晏灵机一动,将胡笑笑推回廊柱后藏身处,示意其见机行事,然后自己一个人悄悄来到贾寻房间外。盛子晏见四下无人,刚要取出藏好的银针开锁,突然,后面传来一个凶狠的声音:"谁?"

盛子晏猛地回身,见是凶神恶煞般的薛超,他的腰间鼓鼓囊囊的,应该是有硬家伙。盛子晏知道这是翠玉楼豢养的巡夜打手,连忙解释:"我、我是……"

见盛子晏结巴,薛超疑心更重,就要上手拉扯。突然,胡笑笑从长廊上款款而来,娇声道:"还真是第一次来?走错屋子啦!"

胡笑笑一边说着,一边亲昵地倚上盛子晏,冲着薛超摆摆手,示意离开。

盛子晏见状,连忙故作醉态,掩饰自己刚才的结巴:"我、我没、没事儿!就是要、要……"

盛子晏说着,身子摇摇晃晃,胡笑笑赶紧扶好。薛超见状,不再怀疑,心里暗骂着这些有钱的公子哥小白脸,下了楼去。等听得脚步声渐远,两人这才长出一口气,盛子晏微微点头,眼神中流露出对胡笑笑机智应变的赞赏之情,胡笑笑则因为两人身体的微妙接触而心里小鹿乱撞。

借着胡笑笑的裙摆掩护,盛子晏拿出银针,轻轻地撬着铜锁。胡笑笑看着盛子晏娴熟的动作,有些意外:"你还有这本事?"

"阿爷教的,他说做进奏官这一行,免不了经常外出采风,有时候碰上个荒郊野岭的,或者遇到雨雪天气,可以到驿站避一避。万一驿站没人,这手艺就派上用场了。"盛子晏一边轻声讲着,一边试探着锁具,"再说吧,这采风,你也知道,难保有时候,人家不愿意把事儿讲给你听,那就得靠自己进个屋子院子的……"

胡笑笑笑着:"你这不叫采风,叫溜门儿啦!"

盛子晏难得地一笑，瞬间又眉头紧皱，他发现这门上有一个簇新的划痕，显然是挑门闩时所致。胡笑笑发现了盛子晏表情的异样，问道："怎么了？"

"有梅花撬针的痕迹。"盛子晏说着，手上加力，只听得"吧嗒"一声，门被打开了，两人赶紧溜进去，把门掩好。

这贾寻身死的房间有三间平屋，比已经晋升"头牌"的"巧云"的房间还要华丽。左边一间应该是丫鬟的房间，有简陋的床榻桌椅之类；右边一间是妓女所在，同样有床榻桌椅之类，明显质地比丫鬟房间的要好上很多。堂屋中间客座上面，挂着一幅山水画，椅子旁是焚香铜炉，铜炉里的香灰闻起来，不过是本地的寻常货。两旁书桌上摆设着一些不入流的文玩，墙壁上贴着许多诗稿。盛子晏、胡笑笑粗粗一看，就知这屋子的陈设是附庸风雅，难怪那马莹莹急于要提升翠玉楼的档次了。

整个房间平平如常，明面上没有半点儿可疑之处。失望的盛子晏正要离开，站在房间门口的胡笑笑突然紧紧鼻子，随即在门后蹲下，发现一小截未燃尽的香头，捡起来仔细闻闻，大吃一惊！

"这是什么？"盛子晏追问着。

胡笑笑神色凝重："南诏杀人香！"

第九章
南诏杀人香
上

已经接近午时，汉家药肆里依旧人来人往。这几天时常来袭的急雨，让很多出门在外的人猝不及防。山雨本就带着凉意，不少人染了热病，嗓子直冒火，掌柜刘孚之除了开药写方，还备了凉茶给大家做预防用。

刘孚之一边督促着伙计灌制凉茶，一边暗自奇怪：要是往常，胡笑笑早就帮自己搬茶桶、烧开水了，今天不知为啥还没有动静。正琢磨着，那只突厥大猞猁"阿花""嗖"的一下从后院门蹿了出来，直扑到刘孚之面前，把药肆里的客人们吓了一跳。刘孚之见这"阿花"拼命地咬着自己的裤管儿，使劲往后院儿拖，感觉不妙，忙跟着"阿花"跑到后院，发现胡笑笑倒在了厢房里，双目紧闭，脸色煞白！

刘孚之看了看桌上摆放着的草乌、洋金花等十几味有麻醉功效的草药，就知道胡笑笑又是做实验把自己迷倒了，于是赶紧返回前厅，配制解药。

胡笑笑是按照分工，来完成自己的任务的。当天早上，在渌水客栈碰面后，几人决定兵分三路，围绕这南诏杀人香进行调查，而胡笑笑作为第一路，任务就是确认贾寻房间的那小半截儿残香是否就是传说中厉害无比的南诏杀人香！

其时，迷药界可谓是异彩纷呈，像婆利国的夺魂三丸、波斯的虎姑皮、突厥的流沙丹以及高丽的三宝膏等，都是名噪一时。不过，这南诏杀人香却是个例外，它并不怎么在市面上出现，寻常外族人很少见到，只是在南诏人聚居的地方有所应用，并且一般也不做迷药使用，而是作为南诏人特有的麻醉剂，用于治疗极其严重的刀枪伤。这南诏杀人香之所以得名"杀人"，实则是对其惊人药效的一种形象描述。其他麻醉药物，如三国时期华佗发明的麻沸散，能够减轻病者痛苦以利于手术；而南诏杀人香却能在一盏茶的时间内，让服用者完全失去知觉，如同死人一般！当然，有利则有弊，不少南诏人因为拿捏不好剂量，导致用药者因神经系统受到伤害而变得痴狂无比，再难恢复。胡笑笑在太医署的时候，就曾经做过好几次南诏杀人香的研制实验，可是每每都功亏一篑。

"想来这次又失败了。"胡笑笑喝了刘孚之调制的一大碗甘草汁，慢慢睁开了眼睛，可是眼皮沉得直往下坠，只能苦笑。

刘孚之皱紧了眉头。这个外甥女是真不让自己省心，姐姐去世之前，把胡笑笑托付给自己，正好自己也没有家室，就把胡笑笑当成女儿来养。长大后的胡笑笑历尽艰辛终于考上了太医署咒禁科，实属不易。这咒禁科本是研究用道家法术治病的，但是太医署一向学风开放，在研究法术之余，胡笑笑更痴迷于祝由术，这门技艺在当时颇似如今的催眠术一类。因为聪慧好学，怀揣强烈的悬壶济世之心，胡笑笑渐渐摸索出一条用祝由术进行心理治疗的路子，成为祝由术领域的佼佼者。深通医学的刘孚之很为胡笑笑自豪，他相信用不了多久，外甥女肯定会稳坐大唐祝由术领域的头几把交椅。可这孩子在追求医术精进的过程中，竟然屡屡以身试毒，不知道是哪根筋搭错了！

"我吐白沫没有？"胡笑笑追问着刘孚之，想收集自己中毒的数据。

刘孚之摇摇头："还不如上次呢，连晕厥的症状都轻了许多。"

胡笑笑仍抱有一丝希望："会不会是你没有发现？来了多久？"

刘孚之告诉胡笑笑，自打"阿花"叼住他的裤管儿，他就一刻也没耽误。旁边的"阿花"听到自己的名字，凑在胡笑笑面前，一通猛舔。胡笑笑温柔抚摸着"阿花"，不禁长叹了一口气。

"非要找到这杀人香的配方？"刘孚之看着胡笑笑难过的样子，很是不忍。

"当然！那翠玉……"胡笑笑险些说漏了嘴，赶紧闭嘴。

刘孚之一脸狐疑："你是说……翠玉楼？"

胡笑笑索性撒娇遮掩着："舅舅，别问这么多了，就算做不出来，起码我得找到这杀人香！"

胡笑笑心想，好歹也得拿真正的杀人香和自己手头上的做个对照，辨出真假。她不能让交代任务的韩老师失望，更别提盛子晏那期待的眼神。

刘孚之看着胡笑笑心急如焚的样子，实在是不忍心了："走，我带你去个地方，那里也许能找到。"

"哪儿？"胡笑笑好奇地问。

"鬼市。"

胡笑笑知道舅舅这些年进药，应该没少和鬼市那些人打交道，这条路靠谱！于是兴高采烈地随着刘孚之出了汉家药肆，直奔松寥山。

出了润州城西，过了京口码头，再走一段不长的山路，便开始进入鬼市的地盘了。被各种小树、藤蔓环抱的裸露山石胡乱堆砌着，岩缝间喷出的暗流热气蒸腾。沿着这乱石弯弯扭扭向上穿行，树木越来越高大，各种幽暗水潭也不时出现，陷人腿脚。等沿着这条藏在石头堆里的热河走到山腰，转过去后便豁然开朗。一片山间草甸上，错落分布着大小不等的建筑，虽大多破败残旧，却是别有洞天。沿着一条街巷穿行，拐个弯，一座石塔出现在眼前，下面耍蛇人随着音乐起舞，而沿着这街巷再一拐，便是悬崖，一间小房子挂在崖壁上，里面有绳索将竹筐直接吊入谷底，那里，又是另一番奇特景象……

胡笑笑便随着刘孚之下到谷底，七拐八扭，经过售卖各种大唐禁物的摊子，来到一间树屋旁。刘孚之上前，轻轻敲了敲，那扇贴着各种精怪图画的破门便开了，一个南诏小伙子从暗淡的光线中探出头来，脸上有一块可怖的伤疤。

小伙子来回打量了刘孚之和胡笑笑几眼，不客气地问："找谁？"

刘孚之笑着说："你是阿巴斯的……"

小伙子稍稍放下戒备："我是他的小儿子，阿爷一个月之前就回去了，爷爷病重，阿爷要去尽应该的孝心，留我看顾他的生意。"

这南诏小伙子的汉语说得磕磕绊绊，可总算把意思说明白了。

胡笑笑掏出半截南诏杀人香："知道这是什么吗？"

小伙子看了半天，摇了摇头。

刘孚之明白，这实在怪不了面前这位年轻人。十几年前，南诏国上演了兄弟阋墙的戏码，弟弟正是靠着这杀人香成功抢得王位，成为国王。为防止其他人效仿自己，国王不仅禁止官方生产，还对民间的杀人香进行严格管制。因此，眼前这位十几岁的南诏年轻人不知道杀人香，倒也说得过去。

刘孚之冲着胡笑笑摇摇头，胡笑笑失望地随舅舅离开。

盛子晏又来到了熟悉的京口码头。无数的舟楫停泊于此，即将扬帆驶入长江，驰骋于大江西东。不少文人墨客于岸上酒肆聚会，眺望着江中点点白帆，而卸货的船工、清点货物的商人则有序地忙碌着……

刚才，盛子晏还在城西的货栈和相熟的几位伙计聊了聊，了解了从陆路送到润州乃至江南的货物的大概情况，紧接着又来到京口码头，调查水路物流运输的情况。

这原本并非进奏官的本职。

进奏官的主要任务，是负责中央与地方之间文书的上传下达。但是，盛子晏除了在长安各衙门走动，业余时间不像其他进奏官一样眠花宿柳，而是更喜欢走街串巷，了解诸如来了几条船、走了多少货物等这些冰冷的数字。而在这些数字的后面，是人生百态，里边蕴含着太多的知识，这也是盛子晏喜欢闲逛的原因。而今，盛子晏虽然因病暂时回到老家休养，这习惯却保持了下来。

完成了对船只货物的记录，盛子晏信步向城里走去。按计划，盛子晏将独自探访位于紫衣巷的一处宅院。那里有一个自称灵媒的南诏女人，盛子晏要去试试，看是否能找到关于杀人香的线索。

进了紫衣巷最深处的那处宅院，盛子晏仔细打量着。门不大，门廊却雕梁画栋，非常繁复，还挂着一副不知是神是鬼的泥塑面具，都是摩揭陀国的风格；等进了正屋，不大的屋子里光线幽暗，氛围神秘，梁上、侧墙上挂满了波斯情调的饰物，其中还点缀着形态各异的鬼怪面具。正对着房门口的位置摆着一张长桌，一个满脸皱纹的中年南诏女人背墙坐在桌前。她背后的墙上摆放着几尊或大或小的天竺佛像，栩栩如生；长桌上面摆满了各种算命的工具，以及罗盘、指针等玄乎物件，这些物件却又有着大秦器物的模样。只是这些陈设都很是破旧，上面布满了灰尘，想来，这南诏女人的生意并不算好，而此时正值午时之后，街上人来人往，这里却门可罗雀，也验证了盛子晏的判断。

南诏女子示意盛子晏坐到自己对面背靠大门的垫子上，语气淡然："想见谁？"

盛子晏客客气气地回道："求一味药。"

南诏女子摇摇头："我只管解答亲人去向，不懂医病开方。"

盛子晏执拗地问："南诏杀人香，您可知道？"

南诏女子不动声色："在大唐，用毒杀人是重罪，用毒者、卖毒者都会处以绞刑，买卖了但没有使用的，流放两千里。哪怕是今年圣上刚刚大赦天下，除了十恶之罪不赦之外，用毒药杀人的，也不在赦免之列。对不对？"

盛子晏点点头："倒是清楚得很。"

南诏女人用浑浊的眼睛看着盛子晏："入乡随俗。"

盛子晏迎着南诏女人的目光："不过，我说的这南诏杀人香，是一种迷药，算不得毒药，而且，更可以用作麻醉药物救人……"

南诏女人笑笑："迷药、毒药，还不是一样害人！"

盛子晏转头看向侧方黯淡帷幕里的一只小鸟标本："既然这么避讳毒药，为什么又摆着这鸩鸟？"

原来，这鸩鸟可是古今第一"毒鸟"，当朝药典《新修本草》就记载了鸩鸟毛这味毒药。鸩鸟生于南海，状如孔雀，五色杂斑，高硕，黑颈，赤喙，出交、广深山中，以吃蛇为生。不过，这鸩鸟早在南北朝时期就无人能识别，唐人更是没有见过。盛子晏只是看到这鸟形状极像鸩鸟，于是试探性地问起。哪知道南诏女子并不上当："那只是朋友所送，谁知道是什么鸟？"

盛子晏并不气馁，又指着一座天竺雕像旁边盛满了干花的漆盒："这曼陀罗干花，除了制作迷药，恐怕也没有其他用途吧？"

南诏女子镇定自若："这些鸟啊，花啊，不难得到。在我们家乡，这花因为鲜艳、花香迷人，摆在屋子里，再寻常不过了。"

盛子晏微微一笑，知道今天不会有什么收获，于是起身告辞。南诏女子只是微微点头示意，并不起身。

走到门口，盛子晏突然回头："你真能通晓过世亲人的下落？"

南诏女人冷冷地回道："你想问问你的阿爷？"

盛子晏大惊："你怎么知道？"

南诏女子指指盛子晏胸前的吊坠。这吊坠上，是盛子晏凭印象所刻的死去父亲的画像，要不是南诏女子轻松揭开谜底，盛子晏还真以为这女子有几分神通呢。盛子晏看看吊坠，又看向南诏女人，轻言道："很想。"

南诏女子的态度明显认真起来，从身后捧出一个紫色水晶球，里面波诡云谲，变化万千。坐回垫子的盛子晏看着紫色水晶球，渐渐眼神迷离。恍惚间，一个声音轻轻传来，若隐若现："我可以走了。"

盛子晏大惊，侧耳细听，却再也听不到只言片语。盛子晏觉得骇人，因为透过紫色水晶球，他可以清楚地看到，南诏女子绝没有开口！

盛子晏平复了一下心情，探询道："怎么样？"

南诏女子猛地吸了一大口气，喘着粗气，疲态尽显："他已经投胎转世，过得很好。"

盛子晏犹疑地问："刚才的声音……"

"是他的。"南诏女子的眼神越过盛子晏，看向半空，"他刚走，一直放心不下你，在水面上游荡着，很久……"

盛子晏猛地站起身，眼含热泪："水面？"

南诏女子不接话，依旧喃喃自语："没有堕入饿鬼道，万幸……的确，过得很好。"

盛子晏平复着激动的心情："我听到了……谢谢你。"

痴痴站了片刻，盛子晏放下几文钱，转身离开。

房间里，南诏女子默不作声地看着紫色水晶球里变幻万千的气象。

第十章
南诏杀人香
（下）

这探查南诏杀人香的第三路人马的目的地，是景大天早就翘首以待的翠玉楼。

在渤海国的时候，景大天和自己的几位江湖师傅逛过几次妓院，可当地妓院都是大碗喝酒大块吃肉的地方，比不上传说中大唐妓院的"风光旖旎"。一早就听爹说这韩滉可是风流才俊，哪知道跟着老师一年，倒是饱了口腹之欲，可妓院这种地方压根没去过。就算老师的朋友在长安平康坊几次宴请老师，老师也没带自己去。这次因为在贾寻房间发现了疑似南诏杀人香的熏香，翠玉楼里唯一的南诏妓女叶丽就大有嫌疑了。韩滉决定试探试探这个叶丽，景大天得到了老师的许可，着实激动地好好打扮了一番。

韩滉和景大天走进翠玉楼，突然，景大天捅捅韩滉："老师快看！"

韩滉抬头，只见柜台上挂着的花魁牌上，清晰地写着"洛阳巧云"的名号。两人知道这是胡笑笑的化名，不禁哑然。

这时，马莹莹正从楼上下来，看到韩滉、景大天对着"巧云"的牌子指指点点，赶忙走上前来，眉开眼笑地搭话："您二位是奔着巧云姑娘来的？巧云姑娘昨儿刚来，这两天去办点事儿，您放心，肯定在咱这里安营扎寨啦！"

韩滉暗笑，心想自己比这位老鸨更清楚"巧云"的动向，既然话说到这里，索性装作遗憾的样子："唉，大老远来的，就为这巧云姑娘。"

"是是，理解理解。"马莹莹满脸赔笑，心中得意，琢磨着这巧云还真引起了轰动，"您别着急，过两天再来，我让巧云姑娘等您。今天，咱先换换其他口味。"

韩滉点点头，又看了看其他牌子，眼睛瞄上了叶丽的名字。马莹莹很有眼力见儿，立刻接上话："这叶丽姑娘特别好！听说是南诏流亡的贵族呢，那歌舞可是一绝！"

见韩滉应允下来，马莹莹喜气洋洋地转向了景大天："您点哪位？"

景大天赶紧回答："有瘦点儿的姑娘吗？帮我翻个牌儿。"

马莹莹诺诺连声，景大天挺高兴，心想在渤海国净碰上身强力壮的了，得看看这大唐江南，一把能握住腰的姑娘什么样！

韩滉和景大天先进了房间，等了好久，景大天已经喝得脸红脖子粗，马莹莹才领着叶丽和另一位胖姑娘进来。叶丽明显得到马莹莹的指点，知道是年长的客人翻了自己的牌子，施礼之后，便直接坐到韩滉的身旁，那胖姑娘则开心地忙着给景大天倒酒。

景大天对来的这位姑娘的身材很是不满，质问着马莹莹："嘿，我不是说……"

马莹莹连忙解释："今天实在是招呼不过来，刚从川北来了几艘大船，您没出去不知道，现在，船上下来的客人都把咱翠玉楼挤满啦！"

说着，马莹莹赶紧招呼胖姑娘："莞儿，快倒酒！"

那莞儿依旧笑着，却停了手，对景大天说道："实在冒昧，老板是怕您久等，才叫我来充数，要不，我再帮您找找瘦姑娘？"

景大天倒不好意思起来，干脆给胖莞儿让了个座："找啥？咱就喜欢壮实的，来来来，今朝有酒今朝醉！"

胖莞儿开心地坐了下来，马莹莹也松了口气，客气几句后离开。

屋里，叶丽也不多话，只是一个劲儿地给韩滉让酒。景大天和胖莞儿闹腾着喝了半天，开始研究起屋子里挂着的山石画卷来。胖莞儿饶有兴致地问："您也懂画？"

景大天假装不满地回道："看着不像？"

胖莞儿也是自来熟，逗着景大天："那您给品鉴品鉴。"

景大天摆出一副文人范儿，仔细看了看山石，先来了首诗："远看冰凝天下雪，遍山寒舞到山峰。东临渤海晨腾浪，西望长安暮坠红。"

胖莞儿和叶丽一同鼓掌，就连韩滉也觉得徒弟能吟成这水平，算是难得了。

胖莞儿端起酒杯，冲着叶丽："姐姐，虽然咱俩不熟，可今天，我得拉着你，咱们一起敬这位大诗人一杯！"

韩滉也跟着凑趣，三个人一起举杯，陪着景大天喝下去，一时间满室含春，其乐融融。

喝完酒，胖莞儿继续说："您说说这幅画吧。"

景大天仔细看看画，左想右想，憋了半天，蹦出六个字："时间，空间，真好！"

胖莞儿和叶丽不解其意，傻傻看着景大天。景大天偷偷瞄了一眼韩滉，向老师求助。韩滉咳嗽两声，侃侃而谈："评价得太对了！从画面里，能感受到苍茫萧索的意境和时空的永恒，树木竹石、山林人物，更有一种在永恒中存在与生长的禅意。"

趁着胖莞儿和叶丽懵懂之时，韩滉冲景大天使了个眼色，景大天会意，拉起胖莞儿："我看这翠玉楼院子里可有几尊山石，来，我给你吟诗品鉴！"

胖莞儿意犹未尽："等会咱接着划拳！刚才我还输着呢，得扳回

第十章 南诏杀人香（下） | 059

来!"一边说着,一边被景大天拽走了。

韩滉笑着和叶丽共饮之后,话入正题:"姑娘可知道贾寻?"

叶丽一愣,脸色很不自然:"就是前几日,在楼上上气发作,死了的那个客人吧?当然知道。"

韩滉摇摇头:"不仅仅是上气发作这么简单吧?"

"还能有假?"叶丽声调高了起来,"衙门来人亲口说的!"

韩滉微笑道:"那也不尽然,本朝断得那许多案子里,冤假错案,也不在少数。"

叶丽手中的酒杯一颤,拿杯子的手直哆嗦。韩滉见状,心里有了底,开始用起了迂回战术:"我在互市监有位朋友,叫义方,曾经出使过南诏,回到长安后对那里的绝美风光赞不绝口,心中魂牵梦绕,难以忘怀。"

叶丽听到韩滉聊起家乡,放松下来:"当然,都说我们南诏人能歌善舞,就因为南诏的美丽风景呢!我们那里一年四季都是阳光照耀,不像这润州,往往有半年时间都是阴沉的天。"

韩滉快速接道:"可惜啊,那义方出使回来仅半年,就病死了!"

"啊?"叶丽一惊,"得的什么病?"

韩滉突然眼光锐利,盯着叶丽:"在南诏中了瘴毒,回到长安治疗时,用了一种叫作麻沸散的迷药,使用过量,不治而亡!"

叶丽不说话,只是下意识地端起了酒杯。

韩滉继续咄咄逼人:"对于南诏的迷药,姑娘了解多少?"

叶丽摇头:"不知道。"

韩滉小声质问:"那为什么在贾寻的房间里,发现了南诏杀人香?"

叶丽此时没有如韩滉预想般崩溃,反而镇定起来:"难道,你怀疑是我杀了那位客人?"

韩滉目光如炬:"若要人不知,除非己莫为。"

叶丽面对着韩滉的连环逼问,不但不怒,反而笑了起来:"你误会了。我在三更宵禁解除的时候，叫上姐妹一同去小五家的店里吃荔枝，走之前，还特意去约那位客人，那位客人说睡了，让我别烦他。"

韩滉奇怪地问："你认识那贾寻？"

叶丽摇摇头："从没见过。"

韩滉不解："那为什么约他去吃夜宵？"

叶丽坦然以对："那晚生意不好，而那客人住得起上房，必然不是囊中羞涩之辈，我想试试看有没有生意。"

见韩滉一副将信将疑的模样，叶丽着急地辩白着："爱信不信，我有人证，等我们回来，那贾寻已经死了！"

第十一章
肚 仙
上

夜已深，即使在厚重的夜幕之下，也能清晰地看见翻滚于天际，时而聚拢成涛，时而奔散如潮的乌云。

润州城门打开了，一人骑马飞驰而出，监门将军和几名手下十分纳闷，不知道司法参军况海在如此糟糕的天气里出城，究竟有什么急事。

况海是去偷偷奔丧。

得知老母亲去世的消息是在黄昏时分，当时的情形不允许况海表现出来：司刑寺丞潘有功刚来润州，他肯定要出席夜宴陪同饮酒，不醉不归，等好不容易把潘有功伺候到云上楼头牌官妓的床上，他这才赶紧往句容老家赶。按当朝丧礼规定，子女应为亡故的父、母守丧二十七个月，可况海决定隐瞒下去，毕竟自己从一名普通的农家子弟到考上功名，成为当朝官员，太不容易！由于没有显赫的世家可以倚靠，自己只能从最低层、最冷门的职务做起，一步一步，绝无捷径可走。做官这些年来，自己步步谨慎，对上卑躬屈膝、曲意逢迎，对下严词督责，天天两面人，说着违心的话，做着违心的事儿，从来不敢一抒胸臆。好不容易熬到现在，和正受圣上赏识的潘有功搭上了关系，并通过进贡焦山金鳞观道士研制的金石讨得了圣上的欢心，虽说这功劳肯定记在面圣的潘有功头上，但是那帮长安的大臣们应该注意到自己的名字了吧。就在这事业向好的时候，母亲死了，自己必须隐瞒，绝不能"丁忧三年"！否则，自己将前功尽弃，而且，母亲含辛茹苦把自己养大，不就是盼着自己能够过好一生吗？老人家在九泉之下定能理解！

况海说服了自己，于夜色中泪流满面，快马加鞭，终于在四更时分赶到了位于柳泽湖边的家族墓地。黑夜中，一驾马车停在墓园门口，呜咽的风刮起地面的尘土，将原本黑压压的天与地缝得浑然一体。况海下马，快步走进墓园。一簇低矮的灌木旁，况海的弟弟况明正手持铁镐，一下一下地刨着一个墓穴，见到哥哥来了，忍不住哭出声来。

"有人发现吗？"况海问道。

况明摇摇头，低声抽噎："我……我和邻居说……说母亲病重……去……去长安求……求医……"

况海安抚地拍拍弟弟的后背，随后夺过铁镐刨了起来。硬实的土地震裂了养尊处优的况海的虎口，丝丝鲜血从伤口渗出，况海却浑然不觉，专注地挖掘着墓穴。墓穴旁边就是棺材，棺材里躺着刚死去的母亲，面容惨白。

终于，墓穴挖好，况海放下铁镐，走到棺材旁边，单膝跪下，伏在棺材边沿，静静地凝视棺材里的母亲。风吹乱了母亲的发丝，况海小心翼翼地将母亲纷乱的发丝理好，随后目光柔和地凝望着母亲的脸庞，喃喃自语："阿娘，儿子对不起您，我们把您葬在这里，远离这个肮脏、喧嚣的尘世。"

说完，况海起身，和况明一起抬起地上的棺材盖，盖上，随后小心翼翼地拖动棺材，顺着斜坡将棺材缓缓推入墓穴，随后开始填土。做完这一切，况海嘱咐况明把马车一路赶到长安，妥善处理。最后，况海"扑通"一声跪下，用力地磕了三个头，头都磕出了血，随后起身离去，不再回头。

况海回到润州的时候，街头已经有不少行人了。刚回到衙门，手下亲信、捕头欧阳尘就来向他汇报。

"什么事儿？"况海早已抹去了悲伤，一脸沉静。

欧阳尘面露疑惑之色，说道："有人似乎在调查翠玉坊的那个死人案。"

况海皱起了眉头："不是上气发作吗？有人盯着这个贾寻……为什么？"

况海像是在问话，也像是在自言自语，接着凝神思考起来，良久也不出声。

"叶丽信誓旦旦地说有人证，而这个人证，就是胖莞儿。"

"哦？那位莞儿怎么说？"盛子晏好奇地发问。

韩滉正要回答，一条大蛇突然从门口游了进来，速度奇快！这大蛇足有成人大腿那般粗，浑身金黄，威风凛凛，吐着芯子，三角脑袋上的两只圆眼炯炯有神，好像通灵一般。韩滉、盛子晏吓得跳了起来，旁边的景大天更是惊叫了一声，只有胡笑笑浅笑盈盈，并不说话。

这时，一位头上裹着紫色头布的天竺人追了进来，右手拿刀，左手持扇，嘴里一声呼哨，这大蛇好像听懂了一样，"羞愧"地一甩头，又游出门去。

韩滉这才松了一口气，转头问胡笑笑："咱要吃这大蛇羹？"

胡笑笑笑着摇摇头："当然不是。咱们人太少，这大蛇可够二十几个人吃一顿的了。今天吃的是铁头蛇羹。"

景大天好奇地问："铁头蛇羹？"

胡笑笑得意地讲述着："把铁头蛇切段，配上木耳、姜丝，然后用麻椒水浸透，裹上荷叶，糊上焦山阴面的红泥，放瓦罐里炙烤……"

说到这儿，胡笑笑不禁吧唧吧唧嘴，引得韩滉也不由得跟着吧唧起来。

盛子晏明白了:"胡小姐,这是太医署采蛇胆的蛇园吧?"

胡笑笑笑着摇摇头:"蛇园可不在这里,在焦山,大着呢!这里是太医署做蛇羹的秘密所在!"

太医署的总部在长安,不过在全国各地都设有药园,种植适应当地环境的各类药材。这些药材经过精心挑选之后会被送往长安。岭南、润州的药园则有些特别——不仅种植药材,还养蛇。其中,岭南蛇园多有金黄大蟒,而这润州蛇园豢养的,则以过山风为主。太医署研究出蛇胆可以止泻、明目、治外伤,而这金黄大蟒和过山风的胆药性尤其强。由于岭南、润州两地皆以饮食闻名天下,蛇园在取胆之后,并不会把蛇杀掉,而是以丝线缝合其伤口,再安置于笼中精心饲养,待日后做美食享用。为此,太医署特意在润州城租了这间不起眼的小院,除了采摘蛇胆外,如果太医署来人,也可在此一品蛇羹美味。胡笑笑把开碰头会的地点选在蛇园,一方面是想犒劳犒劳这位很投缘的韩大哥,另一方面,她今天要在此查看蛇胆采集情况,她可不想错过了"案情介绍"。

韩滉压抑着心底对铁头蛇羹的期盼,把对胖莞儿做的调查讲述了一番。的确,胖莞儿证实了叶丽的一番话:当天夜里,胖莞儿正睡得迷迷瞪瞪,叶丽轻轻敲门,问她去不去楼下吃刚到的荔枝,并主动说要请客。

"那莞儿看来和咱一样,"韩滉说着,朝胡笑笑一笑,"不管再累、再乏,对吃的可没有任何抵抗力!于是,莞儿一骨碌爬起来,就随叶丽下了楼。经过贾寻房间的时候,莞儿听见叶丽冲着屋里询问,里面确确实实传出贾寻的声音,说是已经躺下了,别打扰。莞儿这才随叶丽下了楼,叶丽先去自己房间取了钱,俩人一起去吃了鲜荔枝。"

盛子晏微微皱眉:"叶丽的房间在楼下?"

景大天插嘴道:"对,我们还跟着胖莞儿看了看呢。"

盛子晏奇怪地说:"也就是说,这个叶丽专门上楼叫莞儿和她一起吃荔枝,而没有直接去几步之遥的门口小店?"

韩滉点点头,补充道:"而且,在我们一起喝酒的时候,莞儿还亲口说过,她和叶丽并不熟。那一晚,是叶丽第一次叫上她去吃东西。"

盛子晏觉得奇怪:"叶丽故意拉着这位莞儿,像是为了证明贾寻死的时候,自己不在现场,问题是……"

韩滉接上话:"对啊,问题是,这个叶丽确实不在现场。听莞儿说,吃完荔枝后两人相谈甚欢,后来叶丽还请小五去外面买了两盒奶皮糕,两人一直待到天色微亮。也就是说,直到打扫的伙计和老鸨发现贾寻的尸体为止,叶丽和莞儿都一直在一起!"

大家一片沉寂。盛子晏想了片刻,突然询问韩滉:"老师最初套叶丽话的时候,她是什么表情?"

韩滉思索着:"反常……倒是没有。开始的时候,还有些紧张,等我问到关于杀人香的问题时,那叶丽突然就变得相当镇静,甚至还有些咄咄逼人!"

盛子晏一字一顿地说:"这些答案,她早就准备好了,就算官府来问,她也不怕!"

景大天一拍大腿:"没错!我就和老师说嘛,这姑娘不是省油的灯!你看她长得浓眉大眼的,机灵劲儿十足!"

"浓眉大眼?"盛子晏不禁想起了水晶球旁,那浓眉大眼、满面沧桑的南诏女人。

为了求证自己的一个猜测,盛子晏特意来到位于城南一片错杂民居间的一座套院。小院门口正上方的石壁上,是经年风吹日晒已几近模糊的"乐刻斋"三字。盛子晏先敲了两下,随后又急促地敲了三下,半响,门开了,一位十一二岁的小姑娘看到盛子晏,露出笑容,把盛子晏让进了门。

院子不大,中间是一棵有些树龄的柏树,树下一方石桌,上面摆着茶海。须发皆白的乐刻老人请盛子晏坐到石桌边,一边给盛子晏冲洗着茶杯，一边问道："盛先生这次来，要查什么？"

原来，这乐刻斋是在润州酷爱访古的圈子里素负盛名的一家藏书馆。当朝图书馆业兴盛，不仅官方设立了秘阁、乾元殿、集贤殿、崇文馆等机构，寺庙、道观也积极参与，成为宗教教义的重要收藏地，更有诸多私人藏书馆，藏书包含历史志书、医学农学等多种品类。而这乐刻斋，专门收藏各种前人笔记、志怪小说等，类似《集异记》和《敦煌藏经卷》这种孤本就有十数本之多。其主人别称"乐刻老人"，原为长安弘文馆官员，博古通今，本人就堪称一部"小百科全书"。因此，这乐刻斋成了盛子晏最爱拜访的藏书馆之一，而且在这里，盛子晏难得能感觉到惬意，感觉比在家里还要温馨，因为在家里，感受着养父霍新无时无刻的愤懑，盛子晏只想要逃……

见乐刻老人相问，盛子晏客气作答："先生，我想找《长安谭》。"

乐刻老人想了想，摇头道："难得一见喽。"

盛子晏登时浮现出失望的神情，乐刻老人劝盛子晏喝茶："你想查的内容，可否告知老朽？"

盛子晏连忙放下茶杯，抹抹嘴："肚语。"

乐刻老人费力搜索着记忆："我倒是读过《长安谭》，里面也确实有'肚语'一词。"

盛子晏满含期待："您能回忆起书里所讲？"

乐刻老人摇摇头："也无非是描述市井百态、提到各类艺人时，捎上了一句，恐怕帮助不大。"

盛子晏点点头，难掩失望。

乐刻老人接着说："不过，我看过一本米契尔人写的游记，里面倒着实提到了肚语。"

盛子晏大喜过望，忙催促乐刻老人把所记得的米契尔人肚语知识详细讲给自己，随后足足喝了一大壶茶，这才依依不舍地拜辞乐刻老人，直奔紫衣巷。

第十一章 肚 仙（上） | 067

第十二章
肚 仙
下

紫衣巷最深处。

宅院中，南诏女人依旧枯坐，等着零星客人，见盛子晏又来，倒也不意外："又有心里难安之事？"

盛子晏一屁股坐在南诏女人对面的垫子上，双目有神："上次得知阿爷终于转世投胎，深感安慰。"

南诏女人微微一笑："是专门来向我致谢的吗？"

盛子晏摇摇头："倒也不是，想请教一事。"

接着，盛子晏说了一句口音浓重的句容方言，南诏女人十分茫然："你说的是什么？"

盛子晏盯着南诏女人："阿爷就是这口音，一生未改，他是怎么告诉你他的去向？你又如何能听懂？"

南诏女人冷笑："死后的事情，黄毛小儿也敢妄言。"

盛子晏目光如炬："的确不敢，只是有太多奇怪之处了。当天，阿爷那一句话，着实让我震撼，未及细细思量，回到家里，我反复回味，阿爷所说的官话里，倒是隐约有南诏口音的痕迹。"

南诏女人不说话，冷冷地看向盛子晏。

盛子晏继续侃侃而谈："所以，我去书斋查了志怪笔记，有一个收获，和你分享一下。据说，沙漠大国米契尔国民间有一门功夫，寻常人等说话，舌、齿、唇碰撞发音，而这记载中的米契尔奇人们，嘴唇不动，以丹田发力制造声响，熟练者，已能将声响凝练成声音，是为肚仙！"

南诏女人虽然尽量不动声色，可是已经紧张得下意识将拳头握紧。盛子晏看在眼里，心里更有了谱："这米契尔国绝技已经传至大唐，想来，南诏也有人精通此技吧？"

说着，盛子晏一声呼哨，韩滉、景大天和胡笑笑走进门来，中间夹着叶丽。头一次见到叶丽的盛子晏看到其和南诏女人七八分相似的容貌，对自己的判断更加确信了。

韩滉也是同样笃定，于是威严以对："你们母女相认吧！"

叶丽低头不语，南诏女人却高仰着头："你说什么？我不懂你们的意思。"

旁边的景大天急了："什么不懂意思啊，我都看出来啦！你看你俩的长相，这、这都一个模子刻出来的似的！"

怎奈南诏女人抵死不认。僵持之下，盛子晏突然灵光闪现："那好，既然你不认，咱们滴血认亲！"

"滴血认亲？"南诏女人和叶丽都是一惊。

盛子晏胸有成竹，指着胡笑笑说："这位是太医署医学士，权威不容置疑！"

一听这话，胡笑笑不由得胸脯也挺上一挺。

盛子晏又转向景大天："景义士！"

景大天不满地说："叫师哥！"

盛子晏连忙改口："师哥，拿一盆清水来！"

景大天其实早就想瞧热闹了，赶紧四下寻摸，找到一个干净的水盆，奔向院子里的水缸，接了清水回来，"咣当"一声就撂在桌上。

盛子晏中气十足地继续吆喝着："医学士，备针！"

胡笑笑看向盛子晏，心说是要玩真的吗？可盛子晏一本正经的样子，压根不看自己。胡笑笑又瞅瞅韩滉，韩滉也顾不上搭理胡笑笑，心里正奇怪呢：这盛子晏平时沉稳可靠，怎么现在搞起这一套，仪式感十足？胡笑笑见谁也不搭理自己，只好听盛子晏的吩咐，缓缓取出随身携带的背包，拿出一根细小的银针。

盛子晏请景大天站到南诏女人身后，防止南诏女人抵抗。随即紧闭双目，双手合十，喃喃自语，突然间怒目圆睁，猛地出招，右手抓住叶丽的左手，左手又迅速擒住胡笑笑拿针的右手，在众人的一片惊呼之中，抓着胡笑笑的手，用银针猛刺两下叶丽的手指，随后使劲一挤，伴随着叶丽的"哎哟"声，一滴鲜血滴入水盆中；然后二话不说，又捉住南诏女人的手，用银针猛刺一下，又是一滴鲜血滴落。盛子晏这才松开南诏女人和胡笑笑的手，胡笑笑被动扎了三针，不过也顾不上多想，所有人的视线都集中在水盆里。

水盆中，两滴鲜血飘飘荡荡，终于融为一体！

南诏女人颓然倒在地上，叶丽连忙挣脱开束缚，搀扶着南诏女人，泪如泉涌地喊道："娘——"

南诏女人被扶到座位上，茫然地看着韩滉和盛子晏："没错，这是我的女儿容可丽，我是南诏国诚杰的妻子阿朵。"

一提到诚杰，韩滉和盛子晏立刻明白了。十几年前，南诏国王皮逻阁去世，养子阁罗凤凭借雄厚实力赢得了王位，次子诚杰则因争夺王位失败而遭放逐，途中惨遭不测，而其妻女则不知所踪。原来眼前的这对母女便是诚杰的妻女！

阿朵泪眼婆娑，让容可丽去里屋取出偷盗的贾寻的包裹，景大天打开，见里面有六七百文钱和一个价值百文上下的戒指。

阿朵哽咽讲述着："孩子就拿了这一次，因为国王死了，我想，我们总算能回家乡了吧？可路途遥远，路费无论如何也得要二两银子，一着急，我就同意了孩子的想法……"

韩滉看着这包袱，叹了口气："你们的身世很让人同情，可是，就算是为了回到故国，也不能……唉，也不能杀人呀！"

"杀人？"阿朵大吃一惊，望向女儿。

容可丽更是大吃一惊："我没有杀人！"

韩滉奇怪地问："那贾寻是怎么回事？"

容可丽肯定地说："我进去的时候，他已经死了！"

"死了？"这下，轮到韩滉大吃一惊了。

盛子晏盯着容可丽，观察着她的表情，然后扭头看了一下韩滉，冲他点点头，示意容可丽说的是实话。

原来，正如韩滉、盛子晏猜测的那样，三更时分，容可丽先悄悄往贾寻门里塞入迷香，估摸着迷香药效发作，这才撬开门闩，打开房门，偷取了包裹，却发现贾寻已经死了！容可丽害怕之余，决定约胖莞儿去吃荔枝，途中，用肚语捏造自己和贾寻的对话，以证明自己不在死亡现场，应付肯定会来的捕快。

"会不会是杀人香的剂量放太多了？要知道，那贾寻可是患有上气之疾。"胡笑笑提出了自己的猜测。

"不可能！"阿朵斩钉截铁地说，"这杀人香是假的，就是普通的蒙汗药，都比它强上几分。"

"假的？"大家都大为奇怪。

容可丽解释道："没错。自打听说国王已死，可以回南诏了，我就想偷取有钱客人的一些银两做路费，开始的时候娘坚决不同意，可拗不过我，只得点头。可是我们手头却没有杀人香，因为近几年，南诏下发了禁令，南诏与大唐的贸易彻底中断，杀人香最重要的原料洱海九色茶花运不过来了。"

阿朵接话道："是啊，这南诏杀人香最重要的原料，就是产自洱海花森林的九色茶花。但是此花只有在花开之后的三个月之内入药才能展现出最佳的迷幻效力。一旦错过，其药性便会荡然无存！于是我就草草做了最普通的迷香，交给了容可丽。"

大家听得入迷，胡笑笑更是心中暗喜：原来闻名天下的南诏杀人香是如此制成的!

盛子晏点点头:"我查过驿站的资料,这三年来,都没有南诏的货物进来。三年前,阁罗凤率使团前来大唐,经过贺兰关隘,守将调戏其妻子,阁罗凤状告圣上,却未获回应,一气之下断绝了两国贸易。看来,这禁令执行得很是彻底啊!据我所知,阁罗凤死后,新国王上任,南诏才恢复与大唐的贸易往来,第一批马队今天才能到达长安。"

说完,盛子晏转向容可丽:"你撬门闩,用的可是梅花撬针?"

容可丽大感不解地摇摇头:"梅花撬针?我用的就是寻常的南诏撬针。"

盛子晏想着贾寻房间门板上梅花撬针的痕迹,陷入了沉思。

韩滉冲着容可丽和蔼地说:"你把包袱包起来,送到官府,就说你是在门口捡到的,一时贪心取了回来,现在心里不安,特意归还。你这种情形,应该不受惩戒,只是以后别再干这种事儿了,得不偿失。"

阿朵、容可丽母女本以为要见官,免不了一番牢狱之苦,听到韩滉如此处置,大喜过望,忙不迭地点头称谢。韩滉微笑以对,盛子晏则借机问出萦绕其心底的问题:"那日,您如何知道阿爷的离世和水有关?"

阿朵笑笑:"佛观一钵水,八万四千虫。这阴间阳间的人,谁能和水甩得脱干系呢!"

韩滉一行人走在紫衣巷中,韩滉走得很慢,思绪又回到了贾寻之死上,想着又要重新找寻新的破案线索了。

景大天则是拉着盛子晏复盘:"师弟,你那个滴血认亲,还真神奇呀!前面你对天念的那些咒,管用!"

胡笑笑也是充满好奇:"是啊,就我们太医署的案例来看,许多人与亲生父母滴血认亲都不能成功呢!今天怎么就那么灵验?"

盛子晏伸出自己的中指，上面有一个明显的针眼："当然灵验，两滴都是我的血！"

胡笑笑这才明白，原来，银针先扎了两下，分别扎到的是容可丽和盛子晏的手指，然后盛子晏挤出了一滴自己的血，然后又扎了阿朵一针，挤出来的还是盛子晏的血。胡笑笑不禁赞赏地看向盛子晏，心里更是甜甜的，因为盛子晏信任自己，而自己担任助手，稀里糊涂间竟然与他配合得还不错，不禁暗自得意起来。就连平素有些许嫉妒盛子晏的景大天，对自己的这个"师弟"，也不由得有些佩服。

韩滉听完，夸奖盛子晏："那你之前那些故弄玄虚的举止，是在分散那对母女的注意力吧？聪明。"

正说着，阿朵和容可丽从身后追了上来，阿朵手里捧着两锭银子："这是你们落下的？"

盛子晏、景大天、胡笑笑互相看看，不解其意。

韩滉微笑着说："应该够你们回南诏了，路途遥远，小心……"

话没说完，阿朵已经抱住了韩滉，热泪盈眶。

旁边容可丽涨红着脸，突然告诉韩滉："本来，我不想说，怕惹麻烦，可你们对我们娘俩这么好……"

韩滉鼓励着她："但说无妨。"

容可丽点点头："其实，二更的时候，我就偷偷去了贾寻房间门口，想放迷香，我听见里面……有女人的说话声！"

第十三章
山水画卷定嫌犯
上

　　老鸨马莹莹绝对不喜欢官府插足，不过，对于"业余侦探"韩滉提出的不要报酬的查案，她还是很欢迎的。毕竟，这翠玉楼可是倾注了她的心血，她可不想因为这一桩可能是凶杀案的案子触了霉头。

　　听说韩滉的调查重点竟转向失踪妓女斐如云时，马莹莹难以置信，因为斐如云来翠玉楼三年了，一直规规矩矩，很是让马莹莹省心。妓女们无论在什么样的院子里，无论生活奢华抑或勉强糊口，其实都像是被豢养在笼中的鸟儿一般，无非是金丝雀和麻雀的区别。按惯例，妓女们都有专人来管理，比如老鸨，或者妓女的头头"都知"。她们的行动大受限制，除了受客人邀请出行外，每人每月仅仅获准出坊三次，即每月的初八、十八、二十八，每次出去，还要向老鸨交纳保证金。这斐如云突然踪迹全无，连保证金都没收上，马莹莹觉得太亏了。

　　"不会是她杀了那贾寻吧？"马莹莹向韩滉、盛子晏试探着问道。

　　韩滉摇摇头："还不知道，既然叶丽说，曾经在贾寻的房间里听到女人的声音，而这个斐如云又不见踪迹，那我们肯定要查清楚。"

马莹莹叹息着打开了斐如云房间的门锁,随后侧身请两人进入。

斐如云的房间明显比不上韩滉见到的贾寻房间,以及胡笑笑所假扮的"巧云"的房间,不过看得出布置得很用心。不大的一间套房颇有特色,正面的粉墙上挂着四幅笔法稚嫩的山水画卷,画的分别是扬州瘦西湖、润州万岁楼、洛阳白马寺,还有一处竟是北地的幽州台!这幽州台也叫招贤台,亦称黄金台、蓟北楼。相传战国时期,燕昭王构建高台,置黄金于台上,以招揽贤才,此台遂得名。当初韩滉过幽州时,还特意前往拜谒,领略陈子昂"前不见古人,后不见来者。念天地之悠悠,独怆然而涕下"的苍凉意境。韩滉不禁仔细看了看这幅画有幽州台的画卷,颜料很是新鲜,显然是最近刚刚画成。

马莹莹对斐如云有杀人嫌疑这件事耿耿于怀:"这姑娘谈不上琴棋书画全都精通,不过呀,也算是粗通了,您二位看看这几幅画,画得多好!"

韩滉和盛子晏都没有接话,只是仔细地查看房间。房间很是整洁、清爽,两侧各挂着一幅花草图案的画卷,也是出自她手,看来这斐如云是真喜欢画画。

"你们说,我这翠玉楼是不是撞邪了?又死人又丢人的!这么下去生意可咋办啊!还有那个巧云,到今天还不回来,白费了我为她准备的那么大一间屋子!"

盛子晏询问着马莹莹:"这个斐如云,平时都跟谁联系比较多?"

马莹莹摇摇头:"数不过来!这姑娘性格好,凡是来咱这儿的客人,没有挑她毛病的!她跟其他伙计关系也都不错,还有楼下水果店的小五,包括门口这条街点心铺的刘老板、修脚的老谢、摆面摊的大许……你就数吧,数得上来的,见了这如云,可都笑着打招呼呢!"

韩滉和盛子晏对视了一眼,皱紧了眉头。

"三月三日天气新,长安水边多丽人。"

景大天一边吟诵着,一边忍不住咧着嘴乐,把旁边并肩走着的胡笑笑都给看笑了:"景大哥,怎么这么高兴啊,嘴都合不上啦?"

"我这不是笑,是陶醉!你听这诗,多美!想象一下这幅画面,美女如云,啧啧啧!我爹还说呢,要是我能找个大唐的媳妇儿,我家祖传那张龙皮凤骨大弓,绝对给我,不给我哥!"

胡笑笑哈哈笑着:"景大哥,你说得还真对,刚才那首诗,描写的可就是我们大唐相亲的场景。"

景大天一脸神秘:"笑笑小姐是不是也参加过?"

"当然啦!"胡笑笑大大方方应答,"那是一年前的事儿了,舅舅没完没了地催,我这不就去了嘛!哎,竞争太激烈了!"

"还有比你好看的美女?"景大天真诚地问着。

胡笑笑很是开心:"景大哥越来越会说话了。可惜啊,这长安城的男子,差点儿意思,游手好闲的多。也难怪,本地人都有几分产业,这长安的房子又特别值钱,所以长安人衣食无忧,也就不思进取了。不过,我跟你说,我可有经验,你知道啥时候去挑夫婿最靠谱吗?"

景大天死活想不出来:"快快,别卖关子了。"

"放榜的时候!"胡笑笑介绍着经验,"你想啊,放榜时那些考取功名的天下举子们都在榜前找自己的名字呢。而此时,长安城的妙龄少女们也纷纷聚集,暗自寻觅着心仪之人。一旦发现考上的考生里面有眉清目秀、身姿俊朗的,少女们便记住名字,立刻回家,赶紧找阿爷阿娘让媒婆提亲。听说呀,因为抢得厉害,有的人根本都不回家和阿爷阿娘打招呼,直接就定了终身!"

景大天想象着那抢亲盛况,突然好奇地问:"笑笑小姐,你说像盛子晏这种,是不是就属于你说的抢手货?"

听到景大天提到自己的心上人,胡笑笑有点儿不好意思,不过还是回答得很得体:"应该吧,盛大哥有才华,职业也不错,长得还帅,听说他中榜的时候,好多媒婆上门提亲呢!就是不爱笑。"

景大天一撇嘴:"人家那叫深沉。"

胡笑笑意识到不妥,偷偷瞟了一眼景大天,果然见景大天有些脸红脖子粗。她暗自觉得好笑,忙安抚道:"景大哥也不错啊,孔武有力,身姿挺拔,江湖经验丰富,你这样的男子,靠得住!"

听胡笑笑说得这么真诚,景大天很是得意,谦虚地摆摆手:"不行不行,我爹说我要学的东西,可多呢!"

胡笑笑趁机抛出心里的谜团:"对了,你跟着韩老师,学的是啥?"

景大天不好意思地回道:"学画。"

原来,三年前,韩滉行走幽州的时候,恰遇安禄山、史思明的残部劫道。韩滉一介书生,孤立无援,危在旦夕。此时,恰好有一支渤海国商队经过。这白山黑水间的渤海国人个个善武骁勇,不但商队保镖武艺高强,就连这商队领头的大商人景洪也有几把刷子!这群渤海国人与劫道者殊死搏斗,保住了价值不菲的货物,捎带着也救了韩滉。景洪崇敬大唐文明,听说眼前之人竟然是大唐数一数二的大画家韩滉,喜出望外。于是,景洪拉着韩滉一路大吃大喝。韩滉本就孤身飘零了一阵子,一直东躲西藏地赶路,很久没在正经酒肆吃到荤腥了。偶遇景洪,得以享受其款待的美酒佳肴,乐不可支!两人好吃好喝了足足两天,方才惜别。一年前,景洪把儿子景大天派了过来,说是要拜韩滉为师学画。韩滉一看景大天的气质,气便不打一处来,心说这救命恩人的眼光着实不怎么样。这宝贝儿子一看就是江湖路数,和舞文弄墨毫不沾边儿,学啥画呢?等韩滉再一盘问景大天,果然如此。景大天坦言自小喜爱武功,曾在渤海国拜多位江湖异士为师,景洪一看不好,担心儿子要走偏,便赶紧将其发配到韩滉身边,希望韩滉帮着景大天"改邪归正"。韩滉听完真是哭笑不得,可碍于景洪救过他命的情面,又不得不收下这个不靠谱的徒弟。好在,这景大天和他爹景洪一样,虽说是一介武夫,却为人正直,而且对大唐文化怀有深深的敬仰之情,对诗词歌赋也是颇感兴趣,只不过吟诗水平着实一般。

当然，这些话，景大天只是挑不重要的说给胡笑笑，至于韩滉的名号，因为韩滉明令禁止，景大天也就没透露。饶是如此，聪颖的胡笑笑也基本明白了个大概。

景大天浅聊辄止："我这都是粗鄙村夫的事儿，没意思，还是相亲的事儿好玩。"

"好啊，"见景大天感兴趣，胡笑笑也就乐滋滋地开始分享起来，"我相亲，绝对有经验。别的女子相亲，利用早起一切时间，理云鬓、贴花黄，太耽误功夫！"

景大天好奇心十足："哟，那你呢？"

"不懂了吧？早去占地儿啊！"胡笑笑得意扬扬，"得根据活动举办时间，来考虑光线问题。若皮肤白皙，就找阳光足的地方，以彰显活力与光彩；若脸上有瑕疵如痤，则应寻找光线柔和的暗处；而且，选地方也不能光考虑自己，还得要方便观察对方，观察全场。"

景大天笑得合不拢嘴："这快赶上江湖高手对决了。对决的时候，太阳照射角度、呼吸节奏等，包括一粒沙尘、一颗水珠，乃至光线和风向的细微变化，都会影响到最后的结果。"

胡笑笑眉毛一竖："可不！你以为呢？"

两个人同时停顿，继而一起哈哈大笑起来。谈笑间，已经到了永平里功德观前的鞠场。据说这里正是斐如云每个月三次放假都要看蹴鞠的地方，胡笑笑和景大天被韩滉派来寻找线索。

鞠场当下并没有正式比赛，只有两队女子在玩乐舞蹴鞠。只见女球员之间相互追逐，互不相让，呼和声此起彼伏，构成了一幅既充满活力又赏心悦目的画面，煞是好看。胡笑笑看到一个卖糖画的小贩，便走上前去，客客气气地问道："小哥，可知道翠玉楼一位叫斐如云的姑娘是否常来这儿看蹴鞠？"

这小贩见胡笑笑貌美又客气，于是挤眉弄眼地调戏道："知道啊，买我两个糖画，便告知。"

胡笑笑笑了笑,刚要掏钱,旁边的景大天上前一把攥住小贩的胳膊,凶神恶煞一般:"咱不喜欢吃这玩意儿,快点儿说!"

小贩被攥得生疼,看景大天五大三粗,连忙求饶:"说,说!卖徽子的三郎知道!"

第十四章
山水画卷定嫌犯
下

胡笑笑和景大天顺着小贩的目光，看向隔着球场的另一端。卖馓子的三郎看到卖糖画的小贩哭丧着脸，制服他的一男一女正盯向自己，扭头就跑，胡笑笑、景大天撒腿便追！

这三郎很快便转入窄小街巷，胡笑笑、景大天疾奔于长街。景大天边追边观察着黄土街上若隐若现的脚印，只见沾有褐色泥土的潮湿脚印一直向远处延伸。景大天边跑边对胡笑笑解释："算这小子倒霉，昨天晚上下了场细雨，再加上鞠场地面铺的是方圆几十里独有的黏土，这小子跑不掉！"

两个人沿街追到一个十字交错的路口，脚印明显地指向右边的小巷，而这左右横街是一条青石板路，脚印渐渐消失不见。胡笑笑正要向右边小巷追去，景大天却停了下来："等等！"

胡笑笑不解："等什么？再慢就追不上了！"

景大天不理她，反而伏在地上，认真观察良久，摇摇头："不对！"

胡笑笑追问道："怎么不对？"

景大天指着地上的一只拖长的脚印："你看这脚印，原本一直清晰、紧凑，在这里却有些许拖长。这说明，在这个位置，他收住了脚步！"

听江湖经验丰富的景大天如此说，胡笑笑便低下身仔细观察那脚印。

景大天继续说："他这一路故意从黄土街跑向石板路，明显是想甩掉咱们。不过，他想得太多了，这是在欲盖弥彰！"

说着，景大天在石板路两侧勘查，果然在一侧发现了踪迹，连忙招呼着胡笑笑："你来看！"

胡笑笑来到景大天身边。

景大天指着细微痕迹说："这有一行赤足痕迹，印证了咱的判断。这小子应该是使了疑兵之计，朝右走了几步，等鞋印在石板路上慢慢模糊不清，便脱鞋反向而逃！咱们往这边追！"

两人朝左边的石板路追去，一路追至巷口，前面是市集，有不少赶集者在铺摆摊子，已经有不少居民聚集。景大天率先停下脚步，眯起眼睛，不再前行，而是凝眉左右打量。只见沿街都是民房，民房的院落延伸到街边，一个个院落柴扉紧闭，唯有右后方两个院落之间，有一堵土块垒成的破败矮墙，矮墙与上方木梁之间有破布遮挡。

景大天正凝视着，那破布倏忽晃动了一下，又恢复了平静。

景大天和胡笑笑顿时警醒。景大天示意胡笑笑噤声，随后从腰间拔出短剑，轻轻走到破布帘前，捻住一角，猛地一掀，一只猫突然蹿了出来，吓了景大天和胡笑笑一跳！景大天扯掉布帘，一段断垣残壁呈现在眼前。被碰掉的几块砖头落在地上，景大天上前勘查，明显是最近的痕迹，隔矮墙向远处看去，一行鞋印清晰地延伸至远处的灌木丛中。景大天蹑手蹑脚靠近，突然一探手，就把那喘着粗气的三郎捉了出来！

"跑啥？"景大天也是累得呼哧带喘，跟上来的胡笑笑更是扶着腰，大口喘着气儿，使劲瞪着不懂事儿的三郎。

三郎喘了半天，才说得出话："你们不……不像要赌账的……"

说着，三郎斜楞着眼看着景大天和胡笑笑。

胡笑笑气鼓鼓地说："谁管你什么账不账的！翠玉楼的斐如云，认识不？"

景大天看看胡笑笑，心说这笑笑小姐生气都这么好看，这么想着，手里不自觉地一加劲，三郎疼得哎哟直叫："认识认识！她就喜欢吃我做的馓子。"

胡笑笑追问："她总是一个人来吗？"

三郎怯生生地回答："偶尔一个人，大部分时间都是和小五一起来。"

"小五？"景大天和胡笑笑疑惑地对视一眼。

盛子晏在走访翠玉楼的妓女、伙计时，得到了一条重要信息：斐如云失踪前夜，有个背影很像斐如云的女子，从翠玉楼出来，拐进了小五家的水果铺，接着，里面的油灯一下子灭了，足足半盏茶的时间，才又点起。翠玉楼门前横街右拐的点心铺刘老板，当夜一直坐在店铺门口，摇着蒲扇，和对面修脚的老谢聊了个通宵。据刘老板回忆，起码在四更之前，他没见到斐如云走出翠玉楼。这两条线索，加上斐如云经常和小五一起去看蹴鞠的情报，疑点就聚焦到小五身上。

小五家的水果铺是个极小的门脸儿，里面摆放着几种应时水果——白蜡荔枝、当时被称为"频婆"的苹果以及颇受武曌皇帝喜爱的贡柑，当然，质地都远远说不上上乘。除此之外，还有女孩子喜欢的几样蜜饯零嘴。门脸儿后身是一个小院，逼仄院子的一角摆着个捡来的破木床，床上遮着挡雨的篷布，这就是夏天小五休息睡觉的地方。

听说有人指出斐如云失踪前夜来过自己的小店，并且油灯立刻熄灭，小五倒不慌张，说那天斐如云确实来过，进来的时候着急忙慌，说买俩频婆就要赶紧回去，听说有一拨滇南来的客人刚在坊里米线店吃饱喝足，准备闲逛呢，没准能揽上笔生意，取了频婆就匆匆走了。这斐如云风风火火地闯进来，带来了一股风，把油灯的火苗吹灭了，他一时半会儿又没找到火折子，只好摸着黑待了半天，才把油灯点亮。

韩滉在几乎转不开身的小店里看了看，店里和后院并无异样，于是和小五攀谈："你的生意不错啊，半夜还点着油灯。"

盛子晏也是奇怪，毕竟当时油灯可不是家家都点得起的。

小五点点头："唉，这也是多亏马老板照顾。马老板说，在我这儿点个灯，一方面显示这翠玉楼的人气旺；另一方面，其实也算是帮着照看照看，防着些偷盗之人。冲着这个，马老板给我供着灯油，要不然我也点不起。"

韩滉表示理解，盛子晏看了看油渍斑斑的灯台，又四处看了看，转身随着韩滉走了出去。

韩滉、盛子晏和景大天、胡笑笑会合之后，离午时尚早，大家并不饿，于是韩滉提议散散心，去看看灯影戏。这灯影戏用蜡烛做光源，照射兽皮做成的人物剪影，通过白色隔亮幕布的反射来表演故事，今天演的是《如来弘法》。韩滉本没有啥兴趣，可看着景大天对这灯影戏大为痴迷，就满足了徒弟的愿望。

景大天大喜过望，赶紧进了黑咕隆咚的戏场，挑了个正中位置，饶有兴致地看了起来。韩滉、盛子晏坐在黑暗中，各自想着斐如云的去向，心不在焉。突然又有客人进来，一阵风吹过，那烛火猛地一蹿，一滴蜡油竟甩到盛子晏的脸上！

盛子晏突然想起了什么，拉着韩滉就冲了出来。胡笑笑紧紧跟上，景大天正看得兴起，不情愿地走出戏场。

"咋回事？"景大天老大不高兴，质问着盛子晏。

盛子晏也不说话，快步回到了小五家的水果铺。小五正在整理水果，把略显发蔫的水果都擦拭一番，见以盛子晏为首的几人气势汹汹地折了回来，大吃一惊。

盛子晏也不说话，抢步上前观察灯台，只见灯台上的灯油很久没有擦拭，显得脏兮兮的。而围绕灯芯的油渍明显呈现一个规则的圆形。小五紧张地看着盛子晏，满脸冒汗。

盛子晏一指灯台："照你所说，那斐如云来找你的时候，带着一阵风进来，风力之大都能扑灭烛火。可灯台这一端，为何没有半点儿灯油溅出？"

小五支支吾吾，不知如何作答。盛子晏不容分说，端起投洗抹布的水盆冲向后院。小五在地上撒泼打滚儿，试图阻止盛子晏，被景大天一把拖起。盛子晏打量了一番小院，将水朝床下泼去。床下正中央部分的水明显迅速下渗，这里的地显然是刚刚挖过。盛子晏连忙以手刨土，旁观的韩滉、胡笑笑、景大天都以为盛子晏会挖出斐如云的尸体，屏息以待。景大天使劲扭住小五，防止他狗急跳墙。

片刻，一件包袱被盛子晏挖了出来，打开一看，是一套女子的衣衫。小五一见，立刻跪在地上求饶："千万别和马老板说呀，我、我对不起她！"

韩滉喝问："尸体在哪儿？"

小五正哭天抹泪，一听韩滉提到尸体，傻了："尸、尸体？什么尸体？"

景大天手上加劲："装什么傻，那姑娘的尸体呢？"

小五一下子明白了："斐如云？她没死啊，她跑了。"

韩滉等人都糊涂了，齐声问道："跑了？"

小五忙解释道："是啊，唉，都怪我，如云姑娘和我交好，我们经常一起外出，吃东西、看蹴鞠。那天晚上，快到二更的时候，她、她找到我，说遇到了如意郎君，可还不起马莹莹的卖身钱，就想偷偷跑掉，求我帮她。我本来不肯，毕竟马莹莹待我不薄，可实在、实在是拗不过如云姑娘的哀求，就、就借了一套我的旧衣服给她……"

"你把油灯暂时吹灭，就是为了帮她换装？"韩滉问道。

"是，"小五支支吾吾地说，"第二天一早，她、她就跟着来送货的羊头车溜走了！"

盛子晏一直观察着小五的表情，见其并无作伪的痕迹，无奈地看了一眼韩滉。韩滉却是思路慢慢清晰起来，追问小五："你和斐如云交好，那么，她是否曾提起她去过北地？"

小五摇头："如云生于扬州，最远也就是去洛阳白马寺拜谒过。"

韩滉明白了，转头问盛子晏："斐如云这两周的恩客，问清楚了？"

盛子晏点点头："打听清楚了。据马莹莹说，除了有一个不知底细外，另外七个人大部分都算是常客了。"

韩滉凝神："其中有没有来自幽州的？"

盛子晏痛快地回道："有！有一个叫甘亮的小茶商，正是来自幽州。"

景大天大惑不解："这和幽州有什么关系？"

韩滉耐心解释道："斐如云屋子里的四幅山水，一望便知俱是写实……"

景大天接话道："没错，画得确实一般，不过很细致，跟真的一样！"

"没错，"韩滉赞许地说，"评论得很准确，跟真的一样！可这最新所画的幽州台，她从未去过，却也画得丝毫不爽，如同身临其境，应该是最近有恩客向她描述过。而且，如云姑娘生于扬州，身在润州，曾经去洛阳拜谒，扬州、润州、洛阳这三处地方对她来说都有特殊意义，这幅幽州画卷能够和这三幅画并列，可见，这位幽州的恩客对如云姑娘而言格外重要。想来，这斐如云和他私奔之事是没跑啦！"

第十四章 山水画卷定嫌犯（下）

第十五章
墨色人偶
上

盛子晏的失踪来得毫无征兆。

起码，在去甘亮表姐家的路上，还一切如常。当时，胡笑笑和景大天走在前面，景大天还悄悄地询问胡笑笑卖上好画纸、笔墨的地方。原来韩滉私下里嘱咐他购买一些画纸与笔墨，因为前几天他光顾着看灯影戏，把装着两锭金子和十几两银子的包袱弄丢了，导致二人近日颇为拮据。他们随身揣着的几两银子，又给了阿朵、容可丽母女大半，剩下的银子不多了，只能节衣缩食，所以韩滉准备卖画了。胡笑笑满口应承下来，并且说，如果卖画不是特别顺利的话，她可以在家里掌回勺，让韩老师和景大哥尝尝润州家常菜的美味，并随口说了几样菜，勾得景大天食指大动。

甘亮的表姐家住城中心的光大坊，此处是润州城底层百姓聚居的住宅区。按照甘亮表姐的说法，因为老家的人都不在了，甘亮和自己走动得并不频繁。这位表弟每年都要来润州进一些北地人最喜爱的武夷岩茶。在润州逗留期间，他会上门坐上片刻，逗弄逗弄孩子，然后便告辞而去。不过甘亮每次来倒是不差礼数，只要是登门，总要给孩子带个玩具，当然还有幽州的特产。表姐留甘亮吃饭，也往往被其婉言谢绝。至于甘亮住在哪里，表姐并不知晓，只说按道理应该住在贩茶的商栈附近。这句话并没有太大价值，毕竟，润州城有三十六坊，起码有四分之一和贩茶的商栈有关。当时的茶叶可是民间百姓喜爱的重要商品，和食盐一样，都是当朝税收的重要来源。

在甘亮表姐说话的时候，韩滉一直聚精会神地观察，想看出甘亮表姐表情的细微变化，以辨别其所说内容的真伪。最终，韩滉感觉很难判断，于是想向盛子晏请教，才发现盛子晏没了踪迹！韩滉这才想起，在听甘亮表姐介绍甘亮与其交往之事的时候，他曾经瞟了一眼盛子晏，当时就觉得盛子晏不太对劲，眼睛发直，眼神涣散，像是看见了什么可怕的鬼魂一样，那表情之怪异，让韩滉不寒而栗！韩滉赶紧看了看这房间，感觉并无异样，再加上生怕遗漏掉甘亮表姐说出的重要信息，这才没有多想，等再看去，盛子晏已经不见了。

守在门口的景大天描述得更为惊悚，说盛子晏一定是中了邪了。因为盛子晏匆匆往外走的时候，脚步踉跄，还撞了景大天一下，把景大天的胸口碰得生疼，盛子晏却浑然不觉，头也不回地走了出去。景大天当时就十分纳闷：虽说这盛子晏平素一向不苟言笑，想看到他的笑脸着实不易，可是在礼数上，他向来无可挑剔。因此，这次盛子晏的匆匆离开让景大天笃定他是撞了邪。

"在我们家乡，这种邪事儿多了去了，动不动可就有血光之灾！"景大天煞有介事地说着，让韩滉不禁倒吸一口凉气。

韩滉一行人吃过午饭之后，在胡笑笑的引导下，去了盛子晏家里。

韩滉本来心急如焚，想立即赶往盛子晏家，可毕竟到了饭点儿，三个人贸然前往，多有不便，于是景大天提议，先在街上吃碗蟹膏面充饥。别看只是随便找了一家，面的味道依旧让景大天赞不绝口。这让胡笑笑惊得张大了嘴巴："景大哥，这水平还叫好？等哪天小妹请你去家里，给你做一碗，保证比这个强上十倍！"接着，胡笑笑贴近景大天的耳边，轻声说："反正你们也快没钱了，以后就在家里吃吧。"景大天哭笑不得，转头望望韩滉，只见老师正襟危坐，吃着面，味同嚼蜡，心思都飘到了盛子晏身上，担心他有什么三长两短。

盛子晏还真回家了，不过只是去院子里的柴房转了一圈儿，就匆匆离开，连句话都没和霍新说。不过霍新倒是习惯了儿子的这种古怪，说自打盛子晏半年前从长安回来，就犯过一两次这个毛病。"眼神发直，也不看我，就当没我这个爹一样，唉，你也别说，我这个废人，可不就跟没有一样吗？"

知道盛子晏无大碍，韩滉放下心来，松弛了很多。他示意霍新不必倒茶，客气地询问起来："盛子晏是多久之前回来的？"

"有两盏茶的工夫吧。"霍新回答着。

听到这儿，韩滉皱起了眉头：按照刚才自己走到这里的时间，盛子晏起码在三盏茶之前就能够回到家里。那么，多出来的这段时间，他去干吗了呢？

韩滉把这个疑问抛了出来，哪知道又惹来了霍新的一顿牢骚："谁知道他去哪儿啦！这孩子，就这毛病，当上进奏官以后，就满世界去干没用的事儿，什么体察民间疾苦啦，什么要上传下达啦，都有什么用？这满朝的官员，但凡有一个能知道老百姓的疾苦，这世道还会变成现在这样？"

韩滉连忙安抚霍新："盛子晏有这想法，总是好的。"

霍新有些气急败坏："想法好，可没用！这大唐，官职措置、部门安排，都是严丝合缝，要是官员们真能各司其职，怎么会冤案频出？怎么会有百姓揭不开锅？怎么会遍地饿殍？勤勉干活的人忍辱负重，捞不着好，那些溜须拍马、只会钻营的人，倒是乐享其成！这世道啊，唉！"

说到这里，霍新青筋暴跳，脸涨得通红，从两侧耳垂沿着颌骨连成一线的一串小麻坑也都变了颜色，可见其愤怒至极。韩滉看着霍新的样子，想不出这愤怒源自何处，于是好奇地询问道："你以前也是为朝廷做事？"

霍新赶紧摆摆手，否认道："哪有！也许当了官，我的想法就不一样了。可现在，唉，心疼孩子呀。"

胡笑笑追问道："您说，盛子晏半年前回来，就有这种……"

胡笑笑还在组织语言，霍新已经接了下去："当然，就是半年前开始有了这毛病。大概有一天时间不认人，就像换了个脑子一样！头一次发作，可给我吓坏了。当时他背着我去焦山打猎，想着一起去散散心，见他这副样子，给我吓得连滚带爬地下了山，正好遇到个野医生，也看不出原委，只说是受惊了，让我们在他那里歇歇，他给做法。不过过了一会儿，还没到做法的吉时，这孩子已经好了，而且前半天的事儿，压根不记得！"

景大天胸有成竹地插话："没错，就是受惊了！在我们渤海国，这种情况要请萨满来，做上一场法事。哎呀，那萨满插着五颜六色的羽毛在那儿跳，那节奏，一般人根本跟不上！跳一会儿，那萨满一出汗，病恹恹的病人倒好了，活蹦乱跳的，你说奇不奇怪？"

胡笑笑却是皱紧了眉头，暗暗思索着什么。

韩滉望向霍新："这次回来，他取走什么东西了吗？"

霍新回忆了片刻："好像拿着一个本儿走了。哎呀，他那种本子多着呢，都是记录着各地的风土人情、货物进出、人口增减……这孩子，就喜欢这个。"

"我能去看看吗？"胡笑笑请求着。

"当然可以。"霍新一直愤愤不平，直到看着胡笑笑的时候，才露出了一点儿笑容。胡笑笑暗想，霍伯伯这一点绝对比盛子晏强，盛子晏见了自己都不笑！

胡笑笑引着韩滉、景大天进了后院，刚要去盛子晏的房间，霍新却拦住了："这孩子，每次犯病，习性就变了，只去柴房，其他地儿就跟不是他家似的！"

柴房里杂乱无章，几块木头拼成的小桌上，堆着三四本笔记，都

第十五章 墨色人偶（上） | 089

打开着。韩滉走过去看了看,笔记上图文并茂,如霍新所说,都是杂七杂八的记载,还附有很多图案,韩滉翻动时,其中有几个人偶图案一闪而过。紧接着,胡笑笑又引着韩滉、景大天去了盛子晏的房间,房间陈设简单、井井有条,十几本笔记整整齐齐地码放着,和脏乱的柴房形成鲜明对比。

"你看看,柴房就跟猪窝似的,屋子却是这般整齐。"霍新也很是不解。

胡笑笑的眉头皱得更紧:"盛子晏好的时候,去柴房吗?"

霍新摇摇头:"从来不去!只有犯病的时候才去。事后问他,他竟一概不知!"

"盛子晏有什么朋友吗?"离开的时候,韩滉发问。

霍新想了半天:"他自小性格孤僻,没啥朋友,唯一能说得上话的,就是润州天牢的狱卒肇兴元,他勉强算是朋友吧。"

第十六章
墨色人偶
下

盛子晏的这位朋友肇兴元，和盛子晏的交集也并不多。

大概三个月之前，焦山天屠帮两名帮众收私盐时，与来自北地盐海以次充好的运盐者当街起了冲突。肇兴元正好路过，便上前制止斗殴，反被双方追杀！幸亏正在采风的盛子晏挺身而出，纠缠的双方不知其底细，担心有捕快设伏，这才被吓退。盛子晏和肇兴元也就因此相识，有了来往。

"不过，盛子晏这人有些古怪，"肇兴元笑着说，"因为他找我从不聊私事，只是痴迷于社会上的大小事端，了解一些数字，比如追捕的犯人有多少、问斩者所占比例、有无可能的冤情等。嗯，对了，前两天，盛子晏还找我了解录事的服饰，说要做一套假的，不知何意。"

景大天和胡笑笑相视一笑。景大天说："我知道，就是给我穿的，不过尺寸可不准啊，太瘦了！"

"你可知道他这里有什么问题吗？"韩滉说着，指了指脑袋。

"聪明得很！"肇兴元毫不犹豫地回答，"他记东西记得非常清楚，称得上过目不忘！"

韩滉笑笑："我不是指这个。"说着，韩滉把霍新认为盛子晏脑子有病的话告诉了肇兴元。

肇兴元的神色变得凝重起来，慢慢地点点头。

韩滉追问道："你知道是什么情况？"

肇兴元犹豫再三："你们找我，是他出了什么事吗？"

见肇兴元有所顾虑，胡笑笑连忙插话缓和气氛："没啥大事儿，就是又找不着他啦，刚才我们还在一起呢。"

肇兴元叹口气，犹豫着是否说出朋友的秘密。景大天也催促着："知道啥就说出来吧，万一他遇到什么危险了呢！"

"危险倒不至于，"肇兴元斟酌着词句，"半年之前，盛子晏回到润州，说是上司让自己回润州做调查，对于调查内容却讳莫如深。两个月之前，盛子晏确实也有过如此形状。当时，我们正在街头巡视，顺便调查一下天南马帮的来往频次，他却突然不辞而别。第二天遇到他，他就好像什么事儿都没发生一样，对于离开之后的事也一概不知，好像时间就停留在前一天的那个时刻。"

韩滉、景大天和胡笑笑都听糊涂了。

肇兴元继续说道："一个月前，正好有长安御史台狱的朋友回到润州探亲。一起聚会的时候，我还偷偷问起来盛子晏的事儿，这朋友也知晓不多，只是告诉我，盛子晏是自己主动回润州的，上司还挽留他半天呢。"

和霍新分手之后，韩滉依旧琢磨着盛子晏那段"失去的时间"。"从甘亮的表姐家走到盛子晏的家，两盏茶的工夫足够了。可是，他足足走了三盏茶的时间。怎么才能够多花一盏茶的时间走回家呢？"

胡笑笑在脑海里勾画着路线，很快有了答案："绕道前廊坊和石井坊两条路，都能够满足您的要求。"

韩滉又问道："这两个坊，哪个坊有售卖茶叶者聚集？"

胡笑笑不假思索地说："都有。"

"唉，"韩滉不禁叹了口气，"看来，我们只有辛苦辛苦，都走上一遍了！"

胡笑笑心事重重地说:"老师,我要去办点儿事。"

韩滉虽然觉得奇怪,但还是应允了胡笑笑,和景大天开始了探查之旅。师徒俩决定使用笨办法,重新回到甘亮表姐家,首先选择绕道前廊坊去盛子晏家。前廊坊沿途多是鱼市和茶市,这鱼是来自东海的大海鱼,鱼腥味扑面而来。景大天捂着鼻子四处看着,难掩失望之色:"老师,这可是一点儿线索也看不出来啊!"

韩滉闷着头不说话。两人来到了盛子晏家,并无任何收获,于是又折向石井坊,准备从石井坊回到甘亮表姐居所。这条街倒是热闹,除了茶店,更云集了许多其他店铺,诸如鞋帽铺、绸布铺、金银首饰铺、药铺等,鳞次栉比。走到一半,韩滉就发现了街边的那家人偶店,店面不大,人偶种类也并不繁多,但是那临街悬挂的诡异墨色人偶,已经足够唤起韩滉的记忆!韩滉猛地想起,在甘亮表姐家,那小儿正把玩着一个人偶,表姐看着玩人偶的儿子,说出表弟给自己孩子带礼物的事情;紧接着,韩滉又回忆起在盛子晏家的柴房里,他翻阅盛子晏的十几本笔记时不时闪现的人偶图像。看来,盛子晏是特意绕道于此,想要寻找甘亮买人偶的店铺,以访得甘亮可能居住之地。

韩滉后悔着自己的迟钝反应,赶紧带着景大天进了人偶店。店家倒是记得盛子晏这个人,说他在人偶店门口逡巡良久,又进石井坊转悠了半天。

"你怎么记得这么清楚?"韩滉很奇怪。

"半天没生意,突然来了这么一位公子,问东问西的,怎能不记得?"店家印象深刻,"从坊里出来,他还问我知不知道他手里的那个人偶是从哪里买的。"

韩滉来了兴趣:"哪里买的?"

店家摇摇头:"我初来乍到,可不知道这许多事情。"

韩滉谢过后又追问店家:"润州城里,有多少家售卖这种人偶的店铺?"

店家看了看人偶招牌:"卖这东西的,可不稀奇,总有二三十家。"

韩滉吁口气,依稀记得甘亮表姐家那个小童玩的人偶,面目略显狰狞、带有异域色彩,于是又问:"有没有贩卖……这个……非本地所产,应该是西域所产人偶的店铺?"

店家想了想:"润州城售卖西域特产的杂店,怎么着也有十几家。"

韩滉笑着问:"如果店铺的所在地和贩运茶叶的茶栈有关联呢?"

店家点点头:"城西门之外,有一片商栈,其中有几间茶栈,不过很少有人去那儿。我记得,在那儿倒有一间西域杂货店。"

"为什么很少有人去?"韩滉好奇地问。

店家正色道:"那里虽然不像鬼市那样混乱不堪,但也是鱼龙混杂之地。据说那几间茶栈,大有走私茶叶的嫌疑!"

焦山蛇园,水汽氤氲蒸腾。

这蛇园藏在浅山腰,十几棵歪扭大树错综着,形成天然的迷宫入口。胡笑笑轻车熟路进了蛇园,直奔一间竹林掩映下的茅屋。一胖一瘦两位中年人正吃着金黄蟒蛇羹,见胡笑笑进来,赶紧让着胡笑笑:"小师妹怎么来了?吃点儿?"

两人一边让,一边躲躲闪闪,生怕胡笑笑批评自己在偷偷品尝实验用的金黄大蟒。

胡笑笑顾不上这些,风风火火地说:"好吃吧?两位师兄偷着乐吧,我可不吃了,问个急事儿。"

两师兄凝神望着师妹胡笑笑。

胡笑笑长舒一口气后问道:"今年的那桩长安男子杀人奇案,是你们两位断的吧?"

两位师兄不约而同地点点头。

胡笑笑语气急迫地说:"我想听听原委。"

胖师兄笑着回道:"我还以为啥事儿呢,这么紧张。那是个中年男子,叫作焦延龙。他在长安娶妻生子,平素正常过活。可四月初三却突然跑到金陵劫道,结果事发。令人啧啧称奇的是,人们发现这焦延龙每年总有月余在金陵过着泼皮生活,其他时间则在长安,老实巴交!"

"是啊,好玩着呢!"瘦师兄接过话茬,"这焦延龙身在长安,便浑然不记得金陵的事,而一旦到了金陵,又把长安的家眷抛诸脑后,丝毫记不起来自己曾经结婚生子!"

胡笑笑很是奇怪:"这事儿最后怎么了断?"

胖师兄笑笑:"本来,都以为是一桩寻常案子,长安县衙门随随便便进行了一番调查,结果奇了,竟没有发现任何伪装的迹象。一众人等对这焦延龙反复盘问,觉得焦延龙不似作伪,这才请太医署协助调查。我们哥俩觉得焦延龙确实奇怪,这人身在长安,就是个谨小慎微的文士,一应物品各归其位,井井有条;身在金陵,便成了粗糙大汉,几天都不洗澡,满嘴粗言!你信吗?"

胡笑笑想起盛子晏房间和柴房的对比,皱紧了眉头。

胖师兄侃侃而谈:"于是我们初步判定这焦延龙着实不知情。不过毕竟金陵这劫道案子可不是寻常偷盗案,他还伤了人,险些弄出了人命,因此焦延龙仍在羁押中呢。"

"小师妹,遇到新病案了?"瘦师兄关切地问道。

胡笑笑点点头:"可否紧急调来这焦延龙的病案?"

胖师兄一拍胸脯:"那有何难,正好后天有长安快马到此,让驿夫顺道捎来即可,就是、就是……"

胡笑笑一本正经地说:"知道,我不和老师说你俩偷吃。不过你俩总这么吃,可别把咱这蛇园'吃干抹净'!上次老师来检查,就发现咱这蛇园里的蛇日益减少。"

两师兄开怀大笑起来,连声说会控制食量。那胖师兄喝干了绿莹莹的蛇胆酒,和瘦师兄一前一后护着胡笑笑出了茅草屋,转到山腰。

黄昏时的焦山雾气更盛，使远处苍茫的润州城看起来更加虚幻。漫黄的天空中，暮色笼罩着一座黄土泥砖垒成的小楼，色彩斑驳。

胖师兄一声呼哨，一只白鸽飞出了小楼，盘旋而下，落在了伸手召唤着它的胡笑笑手上。胡笑笑逗弄了白鸽几下，胖师兄眼神柔和地看着白鸽，瘦师兄则一言不发进了小楼，取纸笔简单写了几句，然后，取出一个纸筒，将纸条塞进纸筒里，随即走出，交给胡笑笑。胡笑笑小心地把纸筒绑在这白鸽的右腿上，拍了拍白鸽，白鸽扶摇直上。

小楼前的院子里，一只慵懒的大黑猫挪步到胡笑笑身边，倚着胡笑笑，一同抬头，看着白鸽在暮色中飞远。

第十七章
鱼 符
上

油灯昏黄，映着铜镜中一张不再年轻的俏脸。

裴如云看着铜镜中的自己，忍不住露出满意的笑容。的确，自己已经快到人老珠黄的年纪，又身处烟花柳巷之中，能找到甘亮这样一位怜惜自己的男人，已算是三生有幸。裴如云心情愉快地化起了妆，先用露水匀了珍珠粉淡淡施于脸上，再薄施胭脂，苍白的脸庞便呈现出淡淡的荔红；可转念一想，以后嫁作人妇，甘亮的老家人可不知晓自己从前的身份，这妆可一定要清淡些，于是抹去那红彤彤的颜色，改了一个清清淡淡的妆容，更加素雅平常。

突然，裴如云发现窗外远处的草坡上，一个男子负手而立，在淡然月色下极其诡异。裴如云连忙凑到窗前，想仔细观察，却发现那男子已经没了踪迹。裴如云使劲揉揉自己的眼睛，以为是眼花了。

站在草坡上的盛子晏是被景大天一把拽入草坡旁的坑道的。令韩滉大为惊奇的是，盛子晏神色自若，好像自己失踪的事情从来没有发生过一样。

"你们怎么才来？"盛子晏奇怪地问道。

韩滉把详情告诉盛子晏:"在甘亮表姐家,你突然离开,然后就消失不见了。我们去了你家,你阿爷说你回了家,在柴房取了个小本儿,就出来了。"

盛子晏一脸奇怪的样子,探手入怀,拿出一个小本。

韩滉指指本子:"应该就是这个!我们还进了你家的柴房,看到本子上面有人偶的图案,不过当时我并没多想,只是在想你从甘亮表姐处回家多花了一盏茶的工夫,这时间花在哪儿了。"

"花在哪儿了?"盛子晏丈二和尚摸不着头脑。

韩滉继续说道:"我和景大天实地考察,发现你在石井坊一家人偶店前驻足,和店家聊了半天,这样,所有的线索就都勾连起来了:甘亮表姐家孩童的人偶玩具,你小本子里描绘的人偶图案,还有山坡下那家售卖西域人偶的杂货店……所以,你应该在找甘亮在润州的栖息之地。"

盛子晏完全不知道韩滉在说些什么:"然后……我就到这儿来了?"

景大天大咧咧插话:"没错!我和老师先去找到笑笑小姐,然后按照老师的分析,一路追踪至此,一下子就看见你了!"

盛子晏困惑地摇摇头,表示自己一概不知。

韩滉仔细观察着盛子晏的表情,用闲聊时盛子晏讲给自己的观察法查验。只见盛子晏眉毛舒展,轻松自如,表示他心情平静;鼻翼也没有任何的异动,说明盛子晏在回答问题时,心中并无波澜,仅仅感到诧异而已;嘴角上调,倒是显示出盛子晏的机智聪明,但也仅此而已,并没有紧咬嘴唇、用手捂嘴等表示心虚的动作出现;至于"心灵的窗户",盛子晏的眼神更是无辜,没有一丝一毫的作伪迹象。韩滉想,这盛子晏要么就是真不知道,要么就是因为熟知表情观察的诀窍,因此精通伪装,善于控制自己的表情。不过,以韩滉对盛子晏不多的了解,他觉得这位年轻人不是那种做假的人,关键也没有动机啊!韩滉干脆不理这茬儿,决定先把眼前的问题解决再说,于是向盛子晏询问着线索:"你觉得甘亮藏身于此?"

盛子晏点点头,看向半山坡茂密树丛遮挡着的四幢大屋:"除了老师所讲的人偶线索,这上山的小路上还有散落的武夷岩茶。润州这里,武夷岩茶本就不多,甘亮进的又是这一种茶叶,看来,他必在此栖息。"

景大天着急地问:"那如云姑娘也在这里?她会不会已经被甘亮所害?"

盛子晏摇头思考着:"如云姑娘应该没事儿,而且,她的逃走,也和贾寻被杀并无关系。"

"啊?"景大天惊讶地张大了嘴巴,"和贾寻没关系?"

"时间对不上。"盛子晏分析着,"容可丽说她在二更的时候,试图去贾寻房间放置迷香,听里面有女人说话。姑且当这容可丽没有听错,那么,按照小五的说法,二更没到,斐如云就已经到他那里躲起来准备出逃了。因此,她应该不是贾寻房间里的那个女人。"

"那、那、那……"景大天糊涂地转向韩滉,急得结巴起来,"那咱们现在费、费这劲干啥?"

韩滉语重心长地说:"毕竟也是一条线索,不能轻易放过。再说了,咱们对如云姑娘的私奔猜测还没有证实,如果能够确证她的失踪只是私奔,并无危险,这不也就放下心来了吗?"

景大天不住点头称是:"还是老师想得周到,咱们这也是对如云姑娘负责,算是积德行善了。"

盛子晏没理会景大天对韩滉的奉承,一门心思盯着那慢坡上的四幢大屋。只见每幢大屋都灯光摇曳,盛子晏叹了口气,冲着韩滉介绍道:"两年之前,这里还是荒无人烟、野兽横行之地。两年来,润州因为扩建了京口码头,贸易量加大,人口剧增,这里又距离城西门不远,环境尚可,因此也就被不少过往客商看中,修建了这四幢大屋。不过,甘亮究竟藏身哪一幢……"

说着,盛子晏摇摇头,神情为难。

景大天很是不解:"挨个搜呗!"

韩滉给景大天解释道:"这些贩运私茶的,虽比不上贩卖私盐者穷凶极恶,却也是轻易招惹不得。万一打草惊蛇,后果难料。"

盛子晏突然灵机一动:"倒是也有办法!"

大家的目光都集中在盛子晏身上。

盛子晏向众人讲解:"半年之前,老家位于此地的户部侍郎于龙潜看中这里,想将此处圈为私家别墅。住在这几幢大屋里的富商不服,与于龙潜家对峙。后来,此事惊动了朝中于龙潜的反对势力,他们以此为把柄弹劾于龙潜,争斗的结果是这几幢大屋得以保留。不过,为了照顾于龙潜的面子,领头闹事的富商被抓进润州天牢,据说过了年才能放出。"

韩滉明白了盛子晏的意思:"你要去润州天牢盘问这富商?"

景大天连连摆手:"我进过那天牢一次,看守甚严,可不好进。"

盛子晏直视韩滉,咄咄逼人:"以老师的身份,应当不难吧?"

韩滉迎着盛子晏的锐利目光,思考良久,这才郑重其事地从怀里掏出一个做工精巧、绣着一条银鱼的袋子,掂了掂,仔细地放到盛子晏手上。盛子晏早有预料,并不过分惊讶。那胡笑笑看到这银鱼袋子,饶是知道韩滉身份不一般,可还是大吃一惊!要知道,当朝凡五品以上的官员,都要随身佩带一个鱼袋,袋中装有鱼符,以其作为身份的证明。胡笑笑看到韩滉掏出的这银鱼袋,单从材质、纹样来看,规格就远超五品官的标准,眼前这位韩老师可绝对是个不小的官!

韩滉把鱼符交到盛子晏手里,反倒是静下心来,云淡风轻地嘱咐着盛子晏:"去吧,我们就不跟着了,免得招摇。切记,尽量不要让太多人知晓!"

盛子晏点点头,慎之又慎地看了看银鱼袋,认真地将其藏入怀中,向韩滉深深点头,转身而去。

一直很少说话的胡笑笑盯着盛子晏的背影,皱紧了眉头,她还是忘不了盛子晏的诡异失踪以及对失踪的浑然不觉,那犀利的眼神像是要看清楚这个心上人身上所蕴含的秘密。

盛子晏赶到润州天牢的时候，正赶上变天，狂风呼号，席卷着空旷的润州天牢广场上残留的破碎囚衣。

广场的地面上尚残留着斑斑血迹，广场一角散乱码放着两具囚犯的尸体。几只形似雕的猛禽盘旋在尸体上空，其中一只落至尸体旁边，尝试啄食，被看守尸体的几名狱卒用长枪驱赶着，终于飞向高处，掠过润州天牢东南角高耸的塔楼。肇兴元告诉盛子晏，那是两具江洋大盗的尸体，这两名罪犯已经逃亡好几年了，前几日在焦山被发现，因拒捕被乱箭射死。

有着韩滉的鱼符，再加上肇兴元的协助，盛子晏顺利见到了因对抗户部侍郎而锒铛入狱的富商甄浩。因为知道这甄浩冤枉，所以狱卒们也就睁只眼闭只眼，并不太管束家属送进来的吃食。甄家有钱，也懂事，每次送吃食都不忘带上狱卒们的一份，因此甄浩在天牢里过得还算惬意。这甄浩一看就不是善类，是那种在底层摸爬滚打聚拢起财富的狠人。面对盛子晏的询问，他桀骜不驯地说："这于家是世家望族，权势熏天，谁敢不从？可老子也不是吃素的！毕竟天下还有王法可依！"

盛子晏面色冷峻："现在，我怀疑其中的一幢大屋藏有私茶贩子。"

甄浩愤愤不平："私茶贩子？照我看，这也比那仗着权势欺压我等的强上百倍！没错，他姓于的是没得逞，可我们既然占理，为什么还要受这牢狱之灾？老尤家的二小子惨死，全家被逼得远走西域。但凡我们剩下的三家没有抱团，也得和老尤家一样，人财两空！"

在甄浩一连串的抱怨中，盛子晏突然抓住了重点："四幢大屋，后来只有三幢有人居住？"

"没错！"甄浩喘着粗气，"崖边上的老尤家被逼走了，他家二小子就是在那里死的，谁敢住？"

盛子晏点点头，想起了崖边上那幢大屋里的油灯光亮。

通往崖边大屋的小径上，一辆羊头车"吱吱呀呀"地匀速而行，车上挂着一盏红色灯笼，黯淡的灯光照着推车的景大天。景大天一路七扭八拐，终于从不时滚落碎石的小径转入相对宽敞的石板路。路的尽头便是崖边大屋，也就是盛子晏推测的甘亮藏身之处。

这次偷袭是景大天争取来的机会。自打夜探杨家大院，把老师从房顶顺上顺下勘查现场后，景大天自觉就没有发挥什么作用了，以至于让其他人出尽了风头！要是笑笑小姐出风头也就罢了，在景大天的心目中，早已把胡笑笑视为"贤妹"，跟着贤妹混，心情愉快不说，好吃好喝肯定也少不了。可是，那个盛子晏嘛，就着实让景大天讨厌了，长得比自己招人喜欢不说，脑子还挺聪明，深得老师赏识。于是，景大天迫不及待地想要露上一小手，再加上这崖边大屋环境险恶，就凭其他人的身手，也确实不易抵达。景大天专门想出个法子：冒充茶贩子前来送货！这一招，景大天以前在渤海国没少用过，往往是直捣虎穴，顺利完成任务，想来这次也不会失手。

羊头车在崖边大屋正门的宽大台阶下停住，门内先是走出来两名身高近两米的昆仑奴，接着出来一名粗壮身材的汉子，正是甘亮。甘亮凑近羊头车，仔细看了看这车辙，又打量着景大天。景大天故作自然地一笑，欲卸下套在脖子上的套绳，就在这动作进行到一半的时候，甘亮突然厉声低喝："抓！"

话音未落，两名昆仑奴已经抽出腰间匕首，景大天还来不及动手，心口已经被抵上了明晃晃的利刃！

景大天一笑："兄弟，怎么看出来的？"

甘亮哼了一声："装也装得像样些，你这来送货，车辙印却如此之浅，是空车吧？"

景大天暗自懊悔，本来老师特意嘱咐装了石头充分量，可自己还是嫌麻烦，趁着中途拐弯时韩滉等人视线不及，偷偷把石块扔下了车，结果这下弄巧成拙了。

甘亮这一声低喝，山坡下埋伏着的韩滉、盛子晏、胡笑笑都听见了。几人的心都猛地一沉，再仔细听去，就只剩一阵支支吾吾的哼唧声，不压想，一定是景大天的嘴被堵住了。

"报官吧。"胡笑笑赶紧建议，生怕景大天有个三长两短。

盛子晏犹豫着，韩滉却是坚决地摇摇头："不行，那样做，景大天没准儿就真的有危险了！"

胡笑笑不解地问："难道现在没有危险？"

韩滉判断着局势："应该没有，他们可能把我们当成了缉私的官府人士，如果知道我们仅仅是为了贾寻杀人案前来，恐怕也就不会顾忌太多了。"

"可是，如何才能让他们知晓我们的真正目的？"胡笑笑担心地问。

韩滉不容置疑地说："我去。"

"你去？不行！"盛子晏、胡笑笑双双阻拦。

"我主意已定，那是我的徒弟，万一他有什么意外，我可没脸去见他爹！"韩滉见两人的神情满是担忧，心里一暖，安慰着两人，"没事儿，我随机应变，定能安然无恙！"

第十八章
鱼　符
（下）

　　韩滉露出身形，大摇大摆地朝崖边大屋走去，径直来到大屋院子里，朗声相问："甘亮在不在？"
　　早带着昆仑奴埋伏好的甘亮，见韩滉如此大咧咧发问，倒奇怪了，忙自隐藏处现身："你是谁？"
　　韩滉晃晃脑袋，不疾不徐吐出两个字："韩滉！"
　　甘亮摇摇头，表示并没有听说过这个名字，两个昆仑奴更是稀里糊涂。这时，斐如云从房里冲出来，惊喜地跑向韩滉，被甘亮喝止在半路，便停在院子里，远远地相问："您就是以画牛闻名天下的韩滉韩大人？"
　　韩滉笑笑："没错。你那几幅山水画画得不错，假以时日，定会有所成就！"
　　斐如云立刻眉开眼笑，旁边的甘亮却依旧警觉："你来这儿干什么？"
　　韩滉巧舌如簧："我本来是在翠玉楼查案，正好遇上如云姑娘失踪，她就有了杀人嫌疑。今日一看，完全没可能，我也就准备先回去了，还烦请老弟把我的徒弟放了。"

"徒弟？"甘亮一时没转过弯来。

韩滉连忙解释："你们刚才抓住的是我徒弟，你看能否把他交还给我？我们还赶着进城呢，一会儿就宵禁了。"

甘亮不顾斐如云恳求的眼神，冷笑一声："把你们放走，你们要是报官呢？"

韩滉摇摇头："我知道你在贩运私茶，这与我无关，我只是想查翠玉楼的命案。"

甘亮不置可否。

韩滉有些急了："我保证不报官！要不这样，我留下，把我那徒弟放了，如何？要是这一点都做不到，我豁出去鱼死网破，咱们两边都讨不到好处！"

见甘亮依旧犹豫着，韩滉转而劝说斐如云："如云姑娘，本来我就不是为你而来，更不是为这武夷岩茶而来。你可知道，姑娘逃走当天，有客人死在了翠玉楼？"

"不知道，"斐如云一脸茫然，"你们怀疑我？"

韩滉否认道："本来嘛，确有一丝怀疑，可现在，这怀疑已经荡然无存了。我没见过任何一个杀人后逃走的凶犯，还能如此欢天喜地地和我聊作画之法！"

斐如云被韩滉说动，催促着甘亮赶紧放走景大天，甘亮终于拗不过斐如云，把景大天带出来，冲着景大天恶狠狠地说："不许报官！"

说完，一个昆仑奴取出塞在景大天嘴里的手帕。景大天朝着韩滉喊："不行！我在这儿！我留在这儿！"

甘亮突然后悔一般抢过昆仑奴手里的手帕，又堵回景大天的嘴里："也好！你们俩都留在这里！等我把茶运走了，自然放了你们！"

"放肆！"韩滉突然大喊，不但吓了甘亮一跳，也吓得正怒视甘亮的景大天一哆嗦，景大天忙转头看向老师。

韩滉大义凛然地冲着甘亮说道："我乃韩滉，丞相韩休之子，为官至今未被任何人捆绑过！今天，我自愿代徒儿为人质，任你等捆绑，已经让你一丈！我既然说了不报官，以我韩家世代之清誉担保，断不会说假话！你若胆敢不放我徒儿走，那你把我俩全杀了！山下的进奏官与太医署医学士久等我俩不回，必然通知官府，你们必将死无葬身之地！"

这番话着实镇住了甘亮。甘亮无非是贩卖私茶而已，远不是穷凶极恶之徒，想留住景大天也确实是因为怕韩滉言而无信。见韩滉如此说，他竟哑口无言。

旁边的斐如云急了，连忙呵斥甘亮："不信别人可以，你敢不信韩大人？绑了他，你都、都犯了大忌！快放了韩大人的徒弟！"

甘亮赶紧取出景大天嘴里的手帕，给他松了绑。

景大天活动了一下身体，突然扣住离他最近的一名昆仑奴，大叫道："把我老师放了！"

甘亮、斐如云和两名昆仑奴都是一愣！

韩滉愤怒至极，大喝："混账！"

景大天瞪着甘亮："没错，的确混账，敢绑我老师！"

"说你呢！"韩滉怒视景大天，"为师什么时候教过你言而无信？什么时候教过你两面三刀？"

景大天急了："这、这可是江湖！"

韩滉大吼："小兔崽子，看我不把你还给你爹！松手！再不松，别认我这个老师！"

景大天瞅见韩滉的严厉目光，只好放了昆仑奴，在心里骂骂咧咧地离开了崖边大屋，一直走到安全地带，纵身跳下坑道。毕竟担忧着老师的安危，景大天在落地时分了神，一个没注意，稍稍崴了一下脚，颇显狼狈，多亏胡笑笑上前扶住。

"老师留在那里了？"盛子晏和胡笑笑异口同声地问道。

景大天无奈点点头："老师那眼神，我熟，大家放心吧，等着就好！"

韩滉被甘亮带进大屋。

一名昆仑奴将韩滉的双手绑住，斐如云一个劲儿地嘱咐轻一些，别绑坏了画家的手。看这昆仑奴还要绑住韩滉的双脚，斐如云死活不让，说不能不顾及读书人的尊严与体面。

韩滉向斐如云道谢，旁边的甘亮还是不放心："现在说吧，到底来这儿要干什么？"

这话把韩滉问糊涂了："什么也不干啊，说过多少回了，我来这儿看了一眼，疑虑早已全消！一来，如云姑娘逃离翠玉楼，是与你私奔，和那贾寻被杀毫无关系；二来，见如云姑娘与你情投意合，不是被骗，我也就放下心来。现在嘛，就等你放我走呢！"

甘亮默不作声，斐如云一个劲儿地保证："韩大人相信我，我和那人的死毫无干系。"

韩滉点点头："我相信你。如云姑娘，我问你几句话，如果能对上，你就彻底没有嫌疑了。是小五帮你逃走的吗？"

"正是。唉，早先也不需要如此麻烦。"斐如云忙不迭承认，接着看了甘亮一眼，继续说道，"本来，郎君可以替我交那赎身钱，可是上批货眼看就要到幽州了，结果被劫，致使他负债累累。他愁眉苦脸地找我，说已经娶不起我了。可是，我看出他对我情真意切，绝非那薄情寡义之人，我、我也早已心许于他，可惜的是我自身积蓄有限，不够赎身，因此才出此下策。"

韩滉追问道："你是怎么走的？"

斐如云流利作答："快到二更的时候，我先去小五那儿，借机换好男人的衣服……"

"所谓借机，就是让小五把油灯吹灭？"韩滉微笑着问道。

斐如云点点头："然后，我就一直躲在小五家的后院，等送货的过来，我便女扮男装，跟在那送货的车后面，假扮成伙计，溜出了润州城。"

甘亮这时接话："没错，我在城外接上了如云，就直接来了这里。"

斐如云接着说："小五可以作证，二更还没到，我就躲在他那里了。那个叫贾寻的死讯，我到现在才头一次听说！"

韩滉点点头，松松筋骨："好啦，既然没如云姑娘的事儿，那我就告辞了。"

"不行！"甘亮说得斩钉截铁。

斐如云一惊："为什么？"

甘亮焦躁地来回踱着步，从屋子一头踱到另一头，几个来回之后终于站定："谁知道他出去会不会报官？咱们可经不起再折损一次啦！否则……"说着，甘亮看了看屋子里码成几垛的茶叶。

斐如云也知道，这批茶叶要是再被官府查封，甘亮就真的翻不了身了，两个人也不会有好日子过，也就不再作声。韩滉则一直盯着甘亮的脚步，心里默数着……

经过一整天紧张而忙碌的运茶、装茶工作，大家都疲惫不堪，因此甘亮安排包括自己在内的四个人轮流看守韩滉。韩滉则把突破口放在了斐如云身上。毕竟，甘亮非常警觉，没有漏洞可钻，而与那两个昆仑奴语言不通，韩滉估计自己说破大天也白费功夫。

终于，三更时，轮到斐如云看守韩滉了。其实，斐如云本来应该四更天才轮到，可是她等不及想请教韩滉绘画的技巧，于是便和排在第三的昆仑奴换了个岗。

"姑娘啊，这么做，总得有个了断吧？总不能就把我永远地藏在这里。"韩滉试探着斐如云。

斐如云摇摇头："具体怎么做，我也不太清楚。我刚还劝郎君放了您，他说还要等等。等这批货送走的时候，我们一起上路，自然就不会带着您了。放心吧韩大人，郎君宅心仁厚，是不会加害于您的。"

韩滉只好一脸苦笑。

斐如云兴致盎然："韩大人，我那几幅画真入得了您的法眼吗？"

韩滉点点头："不错，宏观架构不说，细节很好。"

斐如云不好意思地说："就算您说，我也不懂啊。"

韩滉笑笑:"就细节而言,每一幅画的下方都有芳草和山石,于微细处着眼,可见你下了功夫,而且多有钻研,把当下流行的气势恢宏的行旅式描述,逐渐变成了书房里的卧游式叙述,把对山林的气象营造,变成了对奇石苔藓的细节点染,对错单说,精神已是难能可贵。"

裴如云听得韩滉这夸奖的一席话,喜上眉梢,不禁感到可惜:"哎呀,真应该把那几幅画带出来!"

韩滉突然想起盛子晏提到的梅花撬针,于是问起来:"如云姑娘,你可有梅花撬针?"

裴如云摇摇头,一脸困惑。

韩滉笑笑,不再多说,只是连呼口渴:"如云姑娘,帮我倒杯热茶可否?"

斐如云赶紧答应,立刻便挪步去倒茶。韩滉问道:"有福鼎白茶吗?我只习惯喝它。"

"哎呀,这里都是武夷岩茶。"斐如云挺着急,生怕怠慢了韩滉,"您等等,我去楼上给您看看,不一定是福鼎白茶,不过也是不错的白茶呢!"

说着,斐如云快步走上楼去。见斐如云消失在楼梯拐弯处,韩滉立刻起身,奔左墙角而去。刚才,在甘亮踱步之时,韩滉发现甘亮从大门到左端走了二十二步,从大门到右端只走了十九步,这三步之差,让韩滉笃定这左侧必有暗门。当时,安史之乱让大家都如同惊弓之鸟,心里有了阴影,因此盖别墅大屋都留有暗门以备逃跑之用。韩滉在老家新建的别墅也是如此,因此才有此设想。果然,韩滉来到左侧尽头,掀开墙上贴着的画作,很快就找到了墙上的机关。韩滉打开暗门,蹑手蹑脚地走进去,随后关闭暗门复原墙壁,向前走去。韩滉知道,甘亮是临时起意霸占此处,不会知道这里的暗道机关。

韩滉像是斜着往地下走了百十步,暗道潮湿晦暗,很多地方只能猫腰甚至爬行。直到前面再无路可走,侧面是一个小通道,爬上这两米来高的坑道，推开一个竹篦子，满天星光瞬间映入眼帘。

不远处的盛子晏、胡笑笑、景大天听到动静，回头一看，只见韩滉钻了出来，都拥上前去。景大天一把抱住韩滉，流出了眼泪，盛子晏、胡笑笑也是满脸欣慰。

韩滉拍拍景大天，笑着说："哭什么，为师这不是回来了？"

盛子晏询问道："那他们呢？不管了？"

韩滉点点头："过几天再说吧。以甘亮的谨慎性格，明天一早，恐怕他们就会离开此地。不过也好，这也算是成人之美了。"

盛子晏接话道："那贾寻一案，又要从头查起！"

"银鱼袋？消息准确吗？"清晨抵达衙门的润州司法参军况海在听完捕头欧阳尘的紧急汇报后大惊失色。

"没错，"欧阳尘肯定地回答，"天牢狱卒肇兴元和盛子晏相熟，我特意问了问，盛子晏的确是手持银鱼袋进的天牢！"

况海眯着眼睛，心怦怦直跳，简直要跳出胸口！

第十九章
被绑架的老鸨
上

这大概是韩滉有生以来吃得最无聊的一顿槐叶冷淘了。

上一次韩滉吃这槐叶冷淘，还是和翰林院学士钱起、监察御史刘长卿在琉璃堂宴集，现在想来，还是那样的沁人心脾。槐叶冷淘虽是凉食，可是吃起来却很令人上瘾。这道快餐的制作方法很简单，用槐叶水和面，将和好的面擀成面饼，再切成条状或者丝状，煮熟后用凉水过一遍，在炎炎夏日来上一碗，别提多讨喜了。每逢夏日，百官上朝等候圣上期间，御厨都会给官员们供应上这一道消暑美味。待这道凉食传到了民间，那做法就更多了。韩滉自己就发明了用麻椒水过第二遍的做法，约上三五好友一起，吟诗作画顺带品尝美食，那是何等的惬意！

可今天呢，韩滉根本就没吃出味道来，脑子里全是月光下的殓房里，贾寻那惨白的尸体——案情的毫无头绪，让他倍感焦虑。

韩滉起初是信心满满的：在万岁楼从女子哭声中听出了蹊跷，于是小试牛刀，谈笑间擒获谋杀亲夫的真凶。过程也有趣，跟着徒弟半夜里飞来飞去的，过瘾！可接下来，贾寻被杀一案却让韩滉绞尽了脑汁也没有任何收获。本来就不多的几条线索中，南诏杀人香、斐如云私奔，都被证实和贾寻被杀没有半点关系，剩下的线索也就只有二更时分贾寻房间里的女人声音以及梅花撬针的痕迹了。可说实话，这两条线索也只是聊胜于无。先说贾寻房间里的女人声音，保不齐就是哪名妓女进去揽了个私活，只不过因为不想让老鸨马莹莹分一杯羹，才一直隐瞒至今；至于梅花撬针的痕迹，这翠玉楼里人员纷杂，伙计、妓女们都不是省油的灯，没准是哪位手脚不干净，溜门撬锁，这就更不好查验了。

事已至此，韩滉心里不由得萌生了几分退意，毕竟自己还没有上任，这人命关天的事儿，交给官府来查未尝不是一个好的选择。而且，因为身陷于这案子，自己几天来可着实没有吃好玩好，这也有违自己推迟一个月上任的初衷。不过，虽然有退出案子的想法，但是眼看着三个尊自己为老师的年轻人士气正旺，正在兴致勃勃地讨论案情，韩滉也不好意思流露出消极的心思，只能硬绷着。想到这里，韩滉不禁看了看盛子晏，不知道这位表情专家能否从自己细微的表情变化中，察觉到自己的低落情绪。

景大天倒是能吃能喝，士气高昂。他深深知道，如果不跟着老师查案，就得跟着老师学画。一提到学画，景大天就头疼欲裂，画画哪有在江湖上打打杀杀来得痛快！至于案情的进展情况，景大天想不出来，也不去想那么多。有老师在，他啥事儿都不用操心，只需听老师差遣，在关键时刻一显身手即可。在崖边大屋，景大天失手被擒，在关键时刻，韩滉竟然不顾个人安危，以身相换甘愿成为人质，这让他大为感动。他明白老师对自己是真的好，之前对盛子晏的妒意登时少了一半。这心里一透亮，饭量就见长，所有人当中就他吃得最欢。

胡笑笑对于案情也是一头雾水，但是却兴致盎然。自打参与贾寻案以来，胡笑笑先是通过专业知识断定贾寻并非死于上气发作，而有极大可能是被捂死的，这成了立案的根由，胡笑笑颇为自豪。紧接着，又结识了韩老师这样的忘年交、景大天这样有趣的义士，给胡笑笑平淡的生活增添了几分乐趣。要知道，胡笑笑一直身在太医署，没日没夜地扎在故纸堆里研究医术，最快乐的事情就是偶尔跟着师兄外出治疗几位病理值得研究的病人，哪能像现在这样自由地各处游走，见识千奇百怪又有趣的事情？所谓读万卷书，行万里路，也不过如此吧！更何况，这探案团队里还有胡笑笑一直暗暗倾心的盛子晏。为了这位帅气的邻居，胡笑笑可是毫不犹豫地拒绝了好几次相亲，让安排相亲的师兄大为不满。再加上盛子晏昨日的反常表现，这使得他在胡笑笑心目中，除了是倾慕对象外，又多了一个研究病例的身份。

四人当中，唯有盛子晏最是心无旁骛，一心破案。虽说线索不多，但盛子晏依旧信心十足。他坚信，很多案子的破获往往就是因为一个不经意的细节，而这个细节可能就是在很多次漫无目的的探访之中被发现的。一句话，只要坚持不松懈，就一定能发现破绽，毕竟，这世界上不存在完美的作案。面对南诏杀人香和斐如云失踪两条线索的截断，盛子晏并不像韩滉那样沮丧。上午，盛子晏早早起来，先去找到胡笑笑，随后两人一起来到客栈。果然，韩滉睡了懒觉，并且明显士气不高。盛子晏请韩滉吃槐叶冷淘，并且给这位很有背景的老师鼓劲：正因为排除了无关的线索，才使得大家离真相更近了一步！

当然，盛子晏绝非对破案本身情有独钟，之所以倾尽全力，是因为他必须知道，究竟是谁杀了刚刚出狱的贾寻，是谁，让这个参与盗窃西汉丹渎王墓的嫌疑人永远地闭上了嘴。而丹渎王墓，与盛子晏干系重大……

听了盛子晏的话，韩滉的沮丧心情得到了些许缓解。而让他真正重新振作起来的，是老鸨马莹莹。当晚，马莹莹差人来到青苔寺旁的渌水客栈，给韩滉送来一封信。信里，马莹莹询问了案件的进展情况，对韩滉表示万分感谢。她称赞道，在不惊动官府的情况下，能遇到韩滉这样一位热心帮助自己澄清案由的民间侠士，实属难得，就是青天大老爷也不过如此！在夸赞韩滉一番之后，马莹莹表示，等巧云姑娘回来，她一定说动这位头牌，免费与韩滉共度良宵！

景大天不住地拿这位"巧云"向胡笑笑打岔取笑，就连一向严肃的盛子晏也忍不住嘴角上扬。胡笑笑愤而反击，捶打得景大天连连告饶。看着这几个不言放弃的年轻人，想着马莹莹对自己的衷心感谢，韩滉心中涌动着一股暖流。虽说这感谢方式让人哭笑不得，但是，这"青天大老爷"的称呼，着实耐听！韩滉暗自挺了挺胸，决定不辜负老鸨厚爱，把这贾寻案查下去，同时要吸取之前的教训，不能因为查案就耽误了享用美食，有机会还是要认真画幅耕牛图，卖出高价，挣出吃大餐的钱。

于是韩滉发话，让大家好好休整一天，明天一早去翠玉楼重找线索，再上征程！

就在韩滉、盛子晏等人在客栈休整、探讨线索的时候，润州城的长街之上，从岔路拐进来一辆没有任何装饰的黑色驴车，在夕阳余晖的照耀下，缓缓行进。等太阳落山的时候，这辆驴车正好来到了翠玉楼。

守门的薛超正准备去吃饭，黑色驴车驶到了翠玉楼门口。驾车大汉告诉拦下驴车的薛超，说要接姑娘过夜，并拿出一张通牒，薛超看过去，正是马莹莹的字迹无疑，于是挥手放行。当时妓院的管束很严格，妓女们每个月只有三次外出的机会，并且要向老鸨交纳一两银子的保证金。当然，妓女也可以在老鸨特许之下，外出陪客人过夜，出行活动往往都是夜游名山大湖之类的雅致之旅。鉴于外出过夜的费用往往数倍于在妓院留宿的过夜费，一般妓院倒是不阻碍妓女外出陪客人，马莹莹则要求得严格一点，但凡出去过夜的妓女，必须取得一张她本人签名的通牒。

薛超将黑色驴车放行后，随即去门口杨记小摊要了一碗乌精面，津津有味地吃了起来。驾车大汉将车停稳，和车里的一位客人下了车，径直走上二楼，来到马莹莹的房间门口，等四下无人，两人对视一眼，驾车大汉掏出了梅花撬针……

屋子里，马莹莹情绪不高，慵懒地躺在床上，连喝茶也不起身，只是半倚着枕头，勉强将头一偏，试图直接将茶汤通过壶嘴倒进嘴里，结果不小心洒出几滴，马莹莹连呼"晦气"。的确，最近几天不知道怎么回事，这翠玉楼里邪事不断，先是那个叫贾寻的客人不明不白地就死了，虽然官府认定他是病发而死，可那位看着来头很大的韩姓客人，偏偏说这贾寻是被杀！不管是病死的，还是被杀的，总之都触了霉头，因此，马莹莹特意到据说很是灵验的焦山金鳞观上香，虔诚地请真武大帝保佑。不过也许是当天烧香的时候自己心不在焉，还琢磨着翠玉楼开分号的事儿，紧接着的糟心事依旧不断。那南诏女人不识好歹，竟然给客人下了传说中的南诏杀人香！尽管香是假的，可要是传出去，翠玉楼的生意可就甭想做了！好在这事儿总算压了下去，哪知道斐如云又失踪不见！马莹莹琢磨着今年真是流年不利，倒霉事一个接着一个，自己干这行也好多年了，像现在这样集中地出事，前所未有。马莹莹决定明天一早起来，要再去金鳞观拜一拜，这次可要格外虔诚，不能再边烧香边想业务上的事儿了。正琢磨着，门闩被拨开，两个大汉扑了上来，其中的驾车大汉手拿着沾了蒙汗药的手巾，往马莹莹脸上一捂，马莹莹顿时人事不知。

第二十章
被绑架的老鸨
下

韩滉、盛子晏、景大天一早来到翠玉楼，听到马莹莹被绑架的消息，大吃一惊。

韩滉找到薛超，薛超表示尚没有报官："还不知道老板是和朋友出去，还是被绑架，而且，老板一定也不支持报官。她跟我说过好多次了，盼着您来帮她找到真相。"

"是不是绑架都不知道？"韩滉诧异地问。

薛超点点头："有人驾着黑色驴车，说是来接姑娘，还拿着老板签字的通牒，走的时候，其实也没什么异样。"

韩滉很是奇怪："那为什么看门的伙计觉得不对劲？"

薛超叹口气："我刚吃完饭，回来的时候，驴车正在往外冲，后面俩伙计在追，喊着说出门的时候没停车。我赶紧拦，也没拦住，还甩袖箭吓唬他们呢！那袖箭钉车厢上了，赶车的也不管不顾。接着我们就发现老板不见了……"

韩滉紧张地询问着，盛子晏、景大天则在马莹莹的房间搜寻线索。检查房门时，盛子晏露出了惊喜之色。

"怎么啦？"景大天注意到盛子晏的表情有异，赶紧发问。

盛子晏小声地说："是绑架无疑了。"

景大天不解地问："马莹莹被绑架了，你还这么高兴？"

盛子晏指着门上的痕迹，告诉景大天这正是梅花撬针的痕迹。从痕迹的新鲜程度来看，应该是几个时辰前新造成的。可以确定，来的人正是用梅花撬针撬开了门闩，绑走了马莹莹，而这痕迹和贾寻房间的痕迹一样。

"如果抓到绑架马莹莹的人，那么，杀死贾寻的人也就呼之欲出了。"盛子晏感慨万千，看来，真如自己所想的那样，只要坚持不懈，总会发现线索。

因为当时天色已黑，而且驴车上的人刻意隐藏面容，所以，追赶驴车的伙计们没能看清绑匪的任何面部特征。就连和绑匪接触最多的薛超，也是两眼一抹黑，韩滉、盛子晏只好从驴车着手调查。除了全人力支撑的步舆之外，驴和驴车是当时平民百姓用得最多的两种交通工具。因为私家驴车都有各自的精美装饰，不像绑匪所驾乘的黑色驴车这样外观单调，所以，韩滉和盛子晏把注意力放到专业租驴和驴车的"赁驴小儿"上。但是调查结果显示，前一天晚上只有一辆驴车被租出，租车者是一位在城东如意赌坊赢下大钱的客人，他在赢钱后包车回了瓜州老家。

调查一时陷入了僵局。

韩滉领着盛子晏、景大天查找马莹莹被绑架的线索，胡笑笑则暂时告假，执行公干。今天，胡笑笑要去设于七圣庵的润州病坊，向医士们了解所需要的药品等情况，以便回到长安后，向太医令汇报。

往常的夏秋之交，正是太医署最繁忙的时候，而胡笑笑之所以能够返回润州"省亲"，是因为去年秋季长安突发瘟疫，胡笑笑主动取消了自己的授衣假，留在长安抗击疫情。今年，恰巧太医署要对各州县下属病坊进行巡查，太医令就把润州巡查的差事交给了胡笑笑，半是休息，半是执行公差，算是对胡笑笑去年疫情期间尽职尽责的奖励。

胡笑笑来到七圣庵，拜见了明月和尚。其时，病坊大多设立于庙宇，主持者大都是僧尼，明月和尚便是润州病坊的主事。正寒暄间，内堂传出"哎哟哎哟"的痛苦呻吟声。

"昨晚送来的，"明月和尚见胡笑笑诧异，解释道，"情况不是很好。"

"神志不清了？"胡笑笑仔细辨别着呻吟声。

明月和尚告诉胡笑笑，这病人昨晚被发现昏倒在城隍庙的路边，虽周身不见血迹，但腹部有明显红肿。经来润州交流的西域大宛国僧医一铎诊断，该病人有极大可能是腹内出血，一铎提议开刀清创。当时，唐医、胡医交流广泛，双方各有擅长，胡医对于开刀手术尤其具有经验，因此，胡笑笑对于开刀一说并不感到稀奇，正要做更多的了解，恰好一铎从内堂走出。胡笑笑早在太医署便与一铎相识，病情危急，也就没有太多的客套，直截了当地问："何不赶紧处置？"

一铎很是为难："麻沸散……全用光了！"

"用光了？"胡笑笑大感惊讶，这麻沸散可是病房必备的药品。

明月和尚连忙解释道："这两日官府在鬼市扫荡私盐贩子，谁知势力最大的落风帮竟公然持械反抗，死伤众多，麻沸散用量极大。"

这时，内堂病人的呻吟声更甚，胡笑笑眉头紧皱。

一铎灵机一动："要不，用祝由术试试？"

一铎和太医署咒禁科的医士们交好，知道胡笑笑一直研究祝由之术，且有所成。胡笑笑则大为犹豫。这祝由术治疗疾病的原理，主要包括情志相胜、移情易性、扶正辟邪、暗示解惑以及借其他方法治疗疾病而假托"祝由"之名几方面。祝由术的确可以通过调节心态、安魂定志、解梦释疑等途径来促使病患睡眠，可要起到麻沸散的作用，胡笑笑却是从未试过。不过，听着病人的痛苦呻吟，也只有冒险一试了。胡笑笑咬咬牙："找一间屋子，把窗户蒙黑！"

明月和尚连忙带人来到病坊最小的一间屋子，紧锣密鼓地布置起来。

胡笑笑又拜托一铎:"当归、洋金花、天南星,还有存药吗?"

一铎摇摇头:"都没有了。"

胡笑笑大感为难:"用祝由之术,最好配些助眠之药,方有效果啊!"

一铎突然想起:"我这里还有大宛入魂丹,也有助眠之效。不过,这病人可别有离魂症!"

"离魂症?"胡笑笑一惊。这离魂症其实就是现在所说的双重人格。汉唐时,人们对所谓的双重人格已经大有研究。据传,华佗、张仲景均对离魂症有所描述,但普通人知之甚少,多有猜测虚妄之语。一铎的这句无心之语,提醒了胡笑笑,胡笑笑不禁联想起焦延龙,也想到了盛子晏。

"大宛国的扶上医师亦会这祝由之术,有一次他行术之时,就是用我这入魂丹,竟令病人忆起前世之事!"见胡笑笑听呆了,一铎提醒她,"快,赶紧试试!"

说着,一铎从怀中取出一个锦盒,从中取出一颗入魂丹交给胡笑笑。两人来到迅速布置好的黑屋,屋子里只有几点摇曳不定的烛火,甚是阴森。病人早被病坊的几名医士抱到了床上。胡笑笑望去,只见这病人脸色煞白,神志模糊,眼睛微睁着看向胡笑笑,虚弱地张嘴,却说不出半个字来。胡笑笑走过去,握住病人的手安抚着,待其稍有平静,便开始对着病人镇定自若地宣讲:"我是太医署咒禁科胡笑笑,即将以祝由之术,辅佐胡僧一铎医师,为你解腹中之痛。"

病人发不出声,看口型,大约是在说"麻沸散"三字。

胡笑笑点点头,表示知晓,随即示意医士将兑水后搅拌均匀的入魂丹汤药端过来。这病人以为是麻沸散,艰难吞下。胡笑笑于是焚香烧纸,膜拜天地,然后郑重其事地念着祝由师传承下来的咒语:"恬淡虚无,真气从之,精神内守,病安从来……"

胡笑笑一边念着,一边从怀里取出一张画了符的黄表纸,贴在病人床边。病人模模糊糊地听到胡笑笑一番不容置疑的话语,感受着仪式感十足的动作,再加上误以为吞服了"麻沸散",所有这些因素加起来,令病人感觉疼痛恍若不在。

大概念了半盏茶的咒语,病人已经进入混沌状况。胡笑笑见状,朝一铎使了个眼色,一铎立刻上手动刀,不一会儿,已经把伤口缝好,而病人倒是安静异常,并无太大痛苦。

胡笑笑松了口气,一边给病人敷促进伤口愈合的药膏,一边又开了一副汤药,交给医士,嘱咐在病人醒来后立刻喂服。胡笑笑又等待了半盏茶的工夫,观察着病人的状态,见其已经十分稳定,随即告别了明月和尚、僧医一铎。等出了病坊的大门,已经是繁星满天,胡笑笑匆匆赶往渌水客栈,找韩滉打探案情。

得知马莹莹被绑架,胡笑笑大为吃惊!自从安史之乱之后,润州倒是不乏一些大案,可是像这种几天之内,连续出现凶杀、失踪、绑架的案子,还是头一遭见。

"这就是大乱之后的……用你们医家的话,叫作后遗症。"韩滉的脸上写满了忧虑的神情,他感叹着,"安史之乱,让多少人流离失所,多少人没了生计。这生计,可不是战乱平息后,就能立刻找到的!这些老百姓得活着啊,不像你我,或者为官,或者从医,总能够有稳定的收入。可这些没了生计的百姓……唉!"

景大天接话道:"是啊,我们渤海国大前年闹饥荒,第二年倒是风调雨顺,可是,且缓不过来呢!盗贼云集,杀戮案件频发。要知道,我们那儿以前可是路不拾遗啊!"

"这可什么时候是个头呢?"胡笑笑担忧地问道。

韩滉摇摇头:"现在,才刚刚开始。"

几个人感叹着时局,胡笑笑突然想了起来,四下看看:"盛子晏呢?"

此时,盛子晏正在翠玉楼门前的长街上逡巡。

盛子晏感到很奇怪：黑色驴车出了翠玉楼院子，向东边拐去，而东边第一个坊口，就有巡检的坊丁，而且，因为越向东越接近润州衙门，所以东边巡检的严密程度也相应增强，不但有坊丁出没，更有不良人小队巡逻，难道这绑匪就不怕驴车里的马莹莹被发现吗？为什么不向西走？只要过两个坊口，就能够出了西门，消失在京口码头或者焦山之中啊！
　　盛子晏在长街走着，东顾西望，百思不得其解。

第二十一章
诡异的黑色驴车
上

绑匪的纸条，是在马莹莹被绑走的第二天夜里，出现在翠玉楼的。一支带着蓝色布屑的袖箭，将纸条牢牢地钉在二楼的廊柱上，上面只有简单的四个字：不许报官。韩滉仔细检查着纸张和纸张上的墨迹，一无所获。纸和墨都极其普通，是在任何一家文房四宝店都可以买到的便宜货。

绑匪竟然神不知鬼不觉地完成了信息通报，这让翠玉楼上上下下格外惊慌。妓女、伙计们互相聊天的时候，把绑匪传得越来越神：能飞檐走壁、移形幻影，甚至精通婆利国的隐身术。

韩滉、盛子晏倒是偷偷松了口气，觉得这绑匪绝对不是经验十足的专业绑票者，因为如此招摇地下通牒，恰好暴露了绑匪在翠玉楼里边有内应的事实。韩滉和盛子晏短暂商量一番，一致决定按绑匪的要求去做，不报官。一来，绑匪没有提出任何要求，很明显是在通过内应观察翠玉楼的动向，如果报官，马莹莹的生命可能受到威胁；二来，盛子晏通过肇兴元得知，现在衙门里的大部分衙役和捕快都在焦山与贩卖私盐的落风帮激烈争斗，即使报官，恐怕也得不到应有的重视，不如静观其变。

胡笑笑惦记着病人的安危，准备一大早就赶到润州病坊，看望病人。不过，在去病坊之前，她还有一件重要的事情要做。

自打从阿朵那里得知南诏杀人香的最主要成分是产自洱海花森林的九色茶花，胡笑笑就踏实了。毕竟南诏杀人香作为迷药中的至尊，其配方在太医署的深入研究下，已近乎被全面解析，唯有主材尚未确定。阿朵的坦诚，为胡笑笑的研究铺设了一条康庄大道。尽管九色茶花只有在花开之后的三个月之内入药才能展现出最佳的迷幻效力，然而幸运的是，随着南诏国王的更替以及大唐与南诏之间贸易的恢复，太医署在第一批从南诏运来的药材中发现了两朵九色茶花！胡笑笑喜出望外，连忙向太医令汇报了自己的发现，太医令也是大为惊喜，特意将其中一朵运到润州。

此刻，胡笑笑小心翼翼地拿出一个锦盒，拆下"太医署"的封签，打开后，一朵色彩鲜艳、已经打蔫的花呈现在眼前，正是大名鼎鼎的九色茶花！

胡笑笑小心翼翼地拿出一片花瓣，将其放到青铜小盏里研碎，又取出一个晶莹剔透的青瓷小罐，将里面的杂色药面倒到青铜小盏里，兑一点点水，仔细搅拌；随后将调好的药膏捏成两根香条，再谨慎地放置在一个干燥木盒里，将木盒放到靠墙多宝阁中的一个抽屉里，这才满意地背起自己放置各种急救药品的"百宝袋"，告别了突厥大猞猁，开心地出了家门。

门缝里，刘孚之的一只眼睛悄然露出，凝视着胡笑笑远去的背影……

胡笑笑来到了润州病坊。

明月和尚带着几位小尼姑外出采药去了，一眼见胡笑笑来了，连忙迎了上来。

"你那入魂丹，是由哪几味药制成的？透露透露呗！"见病人还

第二十一章 诡异的黑色驴车（上） | 123

没有醒来，胡笑笑好奇地向一铎打探。

一铎笑着答道："是不是昨天听我说这药可以让人看到前世，我们的笑笑小姐有了念想了？"

"那是自然，"胡笑笑撇嘴一乐，"如果真能成功，可有大用处！前几天，我还遇到个号称灵媒的南诏女子，自称能看到逝去亲人的投胎转世和活人的前世今生，可惜只是故弄玄虚。要是我能办到这事儿，那可就能挣大钱了，咱就多开几家病坊，治病救人！"

一铎哈哈大笑，觉得胡笑笑实在有趣："入魂丹可是大宛国的国宝，配方由在西阿拉梅金峰修行的巫师代代相传，秘不示人。不过，我可以送你两颗。"

胡笑笑闻听，喜出望外："那可太珍贵了，这两颗入魂丹可是无价之宝！"

一铎倒是不客气："的确，前阵子，我刚救过这大巫师的命，他这才送了我四颗，要不是冲着你的面子，昨天我都不会拿出来用。这要是再送你两颗，我就只剩下一颗喽！"

胡笑笑知道一铎在卖关子，催促道："说吧，一铎先生有什么条件？"

一铎正色道："还请笑笑小姐教授我祝由十三科！"

胡笑笑一听，不禁皱起了眉头。

"舍不得吗？"一铎很是失望。

胡笑笑连忙解释："怎么会！咱们认识这么久，切磋医术绝无保留！只是，这祝由之术，是传自古代巫师的医方，号称不用药物，只用符咒治病。所谓'先巫者，因知百病之胜，先知其病之所从生者，可祝而已也'。我虽算是精通，但祝由之术博大精深，我仍在摸索之中，且效果也时好时坏，所以，咱们可把话先说在前面。"

一铎释然，赞赏道："认真求索，不哗众取宠，是天下医者职责所在。"

说着，一铎从怀里取出一个锦盒，小心翼翼地打开，里面是三颗丹丸，分别用金色绸布包裹。一铎取出一颗，依旧揣入怀中，把另两颗连着锦盒送给了胡笑笑，胡笑笑连忙郑重其事地收好。

这时，内堂里的一位年轻医士走了出来，冲着胡笑笑点头示意，随后向一铎汇报："醒了，已无大碍。"

胡笑笑随一铎一同走进内堂探视，那病人已经坐起身来，手扶腹部，虽仍显得虚弱，但是脸色已经恢复了几许红润。见到一铎和胡笑笑进来，病人猜到是为自己施行手术的医师，连忙点头致谢。

胡笑笑微微一笑，摆摆手，示意病人无需说话，然后便开始仔细观察病人腹部。只见手术相当成功，敷药处已经有愈合之象，胡笑笑不禁暗赞胡医手术技巧高超。借着难得的机会，胡笑笑继续观察伤口，积累经验，看来看去，胡笑笑觉得有些奇怪："你这伤受得很蹊跷，这伤应该是与人相争所致，但又不是刀枪、棍棒能造成的痕迹，倒像是撞到硬物所致，可是……"

胡笑笑看看这位病人，接下来的话没有说出口，心想这么大个人，走路也不应该自己撞伤自己啊！

那病人开始愤愤不平："别提了，我好好地走在路上，那驴车横冲直撞地朝我就过来了，我根本躲闪不及！"

胡笑笑一惊："驴车？什么颜色？"

"黑的！"病人很是气恼，"我老老实实地靠左行走，那驴车应该靠右行驶，对不对？它可是往出城门的方向走啊！哪知道它也贴着左边！哼，要不是我被撞晕了，可饶不了他们，别欺负我不懂《唐律疏议》，他们这叫驾车伤人，可要量刑的。"

胡笑笑连忙询问："驾车的人呢？"

"跑了！"病人兀自气鼓鼓地，"那车都散了架了，你说，撞我撞得有多狠！那小子肯定不敢回来了。好在车还在，车得赔我！"

"你是在哪里被这驴车撞到的？具体什么时候？"胡笑笑连声追问。

"城隍庙！"病人停顿了片刻，"具体时间记不得了，反正就是天刚擦黑的时候！"

胡笑笑得知这一重要信息，连忙离开病坊，赶去渌水客栈通知了韩滉和盛子晏。

撞人的黑色驴车，正安静地停在城隍庙院内。驴车车架早已经卸了下来，那匹灰色小驴正悠闲地啃着篮子里的青草。

喂驴的和尚告诉闻讯赶来的韩滉、盛子晏和景大天，昨天傍晚时分，他正在院子里打扫庭院，听到外面有呻吟声，出门一看，只见驴车已经倾倒在路边，零部件散落一地，驾车者已经不见踪影，被撞的男人不省人事，发出微弱呻吟。和尚赶紧用羊头车将病人送到病坊，两位年轻医士接收了病人。因为城隍庙没人，和尚就赶紧跑了回去，没顾得上向病坊交代缘由。

盛子晏上前仔细检查已经散了架的车厢，车厢的一侧有倒地时剐蹭所致的划痕，而其他几面也是脏兮兮的。从时间来看，这驴车撞人的时间和绑匪乘驴车逃离的时间对得上，而且城隍庙靠近东门，驴车在这里撞上了人，倒是和护院薛超以及几名伙计所描述的"驴车出了院子往东拐"对上了。不过，盛子晏还是对绑匪舍近求远这一点不太理解。

"袖箭钉在哪儿呢？"景大天突然发问。

韩滉、盛子晏也想到了这一点，但是遍寻无果，盛子晏于是向江湖专家景大天请教："袖箭会不会是擦着驴车车厢而过，只留下了划痕？"

景大天绕着驴车车厢转了一圈，语气肯定地说："没有一处划痕是袖箭所致！"

韩滉和盛子晏对视一眼，心里都有了答案。

也许是知道翠玉楼的人没有报官，绑匪送来了第二封信，依旧用袖箭钉在二楼廊柱上。这次的要求很简单：赎金三十一贯。

这一赎金要求让韩滉觉得很是奇怪。在他看来，这个数字对于经营妓院的马莹莹而言，实属微不足道。通常，妓院老鸨的背后还有一位"金主"，老鸨更多只是充当管理人的角色，和护院、伙计一样，区别无非是老鸨有抽成，护院、伙计拿固定饷酬而已。而这马莹莹自己就是老板，因此，对于有内应的绑匪来说，这赎金未免要得也太过客气。

"如何支付赎金，信里可没有说啊！"盛子晏询问着翠玉楼里临时主事儿的薛超。

薛超倒是沉着："老板应该有凭贴，我找一找。唉，要的钱数不多，看来老板还是有福报啊！早完早了！"

当朝"柜坊"已经出现，负责替客户存钱，凭证则是相互约定好的实物，比如"凭贴""书贴""文券""券契"等，作为单笔往来的记录。

"不过，马老板本人不去，恐怕取不出来。"韩滉担心地说。

"没关系，柜坊老板我都认得，就说马老板病了，再说钱数不多，柜坊老板应该不会难为。"薛超向韩滉、盛子晏致了谢，就赶紧着手操办取钱事宜。

等薛超一走，认定薛超有重大嫌疑的韩滉、盛子晏也分别忙活起来。

盛子晏火急火燎地来到城南乐刻斋，先敲了两声，随后又急促地敲了三声，那位十一二岁的小姑娘见又是盛子晏，甜甜笑着，让开了门。盛子晏走进去，见乐刻老人端坐院中，恭敬施礼。

乐刻老人笑问："又来找什么孤本啊？"

盛子晏毕恭毕敬地答道："这次不找旧书，找新书。"

"哦？"乐刻老人很是奇怪，"说来听听。"

盛子晏望着乐刻老人，满是崇敬："我知道，您一直潜心编写着民间版的《润州志》，对不对？"

第二十一章 诡异的黑色驴车（上）

乐刻老人糊涂了："你怎么知道的？"

盛子晏一本正经地说："我来过多少次了，还能察觉不到吗？"

这时，那小姑娘正来奉茶，听到盛子晏的说辞，不由得扑哧一乐。

乐刻老人一下子明白了，指着小姑娘嗔怪道："好啊！是你泄露了爷爷的秘密，没错吧？"

小姑娘倒是大大方方："爷爷，这位大哥哥跟您可是同道中人，您是想把朝廷想隐藏的东西事无巨细都记载下来，还让我去查找官府遮掩的档案，志在保留真相；大哥哥是想把民间的疾苦传递出去，上达天听，可不是一样的志向吗？"

"这丫头，管不了喽！"乐刻老人无奈地笑笑，随即转向盛子晏，"你想了解什么？"

盛子晏赶紧接话："我想知道关于翠玉楼的详细资料。"

乐刻老人一捋长髯，思考了片刻，回忆道："以前，这翠玉楼还是京口客栈，因为位置绝佳，三年前，省吃俭用的妓女马莹莹用自己的积蓄，加上几位长安恩客的厚赏，将客栈买下改为妓院，至此，生意兴隆。"

盛子晏略显失望："没有什么更具体的了？"

乐刻老人看着盛子晏的焦急神情，不解地问："发生了什么事情？"

盛子晏欲言又止。

一旁的小姑娘笑着说："盛大哥，爷爷值得信任哦！"

盛子晏一抱拳："是我小肚鸡肠了。"于是，便把马莹莹被绑的消息和盘托出。

"三十一贯？"乐刻老人陷入了沉思。

盛子晏点点头："我也是觉得奇怪，绑匪费尽心机，却只提出要三十一贯赎金，未免太少，而且，这数字有零有整……"

乐刻老人突然打断了盛子晏的话，冲着孙女说道："把'生死簿'拿过来！"

小孙女二话不说，跑回后屋。

盛子晏心里奇怪，想着这老爷子太有意思，竟然做起阎王爷的勾当，正胡乱琢磨着，小姑娘拿来一册厚厚的书简，交给乐刻老人。

乐刻老人见小姑娘满身是土，不满地问："怎么弄的？"

小姑娘一噘嘴："还不是您，那几本不放到藏书房，非藏到睡房的天井上，可不得使梯子？没人帮着扶，梯子倒啦！"

原来，这乐刻老人的所有收藏基本都放在院子北屋的藏书房里，但特别重要的几本藏书专门放到了小姑娘闺房的天井上。盛子晏觉得这乐刻老人很是有趣，像是孩童一样乱藏宝贝。

乐刻老人知道小姑娘没摔伤，这才放下心来，仔细地翻阅着"生死簿"。翻到第三页，他突然停了下来，看着上面的记录，点点头："这就对了。"

"如何？"盛子晏好奇地问。

乐刻老人神色严肃："一年之前，一名叫作越兰的妓女被一名恩客带走，哪知这所谓的恩客竟然是一名穷凶极恶的江洋大盗。最终，越兰被这江洋大盗强暴致死！越兰乃本地人氏，其兄越宏将马莹莹告上官府，索要偿金，各项补偿算起来正是三十一贯！"

盛子晏大惊："这越宏现在住在哪里？"

乐刻老人摇摇头："这就得问衙门里的朋友了。"

第二十二章
诡异的黑色驴车
下

按照商定，盛子晏前往乐刻老人处查询翠玉楼信息，韩滉则带着景大天寻找薛超作为内应的蛛丝马迹。

两人走访了翠玉楼前街的一家赌坊和一间食肆，并没有得到薛超消费的信息，随后又去了最高档的信义绸庄探访。

见韩滉闷闷不乐，景大天没话找话："老师，咱们这般走访，是不是你怀疑薛超收了绑匪的好处？"

"当然，"韩滉面无表情，"穷人乍富，就如同朝廷里小人得志一样，总要大事张扬一番，人性如此。"

景大天挠挠脑袋："发了横财，豪赌一场，吃顿大餐，这都能理解，可咱们去这绸缎庄……"

韩滉这才有了点儿笑模样，告诉徒弟："起先，我也没注意薛超的衣衫，等怀疑到他头上，我才注意到，他那衣衫用的可不是一般的料子，是龟兹特有的丝光绸，就连长安，也不过两三家绸缎庄有卖。所以，咱们去润州最大的这家信义绸庄，没错！"

景大天倒也机灵，赶紧接话："您这不是一开始没注意，因为您是好吃好喝好穿惯了，所以对别人的穿着也就没那么在意。"

韩滉点点头，长长叹了口气。

景大天终于忍不住问道："老师为什么总是闷闷不乐？这案子不是有眉目了吗？"

韩滉摇摇头："为师确实有些心烦，不过，不是为了案子。"

"啊？"景大天傻了眼，"那我可就猜不到了。"

韩滉冲着景大天微微笑着："你爹是商贾大家，在渤海国，商人的地位可不像在大唐这般低下吧？"

景大天自豪地答道："这倒是，何况我爹还是数一数二的大画家，连渤海国皇帝对我爹也有几分敬重。"

韩滉点点头："这就对了，所以你也是从小锦衣玉食，从来不曾为生计发愁。为师和你一样，虽然已经一把年纪，可是说来惭愧，纵然在战乱期间，我也未曾深入体察民间疾苦，无非是当官、作画，大不了还有阿爷庇护。"

"知道，您阿爷是丞相。"

韩滉情绪激动起来："可短短几天，查这几起案子，我才知道，百姓苦啊！对我来说，一两银子不过是一顿说得过去的餐食的费用，可是对于阿朵、容可丽母女俩，就是回到故国，和多年不见、生离死别的家人团聚的开销！区区一千文钱，对于那如云姑娘来说，就是和心上人过上世间寻常生活的赎金！再看看今天，三十一贯也不算很多，可就能换回一个妓院老板的命。可对咱们来说，三十一贯，只能吃上一顿半四个菜标准的'烧尾宴'！"

景大天赶紧安抚韩滉的情绪："老师，以前俺爹让我跟您学画，只说您的画作名冠天下，今天才知道您还忧国忧民，天下少见啊！"

"行了，别拍马屁。"韩滉将话题转到了景大天身上，"你小子，还算听我的话。在崖边大屋，让你走，乖乖就走了。"

景大天挺着胸脯："必须听您的话啊！"

韩滉突然严肃起来："可听笑笑小姐说，在我出来之前，你已经在侦查路径，准备偷袭了！"

景大天着急地直结巴："我、我、我是怕老师您……"

韩滉继续绷着脸："再这样，我可把你送回你爹那儿去了！"

景大天更急了："别啊，您、您是侠之大者！"

韩滉被这句话逗笑了："拍马屁也没用，该送还是送！唉，我算什么侠之大者，又不在江湖……你还别说，真是高居庙堂，不知道江湖之幽远啊！"

景大天见韩滉面色依旧沉重，不知道怎么逗老师开心，好在信义绸庄已在眼前。韩滉进了门，朝景大天一使眼色，景大天立刻又像刚才在赌坊和食肆一样演起戏来，大大咧咧地问："薛超薛老板的料子，还有富余吗？"

谁料这招竟然奏效，掌柜的很是欣喜："薛老板还想来一件？最近可没有了，这料子抢手啊！不过可以先订好，过半个月，龟兹的马队过来，准给您家老板留好。"

"可必须留好了，就好这丝光绸！"景大天诈出掌柜的话来，很是高兴，率先出了信义绸庄，韩滉随即跟了出来。

景大天兴高采烈地对韩滉说："老师慧眼独具啊！看来，这薛超真有问题！"

韩滉也有些得意："是啊，每月只能挣一千文，怎么突然舍得穿八百文一身的衣服？"

两人一边说着，一边赶紧回翠玉楼，准备盯紧薛超。到了翠玉楼，却得知薛超自打去柜坊取钱，就再没有回来！

景大天觉得不对："要不，咱们去找找？"

韩滉沉稳地说："别着急，交赎金的信儿还没来，他们得把这戏演足才行！咱们等盛子晏回来。"

盛子晏通过肇兴元的介绍，找到了负责人口登记造册的衙门里正，查到越宏的家在河西巷。盛子晏匆匆赶去，结果扑了个空。只见房屋狭小肮脏，房门没有上锁，轻轻一推便开，门板还险些掉落，还好盛子晏及时扶住。屋子里没有一点儿值钱的东西,地上、炕上都蒙着厚厚的一层灰尘,显然已经很久没有住人。

等盛子晏出来时,旁边矮房内的一位老妇人一动不动地盯着他,吓了盛子晏一跳。老妇人倒是先开口,问盛子晏是不是找越宏,盛子晏连忙点头。

"自打输了官司,这孩子就没再回来过。"老妇人冷言道。

盛子晏打探道:"那他干什么营生呢?"

老妇人咳嗽几声,缓缓开口:"以前替人收账,后来听后巷的几个小子说,账没收回来,钱庄倒了,自那之后就没有他的消息了。"

盛子晏向老妇人道过谢,离开了河西巷,想着去渌水客栈找韩溉商量,结果没见到韩溉,却看到守在客栈等着自己的胡笑笑。两人又等了一会儿,依旧不见韩溉和景大天归来,猜测这师徒俩可能在翠玉楼查找什么线索,于是便结伴前往翠玉楼。

月色之下,盛子晏匆匆赶路,胡笑笑看着走得飞快的盛子晏,不禁放慢了脚步。盛子晏意识到自己一直快步走着,没有搭理胡笑笑,有些太过冷落她,于是顺嘴问道:"怎么了?"

"不问问我怎么知道驴车下落的?"胡笑笑浅笑盈盈。

盛子晏看着月光里胡笑笑的姣好面容:"是不是撞了人?"

"真聪明啊!"胡笑笑瞪大了眼睛,由衷地感叹着,"怎么猜到的?"

盛子晏耸耸肩:"驴车车厢都散架了,肯定是冲撞所致。你又是医师,昨天忙活一天,连案子都没顾上查,然后就立刻告诉我们,驴车在城隍庙,这不很简单嘛!"

胡笑笑啧啧连声:"难怪韩老师那么看重你,果然聪明,以后你得教教我,如何……"

话没说完,盛子晏突然拉着胡笑笑躲到了街边售卖胡饼的小铺里。胡笑笑偷偷地探出脑袋,原来,前面匆匆走着的竟然是薛超!

"就是他干的?"胡笑笑一边说着,一边把手伸向灶上的锅底,随后抹了一脸炉灰。

盛子晏紧盯着薛超，轻声地说:"咱们跟紧了。千万别暴露!"说完，一转身就看到满脸黑乎乎的胡笑笑，哭笑不得。两个人转到街上，悄悄跟踪薛超。

薛超在前面径直走着，隐隐觉得不对劲，于是在一处卖水煎包的摊子跟前停住，借着看包子做掩护，猛地回头!盛子晏和胡笑笑正跟得起劲，突然见薛超回望，已经无处可躲。情急之下，胡笑笑一把揪住盛子晏的衣襟，如情侣般把盛子晏搂向自己，让和薛超打过多次照面的盛子晏背对着薛超。盛子晏和胡笑笑靠得极近，几乎是肌肤相亲，胡笑笑的心怦怦直跳，黑乎乎的小脸也是黑里透红。两人视线相接，忙各自扭头。

等盛子晏再慢慢回头看去，薛超已经继续前行，于是拉着胡笑笑继续紧紧跟随。只见薛超起初不紧不慢地在街上走着，随后突然闪入旁边的小巷，然后越走越快，进了街头的一间杂货店。

盛子晏和胡笑笑快步朝杂货店走去，守在离杂货店十几米的街边转角，可左等右等不见薛超出来，两人点点头，达成默契，盛子晏继续蹲守，胡笑笑则快步进了杂货店。胡笑笑四处打量，发现店里面除了掌柜，再无他人。突然，柜台旁边的一个布帘吸引了她的注意，她走过去，掀开布帘，里面居然还有一个门!胡笑笑出门朝盛子晏招招手，盛子晏也进了杂货店。两人悄悄推开后门，只见门外是另一条街巷，只有稀稀落落的几个人影，绝无薛超的踪迹!

胡笑笑气得直咬牙跺脚，盛子晏也大为惋惜。两人正要回翠玉楼，突然看见薛超从街边烧饼铺走出来，一边大口咬着烧饼，一边继续往前走。

盛子晏和胡笑笑对视，长出了一口气。

胡笑笑拍拍心口:"好悬!还以为把他跟丢了，原来是去吃东西了。"

说着，胡笑笑的肚子忍不住"咕噜"叫了两声，她顿时不好意思地低下了头。

盛子晏不忍，安慰着胡笑笑："忍忍，等完事了，我请你吃顿好的！"

两个人继续跟着薛超，往南门方向走去。

盛子晏和胡笑笑不知道的是，这次是薛超有意让他们跟上的。本来，发现被跟踪的薛超已经甩掉了盛子晏，可他转念一想，既然已经引起注意，干脆把这两人一起捉了，让那个姓韩的投鼠忌器！

第二十三章
毒山恶斗
上

润州城依江傍山，共有四座城门。

东门附近官员府邸云集，出了城门，便是包围着润州城的富庶的江南平原；西门商贾云集，城门外便是繁忙的京口码头，再远一些则是气象万千、高深莫测的焦山；从北门出城后，丘陵间一条宽敞官道直通天际，乃是去往长安的通衢，路上马车、驴车，乃至骡车、牛车，络绎不绝。

三座城门各有各的热闹，唯有这南门，最是冷清。不仅仅因为南边处于下风口，更因为出了南城门，便是一座占地面积很大且植被茂密的连城山。可是，虽然同为山峦，这连城山与鬼市喧闹、各国人等盘踞、私盐贩子横行的焦山简直有天壤之别，几乎不见人烟，盖因连城山间总是升腾着蓝色的烟雾。太医署曾派人专门前往调查，确定这些烟雾是瘴雾所致。不过奇怪的是，不同于常见的灰、白、黄色瘴雾，连城山的瘴雾却是蓝色的。它们缓缓从半山峡谷四下溢出，遇到小风，就会像帐幔一样来回摆动。至于产生这蓝色瘴雾的植被，都集中于半山峡谷之间的一片号称魔鬼森林的密林。因为这魔鬼森林里的药材资源极为丰富，所以曾有多名采药者进入林中采药，但这些人无一例外地未能归来。因此，官府、民间始终不曾厘清林中到底有何种怪异植被，连城山也就以"毒山"名闻天下。毒雾弥漫的魔鬼森林更是让百姓、商旅闻风丧胆，避犹不及。后来的诗人杜甫也曾留下"江南瘴疠地，逐客无消息"的诗句。

　　盛子晏和胡笑笑紧追薛超，竟一路追进了毒山！
　　眼看着前面的薛超马上就要进入一片茂密林子，盛子晏着急地加快脚步，胡笑笑却拦下了盛子晏，四下寻摸着什么。
　　盛子晏有些着急，小声地催促："快！别跟丢了！"
　　胡笑笑却不为所动，继续寻找，终于发现几株其貌不扬的植物，连忙连根拔起，将其中一株的根茎递给盛子晏："吃了它！"
　　盛子晏这才想起，马上就要通过半山峡谷了，要是那魔鬼森林的毒雾飘过来，着实大事不妙，于是连忙遵照胡笑笑的吩咐，皱着眉头吃下这苦苦的植物。
　　"这叫佩兰叶，我认识一个叫一铎的胡医，他教给我的，这有防毒之效。"胡笑笑一边介绍着，一边扯下衣襟，撕成四块布条，递给盛子晏两块，让他塞到鼻子里。毕竟这半山峡谷的瘴雾是要杀人的，不能太过依赖佩兰叶的防毒功效，多加防范总是没错。
　　就这么一耽搁，薛超已经不见踪影。
　　盛子晏和胡笑笑准备妥当，进入了山半腰的密林。林中林木遮天蔽日，小径阴暗难辨，到处有小片沼泽，稍有不慎便会陷入。盛子晏、胡笑笑小心翼翼地快步前行，两人的脚步声不时惊动栖息在旁边密林中的怪异大鸟。而在两人的身后，一名弓箭手已经拉满弓弦，正准备射出，结果被飞起的大鸟扰乱了视线，飞鸟正好挡在弓箭手和盛子晏、胡笑笑之间。两人因着飞鸟逃过一劫，却并不知情，依旧只顾沿着密林中的小径疾行。
　　突然，胡笑笑"哎哟"一声，人猛然矮了下去，竟是落入了陷阱！好在胡笑笑本能地用双手、双脚撑住陷阱两边的石壁，才没有掉落。胡笑笑稳住心神后，向陷阱底部看去，看到下面一排白森森的利刃，顿时不寒而栗。

盛子晏低喝着提醒胡笑笑："别动！"

说着，盛子晏伸手欲拉胡笑笑，怎知脚下也踩到了虚浮枯枝遮掩的空洞，险些也落入陷阱旁的泥潭，连忙退后到安全地带，踩实地面后，才长舒口气。眼看救援无效，盛子晏连忙打量周围，除了几棵歪脖大树，再也没有可借力的地方。盛子晏正在琢磨，胡笑笑已经开始试探着将右手迅疾探入怀中，取出随身携带的包扎用布带，再紧紧地攥住布带一头。突然，胡笑笑脚下一滑，连忙抛出布带，右手又迅速撑住石壁。盛子晏捡起布带，抛向陷阱对面大树的枝杈，想借力荡过陷阱和泥潭，救起胡笑笑。第一次荡过的时候，两人的手臂错过，胡笑笑为了够盛子晏的手，脚还滑了一下，险些落入陷阱底，吓出满头大汗。

盛子晏找准位置，第二次荡过，勉强能够到胡笑笑的手，胡笑笑借势跳起，盛子晏抓住她，借着劲头将她甩到陷阱外，自己也借势越过。布带所系的树枝在盛子晏尚在空中时猛然折断，和盛子晏一同掉到了陷阱里。盛子晏扒住陷阱边沿，胡笑笑连忙抓住他往上拽，两人终于勉强脱险。

盛子晏、胡笑笑正在庆幸，身后密林中，追踪过来的弓箭手面前再无遮挡，终于射出一箭，胡笑笑肩膀中箭，立刻栽倒，肩膀已经流出黑血。

"有毒！"盛子晏大惊。

"别怕，这是最普通的醉人杀，用连翘、黄檗即可解毒……"胡笑笑倒是镇定。

话未说完，盛子晏已经起身，背起胡笑笑，拼命向密林深处跑去，靠着一股不要命的劲头，甩开了弓箭手。来到一簇矮树丛的时候，盛子晏灵机一动，把胡笑笑藏进小路边的树丛，便起身要走。

"你去哪儿？"胡笑笑有些惊恐。

"去找解药啊！"盛子晏看着胡笑笑的恐慌模样，赶紧安慰着，"放心，我没事，这些人不是要咱们的命！"

盛子晏出了矮树丛，还不忘回头叮嘱胡笑笑："放心，我不会丢下你的！"说着，还露出一丝微笑，胡笑笑微笑着回应，心里彻底踏实下来。

毒山里草药众多，盛子晏在附近的密林里转悠了一会儿，很快便找到了连翘与黄檗，随即揪下一大把，揣入怀中，便立刻扭头往回走。盛子晏快速奔走在没腰的草丛中，不断有凌厉的锯齿草和枯枝划破他的胳膊，他担心着胡笑笑，浑然不顾，表情也因焦急和担心而变得狰狞！等奔到胡笑笑的身边，盛子晏已经气喘吁吁，来不及说话，抓起一把叶子就塞到胡笑笑的嘴里，胡笑笑配合地拼命往下咽，被呛得直流眼泪，终于把叶子生吞了下去。

片刻，胡笑笑看到自己肩膀伤口处缓缓流出的黑血渐渐转红，笑着告诉盛子晏："没事啦！"

盛子晏看着插在胡笑笑肩膀的那支箭："这怎么办？"

"这个好办！"胡笑笑鼓励着盛子晏，"你给我做个手术。"

"啊？"盛子晏一惊，"我可不行。"

胡笑笑微笑着说道："我教你，特简单，你就双手围着箭，轻轻按住我肩膀。"

盛子晏依言，双手围绕着胡笑笑中箭的肩膀，轻轻摩挲。

胡笑笑制止道："没让你按摩。双手抬高，别不忍心，越下不了重手，病人越痛苦，好了，拍！"

盛子晏低喝一声，猛地一拍，不知道哪儿来的力量，那支箭带着一股已经很淡的黑血，从胡笑笑的身体里迸出！随之，一股股红色的鲜血缓缓流出，盛子晏连忙给胡笑笑包扎，胡笑笑刚要说话，却愣住了！盛子晏回头，只见远处又有两名持刀绑匪赶到，和弓箭手会合，慢慢朝小路这边围了上来。

如果三名绑匪进行筛网式的搜查，这矮树丛绝对不安全，盛子晏忧心忡忡地询问胡笑笑:"还能跑吗?"

胡笑笑倔强地紧咬双唇:"当然能!"

两人撒腿便跑,后面三名绑匪察觉动静,紧紧追赶!一路上,盛子晏和胡笑笑躲过了数次飞箭的袭击,有两次利箭几乎擦着头皮飞过,两人将将躲过。逃到一个岔路口,盛子晏把鞋脱下一只,扔向左边岔路,自己则拉着胡笑笑朝右边岔路跑去,等跑到尽头,才发现已是悬崖峭壁。飞瀑直下,水流敲打在底部的岩石上,哗哗作响,跳下去凶多吉少!两人连忙钻入悬崖边的密林丛,伏低身子,隐藏起来。

屏住呼吸忍了一阵子,胡笑笑刚要说话,盛子晏立刻捂住了她的嘴!果然,一阵窸窸窣窣的声音传来,原来是那三名绑匪追了一阵之后,留了个心眼儿,其中一名持刀绑匪反过身,来右边岔路搜索,想看看追捕的两人是不是逃进了这条通向悬崖的死路。见一路并无动静,绑匪这才折身返回。盛子晏、胡笑笑终于长出一口气。

初秋时节,江南依旧处于暑气之中,这毒山上倒也并不寒冷。虽然局势危急万分,可在满天星斗之下,挨着自己的心上人,胡笑笑心里纵然有一丝恐惧,但更多的是欣喜。盛子晏的心情更为复杂:美女在侧,难免心猿意马,可只能拼命压抑着情感,因为盛子晏知道,自己还有大事要做,一旦做此大事,以后将如何面对胡笑笑?盛子晏不敢去想……

盛子晏正在踌躇,胡笑笑捅了捅盛子晏的胳膊:"咱们就这么待着?"

"静观其变。"盛子晏显得很冷静。

胡笑笑提醒道:"抓紧想想对策,如果要有什么行动,最好是趁黎明时分,那时候,可是人最需要睡眠的时候,绑匪们肯定会放松警惕。"

盛子晏点点头,心里对胡笑笑大为赞赏:"现在已经过了半山的位置,躲开了瘴雾,暂时是安全了。等黎明的时候,咱们反客为主,去绑匪的老巢守着!等韩老师他们找到这儿来,咱们里应外合!"

"他们能找到吗？"胡笑笑颇为犹豫，"这里可是南门外的毒山啊！"

盛子晏认真分析着："应该可以。你想，绑匪驾着驴车，从翠玉楼出来，不走两个坊口之外的西门，故意向巡查甚严的东门而去，那绑匪的老巢，首先就可以排除东门；如果他们的老巢在西门，其实完全可以冒险一试，尽管被跟踪的可能性大，可是路上被抓获的风险也大大减少啊！两害相权，轻重也差不太多！因此，绑匪的老巢在西门外的可能性也不大。剩下的两个门，北门之外是一片通途，没有可隐藏的地点，如此一来，绑匪老巢所在地点就昭然若揭了，就是这南门外的毒山。"

胡笑笑很是认同："绑匪还挺狡猾，故意驾车往东面去，不怕露馅吗？"

盛子晏笑着说："那应该只是障眼法，车上应该没人。那些妓女不都说了嘛，薛超和几个伙计追驴车的时候，翠玉楼里很是混乱，不少正在吃饭、听曲的客人都追出来看。我估计，另外的绑匪可能就趁着这机会，架着中了迷药的马莹莹，偷偷溜走了！"

两人就这么聊着，依稀可以透过枝叶缝隙看到山崖下的寂寥大地，瀑布击打岩壁声、远处隐约传来的江水涛声，衬得这夜更是安静。慢慢地，胡笑笑不出声了，身子一下子伏在了盛子晏的怀里，还响起了均匀的鼾声。盛子晏看着怀中酣睡的胡笑笑，手足无措，片刻之后，终于想到脱下自己单薄的衣服，给胡笑笑披上。盛子晏的手伸出又缩回，最终，还是抚着胡笑笑的后背，轻轻拍了起来。

翠玉楼里，韩滉和景大天左等右等，盛子晏却总是不来，再加上薛超也不见了，韩滉心里有了不祥的预感。

"老师？"景大天小心翼翼地叫了声韩滉。

韩滉转向景大天："怎么？"

景大天结结巴巴地说："这个……我觉得吧……"

韩滉本来就着急，看景大天这么磨叽，更是上火："有话快说，别吞吞吐吐的！"

景大天赶紧发表意见："咱得赶紧想辙啊，我估摸着，盛子晏的失踪和薛超脱不了干系。"

韩滉心想景大天说的这些都是废话，可面对徒弟不好太过急躁，只是哼了一声。

景大天见韩滉面色不悦，叹口气："唉，要是知道这绑匪的老巢就好了，看我怎么收拾他们。可是没辙啊，连个引路的也没有，两眼一抹黑。"

岂料韩滉听到这话，从座位上"噌"的一下跳了起来，大步朝门外走去！景大天糊涂了，赶紧跟上，不停地问韩滉去哪儿，韩滉也不搭话，眼睛直愣愣地，很快就出了翠玉楼，来到了城隍庙。

进了城隍庙的院门，那和尚正端着竹筐，准备给小驴喂草。韩滉连忙喝止和尚："别急！"

和尚愣住了，呆呆地看着韩滉。

韩滉走过去，询问和尚："怎么现在才喂？"

和尚连忙解释："别提了，中午我急着去瓜州金顶寺办事，忘了，回来得又晚，它可都饿上两顿啦！"

说着，和尚望向拴在树上的小驴，眼神里满是怜惜。

韩滉大喜："正好，这顿也别喂了，饿到明天中午，我有用！"

说着，韩滉赶紧到院子另一侧，查看散了架的车厢。

和尚糊涂了："你说不喂就不喂？你是谁呀？难不成是刺史？"

韩滉仔细观察着车厢，也不搭理和尚的闲言碎语。景大天溜达到和尚身边，悄声说道："你猜得嘛，差不多。"

"啊？"和尚一惊，随即态度很是谦卑，"不管是啥官，麻烦二位了，赶紧把这驴和车送到衙门吧，老搁我这儿放着，也不是事儿啊！"

景大天不耐烦了："没听到我老师说吗？明天中午就把驴带走，

放心吧！"

说着，景大天丢下依旧糊涂的和尚，来到韩溟身边，只见这时的韩溟两眼放光，精神状态和刚刚在翠玉楼时大不相同。

见景大天凑上来，韩溟很是得意："你看看，这车厢和其他的马车、驴车车厢，有什么不同？"

景六天仔细看了半天，发现了端倪："要说其他的，也没啥，就是这车窗有点儿古怪，缝隙处都粘着两层布帛，还是密不透风的这种料子……"

"没错，眼睛够毒！"韩溟夸奖着徒弟，"这是防着瘴气呢！咱们也好好准备准备，弄些手帕、解药啥的，这些绑匪的老巢，很可能就在毒山！"

景大天仍有疑问："那您折腾那小驴干吗？"

韩溟开心地笑了："都说马能识途，驴也可以啊！饿上它几顿，饿急了，回家快着呢！"

第二十四章
毒山恶斗
下

第二天一大早，天刚蒙蒙亮，韩滉和景大天已经收拾停当，来到城隍庙，赶着饿了好几顿的小驴，来到一家租车行，把老板叫醒。老板从睡梦中被吵醒，很是不情愿，不过听说韩滉租金全付，但是不要牲口，只要车厢，觉得这买卖合适，立刻殷勤起来。当然，韩滉也有额外的条件，即按照防瘴雾的标准，密封车厢的门窗。

不一会儿，车厢改造完毕，套好了车的小驴四蹄猛蹬，拉着韩滉和景大天便出了南门，上了毒山小径。

景大天在车上被颠得屁股生疼，撅着屁股向韩滉抱怨："老师，这盛子晏可不像话，自作主张……"

"还不一定和薛超有关呢。"韩滉打断了徒弟的抱怨。

哪知景大天没完没了："肯定有关！他平日里总是没事就来找咱们，这都多久没见了？肯定是瞄上啥线索，吃独食了！"

韩滉担心着盛子晏和胡笑笑的安危，本就心事重重，旁边景大天絮絮叨叨，让韩滉大为不满："不想去你就下车，为师一个人去！"

"别啊，我是为了笑笑小姐！"景大天给自己找着台阶，随后一路无言。

小驴识途，不一会就跑上了山，顺利地避开瘴雾的侵袭，通过了半山峡谷的密林地带。远处，一座废弃的古堡依稀可见。古堡虽然占地面积并不很大，但是，亭台楼阁繁杂交错。很多地方的砖石已经坍塌，显然废弃已久，部分外墙还有烟熏火燎的痕迹，显示这里饱经战事。

韩滉和景大天见状，赶紧下了驴车，把驴拴好，随即悄悄来到古堡内。两人进了大厅，刚刚迈进一步，就有震颤的感觉。大厅入口处是一座吊桥，吊桥通向大厅深处，下面是干涸的水池。景大天拦下韩滉，自己在头前先行。刚踩上第一块踏板，踏板便粉碎成末，原是早已腐朽，一时间，吊桥成了铁索桥。桥虽然并不长，但是晃得厉害。韩滉见状，索性跳到桥下的干涸水池步行过去。刚刚走了几步，上方传来一声闷响。原来，铁索桥的晃动，引发了天花板上早已损毁的一块石砖的掉落。景大天反应敏捷，一跃而下，拖住韩滉迅速后退几步！刚刚退到安全地带，那块石砖已经砸向了刚才韩滉所站的地方。师徒二人互相看了半天，惊魂甫定。

古堡深处的地下老屋，疲累万分的三名绑匪正在酣睡，值班的薛超也打着瞌睡。被绑得结结实实的马莹莹蹲坐在墙角，也已经困得睁不开眼，只是拼命不让自己睡着，以免危险突然降临。

追了盛子晏和胡笑笑一路，两人最后却没了踪迹，绑匪们倒是并不在意，因为薛超大概知道盛子晏和胡笑笑的武功底子，绝对不足以前来"捣乱"，倒是那个陪着姓韩的人的义士景大天，功夫高深莫测，不可小觑。于是几人商量，索性今夜好好休息，如此才有力气迎接白天可能到来的激战。

上面石块掉落的声音隐隐传来，一名绑匪睡得较浅，察觉到有些异样，便起身下地，一路来到大厅察看。突然，景大天伸出一只大手死死捂住了这名绑匪的嘴！绑匪欲做反抗，一柄明晃晃的匕首从肋下上来，抵住了他的咽喉。绑匪于是不再挣扎，顺从地让景大天捂着嘴拖到韩滉跟前。

韩滉盯着绑匪，目光如炬。景大天松开了捂着绑匪嘴的手，绑匪打量着眼前的两个人，说话干净利落："你们要干什么？"

韩滉沉稳地说："带我们进去。"

绑匪果断拒绝："俺们乃生死之交，断不会做这种勾当！"

景大天恶狠狠地说："那你就是死路一条。"

绑匪看着景大天笑了笑，摇摇头："兄弟，你太小看我了！"

说完，绑匪突然以头撞向景大天，景大天早有防备，立刻闪身，怎知绑匪这一击乃是虚晃一枪，他真正的目标是景大天手里的匕首！片刻之间，绑匪的咽喉已经抵上匕首，立时毙命！

韩滉、景大天大惊失色，看着这绑匪的尸体，半天说不出话。韩滉是因为没见过活生生的一个人就这么死在眼前，景大天则是后悔自己太疏忽了，葬送了这汉子的性命。

良久，景大天拖着绑匪的尸身走向密林深处。

"你去哪儿？"韩滉奇怪地问。

景大天头也不回："这人是条汉子，给他留个全尸！"

等埋好了绑匪，景大天、韩滉继续沿坑道向古堡深处潜行。两人来到地下老屋门外，透过半掩着的门望进去，只见烛台上的白色蜡烛闪着微弱的光，照着鄙陋的屋子。屋里，薛超和两名绑匪、马莹莹的情况一览无余。景大天随手抓起一颗细小的石子，倏忽一甩，小石子正好扫过蜡烛的燃芯，烛火随之熄灭，老屋顿时一片暗淡。景大天正要趁机跃入屋内救人，旁边负责监视动向的韩滉突然右手下压，示意景大天稳住，停止行动！景大天见状，赶紧伏低了身子。

老屋内，薛超醒来，看到烛火熄灭，连忙起身摸索着石台上的火石，重新点亮烛火。等蜡烛亮起的时候，薛超惊得张大了嘴，只见面前赫然站着凶神恶煞般的景大天！薛超刚要喊叫，景大天抢上一步，掐住薛超的喉咙，薛超只能发出"咕咕"的声音。景大天紧接着一拳击出，将薛超打晕！

片刻之间，这响动已经惊醒了两名绑匪，两人立刻跃起，朝着韩滉和景大天分别扑来！景大天迎上一名绑匪，本想速战速决，哪知这人竟是硬茬子，景大天与之斗得不相上下，仅仅是略占上风，压根腾不出手来帮助韩滉。韩滉一动手就险些受伤，于是反身便逃，不与之缠斗。这绑匪持刀紧追不舍，眼看着就要追上韩滉，已经挥刀欲砍。就在这危急之时，黎明时分摸上古堡外围的盛子晏、胡笑笑听到激斗声音，迅速赶来。见韩滉危在旦夕，盛子晏斜刺里冲出，一跃而起将绑匪扑倒！绑匪还要挣扎，胡笑笑不给机会，拿出沾着蒙汗药的绸巾，往绑匪脸上一捂，绑匪瞬间不省人事。险被砍中的韩滉颓然坐到地上，后怕地大喘粗气。

这时，景大天将被制服的绑匪、苏醒过来的薛超和马莹莹都带了出来。绑匪和薛超都被捆住了，马莹莹一路上不住地捶打着薛超，大骂其忘恩负义，薛超只是低着头，一声不吭。

经过审问，韩滉、盛子晏总算搞清了事件原委：和景大天对打的这名绑匪正是越宏！因妹妹越兰惨死，去官府状告翠玉楼无果，越宏一气之下投靠了以毒山废弃古堡为大本营、在润州城外劫道的两名儿时玩伴。越宏提议绑架马莹莹，替妹妹报仇。三人制订了周密计划，先以利相诱，让翠玉楼护院薛超成了内应，由此掌握了马莹莹的起居情况，接着便开始行动。结果，第一次动手那天，偏偏马莹莹和贾寻换了房，越宏以梅花撬针撬开门闩，发现马莹莹并没有睡在里面，为避免打草惊蛇，也就立刻中止了行动，并最终在第二次行动中得手。至于具体逃跑计划，也正如韩滉、盛子晏分析的那样，越宏驾驴车奔东门而去，无非是掩人耳目。就在翠玉楼的客人、伙计、妓女听到声音纷纷跑到院子里，看越宏驾着黑色驴车扬长而去，薛超带几名伙计大吵大嚷拦截的时候，另一名绑匪已经将被迷晕的马莹莹蒙上头巾，假装与她同饮共醉，搀着她颤颤悠悠地来到翠玉楼门口，将她放在事先存放的羊头车的夹层内，随后推车直向南门而去！

听说这几名绑匪是为了给越兰报仇，马莹莹仔细辨认，认出了越宏的模样，便不再厮打、咒骂，安静了许多。等到韩滉、盛子晏商议如何了断时，马莹莹突然提出，自己的态度依旧和之前一样，不同意报官！民不举，官不究，既然马莹莹同意放以越宏为首的这几名绑匪一马，也是为了了断恩怨，更何况这几名绑匪始终就没想着下杀手，那么，韩滉也就不再说什么，只是要求越宏、薛超等三人自我流放至孤悬南海之外的崖州，不许再回江南。

下山的路并不长，而且因为归心似箭，下山时间理应比上山时间更短。但是韩滉一行硬是耽搁了许久，因为那头小驴一路吃草吃得津津有味。尽管有瘴雾的隐隐威胁，但是心情大好的几人也不好驳这头小驴的面子，毕竟，人家可是立下了大功。见小驴大嚼大咽，韩滉、盛子晏等人面露欣慰之色，大家看向彼此的眼神也格外默契。的确，虽然这起绑架案和贾寻之死仍然没有关系，但是，经过这一番生死恶战，大家彼此间的距离拉近了许多，这种信任与被信任、牵挂与被牵挂的感觉，很是不错。

看着老师笑逐颜开，景大天忍不住了："老师，咱可好久没写诗了。"

"哟，"韩滉鼓励着，"来一首，大伙拜读一下。"

景大天脱口而出："煎熬忧愤味千般，人祸天灾皆自然。所幸老师身矫健，一鼓作气上毒山！"

韩滉和胡笑笑哈哈大笑，就连盛子晏都觉得妙趣横生。

胡笑笑夸赞景大天："行啊景大哥，你这急就章的本事见长啊！"

"不是不是，"景大天连连摆手，谦虚着，"昨天老师在城隍庙检查驴车车厢的时候，咱就琢磨着这首诗了。"

韩滉一听，佯装生气："你小子，不好好备战，净琢磨这几句歪诗。"

景大天赶紧解释："好好备战了呀！当时，咱心里那念头特强烈，这次行动，准成！"

一行人又是哈哈大笑。

马莹莹夹杂在开心的众人之中，情绪也渐渐缓和过来。一开始，她仍旧沉浸在被绑架的恐惧当中；接着，知道绑匪是为那个惨死的越兰报仇，而越兰之死她也确实有些责任，因此心事重重；及至离开，虽说她主动提出不报官，那三十一贯也干脆给了越宏、薛超等人，可毕竟一部分原因是想借此省却麻烦，好让这帮人别再找上她，其实心里头还是对那笔钱的损失感到心疼。不过，马莹莹毕竟是经过世面，懂得"留得青山在，不怕没柴烧"和"大难不死，必有后福"的道理，很快就释然了，先是和胡笑笑打趣，说丢了"巧云"这么一个头牌，大为惋惜，接着又不住地感谢韩滉："这帮小子竟然逮我两回！要不是您几位破了案，还得死盯着我呢！"

"是啊！"胡笑笑感叹着，"幸亏换了房，躲过一劫。"

"可不是嘛！"马莹莹心有余悸，"那贾寻也够逗的，非要和我换房，本来老娘住得好好的，不知道这厮吃错了什么药，宁可付双倍的价钱，也要让老娘搬出去！结果，死了吧？唉，这都是命啊！"

"双倍价钱？"韩滉一愣，胡笑笑、景大天也大为糊涂。

盛子晏突然明白了，激动地向韩滉解释："十二年前，贾寻就是在翠玉楼被官府捕获的！当时，翠玉楼还是京口客栈！"

韩滉、盛子晏赶忙回到翠玉楼，来到贾寻身死的房间进行更加仔细的搜查。终于，经过反复查找，在床下的墙壁上发现了一个暗洞。当初没有发现这暗洞，也是因为其隐藏太深：暗洞是撬起两块长砖之后，在墙壁的土层中掏出来的，大小恰好能存放一幅画卷；随后，两块长砖又被仔细垒回，砖缝则用灰土兑水调和后填好，干燥之后，颜色和原夹墙砖缝隙的颜色几乎一模一样，所以很难被发现。

韩滉思量道："看来，贾寻高价换房，是来取走十二年前藏在这里的一个宝贝。"

盛子晏接话道："看暗洞大小，没准是一幅画。"

"那杀人夺宝的，应该就是那个被容可丽听到声音的女人了吧？"

胡笑笑不住地赞叹，"这女人准备得很是充分啊，能够把这墙砖恢复成原样，也真不容易。"

韩滉摇摇头："也不算多充分，只是就地取材罢了。"

胡笑笑不服气，仔细观察着这砖缝间新调和的灰泥："这颜色……看着一样啊，难道没有提前准备？"

"那是因为她加了颜料！"韩滉笑了笑，指着墙缝说，"这种灰土兑水之后，敷在墙壁上，两三天之内颜色都会变深，因此，她加了灰色颜料调和，让这灰土的颜色和周围一模一样。"

"颜料？"胡笑笑和景大天都感兴趣地凑近观看，只有盛子晏心事重重。

韩滉眼看着自己的画画特长派上用场，很是开心："这颜料是波斯国所特有的。据我所知，大唐、西域、北地乃至南海诸国的画家并不擅使用，民间更是少见。"

"那接下来怎么办？"景大天追问着。

韩滉一边仔细回想着，一边渐渐理清头绪："听那容可丽说，她听到贾寻屋子里的声音是男人和女人的窃窃私语声，如此看来，贾寻和这个女人必定早就相识。"

"所以，是贾寻开门放她进来的。"胡笑笑动着脑筋，"而且，贾寻被杀那天就是他出狱的当天，那么，这个神秘的女子一定和润州天牢有联系，最起码，也曾经探过监！"

韩滉大喜："没错！我们就去润州天牢查一查，看看贾寻坐牢的这十二年期间，有没有一个波斯女人探访！"

胡笑笑和景大天都转头看向盛子晏，因为只有盛子晏认识润州天牢的狱卒。岂料盛子晏也不答话，对周围人的眼神浑然未觉，只是独自苦思冥想。直到胡笑笑轻轻推了他一下，他才醒过味来。这恍惚的样子，让韩滉不禁感到一丝奇怪，他总觉得盛子晏有一些反常的地方，不过眼下，却无法将疑点勾连起来。

第二十五章
离魂症
上

尽管约好了中午时分去天牢找肇兴元了解十二年间探视贾寻的人员记录，但盛子晏依旧好整以暇，来到隔着几户的汉家药肆，和邻居刘孚之在后院下了盘棋。

以往对局，两人总是战得难解难分，可今天，盛子晏因为有心事，刚开局不久，局面已然明朗。刘孚之胜券在握，显得很是悠闲，用手指了指脑袋，问道："听说，这儿又出问题了？"

"有这么个无话不谈的外甥女，真幸福！"盛子晏立刻想到是胡笑笑向刘孚之做了"汇报"，很是羡慕，"我跟阿爷就不行，说不上三句话，准得吵起来。"

刘孚之没接话茬，自顾自地说着："上次跟你说的药，已经配得差不多了。到时候，我跟笑笑说一下，赶紧给你治上一治，早治早好。年轻时候的病，拖不得！"

盛子晏点点头，观察着刘孚之，猜测着他催促自己抓紧治病的真实用意。

自从一年前，养父霍新把家搬到这花间巷，没几天时间，就和刘孚之聊到了一块儿。盛子晏则是半年前从长安回来，才开始频繁地和刘孚之接触起来，其中自有原因。每次下棋交谈，善于观察表情的盛子晏从刘孚之的脸上看不出丝毫波澜，直到有一天，他发现刘孚之露出了破绽。那是在聊起前朝汉武帝的丰功伟绩的时候，盛子晏告诉刘孚之，有当朝史家提出另一个角度的说法，这位史家认为远征匈奴劳民伤财，弊大于利。盛子晏侃侃而谈时，刘孚之依旧不动声色，但是却不自觉地把手臂横在胸前，这代表着不满与反对的潜意识。盛子晏大喜：反复尝试了多次，终于找到了窥探刘孚之内心的窗口！于是，手臂就成了盛子晏揣摩刘孚之用意的观察对象，就比如眼下，刘孚之说着给盛子晏治疗的话题，但是一只手却揣到了袖子里，这般举动，以盛子晏的研究来看，代表着生怕别人识破他的小秘密。

"想什么呢？"见盛子晏魂不守舍，刘孚之询问着。

盛子晏笑笑，继续着刚才的话题："早治就早治吧！反正最近头疼得越来越频繁。"

"可别跟慈悲寺那天似的，吓人。"刘孚之为之咋舌。

盛子晏突然直视刘孚之的眼睛："那天在慈悲寺到底发生了什么？我怎么毫无察觉呢？"

刘孚之赶紧遮掩道："没啥大事，是笑笑跟我说起，我才觉得这是个事儿。你别往心里去，治好了就没事儿了。"

说这些话的时候，刘孚之揣着的手伸了出来，轻轻落子，随后不断敲打着另一只胳膊的手肘，显得忐忑不安。

盛子晏长舒口气，低头看向棋盘，这才发现刘孚之刚才落子之后，自己大势已去，于是投子认输。正要告别，被尊为焦山山神的老狼的凄厉嚎叫又传了过来，吓了盛子晏一跳。

刘孚之却是毫不在意，看着盛子晏慌神的样子，微微一笑："这两年，焦山可是奇幻莫测啊，去年，还出现过一只虎呢！"

盛子晏点点头："听笑笑说过，是被您所猎。"

"哈哈，那是只迷路的小老虎。"刘孚之摆摆手，一副不值一提的样子，"杀它和杀一只狗没有什么区别，无非是让当时的药铺里多出虎骨这味药而已！而且因为是小虎，其骨骼的药性远不及成年虎来得强劲。"

盛子晏十分羡慕："有机会，我也要去大山里，找一只可以睥睨苍莽、纵横山冈的真正的百兽之王，斗上一斗！"

"有志气！"刘孚之赞赏着，"我小的时候还真这样干过，笑笑没跟你说过吧？"

盛子晏惊讶异常："有这事儿？"

"看来，你和笑笑聊的时间还不够长！以后得多聊聊啊！"刘孚之笑言，接着眯起眼睛，回想着往事，"那时候，我十来岁，阿爷突然要带我去常熟的铜官山猎虎！那里盘踞着一只雄霸多年的斑斓猛虎，已经荼毒了无数山民和过路的商旅，这种大虎的虎骨药性最佳！于是我们便进了山，可是找了三天三夜都找不到它的踪迹，只是打了三只狼、两只狐狸，还有一只豹子，累得筋疲力尽……"

盛子晏摇摇头，明显对刘孚之所讲述的经历有异议："一定要集中精力去对付你们要找的老虎，豺狼狐狸，何必管它！"

刘孚之一笑："当时，我也是这么想。阿爷告诉我，虎是山林之王，可以驱使百兽。因此，要想杀死那大虎，先要清除它的爪牙，如此，才能最有效地对付它！"

盛子晏好奇地看着刘孚之："你们成功了？"

"那只老虎冷静得可怕，它似乎知道我们的用意，就在我们的周围逡巡，却再也没有露头。"刘孚之长叹一口气，随后看着盛子晏，"以后，我们可以一起去大山猎虎。不过，和你去猎虎，责任太大，万一你有什么闪失，我可对不住笑笑。"

"怎么能躲避开危险？"盛子晏好奇地问。

"信任！"刘孚之一字一顿地说，"打虎亲兄弟，上阵父子兵。就像你和笑笑在毒山，互相信任，才能化险为夷。"

刘孚之屡屡提起胡笑笑，盛子晏的脑海里不断浮现出在毒山和胡笑笑躲避追杀、共同御敌的一幕幕情景，心中涌起了一股难以言喻的情感。刘孚之看着盛子晏的神情，仿佛猜透了这个年轻人的心思，一脸慈爱。

盛子晏向刘孚之告辞，刘孚之将盛子晏送到门口，目送着他离开，收敛了笑容。

尽管面对盛子晏的追问，刘孚之推说记忆模糊，可是他当然记得那件事。大概三个月前，盛子晏来到汉家药肆为阿爷霍新取药，有一味药，汉家药肆也缺货，刘孚之便带着盛子晏出了花间巷，去最近的一家药肆抓药。经过慈悲寺的时候，恰巧来自西域的僧人在晾晒着假面人偶。那墨色人偶面目诡异，盛子晏看着，立刻眼神呆滞，对刘孚之的催促充耳不闻，停顿片刻转身就走，瞬时不见踪迹。直到第二天上午，盛子晏才恢复如常，来汉家药肆取药，对前一天的事情毫无印象！也就是从那时开始，大为好奇的刘孚之开始找胡笑笑研究盛子晏的反常行为，甚至还去找熟人了解盛子晏回家休养的原因……

送走了盛子晏，刘孚之没有急着去药肆的柜上看顾生意，而是去了胡笑笑的房间。敲敲门，确定没人后，刘孚之轻轻推门而入，在靠墙那一面的多宝格药柜上拉出一个抽屉，胡笑笑制作的南诏杀人香呈现在他的眼前。刘孚之一阵激动，想来那南诏母女俩透露的关键一味药草已经帮助外甥女制作成功！刘孚之仔细端详着这闻名天下的南诏杀人香，随后压抑着欣喜，从多宝格下面取出一支茶刀，又在小桌上垫了一张草纸，把一根南诏杀人香拿到草纸上，轻轻磨了一点粉末下来，仔细地把茶刀上残留的粉末都弹到草纸上，然后将粉末认真地包好，再把南诏杀人香、茶刀放回原位，才走出了房门。刘孚之随后来到一间平时锁着的小屋，谨慎地打开门，从靠墙的小桌子抽屉里，取出一个精致的黑瓷高足钵，打开，里面是十几粒颜色黝黑得发亮的丸药。刘孚之轻轻捏起一粒，将其放在小桌上的铜盘里，又拿来一座来自波斯的四足蜡烛架，把铜盘放在架子上烘烤，随后坐在小桌旁，认真地欣赏着不停跳动的蜡烛火苗。不一会儿，一缕青烟袅袅升腾，刘孚之闻着这味道，很是陶醉，起身时一不小心，胳膊肘碰到了蜡烛，丸药连带着托盘全都洒到了地上！正巧那只突厥大猞猁撞门而入，看见地下的丹丸，伸着舌头就要吃！刘孚之急了，飞起一脚，踹在大猞猁的脖子上。大猞猁怒吼一声，瞪着眼睛，死死盯住刘孚之。

刘孚之捡起地上的丸药，看着大猞猁的凶相，忍不住又是一脚："畜生！不识好歹！踹你是为你好！吃了这东西，你得糊涂一天！"

大猞猁咆哮一声，毫不领情。

胡笑笑早早地来到蛇园。胖师兄正蹲在草地里观察一条青蛇的爬行，见胡笑笑进了园子，连忙迎上。

胡笑笑微笑着说道："这几天太忙，没来得及看望师兄。"

"哪儿是惦记我呀，是惦记着那些案宗吧？"胖师兄打趣道。

胡笑笑机灵地眨眨眼睛："快马早就送到了吧？"

胖师兄摇摇头，表情严肃起来："直接送到金陵了。"

"送到金陵？为什么？"胡笑笑很是诧异。

胖师兄无奈地说："我也是刚刚才知道，原本那焦延龙一直被羁押在金陵医坊，都快被释放了，结果，就是你上次来蛇园的前一天，这厮突然犯了一次病，差点儿闹出了人命！看守他的是太医署医科和针科的两位师弟，都是身强力壮的，你猜怎么着？"

胡笑笑着急地催促道："别卖关子了，快说！"

胖师兄神色紧张："一个断了三根肋骨，一个脸上挨了一拳，颧骨破裂！"

胡笑笑脸色严峻起来。

这时，手拿着一条五彩斑斓的花蛇的瘦师兄从后山转出，见到胡笑笑，连忙招手示意。胡笑笑突然一个箭步冲上去，原来却是瘦师兄一招手，那花蛇脱离了掌控，突然一口咬在瘦师兄的胳膊上！

胡笑笑一把攥住花蛇七寸，冲着瘦师兄喊道："快去上药！三彩蛇膏！"

胖瘦两位师兄突然一起哈哈大笑,把胡笑笑给笑糊涂了,低头仔细一看,方才明白,原来这花蛇是一条足可乱真的假蛇。胡笑笑佯装生气,把花蛇扔到地上,瘦师兄赶紧捡起来,掸掸土:"可别弄坏了,这是告别蛇园的纪念品!"

"一点正形儿没有!"胡笑笑笑问两位师兄,"怎么就告别了?"

瘦师兄遗憾地告诉胡笑笑,自己和胖师兄在蛇园吃蛇的事情终究还是被发现了,太医令于是将两人拆开,令瘦师兄前往扬州药园。

胡笑笑笑着说罪有应得,接着转向正题追问道:"那焦延龙现在被关在金陵?"

胖师兄心有余悸:"哪儿还敢再关在金陵啊,病坊的医师们都被吓着了,焦延龙被送到句容大牢了。"

"啊?"胡笑笑大惊,"那不是关押江南重犯之地吗?"

瘦师兄接话道:"第一,这焦延龙一面是好丈夫、好父亲,但犯了病就变成杀人越货的强盗,被关在句容大牢,也不委屈。第二嘛,这人对太医署,尤其对咱们咒禁科来说,研究价值极大,必须好好看管。"

胡笑笑思索良久,抬起头,表情坚决地说:"我要去句容大牢!"

第二十六章
离魂症
下

踏入句容城的西门,沿街步行过三个坊口之后,便会来到一座不大的广场,句容人称之为"大牢前"。此地不仅严禁孩童们玩耍,就是大人也往往选择绕道而行,盖因这大牢前阴气过盛,据说有无数冤魂日夜在此徘徊。

广场空旷,前端矗立着六根高大的似乎要刺入天际的旗杆,有五个旗杆上悬挂着尸体,其中一具尸体还往下滴血,即便是在大白天,也格外恐怖。纵马驰骋的胡笑笑看到这几具尸体,皱着眉头,旁边的胖师兄看到这可怕的场面,吓得差点从马上掉下来。

广场的东南角,一大片晦暗的低矮建筑群,如同城中城一般,被四周的高墙环绕。这里,正是江南各地重罪犯人的噩梦所在:句容大牢。高墙上只有朝着里侧的一面有垛口,显然是为了防范囚徒。持长枪的兵士正在高墙上的步道巡检。

胡笑笑和胖师兄下马,来到大牢门口。守门的兵士核验完胖师兄带来的太医署的探监令,予以放行。两人走入大牢,身披黑袍的典狱长前来迎接,随后带着胡笑笑和胖师兄快步前行。挂在典狱长腰间的一串铜制钥匙互相碰撞,在安静的大牢里,声响极大。进到真正关押犯人的牢门口，依旧有持枪卫士严阵以待。典狱长再度拿钥匙打开铁门，几人进入通道。通道两旁有各种石人石兽镇守，由于句容临湖，水汽蒸腾，石人石兽的身上竟遍布苔藓。石人石兽之间，不断有持枪兵士出现，向典狱长垂首示意。

走过一片空场，径直前行，来到了宽大的、分发食物的厨房。灶台上杯盘狼藉，还有已经溃烂得只剩下一两片菜叶的蔬菜。胡笑笑紧了紧鼻子，努力忍受着厨房里不堪的味道，后面的胖师兄忍不住干呕了几声。

最里面，就是真正的监舍了。这里密不透光，阴森暗淡，石壁上火把的火苗在黑暗中跳动，更加瘆人。典狱长引着胡笑笑、胖师兄在监狱中沿狭长甬路穿行，两侧便是牢房，犯人们难得见到女人，尤其是胡笑笑这样美貌的女子，都疯狂地用力敲打、摇晃栏杆，不堪入耳的污言秽语一片。几名狱卒持刀喝退，胡笑笑这才在典狱长和胖师兄的保护下，快速穿行过去。

甬路尽头是一扇铁门，铁门上挂着一把简单的大锁头。典狱长看着铁门，长出一口气，稳定了下情绪。

"就是这里？"胖师兄询问着。

典狱长点点头，谨小慎微地走过去，掏出钥匙，轻手轻脚地开锁。门开了，又是一条笔直甬路，通向深邃处。这里更暗，气氛也更紧张，三人的喘息声清晰可闻，而甬路尽头的牢房门隐约可见。终于走到门口，牢门旁的石壁铁环上别着一个火把，火焰摇曳，照得人脸忽明忽暗。

满头大汗的典狱长拿出钥匙，捅向锁眼。胡笑笑也紧张地咽口唾沫，使劲地摸了摸随身携带、揣在怀中的百宝袋。里面，有胡医一铎送给她的两颗入魂丹，被包裹得严严实实。

门开了，典狱长对胡笑笑耳语："这里关的就是你们的病人，不放风、不解镣，吃饭有小厮喂食。你们进去，有想问的快些问。"

说完，典狱长让开，胡笑笑和胖师兄摸索着走进黑漆漆的牢房。

胡笑笑掏出火折子，打了两次才点着，突然，里面传来一声咳嗽，高度紧张的胡笑笑吓得轻呼一声，火折脱手，四周又变得漆黑一片。胡笑笑挪出一步，摸索着捡起火折子，强自镇定地打着，借助闪烁不定的光亮，看到了牢房中央的病人。他的手脚被镣铐锁住，分别扯向房梁、地桩，整个人动弹不得，看着痛苦异常。

"你就是焦延龙？"胖师兄很是奇怪，这么一个弱不禁风的书生，竟能伤得了两个太医署的师弟。

焦延龙哭丧着脸，点点头："我家娘子还好吧？娃……没有想我吧？"

胡笑笑安抚道："都还好，放心，有什么需要的，我可以转告他们。"

焦延龙带着哭腔："我想出去……我、我什么也没做。"

说了短短两句，焦延龙便忍不住嘤嘤哭了起来。

胡笑笑叹了口气，心想这么胆小的男人，一下子被关到这里，上了最重的镣铐，精神上定然难以承受，崩溃是在所难免的。

胖师兄在旁边劝导着焦延龙："我们是太医署咒禁科的医师，你不用着急，也别害怕，好好回答我们的问题，便于我们向太医令汇报，这对于放你出去，大有裨益。"

焦延龙连连点头："求求你们了，快问我吧！"

胖师兄正色道："为什么打伤照顾你的两位医师？"

焦延龙一副绝望的表情："怎么都问这个？我没有、没有做过这种事儿！从小到大，我从来、从来没打过架！你们抓我的前两天，我在长安平康坊被一个要饭的小乞儿打了半天，都不敢还手，怎么会打、打你们的医师？"

说着，焦延龙又忍不住哭了起来。

胡笑笑叹口气，安抚道："别说话了，镇静。"

说着，胡笑笑探手入怀，拿出一颗入魂丹，在碗里研磨搅拌细碎后，递给了焦延龙："我将以祝由之术，助你回顾，希望能看到一个不同的你。"

"不同的我？"焦延龙很是紧张，"我还会变？"

胡笑笑微笑道："也许你会看到前世。而且，就算你看到的是在金陵行凶作案的自己，不也可算是前世吗？"

焦延龙急了："我没做那些事情，怎么到的金陵，我、我都不知道啊！"

胡笑笑没有说话，只是示意焦延龙喝下入魂丹。焦延龙声称这是加害自己的毒药，百般拒绝。胖师兄急了，端起碗，一股脑地给焦延龙灌了下去，并示意胡笑笑开始。于是，胡笑笑焚香烧纸，膜拜天地，然后和在润州病坊一样，郑重其事地念着祝由咒语："恬淡虚无，真气从之，精神内守，病安从来……"

焦延龙从一开始就闭上了眼，在胡笑笑的咒语声中，面容更为柔和。胡笑笑朝胖师兄耸耸肩："没效果，白费了一颗入魂丹。"

胖师兄安慰道："哪儿那么巧，就让咱俩赶上变身了？收拾吧！"

说完，胖师兄率先走出牢房，通知典狱长今日的探查告一段落。

胡笑笑收拾好行祝由之术的一应物品，转身准备离去，突然，身后传来一阵清晰的叹气声！胡笑笑万分惊悚，回头一看，焦延龙已经睁开了眼！只见他眼神茫然，眼珠突出地盯着自己。胡笑笑一时手足无措，僵在原地！

片刻之后，焦延龙的眼神不再茫然，竟开始露出泼皮样的笑容，肆无忌惮地上下打量着胡笑笑！这时候，久等胡笑笑不出的胖师兄折返回牢房，立刻察觉到焦延龙的变化，紧张地询问胡笑笑："起效了？"

焦延龙不理胖师兄，继续盯着胡笑笑，一副流氓腔调："美人儿，咱俩单独聊聊？"

胖师兄坚决地说："不行！"

焦延龙见胖师兄阻拦，于是不再说话，闭上眼睛，想用欲擒故纵的办法迫使胡笑笑答允自己。

牢房里一片死寂，胡笑笑想要破局，于是坚决地冲胖师兄点点头。胖师兄犹豫再三，终于拗不过胡笑笑坚定的眼神，轻手轻脚地退出牢房。

胡笑笑把牢房门关好，看向焦延龙："我叫胡笑笑，太医署咒禁科医学士。"

焦延龙嗅着胡笑笑的气息，显露出陶醉的表情："近一点儿。"

胡笑笑没有听清："什么？"

焦延龙清晰地重复一遍："老子不管什么太医署、什么医学士，近一点儿！"

胡笑笑举着火折，挪近一步。

焦延龙不耐烦地吼道："再近一点儿！"

胡笑笑踟蹰不前。

焦延龙的脸上突然露出愤怒的神情，使劲往前弓着身子，手往前下方扯着锁链，想够胡笑笑的脸却够不着，十分暴躁："奶奶的，老子在这死牢，连个人都见不到！给老子闻闻女人味儿，还不乐意？"

胡笑笑大声地问："告诉我，你记得长安的妻小吗？"

焦延龙不管不顾："有种别放老子出去，我要是出去了，你一定死无全尸！"

胡笑笑急了："你根本出不去！眼看秋天就要问斩了。"

焦延龙突然哈哈大笑："你以为老子就是劫个道？还有三条人命呢，想不想破案？想破就把老子伺候好了。老子一年说一件，你们陪着老子玩！"

三条人命！胡笑笑大惊，转身想出门向典狱长核实。

焦延龙很是聪明："去查证吗？你问问他们，去年中秋，金陵灯会上，花炮烟尘散去后，那个被分尸的小姑娘的手臂，找到没有？"

胡笑笑听着焦延龙大大咧咧、若无其事地说出这些话，不寒而栗。

焦延龙继续得意地讲述着："要是没找到，去紫金山脚两行柳树的中间,看看是不是有一片被挖过的土,那是我挖的,哈哈!你们再去挖挖,看看那条胳膊是不是只剩下枯骨了?"

胡笑笑突然大叫一声:"焦延龙!"

焦延龙却根本没察觉胡笑笑是在喊自己,继续胡言乱语,状若疯癫。

胡笑笑愤怒至极:"你在长安的妻小还等着你回家呢!"

面对胡笑笑愤怒的言语,变身凶徒的焦延龙毫无反应,对"焦延龙"这个在长安时的名字也是毫无记忆,更遑论能记起妻小。牢门外的典狱长和胖师兄听见牢房里焦延龙声嘶力竭的喊叫声,担心胡笑笑的安危,赶紧冲进牢房,拉走了胡笑笑。

润州天牢门口的扶桑茶社,肇兴元满头大汗地从外面跑了进来,为久等的盛子晏抱来厚厚一摞贾寻的坐监记录。

盛子晏顾不上道谢,立刻仔细地翻看起来,并不时指着记录里的可疑之处,向肇兴元请教。

"这一次供应衣粮,为什么是官府差人送到?"盛子晏指着其中一栏,质疑着。

肇兴元看了看记录,耐心解答着:"《狱官令》明确规定,远途者或者是孤儿,暂无家属供应衣粮的,就由官府先行准备,等家人或亲朋来了,再依数归还官府。"

"后来,是谁替贾寻交上了官府垫付的费用?"盛子晏追问道。

肇兴元翻看了几页记录,指着一栏说道:"你看,是其老友来交的钱。贾寻把自己的银两等物都存在这个老友那里了。出狱的时候,也是这位老友操办的事宜。"

"这个老友,没问题吧?"盛子晏打探着。

肇兴元摇摇头:"没问题,就是他家的老邻居,清白。"

盛子晏点点头,和肇兴元脑袋凑到一起,继续查看。

"这就奇怪了。"盛子晏突然发现了蹊跷之处,大呼起来。

"怎么？"肇兴元低声询问，同时轻轻拍了怕盛子晏，示意其小声。

盛子晏这才意识到自己的声音不自觉放大，已经引起茶社其他客人注目，赶忙压低了声音，指着记录里的一行文字说道："你看，每一年的六月和十二月，都会有一位医师前来，自称贾寻是自己以前的病人，说贾寻有痼疾，需要探视。"

肇兴元并不意外："对于病因，《狱官令》也规定，因有疾病，主司陈牒，请给医药救疗；如果病重，必须允许家人入内探视！既然这个贾寻没有家人，此前的医师主动前来，说得又这么严重，肯定要让他进去探视的，我们可不愿意惹这个麻烦，万一真的不治，还得惹上官司！"

盛子晏摇摇头："可问题在于，有一半的探视，贾寻都拒见！"

肇兴元也有些糊涂："难道是……讳疾忌医？"

盛子晏请求道："你能帮我查查这个医师的底细吗？"

肇兴元起身答允："正好，今天当班的里面有看守过贾寻的老人，我帮你打听打听，稍等。"

说着，肇兴元抱起记录，起身快步离开。

盛子晏百无聊赖地喝干了一壶茶，终于等到肇兴元神神秘秘地小跑进来。肇兴元一落座，便附耳对盛子晏说："你眼睛真毒！"

"有情况？"盛子晏面有喜色。

肇兴元点点头："这医师和贾寻的关系着实很奇怪！有一半的探视贾寻不见也就罢了，就是见了，两人也无非是对坐无言。"

盛子晏点点头："确实奇怪。"

"还有更奇怪的呢，"肇兴元兴致勃勃地说，"最后两年，这个女医师就不来了，不是她不想来，是禁止她来了！"

"是个女的？为什么不让来了？"盛子晏大为好奇。

"因为上一次，这女医师前来治病，被一个犯人指认，说她根本不是什么医师，而是一个波斯画商！"

盛子晏紧紧握拳，心说自己和韩滉要找的人肯定就是她了，于是长舒一口气，问道："她叫什么？"

"纳黛依。"肇兴元一字一顿地回答。

盛子晏在本子上记下了这个波斯女画商的名字，准备和韩滉、胡笑笑、景大天会合，商讨下一步行动的计划。

走出扶桑茶社时，正是黄昏时分，盛子晏看了看西边的如血残阳，心情很是愉悦，毕竟，自己离那个目标，终于迈进了一大步……

因为关于焦延龙的病理资料，已经从金陵转至句容，和其以另一个身份作奸犯科的案卷归于一处，所以，胡笑笑和胖师兄也就留在句容大牢，在进行了一番详细的研究后才告辞离开。

典狱长亲自将胡笑笑、胖师兄送出大门，胡笑笑强自镇定地挥手告别。等典狱长进了大牢，大门关上，胡笑笑一下子瘫软下来，胖师兄连忙架住。

"还没缓过来？"胖师兄担忧地问道。

胡笑笑镇定一下心神，说道："焦延龙没看到前世，不过也差不多，他看到的，是这一世的另一个自我。"

胖师兄好奇地问："配合那些资料来看，他得的到底是什么病？"

胡笑笑语气坚决地回道："离魂症，无疑！"

"离魂症？"胖师兄竟然有些惊喜，毕竟，这可是很稀奇的病症，作为医师，能遇到一例病例，很是难得。

突然，胡笑笑双腿再次无力，险些瘫倒。胖师兄吓了一跳，以为胡笑笑是被焦延龙的癫狂行为吓坏了，心神还没有平定，赶忙用力地搀扶着胡笑笑，生怕小师妹摔倒。胖师兄不知道，胡笑笑见多了病人乃至死人，那焦延龙的变身顶多让胡笑笑一时手足无措，她早就缓过来了。胡笑笑之所以腿发软，是因为她回想起焦延龙看着自己的茫然眼神，和盛子晏在甘亮表姐家看到孩童把玩的墨色人偶时那涣散而茫然的眼神一模一样！

第二十七章
狐仙闹扬州
上

八月初八，宜入宅、酝酿、纳财。大吉。

在大唐，扬州城是与长安、洛阳齐名的繁华所在。如今，扬州城里的居民却是人心惶惶，皆因传说中被惹恼的狐仙亲临此地，整座城市笼罩在一片不安的气息之中。

三年之前，扬州豪绅聂坤大炼丹药，但其父食其所炼之药，茶饭不思、尿频不止，头晕目眩，卧床几个月昏迷不醒，最终回光返照之后，抽搐而死。聂坤自知配方无误，只是用量出了问题，于是在自家庄园隐蔽之处，凿井几丈之深，惨无人道地将因战乱流离失所的饥民投入坑中，用不同配比的朱砂、钟乳、白英、紫英等所制成的丹丸投喂，观察他们的反应。后来安史之乱平息，饥民大为减少，早已无法收手的聂坤又将猫、狗、狐狸投入深坑，这便惹恼了狐仙。先是那聂坤染疾，家人暗自嘀咕会不会是狐仙寻仇，结果这聂坤每天都梦见狐狸前来索命，精神情况越来越差，整天胡言乱语，莫名地浑身发抖，到处乱指，说有穿白衣服的女人跟着他要害他，不久就精神崩溃而死。紧接着，扬州全城有十几人莫名死亡，并有传言说死尸附近有狐狸出没。当然，这也许只是一场小型瘟疫，但百姓们恐慌万分，于是城里村中百姓多事狐神,并在房中祭祀乞恩。当朝有谚曰:无狐魅,不成村。而道士们也忙碌起来,替官家和百姓画符辟邪。为了确保画符的效果,道士们每天斋戒沐浴,清洁身体,以表达对神灵的礼敬之心,大运河旁水车穿梭,一派忙碌景象。

就是在这样的恐慌氛围中,韩滉、盛子晏、景大天进了扬州城。

踏上新征程,韩滉显得踌躇满志。

虽说在贾寻被杀一案的侦破过程中,自己走了不少弯路,因为容可丽、如云姑娘乃至被绑架的马莹莹等人耗去了不少时间,过程之艰辛和曲折甚至还导致自己一度萌生退意,但第一,自己不是专业人士,走些弯路、犯一些小错,是完全可以被原谅的。而且这些经历也可以为自己上任润州刺史以后,督察手下的司法参军、捕快们破案,增加不少宝贵的经验。第二,在容可丽、如云姑娘、马莹莹这些人身上花去的时间绝对没有浪费,毕竟解决了三个小案子,最终让各方都得到一个还算圆满的结局,这也让自己问心无愧,担得起马莹莹称呼的那一声"青天大老爷"。更何况,最终,探案团队还是走到了正确的道路上来。第三,也是最关键的一点,这贾寻被杀,牵连着十二年前的丹渎王墓被盗案,这样一起大案竟然被悄无声息地遮掩,连自己这样高级别的官员都一无所知,背后是否涉及官员的隐瞒枉法?想到这里,韩滉决定继续在暗地里探案,这种方式不仅有趣,而且在当前的情况下显得尤为必要。

"老师!"景大天的一句话,打断了韩滉的忧思,"路上就听说扬州城邪乎,怎么看这大街上,还是一派繁华景象啊!"

"这个嘛,让进奏官讲给你听。"韩滉把问题抛给了盛子晏。

盛子晏神情坦然:"对于见多识广的扬州百姓来说,这个狐仙的传闻还不至于造成多么大的混乱。"

景大天看到盛子晏这一副啥都通晓的神情,心里就不爽:"怎么就不能混乱了?俺渤海国大前年闹瘟疫,没死几个人,那还得石灰裹尸，互不通联呢！"

盛子晏不理会景大天咄咄逼人的语气，只是娓娓道来："想这扬州城，起初并无名气，直到隋炀帝征调百万民力，历经数年之苦修通贯穿南北的大运河，才逐渐声名鹊起。这样一座城市的百姓，自有海纳百川的胸怀与气度，见惯了大风大浪，小小瘟疫也算不得什么大事。再者说，江淮地区自古就富庶，瓷器、丝绸、玉雕工艺品、造船、制茶闻名于世。全国内河上的大船大多产自扬州，如此繁华的商业都市，想停也停不下来啊！多少人的生计依赖于这里商品和服务的流通与交换，即使是那些从事私盐私茶交易的江湖帮派，也不会希望这座城市停止运转。"

韩滉听得连连点头，赞许不已。景大天看到老师对盛子晏如此赞赏，又醋意大发，不接这茬，扭头看着大运河千帆扬起的场景，摇头晃脑地说："故人西辞黄鹤楼，烟花三月下扬州！好诗，好诗！"

"我倒是更喜欢这一首，"盛子晏好像有意唱对台戏，"江畔何人初见月？江月何年初照人？人生代代无穷已，江月年年望相似。不知江月待何人，但见长江送流水。白云一片去悠悠，青枫浦上不胜愁。"

"好！"韩滉头微扬，想象着这诗的意境，"张若虚便是本地人氏，却又跳脱开来，其心胸之宽广豁达，无人能及！"

景大天撇着嘴，不服气地哼了一声，再也无话。

就这么别扭着，三人来到了纳黛依的居所——波斯大屋。

波斯大屋并不难找，就坐落在最著名的玉河坊。玉河坊之所以有名，是因为这里有一座郡王府，郡王府主人李孝恭可是功垂凌烟阁的人物。这郡王府原本是李孝恭任扬州大都督时所住的府邸，因为后来李孝恭被封为河间郡王，所以扬州坊间便称都督府邸为郡王府。但见这郡王府廊腰缦回，檐牙高啄，楼阁交错，富贵辉煌，而突出来的相对独立的藏书楼，便是波斯大屋所在。

不过这大屋却是房门紧锁，盛子晏看了看锁，微微摇了摇头。

来到僻静地方，盛子晏向韩滉解释道："这锁可打不开。"

第二十七章 狐仙闹扬州（上） | 167

"以你的水准也打不开？"景大天语带讥讽。

盛子晏耐心地说："此乃最新的十二簧片锁，至少得用三把钥匙同时开锁，才能打开，阿爷可没教过我这个。"

"我看那锁上有薄薄一层灰尘，至少有几天没来人了。周边又没有邻居，如何能打探到更多的信息呢？"韩滉思考着。

"这个不难！"盛子晏信心十足。

临近正午时分，街上的人更多了。在波斯大屋旁边不远处，一位年轻英俊的算命先生摆起了摊：只见盛子晏披一件褪色的灰色长衫，戴一顶布帽，布包包着毛笔和砚台，还有一本已经泛黄的《周易》，旁边立个招牌，写着"心诚则灵，随愿结缘"的字样。由于盛子晏初来乍到，再加上年轻，不似一般算命者那般长须飘飘、仙风道骨，气质也和一身老学究打扮的寻常算命先生大相径庭，因此一开始并没有人照顾盛子晏的生意。不过，盛子晏身边倒是聚拢了不少逛街的年轻女子，这些姑娘们多是想算姻缘，可心里都在想：这算命先生太过年轻，能否算准并无把握，千万别遇到一个胡乱算的，坏了自己的心情。不过，这先生又着实英俊潇洒，因此姑娘们算又不算，走又不走，驻足不前。

突然，一个胖姑娘扭扭怩怩地凑上前来："先生，怎么个算法？"

盛子晏摇头晃脑道："不测生辰八字，不算十二宫，只观相，定姻缘。"

"不是还有摸骨法吗？你给俺摸摸骨！"胖姑娘觍着脸硬往上凑。

盛子晏赶忙躲闪："不必不必！我学的就是观相，极准！"

胖姑娘气喘吁吁往上凑了半天，终被盛子晏推回，很是不满，气呼呼地说："那给我看看，啥时候能找到如意郎君！算不准，俺可砸摊了！"

旁边的姑娘们都替盛子晏鸣起不平来："怎么这么粗暴呢！""这是哪家的小姐？""这也能嫁出去？"

在众人的议论中，盛子晏倒是不紧不慢。他仔细观察胖姑娘片刻，冷哼一声："姑娘何必开玩笑？"

胖姑娘不解地问道："啥意思？咋开玩笑了？"

围观的姑娘们暗自嘲笑胖姑娘言语粗鄙，一个漂亮女孩儿想替盛子晏出口恶气："你不是本地人氏吧？这口音……"

胖姑娘不服地说："不是，俺是北地人，和叔叔来这里游玩，怎的？"

说着，胖姑娘挑衅地看向漂亮姑娘，还挥了挥大拳头。漂亮姑娘见胖姑娘态度蛮横，不敢招惹，只是狠狠瞪了她一眼。

盛子晏赶紧和胖姑娘说话，替漂亮姑娘解围："姑娘，我没有别的意思。如果我没看错的话，你已经找到如意郎君，下个月就将被迎娶，还到我这里算姻缘，岂不是开玩笑嘛！"

"啊？这也算得出来？太准了！"胖姑娘夸张地拍着手，掏出五文钱，扔到盛子晏摊前。

盛子晏连忙捡起，放回胖姑娘手里。

"嫌少啊？"胖姑娘又不满意了，一指"心诚则灵，随愿结缘"的招牌，"这不是随意的意思吗？"

"当然不是嫌少，你给的可绝对不少！"盛子晏慢慢解释着，"这就算是我的喜钱，祝你和郎君白头偕老！"

胖姑娘大喜过望，大声道了句谢，随后拍着手蹦蹦跳跳地离开了。

有了胖姑娘的带头，围观的姑娘们都相信了盛子晏的神准，再无顾虑，争相算了起来。盛子晏充分利用自己"表情专家"的特长，三言两语便能说中每个人的心事。对于那些对自己的样貌不够自信的，大说好话给予足够的肯定，免得真有姑娘因为一两句话想不开；对于着急找姻缘的，则鼓励她们多头发展，比如让父母帮忙挑选，同时请媒人广泛寻找，还让姑娘自己也多和小姐妹沟通，一起物色目标。几句话下来，每个算命的姑娘都感到信心满满，斗志高昂，誓在年前洞房花烛。在算命的过程中，盛子晏也通过与顾客的闲聊，详细了解了对面波斯大屋的具体情况。

虽然已是初秋时节,但阳光依旧炽热如夏。

韩滉站在距离盛子晏的算命摊几十米远的街边,等着与景大天会合,可左等右等也不见人影,不由得开始担心徒弟是不是遇到了什么麻烦。正孤零零地站着,那个找盛子晏算命的胖姑娘又从眼前经过,在韩滉的印象中,这胖姑娘已经是第三次从自己眼前晃悠过去了,不禁多看了几眼。哪知道这胖姑娘突然身子一歪,一副要晕倒的模样,靠到韩滉身上后又顺势弹出,像是被韩滉撞了个趔趄!韩滉大惊,赶忙伸手去扶,凝神看去,这胖姑娘的眼神中透露出一丝顽皮。韩滉这才恍然大悟:"你小子,总逗老师!"

装扮成胖姑娘的景大天哈哈大笑:"经过你身边三次了,就是看不见!"

"非礼勿视嘛。"韩滉心情不错,也开着玩笑。

景大天见四下无人,一低头,猛地撕开人皮面具,再抬头,已恢复本来面目,满脸都是豆子大的汗珠,抱怨道:"闷死了!要不是笑笑小姐晚上才来,俺才不受这罪呢!看那盛子晏神气活现的,要是没俺,就他那破算命摊,根本就开不了张!"

韩滉教训着景大天:"你理应做些贡献,要不然,要你何用?"

景大天见老师批评自己的时候满是笑意,知道韩滉并没有真的生气,于是逗弄韩滉打开话匣子:"您说,真有妖怪吗?"

韩滉笑了笑:"你觉得呢?"

"应该有啊,"景大天兴致勃勃地把家乡事讲给韩滉,"我们渤海国信奉的是萨满教,崇拜自然,认为万物皆有灵性,所以啊,日月星辰、风雨雷电,皆为神仙!有神可就有妖了,我们渤海国的五大仙,神奇着呢!"

"狐、黄、白、柳、灰?"韩滉想起景大天的阿爷曾和自己聊起的白山黑水那些神奇的故事。

"没错!"景大天兴致勃勃地说,"'狐'指的是狐狸,'黄'指的是黄鼠狼，'白'指的是刺猬，'柳'嘛，指的是蛇。不过渤海国可没有大蛇，不像笑笑小姐蛇园里的蛇，好家伙，那叫一个大！还有个'灰'，指的就是老鼠。说这些是仙，其实仙和妖，不就是一线之隔嘛！"

"是啊，不光你们渤海国有五大仙，在大唐，动物、植物甚至器物，皆能成妖！而且，佛教、景教、祆教等在大唐都有衣钵传承，道教也日渐兴盛，志怪故事也就层出不穷了。与天神相比，妖魔精怪处于神鬼世界的边缘，这山川土木、飞鸟游鱼、走兽爬虫，都可以年长成精，百姓对此也是津津乐道的。"韩滉感慨万千。

景大天听糊涂了："那您倒给句痛快话，到底有没有神仙、妖怪呢？"

"子不语怪力乱神，"韩滉仰天道，"到底有没有，谁也说不准。不过，你看这日月星辰变幻有序，江河山峦气象万千，很难相信，没有一个主宰这世间万物的神祇……"

突然，韩滉的视线定住了，景大天刚要顺着韩滉的视线转头，韩滉低声嘱咐："别动！"

停顿片刻，韩滉转回视线："先不要回头，前面大柳树下有家孙记胡饼摊，看到了吧？走！"

两人一言不发，径直走到位于波斯大屋一侧、距离盛子晏的算命摊不远的孙记胡饼摊。韩滉掏钱买胡饼，小贩收钱、找零。这回是韩滉背对着盛子晏算命摊的方向，景大天正面面对。

韩滉低声地说："看到大屋对面、茶社门口的那个蒙面人了吗？"

景大天仔细看去，果然看到一个身材粗壮的蒙面人正死死盯着波斯大屋。突然，蒙面人警觉地回过头来，正好和景大天视线相对，蒙面人转身就走，迅速消失在旁边的小巷中！景大天刚要快步追去，却被那卖胡饼的小贩一把拉住，小贩递过两个胡饼道："给您胡饼！咱可从来不占便宜，给了钱，不拿走可不行。咱这胡饼，面脆油香！"

就耽误这片刻时间，待韩滉和景大天赶到巷口拐弯处，那蒙面人已经消失不见。

第二十八章
狐仙闹扬州
下

等到盛子晏和韩滉、景大天在康氏毕罗店会合，已经过了一个时辰。

"来来来，赶紧吃。"韩滉让着盛子晏，"你尝尝这蟹黄馅的，还有这大蒜馅的，都是这家的招牌！"

盛子晏一边品尝着毕罗，一边介绍着纳黛依居住的波斯大屋的情况。原来，这波斯大屋已经关闭了两天，原因就是闹狐仙！

"啊？他们家也被狐仙盯上啦？"景大天满是好奇。

"是啊，闹得最邪乎！"盛子晏笑言，"在大屋打扫兼学画的小厮说，当天白天，他就感觉晕晕乎乎的，似乎有脏东西在楼内外游荡。等到了晚上，空气中臊气弥漫。小厮向纳黛依报告此事，两人强自镇定。更甚者，夜深人静时，突然听见狐狸挠墙声！小厮大声喊'狐仙饶命'，正好因狐仙闹城而增设的捕快巡逻小队经过，听到喊声进入大屋，挠墙声这才消失。住在顶楼的纳黛依也是吓得魂不守舍，第二天一早就遣散小厮，搬离大屋。"

"大屋里有宝贝啊！"景大天插话道，"这栋大屋防得太严了，屋瓦都用铁索相系，咱走江湖这么多年，少见！"

"对！"盛子晏附和着，"这纳黛依多年来一直从事大唐与波斯之间的文物交易，手里值钱的东西的确很多。这观景楼，二楼用于自住，一楼则是一个宽敞的厅堂，据说装饰得富丽堂皇，展示着波斯乃至大食、大秦各国的古玩、画作，这些藏品都价值连城，所以她的生意很不错。"

"这波斯大屋就纳黛依一个人住？"韩滉问道。

"那个学画小厮平时就住在一楼的小隔间，除此之外，再无旁人。"盛子晏显然了解得很仔细，从容作答。

景大天很是好奇："说了半天，这纳黛依长啥样？"

这倒把盛子晏问住了："就是这一点，还不明确。你也知道，波斯女人总是围着面纱。不过，这波斯大屋倒着实古怪。"

韩滉问道："古怪在何处？"

盛子晏介绍着算命得到的情报："好多人都说，自打波斯大屋闹狐仙之后，有好几个蒙面人整天围着波斯大屋打转，鬼鬼祟祟的。"

"俺们刚才也看到过！"景大天插话道，"有个蒙面人，一直盯着大屋呢！可惜没抓住，跑了。"

"如此看来，必须进入波斯大屋一探究竟了！"韩滉沉吟道，随即转向盛子晏，"若想潜入大屋，有多难？"

盛子晏面露难色："寻常手段几乎没有用处。这观景楼虽然拆去了围墙，但原本窗户便小，直棂更是横向钉上了铁条，屋瓦不仅如景师兄所说有铁索相系，而且也处于郡王府朝天楼守护卫士的视线范围内。至于那锁，又是十二簧片锁！以前纳黛依住在这里的时候，大屋的防范一样很严，日落时分就大门紧闭了，据说门闩是波斯铁手闩，那复杂程度，不亚于十二簧片锁。"

韩滉不说话了。经过盛子晏的讲解，他深知潜入大屋的难度：门就不做指望了；至于窗户，原本大唐时期的窗户就很窄小，这观景楼的窗户又格外促狭，普通人钻进去都费劲，再加上十字铁条直棂，更是难于上青天；屋顶也不似杨家大院那般，掀开屋瓦就能下去……

景大天一撇嘴:"那咱总结一下呗:就是纳黛依长啥样,不知道;大屋里面啥情况,因为进不去,也不知道。"

韩滉觉得也是如此,但没有作声附和,免得盛子晏尴尬。

盛子晏慢慢悠悠地说:"饶是如此,总还是有办法!"

韩滉和景大天被吊起胃口,盯着盛子晏。

盛子晏小声地说:"这大屋与后面的郡王府浑然一体,发现没有?"

韩滉和景大天都点了点头。

盛子晏继续道:"这波斯大屋,本就属于郡王府,乃其观景楼。自李孝恭去世之后,其家族日渐式微,所以,这栋观景楼才被纳黛依以极高的价格租了下来,要在十年前,想都别想!"

景大天不耐烦了:"就别卖关子啦,你说的办法是啥?"

盛子晏也不生气,先喝了口茶润润嗓子,然后娓娓道来:"这郡王府的设计者,乃江南营造大家段林,其先祖曾参与修建扬州城,就连举世闻名的大明宫、参天楼,段林也曾参与修建!段林设计的三座王府有一个共同特点:主体府邸与观景楼之间都有暗道相连!"

"那就找这个暗道啊!"景大天着急地说。

"巧得很!"盛子晏朝景大天点点头,"段林的家人找我算命,被我旁敲侧击……"

"老师,您看他!"景大天不满地向韩滉告状,"他肯定早知道暗道位置了,磨磨唧唧半天,就不说!"

盛子晏不急不恼地说:"若非师兄不耐烦,我早就说啦!"

韩滉惊喜地看着盛子晏:"你果真查到了暗道地址?"

盛子晏不容置疑地说:"没错,而且,那家人还告诉我,一周之前,有两个来历不明的蒙面人冒充工部的人,临摹了一份郡王府的图纸。"

韩滉不解:"哪有工部的人蒙面的?"

盛子晏点点头:"据这家人说,段林也是疑窦丛生,可那两人气势汹汹，段林也不敢不从。果然，没过几天，狐仙便大闹波斯大屋了！"

韩滉拍拍盛子晏的肩膀："干得好！走，咱们去吃河鲜汤饼，边吃边等笑笑小姐！"

汉家药肆的院子里，石桌上摆着胡笑笑最爱吃的西江料，这可是刘孚之特意为她准备的。刘孚之专门去肉市买了上好的猪蹄髈肉，把肉剁得细碎，加上樱桃酱汁，蒸足了火候，香气四溢！不过，胡笑笑吃了几口就不再动筷，痴痴地想着心事。

"那盛子晏，真得了离魂症？"刘孚之看到胡笑笑发呆，也就放下筷子，关切地问着。

胡笑笑缓缓点头："我觉得差不多。你看他，在发作前还好好的，突然间眼神涣散，性情大变，判若两人，等醒过味来，又浑然不知曾经发生的事。"

虽然离魂症在当朝罕见，医书上对其的定义更是不甚明确，但刘孚之却对这冷门病症颇感兴趣，研究也有些时日了，因此向胡笑笑提出建议："可以尝试以祝由之术治疗。"

胡笑笑毕竟是小女孩心性，纵然有心事，也很快随着刘孚之的发问，转换了心情，笑意盎然地说："我发现，自打霍新叔叔搬来，舅舅对他们家俩人的事儿，关心得紧啊！"

"这可不是操心你和盛子晏的事儿！"刘孚之连忙摆手否认，"咱家是医药世家，我自然对稀有之病感兴趣嘛！你不是比舅舅更甚？"

"这倒是！"胡笑笑笑道，"您也觉得……祝由之术可以一试？"

刘孚之使劲点头："当然可以！"

胡笑笑来了兴致，拿起筷子，吃了一口西江料："不瞒您说，我正准备找时间，以祝由之术为盛大哥治疗一次呢！"

刘孚之取笑道："嘿！这姑娘，一会儿愁眉不展，一会儿又喜笑颜开，这还来了食欲了！"

胡笑笑甩甩头:"愁眉不展有啥用?咱是学医之人,除了死,就没有什么难事!姑且用祝由术治治盛大哥,梦境之中,没准他就变身了呢!我倒要看看,他身体里的另一个'他',究竟是谁!"

正说到这儿,突然"哐当"一声,刘孚之手里的粗瓷大碗猛地坠地,瓷片与饭粒洒了一地。

胡笑笑吓了一跳,等反应过来,连忙去拿扫帚,麻利地打扫干净。刘孚之则一动不动地平定着心神,胡笑笑这句话戳中了刘孚之的心事,让他突然间失态。

胡笑笑打扫完,看着惊魂甫定的刘孚之,很是奇怪:"您怎么了?"

刘孚之摆手示意没事儿,随即继续说着正事:"舅舅最近也没闲着,那定神丹,已有小成了。"

胡笑笑惊喜万分:"定神丹?这药的方子不是在战乱中丢了吗?"

"这可是咱汉家药肆的看家神丹!配方虽丢,可舅舅脑子里已经记得差不离啦!"刘孚之颇为得意。

胡笑笑满意地说:"以祝由术给盛子晏治疗,辅之以定神丹,效果肯定更好!"

"所以说,老天相助嘛!"刘孚之哈哈大笑,随即又慎重地说,"不过,这定神丹的使用讲究应于天时,与那祝由之术差不多,都需要择良时……"

"这倒是!"胡笑笑回忆着,"太医令就教过我们,同种药材,给药时辰如果不同,其疗效和毒性也就有异,所以医者必须精通药材的特性以及它们与时辰节律的配合规律,以确保最佳疗效和安全性。"

"看看,不愧是太医令,和舅舅想的一样!"刘孚之满意地开着玩笑,随即正色道,"你们要去扬州继续查那案子?"

胡笑笑点点头:"对!吃过饭我就走啦,去扬州和他们会合!"

"就在扬州,给盛子晏治上一次!初秋时节,定神丹药性最佳!"刘孚之严肃地说着,随即又打趣起来,"千万别耽误这小子的病,我还指望抱上个外甥孙子呢！"

胡笑笑一脸羞涩，赶紧打断刘孚之的话茬："就算咱们想治，也得看盛大哥的心情啊！"

刘孚之不容置疑地叮嘱道："看什么心情？这要由医师掌控！对了，治疗的时候，务必通知舅舅，除了定神丹，舅舅对祝由之术也有涉猎，可以帮上你，避免出纰漏！"

胡笑笑很是诧异："定神丹给我不就行了？还需要劳舅舅大驾？"

刘孚之脸色格外严峻："那可不行！舅舅小的时候，你姥爷给相熟的门下省给事中治热病，担心会出现惊厥，便用了这定神丹，结果，仅仅多了一毫，那病人就……"

说着，刘孚之不禁叹了口气。

胡笑笑吓得直吐舌头："那必须叫上您！"

说完，胡笑笑起身回屋准备行装去了，大猞猁摇着尾巴，紧跟着胡笑笑离开。

刘孚之看着胡笑笑的背影，满意地呼出口气。跳动的烛火照在刘孚之冷峻的脸上，他脸上的肌肉微微牵动，勾勒出一种难以言喻的阴鸷与深沉。

第二十九章
妖之屋
上

况家府邸的花园里，况海抱着两岁的儿子正在嬉戏，一位新罗婢女侍奉左右。

儿子扭动着身子想下地玩，于是，况海猫腰将儿子轻轻放到地上。儿子蹒跚而行，况海在后面张开双臂保护。突然，儿子绊在鹅卵石小径上一块略有突出的石头上，摔了个大马趴，立刻大声号哭了起来，再一抬头，鼻子已经流血！况海、新罗婢女都吓得不轻，况海连忙一把将儿子抱起来，心疼地用袍袖擦拭儿子鼻子上的鲜血，白色袍袖立刻染上血红的颜色。况海毫不在意，一双眼睛始终关切地看着儿子，随即用做鬼脸、举高等各种方式逗弄儿子，终于，儿子停止了哭泣，继而被况海逗得呵呵直乐，况海也露出了满意的笑容，回望新罗婢女，两个人都长舒一口气。

这时，月洞门处，欧阳尘匆匆走了进来。况海一见欧阳尘的慌张神色，立刻将儿子小心地交给新罗婢女，嘱咐婢女带儿子去后院玩耍。等新罗婢女抱着儿子走远，况海这才坐到石桌前，故作平静地端起茶杯，注视着欧阳尘，一边轻轻地呷着茶，一边问："别急，说吧，什么事？"

欧阳尘火急火燎地说道:"照您的吩咐,我一直和天牢狱卒肇兴元联系着,关注着那位、那位的动向。听说……听说他们一行人去扬州了!"

"哦?实在是奇怪。"况海在欧阳尘面前,故意摆出一副糊涂的样子,"这贾寻,不过是一个替盗墓贼望风的小贼,出狱后病发而死,竟然会引起这些人如此多的关注。难道,扬州那边有贾寻被杀的什么线索不成?"

欧阳尘赶紧躬身:"放心,我再盯紧一点。"

况海若无其事地摆摆手,示意欧阳尘退下。待欧阳尘一离开,况海立刻起身,直奔存放档案卷宗的库房而去。当朝对各类档案的保存极为重视,像润州这样的行政地方要设置录事参军,专门负责档案管理,县一级也要设置主簿、录事等职官,专门对文书档案进行管理。而且,尚书省作为全国最高的文书监察检查机构,还要对文书档案进行勾检,对各个官府的文案开展"稽失"工作,对文书数量进行核对,可谓事无巨细。

进了库房,况海顾不得和看守档案的堂弟况韦寒暄,铁青着脸,直接取出了被放在最不起眼的角落里的那一沓卷宗——正是十二年前丹渎王墓爆炸案的卷宗。况海翻阅到最关键的那一页时,面如死灰:他发现了一滴墨点,不用说,一定是有人誊写过!

况海从担任句容县尉开始,步步升迁,直到成为润州司马参军,对十二年前的那份关于丹渎王墓爆炸案件的档案,不曾有丝毫大意。这期间,为了与录事参军交好,不惜花费巨额银两贿赂他,这才安插了他的堂弟来负责档案看管工作;而每逢上司来查,他也是大把撒金撒银,这才保住了档案中那一页涉及他办事不力的卷宗,躲过了上级的勾检。而今,竟然有人誊写,对他来说不啻当头一棒!

不过,况海不能发作,那件事要瞒着所有人!于是,况海盯着况韦,一言不发。

况韦不自然地笑着:"哥,您放心,万无一失。"

第二十九章 妖之屋(上) | 179

况海见堂弟仍在隐瞒,实在难以忍受,一字一顿地说:"说吧,一切,我都知道。"

况韦突然"扑通"一声跪下,涕泪俱下:"哥!我欠了太多赌债,那些人天天上门逼你弟妹啊!我实在没办法了,街上又有人高价收集孤本笔记、官家档案,我就……"

况海打断了况韦的解释:"谁在收?"

"乐刻斋!"况韦赶紧向况海介绍,"那乐刻老人,平素就喜欢收藏文牍,对官府的档案很感兴趣,官员升迁、大案要案记录,还有长安的各种指令,这些他都要。据说,这些是他收藏的一大品类呢,仅次于古籍珍本!"

况海冷冷地问:"给他抄写的部分,内容你都记住了?"

况韦知道况海话里的意思,赶忙辩白:"哪记得住啊,太多了,为了多挣点儿钱,我把所有能誊写的,都、都誊了,他还给我退回来不少,说不收流水账,我、我都放火烧了。"

况海这才点点头:"不管真的假的,既然你这么说了,就说明你知道其中利害!记住,这里的档案都是国家、州府一等一的机密,不管什么事情,都给我烂在肚子里!你也是上有老、下有小的人,不用我多嘱咐吧?"

况韦又赶紧不住地磕头:"哥,我全知道!"

况海哼了一声,转身离去。

月上柳梢,秋风和煦,郡王府内外却是两重天:高墙外,人流如织,毕竟扬州乃是大唐唯一取消宵禁制度的繁华都市,百姓们都愿意在灯火璀璨的浪漫夜色中闲逛,商家自然也不会放过这挣钱的好机会;高墙内,则是冷冷清清,只有朝天楼的守护卫士持长枪警戒,其他的地方很难看到人影。

一颗小石子"吧嗒"一声落在高墙内的石径上,清脆作响。

这一面高墙的外面是郡王府和龙王庙之间的夹道,这条夹道既狭小，又是死胡同，因此并无行人走动。同时，这里也是郡王府朝天楼楼顶守护卫士的监视死角。见石子投下后并无声息，景大天自高墙上冒出脑袋，紧接着，韩滉、盛子晏、胡笑笑依次露头，几人观察着院子。只见院落宽大，中间是长长的甬道，甬道的两边是低矮灌木。朝天楼异常安静，楼顶值守的守护卫士往往侧重警戒街边，对院落之内则会稍微放松警惕。靠近朝天楼的位置还停靠着两辆马车，两匹马正安静而贪婪地啃着灌木草丛，月光照耀着这安详的一切，竟有些诡异。

几人互相一使眼神，随即轻轻跃下高墙，贴着两侧灌木，躲避开守护卫士偶尔向院内的扫视，进入了朝天楼。盛子晏按照图纸的标志，找到了通往地下暗道的暗门。进了暗门，里面是木质楼梯台阶，几人每踩一阶，楼梯都会咯吱作响。景大天身大脚沉，每踩一脚的响声都极其夸张，吓得胡笑笑不住回头，皱着眉头示意景大天轻声，可景大天再怎么小心，还是响声依旧。几人好不容易下到底层，要想进入波斯大屋，需要进入一个仅容一人钻过的小门。景大天试着推了推，小门竟纹丝不动！盛子晏掏出撬针，借着韩滉点着的火折子，尝试撬开门闩，哪知这插销竟被设计成弯曲形状，撬针根本够不到内部的结构。

韩滉提醒盛子晏注意观察火折子上不住跳动的火苗。盛子晏会意，连忙抬头观察，只见头顶上方应该是郡王府与观景楼的衔接处，微风从这里不断袭来。

"通风口？"盛子晏询问着。

住惯了高楼大宅的韩滉经验丰富，点点头："这应该是郡王府和观景楼相交的地方，估计是年头太久了，有漏洞通到通风口里。"

"可咱也进不去啊！"景大天插话道。

韩滉拿着火折子尽力向上举，依稀看到头顶有一个海碗大小的空洞，仅容一人脑袋通过，身体根本无法进入。众人徒呼奈何，只能放弃，决定原路返回。韩滉刚熄灭火折子，胡笑笑突然轻声冲着韩滉说道："火折！"

韩滉连忙又把火折子燃起，胡笑笑在靠近空洞的墙壁上取下一根粘在上面的金黄色毛发。

"真有狐仙啊！"景大天咋咋呼呼地说。

"是不是狐仙，明天便知！"胡笑笑胸有成竹地笑着说。

第三十章
妖之屋
（下）

扬州药园坐落在保障湖畔，保障湖作为扬州山水胜景中的"后起之秀"，可谓风景绝佳，其后来的名字"瘦西湖"更是无人不晓。

被"发配"到这里的瘦师兄正闲散地坐在松林中间的空旷之地，已有几分朦胧醉意。石桌上有酒，石桌旁焚着香，意境倒是不错，可没有那美味蛇羹，没有胖师兄斗嘴，就有些索然无味了。林间空地的一端，一笼笼的鸽子挂在木架子上，足有七八笼，鸽子们和枯坐中央的瘦师兄大眼瞪着小眼，都觉得无聊。

突然，一阵脚步声传来，只见胡笑笑带着韩滉、盛子晏、景大天走了进来。瘦师兄见到小师妹，开心地一跃而起："问病症？还是用鸽子？还是……想你师兄了？"

胡笑笑指着那些鸽笼："自然是来看师兄，顺便找它们！"

瘦师兄哈哈大笑："小师妹就是嘴甜！管你顺便看鸽子还是顺便看师兄呢，今天咱们花间饮酒，不醉不归！"

胡笑笑一边和瘦师兄搭着话，一边爱惜地抚摸着鸽子的脑袋，瘦师兄赶忙介绍道："用白鸽子，那是用咱太医署专用料喂的，飞得快，还不迷路。那灰色的可不行，前一阵子，试着放了三四只，一只也没回来！"

胡笑笑一听，大惊道："这怎么行！赶紧培训，赶紧培训！咱们太医署的飞鸽传书可是朝野有名，连那些江湖门派都自愧不如，更别提官府衙门了！到了师兄这里，怎么搞了半天还是不成？师兄不会买的是肉鸽吧？"

哪知这句话提醒了瘦师兄，瘦师兄突然开窍："对啊！没有大蛇吃，搞搞肉鸽，也是人间美味！"

胡笑笑看瘦师兄嘴馋得"不可救药"，撇撇嘴，向着瘦师兄说："师兄，纸笔！"

"好嘞，"瘦师兄很是痛快，边走边问，"给谁写？"

"舅舅！"胡笑笑爽快作答。

瘦师兄走远后，胡笑笑顺手从石桌上拿起三袋鸽子料，分给韩滉、盛子晏、景大天："这是太医署专用的飞鸽饲料，试着喂喂吧！"

说着，胡笑笑打开了几个关着白色鸽子的鸽笼的笼门，白鸽立刻飞向天空。盛子晏、景大天少年心性，打开纸袋，将鸽子料倒在手里，顿时，几只白鸽俯冲而下，几个来回，已经将两人手里的鸽子料吃了个干净。韩滉正要将手里的鸽子料分给盛子晏、景大天，瘦师兄已经拿着纸笔、纸筒匆匆赶回，胡笑笑一声呼哨，鸽子便飞回笼中，韩滉只好顺手将鸽子料放到怀里。

"写吧。"瘦师兄冲着胡笑笑说道。

胡笑笑俯身，快速书写着，内容大致是嘱咐舅舅把大猞猁阿花带到扬州，这样就可以让阿花根据那根黄色毛发进行追踪，同时，舅舅来扬州也可以在她治疗盛子晏的时候帮上忙，免得有意外发生。写好之后，胡笑笑将信笺装入精致小筒，交给瘦师兄寄出，不忘叮嘱道："千万别用肉鸽！"

瘦师兄哈哈大笑，随后去旁边鸽笼处寄信，胡笑笑热情邀请着韩滉、盛子晏和景大天："今晚就在这里小酌几杯吧？"

景大天正要答应，韩滉摆摆手："难得有闲散时间，我们要去书画店逛逛，就让进奏官和笑笑小姐代表我们感谢这位太医署医师的大力支持吧！"

这时，瘦师兄寄信回来，挽留了一阵韩滉和景大天，见二人坚持，便和胡笑笑、盛子晏一同将韩滉师徒二人送出药园。瘦师兄随即张罗着小厮准备美酒和几样可口小菜，招呼胡笑笑和盛子晏一同吃喝起来，一边喝一边回味焦山蛇园的美味，并称明天就要去买几只肉鸽好好培养，要开发新式鸽子菜肴。喝了一会儿，此前已经颇有醉意的瘦师兄变得酩酊大醉，自有小厮扶去休息。吃饱喝足的胡笑笑和盛子晏也就不再饮酒，沿药园中花草药材掩映下的小径缓缓前行，没多远，便下到保障湖边。

湖水清清，微风习习，波光粼粼的湖面泛着涟漪，远处有一只小船正穿过月亮桥，朝药园方向而来，似乎带来了扑鼻的桂花香。靠近药园的水面生长着一片荷花，荷叶碧绿，荷花妖娆。星光满天，胡笑笑坐在岸边的石凳上，仰望着星空，手撑石凳荡着腿，脸上荡漾着甜甜的笑，盛子晏看着胡笑笑的侧脸，竟有些痴了。

胡笑笑意识到盛子晏难得失态，也娇羞起来，忙转移话题："盛大哥，这么美的夜色，咱们如果聊病情，是不是大煞风景？"

盛子晏也恍过神来，有些不好意思，忙正正衣冠端坐："是关于我的？"

胡笑笑点点头："盛大哥以为自己得的是什么病？"

盛子晏叹口气："我在长安当差的时候，偶有恍惚，自己浑然不知，还是同僚提醒，说什么昨天失态、不告而别等。我觉得有异，但遍寻医书，也没得到个确切答案，也就是心里隐隐约约有些猜测。"

胡笑笑情人眼里出西施，不住赞美："盛大哥果真厉害，做什么事都有打破砂锅问到底的精神。听说，你还和舅舅探讨过？"

"那是自然，你家是医药世家，自当请教。"盛子晏满是感激，"舅舅说，我这病虽说罕见，但终究逃不过医书典籍所载范畴，他也在帮我多方打探呢！"

胡笑笑见盛子晏随着自己叫刘孚之"舅舅"，暗自开心，停顿片刻，才记起刚才的话茬："舅舅打探出来了？"

盛子晏点点头："他说有极大的可能，是……"

"是不是离魂症？"胡笑笑见盛子晏面色严峻起来，连忙安慰，"舅舅也是猜测，不过啊，就算你真是得了这离魂症，也没多大问题！治呗！我们太医署就是干这个的呀！"

盛子晏很是不安："听说这离魂症实乃借尸还魂，还听说，最初染上离魂症的病人都是被亡灵法师施以'借尸还魂术'复活的死者。被招来的灵魂与尸体中残留的灵魂相抵触，于是病人复活之后，身体内才有了原主人与借尸之人的两种性格。"

胡笑笑哈哈大笑："你这是听谁说的？这可不是我大唐太医署的研究结果！还有更邪乎的呢！我看过一部天竺医学古籍，里面就说，有一种专门吞噬毒蛇猛兽的神鸟，名唤'迦楼罗'。按照佛经的说法，'迦楼罗'又名'不死鸟'，当其寿命将尽时，早先吞下的毒素就会一并发作，令其痛苦不堪。这种痛苦正是离魂症所致，盖因那些毒蛇猛兽的灵魂与其自身灵魂互相冲撞，慢慢地，这些灵魂轮番现身……"

"可怕，"盛子晏心有余悸，"你觉得，我这离魂症有多严重？"

"不知道，但总不会像我们接收的病人那般严重！"随后，胡笑笑给盛子晏介绍了焦延龙的案例。

盛子晏沉默片刻，询问着胡笑笑："这个焦延龙，灵魂转换的媒介是什么？"

"金桃！想不到吧？"胡笑笑笑着说，"这种桃子成熟得非常晚，桃肉紧紧粘在桃核上，由于特别甜，很容易被虫蛀，所以在金桃生长过程中，必须有术士持咒，才能令其大如鹅卵，颜色如金。我和咒禁科的师兄们都一直在研究这咒语呢！"

盛子晏踌躇着："不知道我是因为什么。"

胡笑笑鼓励道："你回忆回忆。比如，在甘亮的表姐家里，你看到了什么，触发了你的……"

说着，胡笑笑指了指脑子。

盛子晏费尽心力地思考，但是徒劳无功。

"会不会是……墨色人偶？"胡笑笑提醒着，就在一瞬间，胡笑笑突然想起了在殓房偷偷解剖贾寻的尸体时，他的右肩似乎也有一个墨色人偶文身，一时竟愣住了。

盛子晏摇摇头："实在记不起来了。"

胡笑笑缓过神来："没事儿，这不是记得住记不住的问题。再给你说个案例。"

胡笑笑又把在润州病坊用祝由术给被驴车所撞者施行催眠麻醉的故事，以及胡医一铎关于"用入魂丹辅以祝由术治疗，可以令离魂症患者看到前世"的话语，悉数给盛子晏讲了一遍。

盛子晏好奇心十足地问道："你就用这种方法激发了焦延龙？"

"正是！"胡笑笑接下去，"医科、咒禁科的师兄们一直找不到头绪，我想到一铎的话，便试了一下祝由之术，结果，竟令这个长安城的懦弱男子变身成为金陵的无赖之徒！"

盛子晏点点头："就是说，你试图用祝由之术打通他的两种身份，却刺激他完成了身份转化！"

"没错！"胡笑笑叹了口气，"这转换之术，我仍旧在摸索，离成功还差得远呢！所以，咱们得双管齐下，用人偶配合祝由之术。若盛大哥觉得有似此前几次那种头晕目眩的感觉，立刻告诉我！"

盛子晏看着星光之下胡笑笑纯真的样子，心头突然间涌起一股强烈的内疚之情。他想着得尽快完成自己的计划，然后就不用再这样欺骗下去了……

药园对岸的保障湖畔，便是扬州最繁华的如意坊。

掌灯时分，如意坊中行人如织。作为当时三大对外贸易港口之一，扬州吸引着众多的海外游客。景大天漫步在如意坊街头，尽情欣赏着大唐的盛世景象，一边看一边扭头对韩滉说："老师，不跟他们掺和也对，咱俩出来逛，这不更热闹嘛！"

韩滉笑道："我是给笑笑小姐个机会，人家陪着咱们这么忙碌，让进奏官跟她喝上几杯。"

走到了售卖文物、纸品的步云斋，韩滉不禁感慨万分："唉，走这一路，画纸都没了，还答应你爹教你画画呢，这都几天没动笔了。"

景大天拍着马屁："俺怎么觉得，跟着您破案更有意思呢？老师真是料事如神啊，不得不佩服！"

"怎么可能料事如神！为师是新手，除了有一身正气，别无所长，咱们探案走了多少弯路啊！好在，现在算是找到正途了。"韩滉虽然训着徒弟，可心里也不禁为这番奉承话而感到开心，毕竟，经历一番曲折之后，终于发现了最有嫌疑者——纳黛依！

景大天顺杆爬："关键啊，您是不急不恼，于谈笑间破案！不像那盛子晏，愁眉苦脸的，还没啥贡献！哪比得了您哪，春风化雨！"

韩滉连忙制止景大天越来越夸张的褒奖："你爹说你笨嘴拙舌，我是一点儿没看出来！走走走，去买画纸，我可得教教你了，再说，咱也没钱了，为师要卖画维生喽。"

景大天一听韩滉提起没钱这事儿，气得牙根痒痒："都怪那天看皮影戏……这贼人，若是被我遇见，定将他千刀万剐！"

韩滉摆摆手："丢了钱倒不可惜。"

景大天糊涂了："那您觉得啥可惜？"

韩滉叹口气："可惜的是，这贼人肯定是独吞了！要是吃不上饭的百姓们都分得一点儿，那这银子丢得才痛快！"

景大天看着韩滉，很是崇敬："老师，俺咋觉得您变了呢？"

韩滉哈哈大笑："哪儿变了？还不是那个贪吃、能画的韩老师！"

景大天连忙摇头："不是，以前呢，您是又贪吃又能画……"

说到这儿，景大天赶紧停下话茬，意识到自己竟然说韩滉贪吃，即便是顺着韩滉的话说下来的，也显得没大没小，于是偷偷看一眼韩滉，见韩滉并无责怪之意，这才吐吐舌头，继续道："可最近，我发现您聊的可都是民间疾苦。"

韩滉的表情严肃起来："这都是探案得到的体会啊！以前，为师不曾主政一方，只是做一些官僚的工作，难以接触到平民百姓。这一次，为师才算是真正知道了百姓疾苦啊！以后当了一州刺史，你也记得提醒为师，绝不能高高在上，更不能欺下瞒上！"

景大天发自内心地褒奖着："当您学生太好了！这可不是拍马屁！"

韩滉被景大天逗笑了，挥挥手，两人进了步云斋。

步云斋内琳琅满目，工艺品层次分明，中档、高档兼有。其中，不乏价格不菲的贵妃镯、产自定窑的白瓷玉瓶，也有仅售百文左右的大路货。画纸也是如此，上好的蜀郡麻纸、普通的宣州画纸都有供应。韩滉估摸着剩余的银两，盘算着支付了客栈、餐食费用后，能买什么价位的纸张。正挑选着，两个伙计突然看着门外，兴奋地嘀咕起来。

"苏赫布来了！就是那个花了五倍价钱买波斯大屋里全是瑕疵的白瓷瓶的冤大头！"

"何止！大屋里不是有个青铜猛虎坐像吗？顶多值三两银子，这苏赫布花了十八两！足足能买六个了！"

"咱赶紧赚他一笔！"

两个伙计兴冲冲地迎出门去。被冷落的韩滉倒也不生气，因为听两个伙计提到了波斯大屋，反而有了警觉，开始仔细观察。只见苏赫布被两个伙计半拉半请地领进了步云斋，不过令韩滉奇怪的是，伙计嘴里的这个"冤大头"，却是少见的精明，砍价砍得让店家心疼不已，丝毫不像两个伙计形容的那种不识货的买家。慢慢地，两个伙计丧失了期待，对苏赫布的态度变得不冷不热起来。

韩滉买了几张还说得过去的承山堂宣纸后，并没有立刻离开，而是冲景大天使了个眼色。景大天会意，假意欣赏玉石摆件，两人暗中

第三十章 妖之屋（下） | 189

观察着苏赫布。苏赫布砍价半天，终于成功购得一件打了三折的白瓷辟雍砚，这才哼着波斯小曲出了步云斋。韩滉和景大天立刻跟上，身后两个失望的伙计骂骂咧咧。

苏赫布又逛了两家小店，依旧是砍得店家连连告饶，才心满意足而归。走到如意坊坊口，苏赫布坐上了一驾出租行的马车，韩滉和景大天来不及叫车，只能小步疾行，努力跟着马车。不一会儿，韩滉便气喘吁吁，多亏景大天用手支撑着韩滉后腰，才让韩滉轻松一些。

马车七拐八拐，来到扬州富庶人家聚集的西城坊，在一户深宅大院门口停了下来。苏赫布给了车夫四文钱，车夫不满道："不是说好了五文钱？"

苏赫布大怒道："我后悔了！多算了个坊口，四文钱足够了！"

吼完，苏赫布怒气冲冲地进了大门。

"越有钱越抠！"车夫骂了一句，无可奈何地离开。

看着苏赫布居住的柳丝掩映的大宅院，韩滉犹自奇怪：这苏赫布表现得如此吝啬，却在波斯大屋那儿花许多冤枉钱，是中邪了吗？

第三十一章

波斯老妪

上

不到子夜时分，瘦师兄放飞的白色信鸽就已经飞到了焦山蛇园。胖师兄发现后，不敢怠慢，等到了黎明，宵禁刚一解除，便赶忙进了润州城，把胡笑笑的消息送到了汉家药肆。

刘孚之得知胡笑笑的召唤后，兴奋异常，心想终于在合适的时机介入了探案团队！待送走胖师兄之后，刘孚之立刻忙碌起来，准备好包括定神丹在内的各色药品，拉上睡眼惺忪的大猞猁阿花，计划到最近的租车行让老板找上速度最快的马车，直奔扬州！当然，刘孚之不忘带上在石井坊买的墨色人偶，因为据和他无话不谈的外甥女讲，盛子晏之前在石井坊人偶店前驻足良久，而墨色人偶应该就是盛子晏变身的媒介！刘孚之决定在合适的时机要求胡笑笑在他的配合下，给盛子晏治疗离魂症，从而实现他的计划！

刘孚之在带着阿花去租车行的路上遇到了起早的霍新。霍新正在巷子口一瘸一拐地打拳，两人碰面，都点了点头，刘孚之总觉得霍新似乎带着一丝隐隐的笑容，不过并不确定。

扬州与润州距离不过八十里，刘孚之带着阿花很快便抵达了扬州城。当刘孚之风风火火地赶到胡笑笑等人住下的西浔客栈时，也不过刚到扬州人吃早点的时间。大猞猁阿花见了正在梳妆的胡笑笑，疯了一样地扑了上去，和许久不见的胡笑笑嬉闹起来。韩滉和景大天都是头一次见到这大猞猁，和刘孚之寒暄之后，就开始不住地逗弄着阿花，阿花倒是表现得很高傲，除了胡笑笑和刘孚之，对旁人绝不假以辞色。

吃过当时扬州最具特色的早点水煮鸡丝汤，韩滉、盛子晏一起设计着行动。刘孚之听胡笑笑说起探案之事，兴奋不已，说他来都来了，要求积极参与！得到韩滉的应允之后，刘孚之更是做戏做全套，非得要求景大天给他易容。景大天冲着胡笑笑的面子，异常精细地将刘孚之装扮成一个满脸病容的邋遢鬼，与其平素精明强干的大掌柜形象迥然不同，连胡笑笑都差点儿没认出来。这效果令刘孚之颇为满意，还说要和景大天学几招易容术。景大天慷慨地向大家传授了几招独门绝技，刘孚之苦心琢磨半天才渐渐领悟，胡笑笑却是一点就透，甚至能够把自己也易容成一个中年妇人，足可以假乱真。

盛子晏无暇他顾，赶紧将那根金色的动物毛发递到阿花面前，希望它能嗅出什么线索。哪知道阿花却扭过头去，高扬着头望向天空，把盛子晏搞得一头雾水。

景大天也是觉得奇怪："这阿花是咋回事儿？思考啥呢？"

胡笑笑微笑着从盛子晏手中取过那根动物毛发，随后拍拍阿花的脑袋："阿花啊，姐姐想知道这根毛毛是谁的，你还得带我们去找到它！姐姐知道，咱家阿花肯定能办到！"

阿花一见胡笑笑发话，立刻欢快地摇摆起尾巴，一副谄媚相，蹭了蹭胡笑笑的小腿，然后使劲闻了闻胡笑笑手里的毛发，随即便大步流星地往客栈外面走去。胡笑笑、刘孚之连忙招呼其他人跟上。只见这阿花一路辨识气味，径自来到波斯大屋，韩滉和盛子晏对视一眼，朝对方点了一下头，都觉得这阿花靠谱。阿花又从波斯大屋折返，拐来拐去，一路来到了大悲禅寺山门前，那里围了一圈人，现场锣鼓喧天，热闹非凡。阿花突然大叫不止，恨不得就要往人堆里冲！胡笑笑赶紧拍拍阿花的脑袋："姐姐知道了，找到了是不是？不叫了，听话！"

阿花立刻停止了吼叫，又温顺地在胡笑笑周围蹭来蹭去，嬉戏玩耍，还不时与刘孚之互动几下。

韩滉、盛子晏、景大天凑到人堆里，想要一探究竟。原来，这山门前是马戏团在进行撂地表演。其时马戏颇为盛行，最为人津津乐道的莫过于唐玄宗曾经欣赏过的一次马戏表演。这场表演气势恢宏，有舞马百匹，施三重榻，舞《倾杯》数十曲，壮士举榻，马竟不动！除了马戏，猴戏在当朝也是大大有名，因为人们把猴子当作马的守护神，马戏团往往在马厩里养猴子，以此来留住马，故而猴子有"马留"的别称。

看着圈子里面正在表演着的两匹白马，以及坐在边上、如孩童一般抓耳挠腮瞧马戏的几只猴子，韩滉、盛子晏立刻明白了：波斯大屋暗道里发现的毛发，正是从马戏团里的猴子身上掉落的！

马戏团班主是一位面容沧桑的老人，正坐在山门前的大石头上满意地看着马儿、猴儿们表演。小马戏团的生意还算不错，在这世道，班主不仅能够维系着班子的运作，还养活了老婆、孩子和徒弟，很是难得。因此当盛子晏凑上来，赞叹其生意火爆的时候，老班主很是开心。

"听您这口音，是长安人？我也曾在长安当差，在长安活着，难啊！"盛子晏颇为感慨。

"可不是！天子脚下嘛！再加上战乱，家家户户都不景气，就连官家的生意也不好做啊！搁以前，那些当官儿的做寿、摆宴，总要请上几场傀儡戏、马戏，让大家都乐和乐和，可现在……"老班主苦笑着，连连摇头。

盛子晏接着话茬说道："所以啊，能扛下来的都有后福！"

"有没有后福不敢说，不过十多年了，这么乱的世道，咱的班子，愣是没倒！"老班主的话里透着自豪。

盛子晏也由衷地替老班主高兴，两人你来我往几句之后，盛子晏开始切入正题："您这猴子……"

老班主一副窥破盛子晏心思的模样，打断了盛子晏的话："说了半天，你也是惦记咱家的猴子啊？"

"还有谁打它们的主意？"盛子晏赶紧问。

老班主乐呵呵地回忆道："三天之前，有俩人找我，想借只猴子帮他们够样东西，说是东西掉地窖底下了，人下不去。咱说，要不咱带着猴儿去吧，就当帮个忙了，给碗水喝就行。嘿！那俩人死活不同意，非要自己带走，给的租金可不便宜，押金就更别提了，足够买两只猴儿了！我也就放心地把猴儿给他们了，哪知道，到现在都没给我送回来！"

盛子晏追问道："那俩人长什么样？"

"不知道啊！都蒙着面，咱还以为是波斯人呢，可一张嘴，明明就是当地的口音！"老班主说着，突然醒过味来，"你是打听人，还是要用咱的猴儿？咱这猴儿练得好，捡啥东西不在话下，比小孩儿都灵！"

"要是让这猴儿钻个洞、开个门，行吗？"盛子晏笑着问。

"没问题！"老班主一口应承下来，"这么说吧，小兄弟，你给咱家的猴儿穿上衣裳，那就和人没什么区别！"

盛子晏大笑，随后问清了老班主的住址，准备晚上再找老班主借猴子，毕竟眼下正午未到，要是带着个猴子满城招摇，容易引起别人注意。在当时，养个猞猁当宠物，并不算太稀奇，在王公贵族中绝不少见，不过，还真没有拿猴子当宠物的。

办妥了此事，韩滉、盛子晏等人再度前往波斯大屋，准备再仔细观察一番地形，好好设计晚上的行动。哪知道，意外的事情发生了，波斯大屋开门了！

韩滉、盛子晏、景大天走进波斯大屋，胡笑笑、刘孚之则牵着阿花留在了坊口，远远地照应着——胡笑笑唯恐阿花惊吓了他人，尤其远远望去，还有只小狗在波斯大屋的门槛上欢快地跳进跳出，要是见了阿花，这小狗恐怕立时就得吓昏过去。

波斯大屋里格外宽敞，墙上所挂的字画和工艺品大多具有鲜明的波斯风格，供百姓与游客选购；屋中还挂着一部分大唐画家的画作，都是出自不知名画家之手，专为前来贸易的外域商人提供。购买这些画的商人们一般会将这些画作带回遥远的故乡，作为礼物赠予亲朋好友。大屋里，有两位波斯人在忙碌着，一位是身材高大的男人，另一位是身形佝偻的老妪，两人忙着打扫工艺品与画作上的尘土。狐仙挠墙导致他们好几天没有开门迎客，打扫一番也算是去去晦气。另有一个小厮正坐在靠门口的位置描画街景，看来就是盛子晏算命时听说的那位声称狐仙挠门的学画小厮。韩滉凑上去看了看，画得很是工整写实，连卖胡饼的小贩也被描绘得栩栩如生。韩滉悄悄扭头，对着景大天低声说："别看这厮小小年纪，比你画得还好。"

小厮听见了这话，微微致意，随即收拾好画作，帮着两位波斯人拾掇起来。

韩滉和盛子晏交流了一下眼神，便分头装作欣赏工艺品的模样，给景大天创造勘查的机会。韩滉指着波斯器皿工艺品，向波斯男人请教，这波斯男人看似粗汉，却颇通艺术，讲解起波斯生产这些器皿的历史头头是道；盛子晏则和波斯老妪攀谈起来，发挥其担任进奏官磨炼出来的与民众打成一片的特长，两人很快就聊得不亦乐乎。

"这件卖多少钱？"盛子晏指着一件波斯地毯打听。

"喜欢这件？"得到盛子晏的肯定答复后，波斯老妪赞许地点点头，"还挺有眼光！"

盛子晏客气地说道："我不懂什么工艺，就是觉得这场面很震撼！"

"地毯中的这位将军是故国名将，与侵略波斯的大食军团斗得天昏地暗！你看，将军身后的红色大海就是被敌人鲜血染红的波斯湾！"波斯老妪动情讲解一番，"至于价钱嘛，我才从安善来这儿一天，啥都不知道，得等老板回来。"

盛子晏忙问："老板？是不是纳黛依？我可是久仰其大名了。"

波斯老妪笑了起来："是啊，她在大唐待了十几年，这波斯大屋的生意，也做了好几年喽！确实小有名气。你见过她？"

盛子晏摇摇头："没见过。你们波斯女人为什么总要遮住脸庞，只露出美丽的眼睛？"

盛子晏随口说着巧妙奉承的话语，旁边的景大天听见了，不禁感到好笑，同时也很纳闷，这些"肉麻"的话，盛子晏可是没和胡笑笑说过半句！盛子晏听到"赖"在身边的景大天的窃笑声，清了清嗓子提醒着他。景大天这才想起自己还有任务，赶紧趁着波斯人被韩滉、盛子晏纠缠的机会，快步走向里间。在里间，景大天很快找到了一段楼梯，下了半层，来到按照方位估算正对着小门的位置，果然发现了一条嵌在建筑之间的废弃通风道，下方的小门接通暗道。昨晚，正是这道小门将韩滉、盛子晏拒之门外。小门上是曲折复杂的门闩，难怪盛子晏难以用撬针撬开！不过现在，即使有撬针也无济于事，小门已经被七八根木条死死钉住，更有一尊沉重的铜鼎顶在门角！

景大天正准备继续探查，结果那小厮下来寻找扫帚，和鬼鬼祟祟的景大天打了个照面！景大天怕小厮生疑，赶紧找借口说找错了路，上到大厅。此时，韩滉、盛子晏还在起劲地给景大天"打掩护"。盛子晏的话题依旧是波斯女人："大家都觉得很遗憾，没人见过纳黛依的真面目呢！都说她是波斯的绝色美女？"

波斯老妪奇怪地望了盛子晏一眼，正要开口，一个中年波斯女子惊恐地跑了进来，老妪和波斯男人、小厮立刻迎了上去。老妪冲着中年波斯女子叫老板，被称作老板的纳黛依心有余悸地说："有人跟踪我！"

"别着急！坐下来，慢点儿说。"波斯老妪赶忙安慰。

纳黛依坐到桌前，喝了口水，这才平静下来，冲着波斯老妪说：

"我发现,有人跟踪我,我就按、按你说的,特意走那条插着绿色酒旗的小巷子,结果就、就发现了他们!"

原来,纳黛依去波斯商行办事,回来的路上,发现有人鬼鬼祟祟跟在后面。她特意绕了几个坊口,依旧没有把尾巴甩掉,干脆横下心来,想面对面看个清楚,于是就朝插着绿色酒旗的巷子走去,那巷子七扭八拐,很适合藏匿。纳黛依走到一个小拐弯处,躲在角落,捡起一块石头,准备殊死一搏。也许捡石头的声音让跟踪者听到了,两个跟踪者突然演起戏来,靠近拐角时,一个男人故意大声埋怨:"让你少喝点儿,偏不听!"紧接着,两个蒙面人互相扶着,歪歪斜斜地拐到了纳黛依的视线里,其中一个不停叨唠,说以后再不能这么喝了。纳黛依这才从角落里走出,向相反方向疾行,走了十几步,又闪身躲到角落里。果然,那两个蒙面人以为纳黛依走远了,小声地互相埋怨起来,一个说跟得太近了,一个说脚步声太重了。

"后来呢?"波斯男人发问。

纳黛依耸耸肩:"等确定他们没再跟着,我就跑回来了。"

"也许是觉得咱们波斯女人神秘吧。"波斯老妪安慰着纳黛依,"老板,别忘了,一会儿还要去城东送货。"

纳黛依点点头。

第三十二章
波斯老妪
下

眼见打探得差不多了,盛子晏买下了一枚波斯青玉戒指,随后告别波斯老妪,与韩滉、景大天走出了波斯大屋,去和胡笑笑、刘孚之会合。

"打探出什么来了?"刘孚之着急地向盛子晏打听。

景大天揉揉肚子:"不行,饿得受不了了,咱去胡饼摊,边吃边说!"

原来,几人在大屋里打探半天,一晃时间已过正午。一行人刚要去昨天吃过的孙记胡饼摊,却发现上午还在波斯大屋一侧的胡饼摊,此刻却挪到了波斯大屋的对面!景大天一马当先朝胡饼摊跑去,买了六个胡饼。

韩滉笑着说:"五个人,买六个饼,你要吃俩?"

"还有阿花呢!"景大天说着,冲阿花挤挤眼。

阿花仿佛听懂了一般,脑袋挨着景大天,简单蹭了一下景大天的膝盖,就又回到胡笑笑身边。

爱说话的小贩跟昨天一样,一边烤着胡饼,一边自夸:"咱这胡饼好吃吧?吃了一顿想两顿,别看是个小摊,饼的味道绝对没的说！连刺史、参军都好咱这口儿呢！这是猞猁吧？放心，它吃着也倍香！"

景大天搭着话："好吃是好吃，就是神出鬼没的，老换地儿。"

"不能！"小贩斩钉截铁地说，"一年四季，咱就在这玉河坊，雷打不动！除了逢五的日子，阿爷替我照应着，其余时间，您就来吧，准是我在！咱这人，但凡立好的规矩，从来不破！"

景大天也较起真来："还雷打不动？那俺问你，怎么刚才还在大屋旁边呢，这么会儿工夫，就跑到街这头来啦？"

小贩恍然大悟道："您是说这个啊？这也是规矩！正午之前，咱在大屋旁边守着小学堂，等孩子们放了学，人人来份胡饼！正午一过，咱可就到对面来喽，您看那日头，正好能晒到，暖和，舒服！"

大家这才明白胡饼摊换地儿的缘由，韩滉听了小贩的话，满是疑惑地看了看对面的波斯大屋，想起了一件奇怪的事儿。这时，胡饼出炉了，景大天拿着一个胡饼喂着阿花。阿花不情愿地吃了一口，终究因为太素，摇头不再搭理了。众人让开胡饼摊，免得扰了人家生意，在附近找了个背阴处，一边吃胡饼，一边汇总着波斯大屋的情况。

"通风口底下那个小门，已经进不去了，钉死了！"景大天详细介绍着，"从钉子的痕迹、落土的情况看，就是几天前的事儿。"

韩滉分析道："看来，这几个蒙面人也想从暗道进入波斯大屋，结果遇到了和我们一样的问题——撬针撬不开门闩！于是蒙面人去马戏团找来这猴儿，想让小猴儿从残破的风洞钻进通风口通道，从里面打开门闩。小猴儿挠墙的声音被纳黛依和小厮误会，二人以为是狐仙前来，于是大喊大叫，招来了捕快，蒙面人的行动只得终止。纳黛依和小厮随后立即加固了小门，然后趁着天亮，离开了波斯大屋。"

"我估计，第二天晚上，那些蒙面人应该依旧带着猴儿去了暗道。"盛子晏接话道，"只不过因为纳黛依和小厮把门钉死，才没有得逞。他们没准现在还把猴儿留在身边，准备伺机行动呢，否则，他们肯定会把猴儿丢掉。"

说到这儿，盛子晏转向胡笑笑，问道："一旦被放了，这猴儿是不是也跟狻猊一样，能自己找回家去？"

胡笑笑不容置疑地说："当然能啊，小猴可别提有多聪明了。"

这时，阿花又直起上身，冲着胡笑笑摇头晃脑，胡笑笑赶紧安抚："当然，比起我们阿花，还是差了一点儿。"

阿花这才前爪着地，欢快地叫了一声，表示同意胡笑笑的这番话。

韩滉边分析边说："跟踪纳黛依的那两个蒙面人，应该就是去马戏团找老班主借猴子的那两个人，起码是一伙的……他们究竟是谁呢？"

盛子晏也有自己的不解："还有，纳黛依就这么公然开门营业了？也不躲躲？现在，'狐仙'可一直盯着他们呢！"

韩滉意味深长地回答着盛子晏的疑问："也许这波斯大屋里面，有他们割舍不下的东西。"

"莫非，是那几幅画卷？"刘孚之突然插嘴，一副焦虑的样子。

众人都觉得刘孚之说得有道理，不禁陷入沉思。就在这时，一辆租车行的马车"吱吱呀呀"地停在了波斯大屋的门口。波斯男人从大屋里出来，快步上前，拉开车厢门。纳黛依拿着两幅画卷，边出门边用黑布套套好，正要上马车，波斯老妪从大屋里追了出来，又递过来一块厚厚的黄色绸布，将两幅裹得严严实实的画卷又小心翼翼地卷上一层，花费了好长时间，好像生怕别人注意不到这两幅画卷似的！

"包得这么仔细，会不会其中有贾寻那幅画？"景大天悄悄问韩滉。

韩滉也是奇怪，和盛子晏耳语道："莫非真是丹渎王墓三幅画里的两幅？"

盛子晏紧皱眉头，没有作声。

波斯老妪仔细地包裹着画卷，直到车夫都等得不耐烦了，才放纳黛依上了马车。波斯男人随即跟上，坐在纳黛依身旁，关上了车厢门，车夫驾车离开。

"跟不跟？"景大天请示着韩滉。

"跟！"韩滉答道。

话音未落，只见刚走了十几米远的马车车下突然冒出火星，紧接着，巨大的爆炸声响起，整驾马车被炸上半空，随即"砰"的一声坠地！

繁华的玉河坊里，一片惨叫与惊呼声。

景大天反应最快，快步跑到燃烧着的马车前，其他人也紧随其后。可惜为时太晚，已经没有施救的机会，除了车夫是重伤，纳黛依和波斯男人早已被炸得面目全非！盛子晏和刘孚之特别注意到了那两幅画卷：画卷已经化为灰烬，只剩一小截烧黑的黄色绸缎布在风中零落。

韩滉立刻看向周围人群，想找到蒙面人的踪迹，可是现场人多且混乱，实在难以辨别。

扬州府捕快很快来到案发现场。

因为爆炸太过惨烈，马车几乎被炸成碎片，现场实在没有可以勘查的东西，所以捕快们简单搜寻一番之后，便通知殓房前来收尸。同时，经过周边人的指点，捕快们又前往波斯大屋，盘查波斯老妪和小厮。波斯老妪和小厮受到了惊吓，倒不是特别悲痛，只是显得有些呆滞。

扬州捕快们既然已经出面，韩滉就赶紧回避了。扬州不属于润州刺史管辖，如果韩滉在此查案被发现，可是有越矩之嫌。更何况，因为扬州"对外门户"的特殊地位，扬州刺史也是权重无双，比起韩滉这位即将上任的润州刺史，可是要高上一头。韩滉没必要惹这官场上的麻烦，于是退避三舍，躲进了波斯大屋对面的茶社，一边喝着茶，一边观察波斯大屋的动向。

刘孚之着急地向江湖经验丰富的景大天请教着："从爆炸的马车上，能看出什么名堂吗？"

景大天摇摇头:"火药量大,歹人绝对是奔着要命去的。可实在看不出有什么特别的,用的就是普通的波斯火药。"

刘孚之不死心地追问着:"是用操纵装置摩擦点火?"

韩滉觉得刘孚之的积极有些奇怪,不过这问题的确敏锐,不由得关注着景大天的回答。

"没错,操纵装置摩擦点火!"景大天解释着,"最早使用这种方法的是大秦人,后来这方法传到了波斯和西域。俺们渤海国就没有这种设计,在俺们那儿,要想用炸药杀死马车上的人,那可麻烦了!"

胡笑笑奇怪地问:"景大哥,既然渤海国没有,那你是怎么知道这方法的?"

景大天笑着解释:"俺有个波斯师傅,在渤海国就这样杀了人!俺爹不是有点地位嘛,一调查,才知道这波斯人的女儿被骗了,他是替女儿报仇才干了傻事,就出面把他保了下来。嘿,咱别聊渤海国啊!聊正事儿!"

正说着,扬州府捕快从波斯大屋出来,波斯老妪和小厮出门相送,随即两个人抹着眼泪回了波斯大屋。

景大天说着泄气话:"得,本以为找到纳黛依就能找到那两幅画,这下好了,人死了,画没了,咱也甭探宝了,结案吧!"

韩滉、盛子晏倒没有景大天这般悲观,两个人的脑子里都思考着波斯大屋的许多古怪之处。最起码,那波斯老妪在大庭广众之下长时间地包裹那两幅珍贵画卷,生怕大家不知道似的,这里面肯定有猫腻!只是,两个人还未思考出能串起这些古怪之处的线索……

胡笑笑不知道景大天"甭探宝了"的意思,于是景大天又把丹浂王墓宝藏的事简单地讲给胡笑笑和刘孚之听,随后感慨道:"唉,也许,再也没人知道宝藏的下落了。"

积极得有些反常的刘孚之又插话了:"光想没用,还得去波斯大屋!"

"对,去波斯大屋问问!"韩滉一边赞同着,一边起身。

一行人刚出茶社，盛子晏就停下脚步："别等我，我一会儿回来找你们！"

说完，盛子晏匆匆离去。

"神神道道的！"景大天看着盛子晏的背影，哼了一声，随即转身冲着胡笑笑说，"贤妹，俺可提醒你，这个盛师弟啊，可有点儿古怪，以后成了家，可没有好脸给你！"

"这都哪儿跟哪儿啊！"饶是胡笑笑性格开朗，听见景大天这么直接的话，脸也不禁红了。

"别胡说！"韩滉赶紧训斥着景大天，毕竟刘孚之就在旁边，当着长辈面如此胡言，极为失礼！更何况，刘孚之还极力撺掇着外甥女和盛子晏的交往。

景大天也意识到不妥，赶紧辩白道："俺这不是为笑笑小姐好嘛！"

韩滉不搭理景大天，对刘孚之说道："劳烦你在外面守一守吧，你没有和他们照过面，也许以后能有作用。"

刘孚之不好反驳韩滉的安排，也就不再跟着大家，找了个不起眼的地方隐蔽起来。韩滉正正衣冠，领着胡笑笑、景大天还有阿花，三个人外加一只大猞猁，走进了波斯大屋。

波斯大屋里，因为纳黛依和波斯男人的离世，好像一下子生机全无。韩滉不久前才离开波斯大屋，短短时间又回到这里，竟恍如隔世。波斯老妪和小厮呆坐在桌旁，小狗也显得可怜巴巴，围着波斯老妪蹭来蹭去，猛地见到阿花，更是惊恐不已，一头扎入波斯老妪的怀中。胡笑笑见状，吐吐舌头，赶紧牵着阿花出了大屋。

韩滉严肃地询问着波斯老妪和小厮："到底是什么人和你们结仇？我们查过，并不是什么狐仙挠墙，只不过是有人借着狐仙闹扬州的传闻装神弄鬼，想从通风口里钻进来而已。"

"你们是什么人？"波斯老妪压抑着悲伤，"捕快都问过好几遍了。"

第三十二章 波斯老妪（下）

景大天大大咧咧地说:"我们是……"

韩滉赶紧拦住景大天的话头,生怕景大天说出实情:"我们是……江湖中人,路见不平,拔刀相助!"

小厮摇头:"可我什么也不知道啊!"

韩滉追问着小厮:"既然你们以为是狐仙挠墙,为什么才过了短短几天,就开门了?你们不怕?"

"怕啊,可老板说不能耽误了生意。"小厮委屈地说着。

韩滉又看向波斯老妪,波斯老妪叹口气:"我就更不知道了。唉,我从安善来大唐,一路辛苦,到这儿才短短一天,谁知道……"

说到这儿,老妪不禁哽咽起来。

"到大唐刚一天,居然就知道服用大唐的体身香?!"这时,盛子晏从外面大踏步走进来,直接走到波斯老妪面前,目光如炬!

波斯老妪装着糊涂:"什么体身香?我是头一次听说,老板让我用什么,我就用什么罢了。"

盛子晏冷冷地哼了一声:"老板?你是说刚刚在马车上香消玉殒的波斯女人?那可不是什么老板!"

波斯老妪身子一震,不再言语。

盛子晏突然大声喝道:"纳黛依!别装了!"

波斯老妪沉默良久,随后慢慢地取下灰白色头套,露出一头瀑布般的乌黑长发,又将头巾掀开,一张绝美的波斯女人脸庞呈现在众人面前。

第三十三章
梅花古堡的埋伏
上

波斯大屋里一片死寂，安静到连掉根针都能听得见。

美丽的中年波斯女人发声："没错，我便是纳黛依。"声音竟变得和老妪的嘶哑完全不同，十分妩媚婉转。

景大天看着这异域的绝美女子，不禁惊呆了。韩湜年岁稍长，却也感叹于纳黛依惊为天人的美貌。唯有盛子晏，却是一脸恨意——眼前这张脸，引不起他作为男人的丝毫怜惜，反而激起了他内心深处无尽的仇恨！

纳黛依已经熟悉了景大天、韩湜这种男人的热辣眼光，只是笑了笑，随即目不转睛地盯着盛子晏，问道："你是怎么看出来的？"

盛子晏平抑着怒火，语气如常："刚进这大屋时，我就觉得不对。你身上的香气来自我大唐有名的体身香。这体身香，连服三次，可吐气如兰，常年服用，可浑身散发香气。你自称刚来大唐一天，竟然懂得用这体身香，很难不让人觉得奇怪。"

纳黛依遗憾地摇摇头，懊悔地说道："十多年了，我早就习惯了这种味道，一时疏忽。还有吗？"

"太多破绽了，比如这小狗。"盛子晏说着，低头看了看小狗，小狗"汪汪"叫了起来，"这小狗看到你就往你怀里扎，见到我等生面孔，一概吠叫不止，连那假冒你的女人也不例外！一旦遇到危险，小狗一般会扑向和它最亲近的人，也就是波斯大屋的真正主人！"

纳黛依叹口气，怜惜地抱起小狗："这狗真误事，可我就是舍不得丢掉！"

盛子晏哼了一声："没有这狗，你也一样露馅！这波斯大屋，开了三年有余吧？"

纳黛依点点头："眼看就快四年了。"

盛子晏平静作答："你远离故国，扬州是你常住之地，可那假冒你的女人说什么'走那条插着绿色酒旗的小巷子'，难道，你在这里待了快四年，还不知道门口这条巷子的名字吗？"

纳黛依张口结舌。

盛子晏继续说道："还有，景大哥说过，操纵装置摩擦点火这种方法后来由大秦传到了波斯，凶手用的也是波斯火药。我刚才便去了租车行，果然，老板告诉我，一个时辰前，有一位波斯老妪前来约车，指定了一驾马车，上上下下地仔细检查之后，还在马车上做了记号，说这驾马车速度最快、坐着最舒服，嘱咐老板万万不可换掉！你就是趁着检查马车的时候，把火药和摩擦点火的装置安放在车辕上的吧？"

纳黛依倔强地昂起头："没错，你都说对了！"

盛子晏眼里冒火："你到底要掩饰什么？不惜牺牲自己同胞的性命！"

纳黛依的脸上没有任何波澜，只是冷冷一笑："同胞？性命？其实，我们早该死了，苟且活到现在，活着与死去，又有什么分别？"

纳黛依喃喃地说着，眼睛越过了韩滉、盛子晏、景大天，向门外望去，似乎出了门，就是多年前的那个黄昏。那个黄昏的惨状，总在纳黛依的眼前萦绕，挥之不去。

那个黄昏。

波斯王宫燃起大火，火焰在远处黛青的天际跳跃着，将近处的王宫广场映照得如同一幅艳丽的画卷。

王宫入口的高坡上，波斯丞相与大食国王并肩坐于马上，注视着广场上的混乱：大食武士成群结队地清除着仍在顽强抵抗的零星波斯武士。波斯武士个个衣衫褴褛，却表情狰狞，奋勇抵抗。其中一名波斯武士自杀式袭击一般，高擎破败的波斯王国旗帜，以旗杆做长枪，朝骑着高头大马的几名大食武士冲杀过去，迅即被大食武士围攻，却兀自强撑着旗杆，屹立不倒！

波斯丞相目睹这壮烈场景，不禁热泪盈眶。

旁边，大食国王看在眼里，劝慰道："您引大食铁骑入波斯王宫，本意为保护无辜百姓，避免其遭受战火涂炭，不过，波斯族人恐怕并非都作如此之想。"

波斯丞相压抑着悲痛，缓缓作答："只求无愧于心。"

大食国王点点头："我等自然明白您的一片苦心，一旦剿灭波斯，您居功至伟，我将授予您大食国副丞相之位。到时候，难免会有人以小人之心，妄议您卖族求荣！您万万不可生气动怒。"

这时，那名擎着破败大旗屹立不倒的波斯武士终于支撑不住，颓然倒地。一名大食武士挥动长矛，策马上前，在波斯武士的咽喉处补上一矛，登时鲜血喷涌！见此惨状，波斯丞相的手不由自主地攥紧了缰绳，青筋暴露。

广场上的反抗力量已经被剿灭，大食武士们在波斯王宫内肆意妄为，不断追逐哭喊奔逃的女眷、孩童。突然，有一名披头散发扮作女子藏身于奔逃女眷中的波斯武士跃出，于长衫内抽出长剑，手刃两名毫无防备的大食武士！其他本没有使用刀枪的大食武士见状，愤怒至极，开始以刀枪招呼四散而逃的女眷和孩童，不断有柔弱女子与满脸稚气的孩童被杀。一个男孩倒地时，用无辜的眼神望向斩杀自己的大食武士，可是大食武士们已经被激怒，不再顾忌。一时间，王宫之内杀气四起，墙壁、廊柱上到处都洒满鲜血，尸体遍地。

一名波斯文臣也裹挟在王宫内混乱的逃逸人群中，突然，通道一侧的房间里传出女孩的哭叫声，波斯文臣警觉，闯进屋去。屋子里，一个八九岁的女孩子正靠着窗边的床榻，被吓得哇哇大哭。一具男人的尸体伏倒在门与床榻之间，身体从门边开始，拖拽出一道触目惊心的血痕，眼睛瞪着女孩子的方向，不曾瞑目。女孩子望着满是血污的尸体，不断哭喊着"爸爸"，却不敢接近。见波斯文臣进来，女孩子扑向波斯文臣怀里，哭声更盛。波斯文臣一边安慰女孩，一边替女孩父亲合上眼睛。此刻，门外传来一片凄厉的惨叫声，大食武士又在屠戮，波斯文臣连忙抱起女孩子，破窗而出。

此刻，战事已经彻底结束，一排骑着高头大马的大食武士神色冷峻，手里是下斜的长矛和剑，血顺着矛尖、剑尖滴落到地上。这些大食武士们监视着王宫广场上被捕的波斯族人，准备将之一一处死。空地上竖起一根长竿，长竿上一米三的位置系了一根红绳，以作标志。两名赤膊的大食武士站立于长竿旁，担任刀斧手的角色，随即开始了对俘虏的残忍杀戮。成年波斯男女直接被推至刀斧手处斩首，孩子们则要比对红绳标志，个子低于红绳处的孩子可免于一死。

一个男孩的身高将将超过红绳一点儿，吓得浑身哆嗦，"扑通"一声跪下。两名刀斧手嘲笑着，将男孩轻松捉起，一名刀斧手手起刀落，男孩头颅被砍下，在地上滚动跳跃。

王宫左近陡峭的山坡上，蒿草间突然露出一双女孩子惊恐的眼睛，但紧接着，她就被波斯文臣一把捂回……

纳黛依的眼睛如同那个女孩子一样美丽，只是眼里满是哀伤："你们说，像我们这样的亡国之奴，活着、死了，还有什么分别吗？反正早晚都是一死，只不过，看谁活着对故国更有价值罢了。对于其他波斯人来说，纳黛依活着的价值，比他们要大一些，仅此而已。"

"因为，你知道丹渌王墓宝藏的秘密。"韩滉突然说道。

"原来，你们知道得不少，"纳黛依略显惊讶，随即微微点头，"没错，丹渎王墓里的三幅画卷，我从贾寻那里拿到了其中的一幅，加上我这里原有的一幅，一共两幅，只要再拿到第三幅，就可以找到位于黄天荡的宝藏！"

"你终于承认是盗墓团伙的一员了！"盛子晏依旧强自镇静地说道。可韩滉发现盛子晏的瞳孔在急剧放大，按照盛子晏教给自己的理论，这代表着他已经出离愤怒了！这股无名之火是为什么呢？在韩滉的心里，盛子晏有了更多的谜团。

纳黛依没有直接回答盛子晏的话，而是朝主事的韩滉说道："我刚刚说过，我活着有更大的价值。如果你们放我走，我可以用那两幅画卷作为交换。"

韩滉表现得很犹豫，其实是在思考盛子晏为什么怒火难抑。纳黛依却以为韩滉被自己的交换条件所打动，于是继续鼓动着韩滉："我不想把这两幅画交给官府，我能分辨出来，你们都是善良、正直的人！我想把没有完成的重要事情托付给你们。请帮助我，你们比那些官府中的人要可靠得多！"

韩滉点点头："我们可以帮助你，但牢狱之灾，难以避免。"

纳黛依的眼睛里闪过一丝不解："为什么？"

韩滉语气坚决："因为你杀了贾寻！杀了马车上的人！不管你有什么样的理由，不能杀戮，这是我的底线！"

纳黛依看了看韩滉坚决的眼神，又看了看盛子晏、景大天那不容置疑的表情，长长叹了口气，从无名指上取下一枚小巧的波斯铜戒，说道："你们同意出手相助，我已经心满意足了。去梅花古堡，把这枚戒指交给看画人，他们看到戒指就会把两幅画卷交给你们。等你们拿到画卷，我再告诉你们需要帮我做的事。"

盛子晏接过了戒指，冲着韩滉点头示意。

"就你一个人？"韩滉不放心地看看盛子晏，又转头看向景大天。

景大天无奈地点点头。

第三十四章
梅花古堡的埋伏
下

　　扬州因水而盛，作为陆上和海上丝绸之路连结处的国际贸易中转城市，扬州城汇聚了大量外籍人士，而其中，波斯人绝对是一股重要势力。大唐与波斯在经济、文化、政治等领域均保持着紧密的交流。随着交流的日益加深，两国关系愈发融洽。当波斯王朝屡次遭到阿拉伯半岛强大的大食国侵袭时，大唐曾多次派军队进行增援。及至波斯王朝覆灭，大唐依旧没有中断与旧波斯王朝的联系。波斯王子泥涅师反攻大食失败后，长达几十年的时间里一直留在大唐朝中，和其他波斯贵族一起享受着最高礼遇。当时，波斯人在扬州的产业颇多，而很多波斯贵族都在资助着意图反抗大食的波斯复仇者。

　　纳黛依所说的藏匿画卷的梅花古堡位于扬州城北的梅花岭上，乃汉朝旧址，而今被一名波斯富商购下。盛子晏、景大天一路按照纳黛依所画图示指引，来到古堡密室。

　　密室紧闭，盛子晏走上前去，轻轻拍门，里面毫无声息。

　　"书生！这时候还讲究礼数！"

　　景大天一边嘲笑着盛子晏，一边上前使劲拍门，只拍了两声，门开了一条缝，一个小个子波斯汉子狐疑地扫视着两人。盛子晏连忙取出纳黛依交予的戒指，递给小个子波斯人。小个子脸上肌肉一紧，接过戒指反复鉴定，待确认之后，把门打开，仔细搜完两人的身，将景大天的短剑收了，这才领着盛子晏和景大天向古堡深处的一间屋子走去。屋子里，一名波斯大汉正襟危坐，领路的小个子将戒指递给波斯大汉，波斯大汉点点头，两人从桌子下面找到一个四尺长、两尺宽的雕花木箱，将其抬上了桌子。

盛子晏仔细观察着波斯人的动作，觉得不对劲：这两人动作机械，而且眼神躲闪，回避着自己的视线。盛子晏决定保险起见，还是先退后为好。哪知道盛子晏正想拉着景大天后撤，景大天拉着盛子晏转身便跑！原来，景大天虽然不似盛子晏善于以表情断人，却久经江湖，这两名波斯人方才虽然抬着木箱，但两手的摆放位置分明是在为格杀做准备！

见盛子晏和景大天逃跑，两名波斯汉子迅速打开箱子，果然里面并无画卷，只有两把砍刀！波斯人本想打两人个措手不及，扣留盛子晏和景大天，哪知道被两人识破，赶紧手持砍刀追赶逃出古堡的两人。

渐渐地，盛子晏、景大天各自与一名波斯汉子陷入了一对一的追逐游戏之中，盛子晏和景大天没有兵器，落尽下风。逃脱过程中，盛子晏和追赶他的波斯大汉滚落到黑黢黢的排水道中。盛子晏在逼仄的排水道里左右奔突，后面的波斯汉子身材太过高大粗壮，在排水道里动作反而不如盛子晏灵活，只是略显笨拙地追杀，持刀不断乱砍。在一个阴暗的拐弯处，盛子晏突然没有了声息，追赶的波斯汉子警觉起来，小心翼翼地爬着，拐过弯来，前面还是黑漆漆的一片，也没有盛子晏的身影。此刻，波斯汉子似乎感觉到了一阵呼吸声，缓缓地抬头，只见盛子晏整个人贴在排水道上方的墙壁上，手脚呈大字形支撑，几乎与波斯汉子面对面，正死死地盯着波斯汉子！如此近的距离，再加上盛子晏发亮的眼睛和露出的森森白牙，让波斯汉子也不禁惊惧地喊出声来！盛子晏猛地将头撞向波斯汉子，波斯汉子的鼻梁骨被撞断，剧痛令波斯汉子持续大声喊叫，盛子晏索性趁机跌落在他的身上，用力掐着他的脖子，直至他晕厥过去，盛子晏才松手。刚刚松了一口气，盛子晏突然发现旁边又有一双眼睛在注视着自己，吓得一哆嗦，扭头仔细看去，原来是一只松鼠……

　　景大天则没有盛子晏的"好运气"，没能跌落到排水道中，只是在林间与小个子波斯人边跑边厮杀着，时不时用树枝挥舞两下，千方百计躲避着小个子的砍刀。别看追赶景大天的小个子身材矮小，每次下刀却都是跳着脚，居高临下地朝景大天劈去，带着猎猎风声，声势骇人！景大天拼命闪躲，有时候藏身的石碑都被小个子砍得火星四溅。

　　景大天一直在林子里狂奔，难以找到遮蔽之处。突然，前面出现一片青藤矮丛，景大天连忙躲到青藤矮丛背后，小个子一刀挥去，青藤尽断，刀尖刮到了景大天的肩膀，鲜血随即涌出！眼看小个子作势又要扑上，千钧一发之际，景大天听到盛子晏的叫声，回头却看不到盛子晏，只是看到一条土坑，连忙滚了过去，原来这土坑是露出地面的一段排水道！藏于其中的盛子晏拉着景大天便跑，小个子追赶过去，排水道里传来一阵窸窸窣窣的声音，小个子慢慢地移到发出声响的地方，扬起砍刀，猛然朝土下方的排水道里刺去！里面一声惨叫，却是松鼠的声音！小个子感觉不对，连忙返身，却为时已晚，景大天自其身后的排水道快速蹿出，拿起石头砸在小个子头上，小个子立时毙命！

　　景大天随之虚弱地四脚朝天倒在地上，满脸黑黢黢的盛子晏从排水道里爬出，也是筋疲力尽，就地扑倒。

　　"中、中计了。"景大天气喘吁吁地说。

　　"正、正常。"盛子晏同样呼哧带喘地回应。

　　"你说你！老师总夸、夸你聪明，还、还不是中、中计了？！"景大天有了些气力，一边讥讽着盛子晏，一边翻身去拿小个子的砍刀。突然，景大天的胳膊被拼命拉住，盛子晏倾尽全力一拖！景大天还不知所以，一把砍刀"砰"的一声，砍在刚才景大天躺着的地方，入地很深！原来，是排水道里被盛子晏掐晕的波斯汉子醒转过来，又来追杀！

景大天、盛子晏二话不说，继续逃跑。

景大天气得够呛："你没把他弄死？"

盛子晏累得越跑越慢："那是条性命！"

景大天忍不住骂出脏话："奶奶的，这是江湖，不是你死，就是我亡！"

跑着跑着，两个人不跑了，呆呆站住。

迎面，又走来了三名高大的波斯汉子，手拿砍刀，凶神恶煞……

波斯大屋外，玉河坊依旧人潮汹涌。

韩滉、纳黛依分坐桌子两侧，韩滉靠近大门一端，谨防纳黛依逃跑。

小厮忙着给纳黛依、韩滉斟水，韩滉紧紧盯着小厮的一举一动，防止小厮在水里做手脚。

小厮紧张得不得了："您看我像看贼一样干吗？我又不是他们波斯人。"

韩滉笑言："我看你贼眉鼠眼的，不像好人。"

小厮赶紧表白："我可不是坏人，先生别冤枉我。"

韩滉看了看小厮："就算你不是坏人，可是一直帮着你老板隐瞒，我也不得不防啊！"

小厮有些急了："谁知道老板乔装改扮！你们都看不出来，我才在这波斯大屋做了一个月，年纪又小，更看不出来啦！"

韩滉见小厮急了，也就不再开玩笑："好了好了，不逗你了，你是好人。"

小厮听了这话，很是开心，连忙去旁边柜子里取了泡儿油糕、扁桃仁等小吃，递给韩滉。这泡儿油糕是波斯名点，另有个极好听的名字——见风俏，多在宫廷宴会上出现，在民间极为少见。

第三十四章 梅花古堡的埋伏（下）

"好吃！酥脆！"韩滉拿起一个塞进嘴里，赞不绝口，"上次吃还是去年，就是这味儿！"

韩滉吃得高兴，还让纳黛依也吃。纳黛依微笑着摇摇头，鼻尖渗出了汗，显得很是紧张。韩滉正大快朵颐，一驾马车飞速驶来，停在了波斯大屋门口。一位波斯大汉下了马车，推开门，大踏步走了进来。韩滉一愣，纳黛依却是眼睛一亮！

波斯大汉径直来到纳黛依身前，恭敬地点点头。纳黛依长舒一口气，随即笑着问韩滉："您吃好了？"

韩滉抹了抹嘴："吃好了，那两位，也该回来了吧？"

纳黛依很是遗憾："对不住了，恐怕我们交换的东西，要变一变了。"

韩滉看看得意的纳黛依，再看看波斯大汉，立刻明白景大天、盛子晏已经中计，大惊道："他们要是有三长两短，我饶不了你们波斯人！"

纳黛依连忙安慰韩滉："怎么会！还得用您那两位伙伴和我交换呢！"

韩滉放下心来，笑了笑："不拿两幅画卷交换了？波斯人竟然如此不讲信用！"

纳黛依摇摇头："波斯人就是太讲信用，相信了许多人、许多话，才落得个亡国的下场。"

韩滉凝视着纳黛依："那这次，我又如何相信你呢？"

纳黛依冲波斯大汉一扬下巴，波斯大汉立刻出门，拉开马车车厢，只见盛子晏、景大天被五花大绑，嘴里塞得严严实实，两个人的目光倒是依旧犀利。

韩滉点点头，算是相信了。

纳黛依笑了笑："我们走之后，再过半盏茶的时间，您就可以把那两位伙伴从车里请出来了。记住，半盏茶的时间！如果没到时间就去救人，或者派人暗地里跟踪我，嘿嘿，我得提醒您，波斯的火药可是一点儿不比大唐的差，也许花样更多呢！到时候，马车又炸了，可别怪我！"

说完，纳黛依将手伸到桌子下方拿出两幅画卷。原来，桌面底下竟有个暗格，里面藏着两幅卷着的画卷。韩滉起初大为惊讶，没想到这许多人觊觎的画卷竟然就藏在自己眼皮底下，不过再一想也就明白了：纳黛依明知有人假扮狐仙，试图潜入波斯大屋盗取两幅画卷，还敢在几天后重新开张，必然是因为画卷还留在波斯大屋里！至于为什么她没有在"狐仙挠墙"次日立刻将画卷带走，大概是因为发现大屋周围有不少蒙面人逡巡，生怕贸然带走画卷，中途被抢，所以才将画卷藏在大屋里，直到想好了转移画卷的计策……

纳黛依把两幅画卷小心翼翼地系在身上，随后穿上厚厚的外衣，再戴上灰白假发，佝偻着身子，蒙好头巾，又变成了那个波斯老妪。接着，纳黛依拍拍小厮的脑袋："你和我们波斯人的事儿没有关系，好好替我看着波斯大屋，我总会回来的。"

说着，纳黛依背着韩滉，颇有深意地朝小厮挤了挤眼，小厮会意地点头。纳黛依随后朝门口走去。

韩滉忍不住高声叫道："纳黛依！"

纳黛依回头看向韩滉，奇怪地问道："还有何吩咐？"

韩滉质问道："你就这样走了？就为了这画卷，你杀了贾寻，还杀了两名族人，不怕遭报应吗？"

纳黛依嫣然一笑："如果找到了这笔宝藏，能够给我们的波斯勇士多一份力量，能够让残暴的大食人滚出我们的土地，就算我得到报应，又有什么呢？"

说到最后，纳黛依已经是眼含泪光，随即向波斯大汉示意。波斯大汉走到门前，左右巡视一番，朝纳黛依点点头，表示一切安全。纳黛依朝韩滉点点头，然后佝偻着身形，以老妪姿态缓缓离去，消失在人群中。波斯大汉则守在门口监视韩滉，过了一会儿，见纳黛依消失，才朝另一个方向快步走远。

韩滉不敢造次，过足了半盏茶的时间，才老老实实地去马车里解开了景大天和盛子晏的绑绳。

"还是让他们跑了！"景大天愤愤不平，盛子晏也是懊悔不已。

韩滉倒是气定神闲："跑不了，为师自有妙计！"

随后，韩滉不理盛子晏和景大天怀疑的眼神，自顾自盘算起来，心想自己留的后手，该派上用场了！

第三十五章
变 身
上

　　刘孚之按照韩滉的布置，守在波斯大屋外，盯着小厮的一举一动。

　　小厮一副魂不守舍的样子，草草招待完零星的几位客人后，太阳还没下山，就手忙脚乱地锁上门，离开了波斯大屋。在玉河坊的人流中，小厮不时地回头，查看有没有人跟踪。跟在小厮后面的刘孚之大大方方地走着，心里对韩滉一阵赞赏：这个当官的倒挺聪明，把自己留到最后，避免跟波斯大屋的这些人正面接触，否则，可就真没人能够担负起这跟踪的任务了。

　　小厮一路看似漫无目的地走着，不断地钻进街边的杂货店、小食店甚至丝绸店，摸摸这儿、看看那儿。刘孚之一路紧跟，并没有发现小厮和这些店铺里的任何人有言语和动作上的勾连。而且，刘孚之也不太在意这些，他更为关注的是小厮所前往的异于寻常的地方，那才是真正的关键所在。所以，刘孚之也就精神松弛地跟着小厮，哪怕小厮鬼鬼祟祟地进了典当行，都没能引起刘孚之太大的关注。毕竟，波斯大屋的生意注定要和这种行当有关联。直到小厮大大方方地走进了一家棺材店，刘孚之知道，机会来了！虽说波斯大屋下午刚刚死了两个人，可是尸体已经被官家殓房用棺椁盛走，以备作查验。这时候，小厮来到棺材铺，极为奇怪。刘孚之小心翼翼地守着，等了一会儿，小厮出了门，继续大大方方地沿街而去。刘孚之却不再跟随，如果他的判断没错，这家棺材店才是他应该守候的地点！

棺材店的大门打开了，驶出两驾马车，看情形应该是给死者家中运送棺椁。一驾马车出了大门朝东而去，紧接着的一驾马车则朝西而行。这是一家专售高档棺材的棺材店，所售棺椁均采用上好的柳州木材制作而成，厚重、结实。刘孚之仔细观察两驾马车的车轮，朝东的那辆，车轮吱扭作响稍显吃劲，朝西去的那辆马车则轻盈许多，是空车无疑！刘孚之窥破了对方的疑兵之计，紧紧跟着那辆西去的马车。

虽然扬州街头很热闹，但是马车所到之处，行人纷纷躲避，毕竟碰到棺材店的马车，谁都会避避晦气。马车畅通无阻地驶到了扬州城东，穿过玉带溪，顺着蜿蜒小路驶上了一座绿树覆盖的矮山。这里是扬州城顶级的别墅区，依矮山而建。难得的是，玉带溪环绕的矮山慢坡上，还有一片小小的水域，形状仿佛眼睛一般，因此，这座本来不知名的小山又被称为"仙眼山"，这小湖也被称为"仙眼湖"。

刘孚之跟着马车上了仙眼山，眼看过了慢坡便是别墅区，于是身手敏捷地抄近道翻上慢坡，爬到一棵柳树上。马车停在一座紧挨着松林的别墅前，车夫走下车来，似乎漫不经心地掸着腿上的土，实则伺机回望，确定四下无人，这才轻轻叩门。门开了，车夫快速走入门内，片刻之后，便又出了门，驾马车沿原路返回，应该是报完了信。

刘孚之望着别墅，知道纳黛依就在那里，大口喘着粗气，强迫自己镇定，深呼吸了多次，才控制住激动的情绪。认真记下了别墅的位置后，刘孚之小心翼翼地下了仙眼山。

"你问我为什么笃定那小厮和波斯人是一伙的？"西浔客栈里，韩滉正兴致勃勃地回答着景大天的疑问，"还记不记得你爱吃的那家孙记胡饼摊？"

"记得记得,当然记得!"景大天使劲揉着肚子,"不行!您这么一说,我又饿了!"

韩滉笑着说:"不是刚吃完饭吗?"

景大天馋得直咽吐沫:"可那胡饼着实好吃啊!"

韩滉启发着徒弟:"那小贩是怎么说的,没忘吧?"

景大天回忆得很快:"逢五的日子,他阿爷出来看摊,其他时间,都是那小伙子看摊,这身体,多棒!"

"不是说这个!"韩滉干脆自己说了出来,"那小贩说得很清楚,正午之前,他都在波斯大屋一侧的街边卖胡饼,等着小学堂的孩子们放学;等过了正午,他就去波斯大屋的对面摆摊,阳光照着舒服,对不对?"

胡笑笑也想起来了:"没错!这是他多年的规矩,雷打不动!"

韩滉点点头:"正午之前,我们去波斯大屋的时候,那小厮在门口描绘着街景。当时,他已差不多画完,正在收尾,画得细致入微,很是写实,连对面孙记胡饼摊的招牌,都清晰可见。"

"明白了!"景大天猛地一拍大腿,"他要真的是当场画的话,那对面怎么会有胡饼摊呢?!"

韩滉悠然自得地揭开了谜底:"所以啊,这小厮是拿一张早就画好的画在那儿充数,实际上,他是在替老板娘观察外面的动静。至于这画是哪天画好的,就不知道了,反正是下午画的。所以,他跟我说不知道老板是冒牌的,他很是无辜,对波斯大屋的情形一概不知,等等,就都不可信喽。"

盛子晏接着说道:"而且,这小厮目光闪烁,每次有客人进入大屋,他都有意无意地扫一眼伪装成老妪的纳黛依,等待指令,很明显,小厮知道老妪才是真正的老板!"

韩滉接道:"顺着这个思路,纳黛依走的时候,特意冲着小厮说的那句'你和我们波斯人的事儿没有关系,好好替我看着波斯大屋',都是说给我听的!"

胡笑笑明白了："所以，小厮很关键，他一定会去找纳黛依通风报信！跟着他，就能查到纳黛依的藏身之处！"

"没错！"韩滉赞赏地看着胡笑笑，"你看，纳黛依为了带着画卷离开波斯大屋，伪装成老妪不说，甚至不惜牺牲族人性命制造爆炸，这么费尽心思，那她的住处肯定鲜为人知。这小厮肯定就是她获取信息的眼睛，而且他今天就得去，所以我刚才委托你舅舅跟着他。你舅舅没进过波斯大屋，不像我们，已经暴露了。"

胡笑笑大为赞赏："韩老师真是厉害，难怪您劝我舅舅暂时别进波斯大屋，原来是留有后手啊，佩服佩服！"

说着，胡笑笑朝韩滉竖起了大拇指。见到胡笑笑赞美韩滉的肢体语言很是明显，阿花也赶忙哼哼唧唧地冲着韩滉谄媚地叫了两声。得到了高冷的阿花的赞赏，韩滉很是意外，也更为得意。

景大天还有不解之处："老师，为什么小厮今天一定会去报信儿？"

韩滉告诉景大天："纳黛依虽然躲了起来，可波斯大屋的信息，她必然需要及时掌握。比如，我们报没报官？她的替身横死的计策是否蒙住了那一伙觊觎波斯大屋的神秘蒙面人？这些都是未知的情况，所以，小厮肯定是要向她汇报的。"

景大天由衷地赞美着韩滉："有老师您在，这案子，准破！"

韩滉谦虚地笑笑，赞赏地看向盛子晏："这才是后生可畏呀。"

景大天不说话了，他还舍不得把赞美丢给盛子晏。盛子晏倒是落落大方，朝景大天躬身施礼，正式道："多谢师兄梅花岭的救命之恩。"

盛子晏这番当众抬举让景大天的虚荣心得到了满足，他也客气道："也得多谢师弟啊！要不是师弟在排水沟把俺拉开，那一刀砍下来，咱凶多吉少呀！"

盛子晏转向韩滉："老师，从润州的毒山，到今天的梅花岭，您师徒二人救了我两回了！"

韩滉笑言道："目标一致，何分彼此！"

说到救命，倒是引出了景大天的想法："今天这帮波斯人还真是没有下狠手，起码，人家没有刀刀奔着要害招呼！俺跑江湖这么多年了，这点儿倒是看得出来，奇怪……"

"这有啥奇怪的，"胡笑笑笑了一下，"当然得留着你俩，你俩还得当人质呢！这是纳黛依早就计划好的，可不能轻易要了你俩的性命。"

"这波斯女人，真有心机啊！"景大天心有余悸地说道。

大家你一言我一语聊得正欢，刘孚之从外面快步走了进来，面带惊喜地说道："纳黛依的藏身之处找到了！"

"快说说！"景大天着急地催促着。

刘孚之于是将跟踪的情形以及纳黛依隐居在城东仙眼山别墅的事情，详细地描述了一遍。众人高兴不已，盛子晏激动地起身，突然毫无征兆地栽倒在地！

第三十六章
变 身
〈下〉

太阳落山。

盛子晏躺在西浔客栈的房间里，足足昏睡了一盏茶的工夫。在这段时间里，胡笑笑一直守在盛子晏身边，不时地为他做各种诊疗。眼下，胡笑笑正将两根纤长的手指搭在盛子晏的手腕上，认真地把着脉。

门"吱扭"一声开了，刘孚之走进来，看看双眼紧闭的盛子晏，问道："还没醒？"

胡笑笑全神贯注地注视着盛子晏，并不回头："刚才醒了片刻，说头疼欲裂，又……又有那种感觉，然后，又睡下了。"

"脉象呢？"

"不乱。"

说着，胡笑笑让开位置。刘孚之坐过去，又给盛子晏把了把脉，表情变得奇怪："看脉象，没什么问题啊！不过，他这里……"

刘孚之说着，指指自己的脑袋。

胡笑笑尽管焦急，但身为医学士，始终并不忙乱，可听舅舅这么一说，顿时紧张起来。

刘孚之趁机建议："趁着今天我在，一定给他治上一治。起码，也能缓解一下他的痛苦，要不然，动不动就头疼发作，还越来越频繁，总不是件好事。"

胡笑笑咬咬牙："行！"

刘孚之听到胡笑笑答允，极为高兴，正要起身准备，胡笑笑却拦住了："不过，总得问一问他。"

刘孚之很着急："他是病人，问他干吗？说治就治！"

胡笑笑语气坚决："总要把可能存在的危险告知他！这是医师的责任！"

说着，胡笑笑并未理会刘孚之略显不悦的神色，轻轻来到盛子晏身边，贴着他的耳朵，轻拍盛子晏的肩膀："我用祝由之术，为你治疗离魂症，可否？"

盛子晏昏睡不醒。

胡笑笑直起身子，冲着刘孚之摇摇头："他神志不清，不能试。"

刘孚之急了："有什么……"

话还没说完，只听得"哎哟"一声，盛子晏慢慢醒转过来！

胡笑笑惊喜万分，一下子冲到床前，一把拉住盛子晏的手："怎么样？头还疼吗？"

盛子晏睁开惺忪双眼，辨认着胡笑笑和刘孚之，虚弱地点点头："也不知道怎么了，就觉得一阵晕眩，然后就迷迷糊糊的。"

刘孚之抢着问道："一会儿，让笑笑用祝由之术治治你的离魂症，不能再拖了，可否？"

盛子晏使劲地看看刘孚之的眼睛，缓缓点头。

刘孚之赶紧转向胡笑笑："行了！有没有安静的地方？客栈里人来人往的，不适合。"

胡笑笑想了想："那就去药园吧，让师兄暂时腾出一间小院子，应该不会太过妨碍。"

"好！"刘孚之雷厉风行，"我和那师徒俩也打个招呼，让他们别跟着了。治疗的事儿，他们不懂，没必要掺和，去了还让咱俩分心！"

胡笑笑、刘孚之迅速找到一驾马车，载上盛子晏，三人很快就到了药园。瘦师兄得知几人来意，二话不说，立刻吩咐助手腾出了一个小院子。这小院格外幽静，院内两间小屋子，分别安置有两张和一张床榻。屋内除了床榻、桌椅、油灯之外，并无他物。

胡笑笑、刘孚之刚把盛子晏搀进有两张床榻的小屋，还不及让盛子晏躺好，汗流浃背的瘦师兄已经抱着一只大箱子进来了。箱子打开，浓郁药香扑面而来。胡笑笑一看药箱里的多宝格，倍感亲切，忙对着瘦师兄拱手施礼："还是师兄了解我。"

瘦师兄一脸夸张的惊讶表情："这就谢了？还有两箱子呢！各种药草，但凡扬州城有的，都给你备齐了，咱得保证万无一失！"

说完，瘦师兄冲着胡笑笑调皮地挤了挤眼，分明是发现了胡笑笑对盛子晏异乎寻常的关心。胡笑笑被说得有些脸红，也就没继续客气，倒是刘孚之，恭敬地将瘦师兄送出了小院。

"所谓祝由之术，大概也和你讲过几次了，千万别紧张。"胡笑笑把椅子拉到床榻旁，宽慰着盛子晏。

脸色苍白的盛子晏连说不紧张，虽然如此，还是放不下心："我会不会像焦延龙一样，变身成恶魔？"

胡笑笑赶忙微笑安抚："怎么会！盛大哥一副谦谦君子模样，顶多……顶多……"

"顶多变成傻子？"盛子晏接话道，惹得胡笑笑哈哈大笑，紧张的气氛大为缓解。

胡笑笑小心翼翼地从怀中取出一颗入魂丹："这就是一铎医师赠我的入魂丹，配方由在西阿拉梅金峰修行的巫师代代相传，秘不示人。这药乃大宛国国宝，我也曾用过一次，就算不能治你的离魂症，也能起到催眠作用，让你美美地睡上一觉。"

盛子晏看看胡笑笑，又看看刘孚之，叮嘱道："不管我变成什么样子，一定要告诉我！"

"行了，放心吧！"刘孚之半开玩笑半不耐烦地说，"你信不过我，难道还信不过笑笑吗？"

听到这番话，盛子晏很有深意地看了看刘孚之，随即仰面朝天，放松着四肢："来吧！"

胡笑笑强自平抑着起伏的心绪，开始了准备工作。虽说经验丰富，可毕竟面对着自己心爱的人，关心则乱，胡笑笑稍一分神，拿在手中的入魂丹竟掉落在托盘上，砰然作响，把胡笑笑自己都吓了一跳。

已经闭上眼睛的盛子晏听到响动，睁开眼睛看着胡笑笑："我紧张完了，轮到你紧张了？别怕，没事儿。"

盛子晏安抚着胡笑笑，还露出了一丝微笑，随即便一言不发，看着屋顶。胡笑笑芳心大乱，印象中，从一年前盛子晏搬来与自己做了邻居，直到此时此刻，他似乎就没有对自己笑过，刚才这次，大概是盛子晏冲着自己唯一的一次笑容了，盛大哥笑起来的样子，竟是那样的温暖人心……

"笑笑，集中精力。"旁边的刘孚之看出胡笑笑的心猿意马，出言提醒。胡笑笑赶紧安定心神，继续准备施展祝由术所用的符咒等物品。

刘孚之凝神看了看盛子晏，然后从背囊里拿出装着定神丹的小瓶，特别挑选了那颗配有南诏杀人香、能致人神志恍惚的丸药，将其放在桌上托盘中，又从背囊里取出了那个熟悉的墨色人偶，摆在桌上。盛子晏看到墨色人偶，突然浑身一震，紧接着两眼发直，眼神涣散，片刻，便闭上了眼睛。刘孚之看在眼里，内心一阵悸动，忍不住战栗片刻！

旁边，胡笑笑一边回味着盛子晏的笑容，一边研磨着入魂丹。刘孚之见胡笑笑依旧魂不守舍，无奈摇摇头，将托盘里的定神丹放到研磨入魂丹的碗里，一同研磨搅拌。在粉末中兑水搅匀之后，胡笑笑拍拍盛子晏："盛大哥，这是入魂丹和定神丹，喝下去。"

盛子晏迷迷糊糊地起身，喝下，随即又躺下身去，动作机械。

胡笑笑见状，更是难以抑制自己的紧张心情，声音微颤："盛大哥，我将以祝由之术，助你回顾，希望能看到一个不同的你。"

盛子晏并无动作。

胡笑笑叮嘱道："也许你会看到前世，或者，我们能看到你不同的样子……什么也别怕，我在旁边，舅舅也在旁边。"

刘孚之哼了一声，算是作答。

胡笑笑随即按照既有流程，焚香烧纸，膜拜天地，然后开始郑重其事地念着祝由咒语："恬淡虚无，真气从之，精神内守，病安从来……"

念完长长的咒语，胡笑笑轻轻发问："盛大哥，你想到了什么？能看到什么吗？"

盛子晏并不作声。

胡笑笑再念咒语，反复多次，依旧无果，只能回头冲着刘孚之无奈地摇摇头。刘孚之黑着一张脸，很是失望。胡笑笑正要起身，突然蜡烛上的火苗一阵晃动，原来是盛子晏吐了口气，吹动了床边小桌上的蜡烛！

胡笑笑一惊，刘孚之则是暗自兴奋。

胡笑笑赶紧坐回盛子晏的床榻边，语气紧张地问："盛大哥，看到什么了吗？"

盛子晏含含混混地说："嗯……"

胡笑笑继续发问："你家在哪里？"

盛子晏吐露着细小的声音："润……州……"

胡笑笑诱导着："润州城花间巷，我们是邻居……"

"不……是……"盛子晏的声音极其微弱。

"什么？"胡笑笑大为震惊，耳朵紧贴着盛子晏的嘴，刘孚之也俯下身，尽力辨别着盛子晏的话语。

"我……家……在……在……大水……"盛子晏这次说得稍许清晰。

刘孚之继续努力分辨，胡笑笑倒是有些害怕，从内心深处，她担心眼前的盛大哥，会是另外一个底细未知的陌生人。

好在，盛子晏说了这几句话后，任凭胡笑笑、刘孚之怎样发问，均不再回应。刘孚之大失所望，忍不住叹了口气，胡笑笑则是偷偷拍拍自己的心脏，放下了心。

眼见治疗没有成功，胡笑笑收拾起符咒、香炉等物。

刘孚之以为胡笑笑和自己同样失望，鼓励着外甥女："没关系，入魂丹没了吧？再去找找那位一铎医师，我这儿定神丹倒有的是，咱们下次再试！"

胡笑笑点点头："一铎医师也只剩下一颗了，不过，要是为了医治盛大哥，我再去找他求情，一定把入魂丹要下来！"

刘孚之笑笑："好了，去歇歇吧，你忙了一天，又行这祝由之术，太耗费气力了。"

一说到耗费气力，胡笑笑倒真的感觉困倦了，不自觉地打了个哈欠。刘孚之赶紧让胡笑笑去那间放有单张床榻的小屋休息："我就在这屋睡了，正好也照顾照顾他。"

胡笑笑不好意思让舅舅操劳，客气地说道："还是我来吧。"

"听话，歇着去！"刘孚之一副长辈面孔，"虽然你是医生，可是孤男寡女的，多有不便，还没到那时候呢！"

胡笑笑脸红了起来，刚刚被瘦师兄拿盛子晏调笑一番，眼下舅舅又提到这档子事儿，着实不好意思，可又都是长者，不好发作，只好含羞带笑地回到另一间屋子休息。

刘孚之看了一眼昏沉沉的盛子晏，缓缓吹熄了蜡烛。

夜雨袭来，从亥时开始，飘飘洒洒了两个时辰，终于止歇。不过，那漫卷天空的乌云并未散去，把天幕染得乌黑，不见一丝光亮。

　　胡笑笑已经进入了甜甜的梦乡。另一间屋子里，盛子晏、刘孚之分别躺在两张床上，各自不动。

　　突然，盛子晏直挺挺坐了起来，一直假寐的刘孚之吓了一跳！

　　只见盛子晏小声咕哝了两声，竟又下了床，神色木然地来到屋门前，双手缓缓推开门，脚步轻飘飘地，一路走出了药园。刘孚之心中一阵暗喜：该来的，终于来了！于是特意取出装着匕首的背囊，紧紧跟在盛子晏的身后。

　　已是寅时，可扬州城里并非一片沉寂，除了有零星的晚归者，每个坊间也都有声色犬马之地，夜雨后时时吹起的疾风中，带着诱人的香粉气息。盛子晏脸色茫然，肢体动作略显诡异，一路竟朝着仙眼山而去！刘孚之跟在后面，倒是不曾有丝毫的意外。

　　沉沉夜幕之下，清冷的长街上，盛子晏、刘孚之一前一后，慢慢地走到了仙眼山的慢坡。刘孚之知道，只要过了这个慢坡，下面就是纳黛依所藏身的别墅。可是，走到坡顶的盛子晏突然停下了脚步，静止不动。刘孚之很是奇怪，又苦于不了解情况，于是干脆穿越树林，上前一探究竟，结果却令他大吃一惊。只见纳黛依所在别墅的大门大开着，不时随风发出"咣当"的声响。

　　刘孚之知道，在他和盛子晏之前，一定有其他人进了纳黛依的藏身别墅，无论纳黛依是生是死，现在，都不是进入别墅的好时机，否则，极有可能会被发现。刘孚之失望至极，仰天长叹！等他扭过头去，夜色中的慢坡上，刚才呆立着的盛子晏，已经不见……

第三十七章
奇怪的脚印
上

韩滉一夜都没有睡好。

虽说知道盛子晏在药园接受治疗，在那里自然能够得到胡笑笑师兄极好的照顾，但让韩滉难以放心的是，他并不知道胡笑笑、刘孚之要给盛子晏治疗什么。胡笑笑和刘孚之并没有将盛子晏疑似患有离魂症这件事儿告诉韩滉，这是病者的隐私，作为医师，有义务保密。

景大天从门外拎着俩胡饼，兴致勃勃地跑了进来，见到韩滉坐立不安的样子，立刻猜到了缘由："还替师弟担忧呢？别着急，我看到那大狰狪了，他们啊，一会儿就到！"

韩滉这才放下心来，瞅着景大天递过来的胡饼："胡饼好吃，也不能连天吃啊，扬州有那么多好吃的，你就不想尝尝鲜？"

"谁不想啊，没钱啦！"景大天大口嚼着胡饼，"剩下那点儿钱都在柜上押着呢！不过，也就只能撑一天，后天这儿也住不起喽。"

韩滉点点头："得想想办法。"

景大天凑到韩滉跟前："老师，要不，咱晚上……劫富济贫？"

"胡说！"韩滉立刻遏制了景大天的歪念头。

这时，阿花"嗖"的一下蹿进屋来，胡笑笑、盛子晏、刘孚之紧随其后。盛子晏略显疲态，依旧沉默寡言，不苟言笑的样子和平时倒也没有太大区别，不过绝没有昨晚那股子诡异劲儿。胡笑笑倒是不同往常，前一天施展祝由之术，耗费了不少气力，而且因为并没有完全成功，心里惴惴不安。走在最后的刘孚之在路上就不停打量着盛子晏，想从他的脸上看出些什么，可是盛子晏似乎对昨夜"梦游"的事情浑然不觉。当然，刘孚之暂时并没有把盛子晏神游之事告诉胡笑笑，这是他一个人的秘密，他要等待合适的时机，让胡笑笑和韩滉知道这件事儿，这样，才有利于他的计划实施……

胡笑笑等人在药园已经吃过了早点，还贴心地给韩滉、景大天带来了糖蟹和糯米蒸糕两样小吃，并配之以米酒，汤汤水水的，令韩滉食指大动。韩滉兴奋地告诉景大天："这才叫早点！"

"老师，咱今天找到了纳黛依，就能找回那两幅画？"景大天一边兴致勃勃地大吃大嚼，一边发问。

"当然！"韩滉喝了一大口米酒，"将杀死贾寻的纳黛依绳之以法，让丹浈王墓的画卷完璧归赵！"

听到这话，知道纳黛依别墅已经出事的刘孚之，脸上浮现出一丝阴霾；盛子晏则是若有所思。

等一行人到了仙眼山的时候，太阳刚刚升起。

对于居住在别墅区的人们来说，正午之前，都是在美梦中沉浸的时候。修饰精巧的甬路、草木覆盖的慢坡上，只有早起觅食的小鸟。几人按照刘孚之的指引，来到纳黛依所藏身的别墅，见大门洞开，都是大吃一惊。只有刘孚之故作诧异，因为这一情景，他在黎明时分早已见过。

韩滉嘱咐胡笑笑、刘孚之带着阿花留在门外警戒，自己携盛子晏、景大天进了大门。大门内的院落同样不堪入目，四处房门大开，各屋里都有粗暴翻查过的痕迹。

韩滉和盛子晏都是官场中人，懂得规矩和利害，毕竟，这事发现场应由当地捕快首先勘查，几人作为"业余探案人士"，不宜随便翻动。更何况，这里归扬州衙门管辖，如果韩滉越俎代庖，一旦有什么问题，没准儿不仅会丢官，还会被治罪。不像是在润州，好歹韩滉是即将上任的刺史，不管多麻烦，最终总能搞定。于是韩滉、盛子晏、景大天并没有再往屋里深入，而是匆忙退出大门。韩滉先找到胡笑笑和刘孚之，嘱咐他俩去衙门报官，借口是"早上遛阿花，发现这栋别墅的大门敞开"；同时，让江湖经验丰富的景大天趁着这工夫勘查一下大门以及门口的足迹。布置完毕，胡笑笑和刘孚之刚走，韩滉忍不住打了一个呵欠。

"昨天没睡好？"刚检查完大门正蹲在地上查看脚印的景大天扭头看看韩滉。

韩滉苦笑着回道："何止没睡好，就没怎么睡着。"

"因为担心师弟呗！"景大天明显带着点儿醋意，随即不等韩滉回答，便继续问，"既然您没睡着，肯定知道这雨啥时候停的吧。"

韩滉点点头："大概是亥时开始，寅时结束。"

景大天肯定地说道："这伙人是在亥时之前闯进来的！"

"是因为这些脚印吧？"韩滉问道。记得景大天说过，脚印里有很多学问，江湖人最爱依靠脚印追踪或者识别埋伏。

"没错！"景大天指着地上的脚印，"您就记着，要是脚印上有好多泥点，肯定是下雨前留的；要是脚印上泥点少，还浅，那就是雨快停的时候踩出来的；要是没有泥点，那便是雨后才踩上去的了。您看这儿，这么多脚印，泥点都是密密麻麻的，必是下雨前所留！"

韩滉和盛子晏仔细地看着，不住地点头。

"不光脚印，还有这儿！"景大天站起身来，来到门前，踮起脚来，指着门扇最上面的横截面，"这上面也有泥点儿，说明在下雨之前，这伙人就已经来过。"

"不过，如何确定这脚印是在雨前还是雨下得正大的时候留下的呢？这两种情况，脚印上的泥点相差无几吧？"盛子晏打破砂锅问到底。"

景大天点点头："对，所以咱别光看泥点的多少，还得看看脚印外面的轮廓痕迹。下雨前，地是干的，这时候踩上的脚印边缘齐整，鞋底纹路模糊；下雨时，因为地是湿的，所以这时候踩上的脚印边缘模糊，鞋底纹路反而清晰！"

盛子晏看看景大天所指的地上的脚印，果然，种种痕迹都符合景大天的推测。

对于徒弟的江湖经验，韩滉是大为推崇的。在将近一年的游历过程中，韩滉曾经详细地向景大天请教了关于指纹和脚印的辨别方法，只是没有亲自实践而已。而今，韩滉走上了"业余探案"之路，于是决定不但要继续请教景大天，还要好好拜读相关书籍。当朝，关于指纹与足迹鉴别的书籍并不少见，有足够的典籍供韩滉研究。

别墅门前，脚印纷乱且模糊，景大天趴在地上仔细地辨认着，累得满头大汗。韩滉心疼徒弟，掏出手巾递给景大天，景大天都没注意到，一直在全神贯注地查看地上的印记，不过越观察，景大天的神情越是沮丧。

"奇怪！"景大天很是困惑，"现在所能辨认出来的向外的脚印里，有一个人的脚印顺着小路一直延伸到下面去了，这个算是正常；还有一个人的脚印，出了别墅门，就直接上了慢坡。"

"就是这个很深的脚印吗？"盛子晏指着一双踩得很深的脚印。

景大天点点头，随即蹲了下来，看着盛子晏指着的脚印，"这人应该是个胖子。你瞧，踩得多重！"

"那这个脚印是怎么回事儿？"韩滉指着这双脚印旁边，另外一双踩得较浅的，朝着别墅方向的脚印。

"就是这个奇怪！"景大天手拍着脑袋，"这个人从慢坡下来后应该是进了别墅，可是，他的脚印和从小路进来的那行脚印印记一样！"

韩滉安慰着景大天："先别管慢坡上的脚印了，反正慢坡过去就是小湖，人也跑不了，重点看看小路上的。"

景大天追寻着小路上的一行脚印，一直往前走，来到一个拐弯处，停下了脚步，看看前面不远的玉带溪，垂头丧气。

"追不到了？"韩滉看着徒弟哭丧着脸，知道不妙。

景大天叹口气："过了溪水，就是砖石路了，没法查了。"

"阿花能试试吗？"盛子晏做着最后的努力。

景大天无奈地说："一旦蹚过小溪，沾了水，恐怕阿花也追不到气味了。"

这时，远处一阵车马喧响，想来应该是捕快来了。韩滉示意大家分散开来，以免引起捕快关注，招惹不必要的麻烦，韩滉自己则登上慢坡，观察捕快的行踪。只见几名捕快快步进入了纳黛依的别墅，半晌都没有出来。韩滉在焦急等待的时候，突然发现一双脚印！按照景大天所教授的理论，这双脚印应该是下雨以后留下来的，因为脚印里面非常干净。这双脚印的主人是谁？他在雨过之后站在这里，究竟在做什么？反正闲来无事，韩滉干脆学起了景大天，把这脚印的长度、前中后三部分的纹路等，都记了下来，准备有时间向景大天请教一二。

又过了一阵子，捕快才出了大门，还在大门上贴了封条，应该是确认别墅主人失踪了。这封条让韩滉想进去查看一番的愿望落了空。当然，要想进去绝非难事，因为这别墅不像波斯大屋那样防守严密，可韩滉觉得，棺材店的线索更值得一查。于是，在和盛子晏、景大天会合之后，韩滉说出了自己的计划。盛子晏自告奋勇去调查棺材店老板的底细，其他人则先回客栈好好休息，毕竟昨晚大家都没睡好，看起来很是疲惫。

第三十七章 奇怪的脚印（上） | 233

第三十八章
奇怪的脚印
（下）

回到西浔客栈，等大家各自进了屋，韩滉偷偷叫来了景大天："快！伺候为师作画！"

景大天一听，眉飞色舞道："哎哟，又要来钱了！老师，您这次多画几头牛呗，一头二十金！"

韩滉摇摇头："不行，今天画石头。"

景大天很是奇怪："您说过，您最擅画动物、人物，这石头……"

"对啊，画个不擅长的石头，然后别落我的款儿，拿到当铺，当点儿碎银即可。"韩滉很是自信，"放心，就算为师用左手画，也一样画得好。"

"干吗不像上次那样，卖它个二十金？"景大天很不理解。

韩滉有点急了："为师什么时候卖画换钱过？丢人！你小子记住了，这卖画的事儿啊，天知、地知、你知、我知，不许让第三个人知道，尤其是你爹，更不能说。"

景大天笑着点头，心想这韩老师还真爱惜羽毛。

韩滉铺好纸笔，冲着景大天说道："我边画边说，你认真听着点儿，就当咱们师徒教学了。这赏石啊，可是一门艺术。先秦古典里都有记载,《尚书》里就提到青州的'怪石',还有徐州的'泗滨浮磬',山石都是有灵性的,在庇护着咱们呢!"

寥寥几笔,画纸上的山石已经呼之欲出。

景大天来了兴致:"老师,您画的这石头真是栩栩如生啊!不瞒您说,俺这几天一直琢磨一首诗呢。"

韩滉纳闷了:"好小子,这几天探案这么紧张,你还有时间琢磨诗?"

"诗情来了,控制不住嘛!"景大天连忙辩解着,"要不,俺念出来,您给改改,加在画上?"

韩滉不忍拂了徒弟的意:"行,你说,我写。"

景大天张嘴就来:"潭平山影有锋芒,来来去去总淡常,问君春秋已几度,一壶美酒思故乡!"

"你这意思有些乱啊!"韩滉皱着眉头抄录完,交代景大天,"拿着,找家当铺,当它十两银子。记住当铺的名字,等有钱了,咱得赎回来撕了,不能丢人。"

韩滉的想法是随便画张发挥一两成功力的画,遇到识货的老板,当上十两银子总没问题,这也就是救救急,反正别人也不知道是他韩滉画的。至于日后赎回,那是因为韩滉想得仔细:万一有人知道这画的底细呢?那可实在是让自己"当朝头等画家"的名号蒙羞了。

不大一会儿,景大天拿着十五两银子喜气洋洋地回来了。

"怎么还多出五两?"韩滉很好奇。

景大天摇头晃脑地说:"那当铺老板果然识货,说虽然这落款的名字比较陌生,但应该是名家匿名作画。不过,正因为这个匿名,所以价钱要大大压低,他只肯出二十两银子。"

"二十两?"韩滉瞪大了眼睛,"还剩五两呢?你私吞了?"

景大天说漏了嘴,不得不老实交代,原来,那懂行的老板说本来可以当二十两,可这首诗的意境实在不高,得减去五两。

汉家药肆的掌柜刘孚之好几天没回家了，前来抓药的霍新得知，几天前的一个早上，掌柜的带着阿花匆匆外出，极有可能遇到了麻烦。

"肯定是跟盛子晏在一起。"霍新嘀咕着，心里有点儿抱怨，因为已经到了该去换药的时候了。昨天夜里下雨，霍新脸上的小坑阵阵发痒，这是这个夏天以来从来没有过的事情。霍新非常担心，因为脸上的伤刚好了两三年的光景。一想起十年前那撕心裂肺的疼痛，以及治疗之后无时无刻不像有老鼠啃食自己头脸的感觉，霍新就浑身哆嗦。这次是指望不上儿子了，不过，霍新也不希望儿子因为自己耽误了他们碰到的事儿。既然刘孚之都出面了，离最终谜底的破解应该是越来越近了，那就让他们快马加鞭吧，也好早早有个了断。

换药的地方不远不近，在松寥山鬼市。脚程快的年轻人很快就能走到，可对于一瘸一拐的霍新来说，就是一段艰难的旅程。可是他舍不得叫一辆哪怕是最便宜的驴车，因为他的手头并不富裕，每年光是换药的钱就是一笔不小的开销，所以只能选择徒步前行。

出了城门，过了京口码头，霍新沿着那条热河上了山。等到了豁然开朗的山间草甸，霍新轻车熟路地找到一条破败不堪的小巷。进了小巷，走一会儿，便能看到一扇黑乎乎的柴门。霍新推门进去，一眼便看见坐在暗无天日的墙角里的猥琐医生。

"挺准时啊。"猥琐医生喝干了脏兮兮的杯子里的酒，将两手搓了搓，就当洗过了手。

霍新面无表情地坐到一张破椅子上，仿佛只是例行公事地说道："换药。"

"五两银子。"猥琐医生一脸奸诈。

"什么？又涨价了？"霍新气得弹离了椅子，"你不能年年涨价！"

"没办法，什么东西都涨价了，我也得跟着，水涨船高。"猥琐医生很是得意，"再说了，就像十几年前你只敢找我一样，现在，你还是不敢去找官家的医生吧？"

"不仅涨价，心也黑！"霍新表达着对猥琐医生的不满。那医生只是笑笑，脸皮极厚，装没听到，手伸向霍新脸上的红色麻坑。

霍新一边让猥琐医生摸着下巴，一边用怀疑的口吻说："我试过找官家的医生，可他们看不好。第一，他们不懂我这是什么毛病；第二，你是不是用了自己特制的药？"

猥琐医生迎着霍新的目光，神情并无异样："每个医生都有自己的手法与配药，这很正常。"

霍新愤愤不平。他知道，猥琐医生一定给自己配了特殊的药物，迫使自己只能到他这里来换药。霍新去年请胡笑笑看的时候，胡笑笑说这种药在更换的时候，必须要知晓原来的方子，如果随意换药，药性相冲，是会死人的。可猥琐医生交出的方子，胡笑笑判定并不全，这人必然有所隐瞒。霍新也就只能作罢，他不敢让胡笑笑冒险。

原来，霍新最早找猥琐医生所做的，几乎可以说是换脸手术了。当时霍新蒙着头巾跟跟跄跄地找到猥琐医生，猥琐医生掀开头巾时都吓傻了！那张脸，几乎没有什么完整的地方。这猥琐医生并非一开始就是野路子，起初也在正经医馆坐堂行诊，因为和病者家眷行了那苟且之事，为躲避追杀，这才逃进了松寥山。因此，猥琐医生也曾经凭着前朝《诸病源候论》的记述，尝试着给一个被牛角顶出肠子的年轻人缝合过，倒也成功了。饶是如此，猥琐医生也没见过这样一张脸。

冲着霍新当时带来的稀世金器，猥琐医生用了足足七把火针针灸颜面，又以治靥术一片肌肤一片肌肤地仔细缝合，足足一个月，才让霍新有了一张满是红色麻坑的脸。事成之后，猥琐医生递给霍新一面铜镜，霍新起初竟不认识铜镜中的人。猥琐医生知道，霍新从前绝不长这样，可惜，霍新之前长什么样，也没有人会知道了。就连"霍新"这个名字，猥琐医生也不认为是真的，因为他曾经突然喊了霍新两声，霍新呆坐半天，才反应过来。

"想什么呢？"霍新叫醒回忆中的猥琐医生，递过去五两银子。

猥琐医生叹口气,把银子收好,给霍新头上裹上了厚厚的一层纱布……

正午时分,盛子晏赶回了西浔客栈,给韩滉带来了棺材店的老板波斯人苏赫布的信息。

韩滉正觉得这名字耳熟,景大天率先回忆起来,冲着韩滉大刺刺地说:"老师,不就是咱们买画纸时遇到的那个砍价的吝啬鬼吗?"

韩滉一下子想起来那两个伙计,原本想宰苏赫布一刀,没想到被"老油条"苏赫布砍价砍得心疼不已,也着实好笑。

原来,这苏赫布可不简单。大唐的波斯商人成立了一个波斯商会,会员都是非富即贵的人物,人数极其有限,苏赫布便是这波斯商会的会长。平素里,苏赫布很是高傲,不拿正眼瞧人,所接触的人除了波斯商会的商贾,便是大唐的官员。

"下午,我们就去会会这个苏赫布!"韩滉冲着盛子晏说道,并把苏赫布为人精明吝啬,唯独买波斯大屋里的藏品极其大方的事情,告诉了盛子晏。

"其中必有古怪!"景大天大声说着。

韩滉点点头:"纳黛依的神秘失踪,嫌疑最大的自然是那几个蒙面人。可蒙面人全无线索可寻,我们就退而求其次,从给纳黛依送信的苏赫布这里找线索。"

"不过,这苏赫布仗着是波斯商会会长,眼高于顶,肯定不会痛痛快快地回答咱们的问题。"盛子晏犹疑着。

景大天很不服气:"那有啥难的,师弟,你就故意提出纳黛依失踪的事儿,察言观色,要是这苏赫布神情有异,打个手势,咱就大刑伺候!"

"放肆!"韩滉批评景大天太过幼稚,"波斯跟我大唐关系亲近,纵是被大食国所灭,大唐依旧待波斯人若上宾。我们明明可以和颜悦色地聊,怎么能用江湖狠辣手段,或者官府刑讯逼供那一套呢?万一因此破坏了波斯与大唐的关系，你去担责？"

景大天不敢说话了。

盛子晏听出了韩滉话里的玄机："老师想怎样和颜悦色地聊？"

"这苏赫布也算是半个官场的人，对付这种人，就得用官场的办法。"韩滉笑着，拍拍盛子晏的肩膀，"不过，需要咱俩配合配合……你见过五品以上官员吧？"

盛子晏点点头，心想你这位韩老师不就是嘛！

韩滉仿佛看懂了盛子晏的心思："我说的是那种飞扬跋扈、目中无人的五品官。"

盛子晏又点点头："进奏院的长官便是五品，就差走路都横着走了。"

"就是这种！"韩滉笑道，随即从怀里掏出了银鱼袋，交给盛子晏，"你就扮演一下这种横着走的五品官。咱在气势上压住这个苏赫布老板，让他把该说的、不该说的，全说出来！"

第三十九章
假画乱真
上

在炽热的阳光下，韩滉、盛子晏、景大天前往拜会棺材店老板苏赫布。苏赫布贵为波斯商会会长，有深厚的政治背景，带着大猞猁阿花一起去，有失恭敬。因此，只好委屈胡笑笑和刘孚之带着阿花在扬州城闲逛。

韩滉、盛子晏、景大天在临行前做了角色分配：盛子晏扮演飞扬跋扈的五品官员，景大天扮演随从，韩滉则扮演盛子晏的上司——手眼通天的神秘人物。

哪知道，几人到了棺材店才发现，苏赫布躲了出去，一整天都没露面。棺材店的伙计声称，苏赫布平日里没有缺勤过一天，哪怕是传统节日雅尔达节，他都照常到棺材店盯着，生怕伙计偷懒。

出了棺材店，景大天得意扬扬地说："躲得了初一，躲不了十五。咱直接去他家里逮他。"

"你连他家在哪儿都知道？"盛子晏很是吃惊。

"那是！"景大天故作神秘地说，"那天晚上你和笑笑小姐花前月下，你以为老师和咱干啥去了？"

明明是误打误撞发现的，景大天却说成有意为之，韩滉微微一笑，也不戳穿景大天，一行人直接来到西城坊苏赫布的住宅。

景大天敲开门后，一个满脸不屑的管家把几个人拦在门外，说了一句苏赫布出远门了，然后就要关门。

韩滉心想：这管家和主子一样，"不是一家人，不进一家门"！于是冲着盛子晏使了使眼色，盛子晏会意，立刻叉腰瞪眼，一副浑不懔的官痞劲儿："本官来都来了，竟然不请本官进去坐坐？波斯商会会长好大的架子！"

"不要动怒嘛！不能因为我们是大唐的高层官员，就这样对待波斯朋友，没礼貌。"韩滉赶紧拍拍盛子晏的胳膊，假意劝说着，随后转向管家，"据反映，纳黛依的小厮找过苏赫布先生，苏赫布先生又去过纳黛依的别墅。我们特意前来，是想了解一下苏赫布先生和纳黛依平日里的交往情况。"

管家摇摇头："可苏赫布先生不在，一大早就坐马车走了。"

盛子晏察言观色，判断管家话里有鬼，继续演戏，冲着韩滉瞪眼："我说什么来着？直接跟上面说就完了，您非好心好意前来通报，这下好了，人家都不让咱们进门！"

韩滉见盛子晏执意进门，知道盛子晏判断苏赫布就藏在家里，于是依旧笑吟吟地表态："为了大唐和波斯的友好，我们受点儿委屈，值得！"

盛子晏作势便要往外走："要友好您友好吧，我先去扬州衙门找刺史说说这事儿。"

"站住！"韩滉怒喝，"我的话你都不听了？当个五品官，你就满足了？"

盛子晏一听这话，吓得慌忙站住，低着头一句话不敢说。

管家听见韩滉和盛子晏如此一番故弄玄虚，傻眼了，不知道这两人究竟是多大的官。管家正迟疑着，被韩滉吓得哆哆嗦嗦的盛子晏没站稳，掉出了怀里的银鱼袋。盛子晏赶紧捡起来，重新塞回怀中。管家看到银鱼袋,脸色大变!管家自小就跟着苏赫布,也算是有见识的人物,知道这银鱼袋可是大唐五品以上官员才能有的,心想要是这小子都是五品,那眼前这位……

想到这儿,官家连忙恭敬地冲着韩滉问道:"您是?"

韩滉神神道道地指指天:"上面派来的。"

管家也不好问这个"上面"是谁,是侍郎?尚书?难道是……圣上?可惜没瞧清楚银鱼袋的真容,又不能让盛子晏再拿出来让自己仔细看看,管家颇为犹豫。其时,已然被大食灭国的波斯对大唐依赖极深。当然,这也源于波斯长期以来对于大唐的附属心态。自北魏时期起,波斯与中土之间就建立了朝贡贸易关系,这种关系一直持续到唐代。每当波斯陷入危机时,其统治者首先想到的就是向大唐求助,盖因波斯了解大唐的强大实力,希望得到政治上的庇护以及经济上的援助。尤其是现在,在失去国家的庇护之后,流亡在大唐的波斯贵族们更需要大唐上层的友谊和信任,绝不敢贸然得罪任何一位高官——毕竟,他们不知道哪位官员与圣上关系密切,如果真得罪了厉害的人物,没准人家在朝中说上一两句坏话,就能断送自家主人乃至所有波斯遗民在大唐的基业!

韩滉见管家果然动摇了,于是趁热打铁:"我们知道,波斯商会对于波斯与大唐之间的贸易来说相当重要。当然,人一多,未免效率就有些低下……"

管家有些慌了,不知道眼前这位大唐官员意欲何为,听他的意思,像是对波斯商会不太满意?

韩滉还在云山雾罩,盛子晏急躁地切入正题:"人家都不搭理咱,咱说再多也是多余。直接通报衙门,就直说纳黛依失踪一事,必须彻查波斯商会,这样多痛快!"

"不能这样!我不同意!"韩滉再度制止盛子晏,苦口婆心地说,"出了这种不幸的事,我们必须通知官府介入处理,这既是对纳黛依负责,也是对波斯遗民负责。可不能彻查波斯商会!"

管家连忙点头称是。

韩滉转向管家:"调查纳黛依的下落是扬州衙门的事儿。不过,因为涉及波斯商会,所以上面让我们单独来查。毕竟,波斯商会在促进波斯与大唐之间的官方与民间关系上,起到了极其积极的作用,十分重要。正因为如此,上面没有同意彻查商会,倒不是因为别的,就是怕牵连太广,给你们造成麻烦。只是吩咐我们,在有必要的时候,再彻查商会。"

韩滉一口一个"上面",弄得神神道道的,不过这番话倒是合情在理。管家自然担心波斯商会被彻查,一旦那样,不单单耗费时间,生意也会停顿,而且,说不准一些见不得光的生意也会被抖搂出来,这就得不偿失了。想到这儿,管家的态度变得格外谦卑:"麻烦上面了,不知道上面想知道些什么,本人自当知无不言。诚如你所说的,波斯商会对协助大唐政府管理双方贸易,以及规范波斯人在大唐的行为方面,起到的都是积极的作用。苏赫布先生必然愿意为此做出更进一步的……"

盛子晏又露出不耐烦的表情,硬生生打断了管家的外交辞令:"节约时间!到底让不让我们进屋?"

管家都快哭出来了,连连拍着大腿说:"我这都忙乱了!怠慢了,怠慢了!几位快请进来!"

苏赫布的"吝啬鬼"之称名不虚传,连自己住的地方都简朴至极:宅子仅有一进之深,院子也显得狭小局促。

管家一边把韩滉、盛子晏、景大天让进正房,一边吩咐仆人沏茶上点心。正房里摆放着各种工艺品,都不是特别值钱,倒是墙角摆放着的一个紫檀木柜子吸引了韩滉和盛子晏的注意。倒不是因为这柜子本身有多值钱,而是柜门上的四道锁煞是扎眼,这表明柜子里的东西肯定不简单。盛子晏特别注意到,其中还有一道十簧片锁,需要至少两把钥匙同时操作才能打开。

第三十九章 假画乱真(上) | 243

管家请韩滉、盛子晏落座。韩滉屁股还没沾到椅子，盛子晏就趁管家不注意从兜里掏出个小石子，往地上一摔，一声脆响立刻传来。盛子晏赶紧表现出忠心护主的样子，挡在韩滉面前。景大天则大喊"有暗器"，一边大喊，一边跑到院子里，把另几间屋子查了个遍，又跑回正房，朝韩滉、盛子晏摇了摇头，示意没发现苏赫布。

等喝完了波斯的特产玫瑰水，吃了地道的波斯特产蜂蜜扁桃仁，管家又陪着几人扯东扯西地聊了小半天，几人再耗着不走就说不过去了。韩滉于是客客气气地告辞，并请管家转告"日后归来"的苏赫布，自己代表"上面"感谢苏赫布提供的帮助。管家连连回应，表示这是应当的。等送走了韩滉等人，管家一直在琢磨，这"上面"到底是谁啊？怎么什么都知道？看来，自家主人一直小心谨慎、老老实实经商是对的，人家大唐朝廷可是眼里不揉沙子，什么都知道！

"怎么样？"出了苏赫布宅子的门，韩滉立刻询问盛子晏。

盛子晏反问韩滉："咱们进正房的时候，还有师兄搜查之后回正房的时候，您注意管家的动作了吗？"

韩滉点点头："是不是屋子的东南角有文章？"

"没错！"盛子晏分析着，"咱们进正房的时候，管家特意站到东南角，走过去的时候，脚步很重，应该是在给信号。等师兄结束搜查回到正房，他明知咱们的把戏，眼睛不自觉地朝东南角瞟了一下！如此看来，苏赫布必然躲在屋里的暗道之中。"

随后，盛子晏专门去附近坊间的几家租车行了解是否给苏赫布发过车，因为韩滉、景大天那天晚上在玉河坊跟踪苏赫布时发现他叫的是租车行的马车，而且他的宅院里并没有马厩等设施，所以估计苏赫布没有私家马车。这也符合苏赫布吝啬的特点，毕竟，养一驾马车所耗费的银钱，可要远远多过租车的费用了。

"都多余去问租车行！"等盛子晏走远，景大天冲着胡笑笑显摆着，"你看这地上，压根儿就没有车辙印。你要说他是昨天晚上走的，隔了一天一宿，印记淡了看不出来倒有可能；可要说是今天早上走的，绝对不可能！"

韩滉借着机会，又向景大天请教起关于脚印、指纹的知识。不一会儿，盛子晏就回来了，急切地将结果告知韩滉："我们的判断没错，附近的两家租车行，没有一家今天早上做过苏赫布的生意！"

景大天冷笑道："这小子，躲起来了。如此心虚，看来，他和纳黛依的失踪必有关联！"

韩滉微微一笑："我倒是有个计策，能让这个吝啬鬼主动现身。不过，得请笑笑小姐的阿花上场了。"

第四十章
假画乱真
下

夜晚。

流云不断遮掩着月亮，间歇露出的光亮照着每个人的脸，使得他们的神色显得阴晴不定。

苏赫布的独门独院被柳树林簇拥着，格外冷清。突然，大猞猁阿花出现在门口，使劲挠门。不多时，门里传来了脚步声。躲在左边柳树林中的胡笑笑一个呼哨，阿花听到，立刻向左边跑过去，消失在柳树林中。

门开了，管家探出头来，没看到阿花身影，只看到大门上阿花挠出来的爪子印！管家倒吸一口凉气：莫不是狐仙来了？这时，藏身于右边柳树林里的刘孚之又是一声呼哨，胡笑笑轻轻一拍阿花，阿花蹿出柳树林，从左至右倏忽间掠过！心里正打鼓的管家本就心慌意乱，加上阿花动作极快，视线模糊中，仅看到一只"狐狸"呼啸着闪进了柳树林的深处！当下，满扬州都是"狐仙闹城"的传闻，管家吓坏了，赶紧把仆人叫起来，两人一人一根木棍，战战兢兢地守在门口，仔细观察着"狐仙"的动向。过了一会儿，只见那"狐仙"高抬腿、轻落足，身姿优雅地从右边树林爬出，顺着右边墙角拐了过去。管家和仆人拎着棍子，蹑手蹑脚地跟在后面。

趁着这空当，韩滉、盛子晏、景大天从左边的柳树林里钻出，"哧溜"一下钻进苏赫布的宅门，迅速溜到了正房里。

苏赫布也被"狐仙"吵醒，正机警地藏身于正屋东南角底下的暗道里，暗道上方盖着一块波斯方毯。忽然，房间里传来一阵鬼鬼祟祟的脚步声，苏赫布大为奇怪：这可与管家和仆人的动静相去甚远。苏赫布警觉起来，竖着耳朵仔细听着，先是几声轻微的撬锁声，紧接着，陌生的说话声不断传来，虽然极其轻微，但内容却如重锤般不断敲击着苏赫布的耳膜！

"打开了！"

"好家伙，这么多宝贝！"

"轻点儿声！别让那两个听到！"

"没事儿，追'狐仙'去了！"

"扑哧。"

"别乐，快拿！"

接着，又传来了柜子的挪动声。那里可是自己毕生的心血啊！苏赫布心想。过了片刻，苏赫布实在是忍不住了，悄悄掀起头顶的一块木板，透过缝隙一看，在火折子微弱的光芒之下，柜子赫然已被搬空！旁边的三个人正蹑手蹑脚地往外走，最后一个背上还背着一个沉甸甸的大包袱。

苏赫布怒极，越出暗道，以惊人的速度冲上去，一把夺过包袱，结果里面"当当"乱响。苏赫布打开包袱，里面的"宝贝"滚落到地上，净是些大小不等的鹅卵石！苏赫布一惊，赶忙扑向柜子，柜子却是完好无损，正面贴着一幅画，画的正是空荡荡的柜子内部的图案！原来，韩滉专门画了一幅空荡荡的柜子内部的画卷，进屋之后迅速将其贴在柜子的正面，随后三人便开始配合演戏，假装将柜子里的宝贝偷了个干净，逼着吝啬鬼苏赫布现身。

"你们是什么人？"中计的苏赫布很是惊恐。

第四十章 假画乱真（下） | 247

韩滉安抚道:"别怕,我们只是想问点儿事。"

苏赫布大义凛然道:"痴心妄想!我告诉你们,就算我死了,也不会给你们这柜子的钥匙的!"

景大天张大了嘴:"你也太抠了吧?俺行走江湖这么多年……"

盛子晏打断了景大天的感慨,冲着苏赫布说道:"放心,我们绝不会动你家里的任何一件东西。"

这时候,追阿花追累了的管家和仆人也回到了宅子里,见到主人和白天的客人,还有地上散落的鹅卵石,都糊涂了。管家的眼神瞟到紫檀木柜子上,也被那幅惟妙惟肖的画卷唬住了,大惊道:"这……"

苏赫布知道硬拼无益,自己加上管家和仆人,捆一块也不是对方的对手。见除了景大天之外,另两人的面目倒还和善,也颇为客气,他就干脆把管家和仆人轰走,随即正正衣冠,尽力让自己平静下来,然后问道:"什么事儿?说吧!"

韩滉沉稳地开口:"纳黛依……"

苏赫布果然胆小,听到"纳黛依"三个字,已经"扑通"一声瘫倒在地:"不是我!我、我没杀她!"

"她死了?"景大天厉声喝问。

苏赫布糊涂了,哆哆嗦嗦地问:"她、她、她没死?"

韩滉、盛子晏、景大天互相看了看,眼神里都是一个意思:这动不动就哆嗦的男人,绝不可能绑架别人,更别提杀人了。不过几个人却继续保持着严厉的语气——这时候,对这种很快就要崩溃的人穷追猛打,自然会听到想听到的东西。

"别隐瞒,好好说!"景大天继续扮演着恶人角色。

苏赫布哭丧着脸:"昨天下午,纳黛依的小厮找我,让我通报纳黛依,说是暂时平安,蒙面人和另一伙奇怪的人……"

说到这儿,苏赫布看向韩滉:"应该、应该就是说你们!"

景大天大大咧咧地说:"就是俺们!接着说!"

苏赫布赶紧继续:"说是这两伙人都没影了,我就去报了个信儿。

晚上，我又去找、找她的时候，发现门大开着，我觉得很奇怪，就、就走了进去，哪知道里面乱七八糟……"

"你看到了什么？"见苏赫布面露惊恐之色，盛子晏赶紧追问。

"这时候，有两个人进来了！"苏赫布说话的神情都带着惊恐。

"什么样的人？"韩湜奇怪地问。

"蒙面人！"苏赫布大口喘着粗气，"我很害怕，就躲到床、床底下了。"

盛子晏见苏赫布紧张得快说不出话了，便倒了一杯水，递给苏赫布："别着急，慢点儿说。"

苏赫布接过水杯，咕咚咕咚喝完，这才平静下来："他们拖着纳黛依进来，直奔墙上的一幅画。那是个机关，打开后，里面是暗格，藏着两幅画！当时，我、我快吓死了！"

"这不还活着嘛！"景大天最看不上这种没种的男人，出言讥讽。

沉浸在恐惧中的苏赫布也听不出景大天的讽刺，胡乱点头："是啊！万幸，还活着。"

"他们说了什么吗？"韩湜问道。

苏赫布点点头："我听到他们拿到画卷，在检查的时候，说什么'死到临头，才肯说'，然后，就把纳黛依绑起来，带、带走了！"

盛子晏脸色阴沉："还有别的吗？"

苏赫布大口喘着粗气，只是摇头。

景大天急了，大喝："属拨浪鼓的？！就知道摇头！快点想！"

苏赫布被景大天的高声断喝吓了一跳，拼命回忆着：黑云密布之下，门户大开的别墅，雕着云纹的大床，空空如也的床箱，镂空床挡里自己惊恐的双眼，墙上的画作，画作遮掩着的暗格，两个蒙面人慢慢打开机关，取出暗格里面的两幅画卷，纳黛依无助的眼神，两个男人侧头惊喜地对视……

想到"两个男人侧头对视"的画面，苏赫布突然大喊："想起来了！我想起来了！"

"什么？"韩滉、盛子晏、景大天异口同声地问。

苏赫布激动地说："蒙面人！他们检查画卷的时候，把头巾掀开了！"

盛子晏连忙安抚苏赫布，可苏赫布已经难以自持，身子抖得像筛糠一样，大声地喊道："我看到他们了！一个是大胡子！还有一个很、很白！"

韩滉让苏赫布找出纸笔，说出大胡子和小白脸的特征。随着苏赫布结结巴巴的描述，韩滉把蒙面人大胡子和小白脸的画像画了出来，苏赫布不停念叨着"真像"。

"既然不是你干的，为什么躲起来？"韩滉收起画像，质疑着苏赫布。

苏赫布已经稍许平静下来："十几天前，纳黛依在教堂祈祷，感谢上天护佑自己拿到什么王墓的画卷，说是里面昭示了一处藏在黄天荡的大宝藏！哪知道，这些话被教堂里的杂役偷听到了。前几天，纳黛依回到扬州，那个杂役找到纳黛依，说知道纳黛依手里有画，向她勒索一大笔钱，还说纳黛依要是不给钱，就把这消息卖掉！说江湖上愿意买这消息的人很多。"

"纳黛依没给钱？"韩滉皱起了眉头。

苏赫布点点头："纳黛依把杂役杀、杀了！结果，杂役的弟弟就失踪了！"

"这些事，你怎么知道得如此清楚？"盛子晏有些奇怪。

"纳黛依和我、和我……"苏赫布不再说下去，低下了头。

盛子晏和韩滉一下子明白了，苏赫布和纳黛依有私情！否则，纳黛依也不会把苏赫布当作自己的紧急联络人，苏赫布也不会下午见过纳黛依之后，夜里再去找她。不过，为避免苏赫布尴尬，几人也没有再追问，只等着苏赫布继续说下去。

苏赫布清清嗓子，抬起头："这杂役的弟弟，平素一直在润州一带游荡，交游很广，认识许多你们大唐江湖上的人物。我估计，他把消息卖了，人家追杀过来了！我担心这些恶人知道我和纳黛依的……关系，会杀人灭口，就、就躲了起来……"

盛子晏心想这苏赫布胆子也太小，眼看着已经问不出什么来，和韩滉对了一下眼色，便向苏赫布告辞。走到门口，韩滉突然回头，好奇地询问苏赫布："我看先生挑选古董、画卷极为在行，为什么花那么高的价钱买波斯大屋里的那几件东西？"

盛子晏和景大天也竖起耳朵，毕竟，像苏赫布这样一个极端吝啬的家伙，做这等傻事，必有缘由。

苏赫布这时有点儿不好意思，不过，倒不紧张了："我是花高价买过一个白瓷瓶、一个猛虎坐像。我想让纳黛依知道，但凡遇到真正喜欢的东西，我会花比市场价贵好几倍的价钱将其拿下。这样的话，若我再一次出手，纳黛依就不会怀疑了。"

"你看上什么了？"韩滉的语气里有些不屑，暗想这苏赫布对情人还如此算计，真没出息。

苏赫布咽了咽贪婪的吐沫："纳黛依看走眼了！波斯大屋角落里那个不起眼的银壶，可是大流士的遗物，波斯的国宝！"

尽管找到了纳黛依被绑架的目击者苏赫布，知道了绑走纳黛依、得到两幅画卷的，就是之前打波斯大屋主意的蒙面人，也知道了蒙面人的样貌，可若想凭借这些线索找到纳黛依和那两幅画卷，希望实在太过渺茫。韩滉虽说不断给大家打气，可心里也颇为沮丧。

回到客栈吃过晚饭，身心俱疲的众人纷纷歇息。韩滉又是一夜没怎么合眼，苦思冥想着纳黛依的去向、大胡子和小白脸的身份。不知不觉，晨曦已至，韩滉索性穿好衣服出了客栈，在长街上闲逛。忽然，阿花出现在韩滉的脚边，接着，就听到胡笑笑银铃般的声音："老师！"

韩滉逗弄着阿花，和遛阿花的胡笑笑闲聊起来。

聊了几句，韩滉忍不住问出一直萦绕心中的疑问："笑笑小姐，

第四十章 假画乱真（下） | 251

进奏官的治疗情形……如何了？"

韩滉说得断断续续，总觉得问出这话并不合适，毕竟这可是医者和患者之间的隐私话题。

胡笑笑也是踌躇着，虽说盛子晏的病情很是特殊，不足为外人道，可韩滉又是自己极为敬重的老师。因此，尽管有些犹豫，胡笑笑还是和盘托出，将盛子晏可能患有离魂症的情况据实相告。

"就是说，发作之时，他就变成了另一个人？"韩滉大吃一惊，没想到盛子晏竟然得了这样一种怪病。

胡笑笑点点头："如果看到一样东西，他就可能彻底忘记盛子晏的身份，变成另外一个人！"

韩滉喃喃地说："一样东西……"

韩滉正想着墨色人偶的文身，突然，盛子晏从客栈中冲出，在长街上左右寻找，发现韩滉和胡笑笑后，连忙跑向两人。韩滉和胡笑笑吓了一跳：这么巧？正说着这话题呢，盛子晏就犯病了？

盛子晏快步跑到韩滉面前，气喘吁吁地说："快！通知衙门捞人！纳黛依在湖里！"

第四十一章
墨色人偶再现
上

  盛子晏和韩滉一样彻夜难眠，不断想着纳黛依别墅前的脚印。如同乱麻一般的脚印搅得盛子晏头疼欲裂，直至黎明将至，他才蒙眬入睡。结果，他又梦见了那座无数次在梦里出现的句容柳泽湖，父亲又一次满脸血污地站在湖边，留恋地看着少年时的盛子晏，然后一步步退到冰冷的湖水中……

  盛子晏大汗淋漓地从梦中惊醒，大口喘着粗气，捧着桌上的水杯牛饮起来。忽然，父亲倒退走入湖中的画面让盛子晏茅塞顿开：既然从纳黛依别墅出来，沿小路蹚过玉带溪的脚印被证实是苏赫布留下的，那么，慢坡上的两行脚印就极有可能是大胡子和小白脸所留！脚印一深一浅，并非如景大天分析的那样是两人一胖一瘦造成的，因为苏赫布声称，大胡子和小白脸身形似相。这样看来，上坡的脚印深，应该是这个人背着纳黛依所致！至于另一行从慢坡走向别墅的脚印，很可能是另一个人故意设下的疑兵之计，即倒退着走上慢坡！正如梦中的父亲倒退走入湖中一样！

  这样一分析，纳黛依极有可能被沉湖了。于是，盛子晏连忙去找韩滉，告知他自己的新发现……

韩滉盼咐景大天使用袖箭"传书"，向扬州衙门通报纳黛依被沉湖之事。扬州府捕快头目随即带领众多捕快，携带各种打捞工具前往仙眼湖进行打捞。如此大的阵仗，引得不少百姓围观，韩滉、盛子晏、景大天、胡笑笑几人也在其中。

不过，捕快们捞了半天却一无所获。围观百姓开始窃窃私语，捕快头目也开始怀疑情报的准确性。正在这时，纳黛依的尸体竟然自己浮了上来！尸体上还有绳索以及明显的被绳索捆绑过的痕迹！

为何尸体会自行浮上水面？后来坊间有两种说法。一种说法是，仙眼湖里有别墅区大户放生的各种鱼、龟，大户每天早上都会前往投喂，可当天因为捕快在湖中搜寻尸体，无法投喂，饥饿难耐的鱼、龟四处觅食，结果发现了被五花大绑且身上还坠着一块大石头的纳黛依的尸体。经过一番撕咬，皮肉连同拴着石头的绳索被咬开，于是尸体便浮出了水面。另一种说法则是，纳黛依冤魂不散，浮出水面求人为其申冤……

捕快们把纳黛依残缺不全的尸体捞到岸边，围观者不忍再看，只有胡笑笑凑上前去，认真观察尸体，这是她难得的机会。

捕快头目指挥着手下阻挡住围观的人群，随行仵作随即开始仔细地检查尸体。因为室外温度较高，被水泡过的尸体略显肿胀，已经面目全非，只能依稀看到咽喉一处致命的刀口，以及仍旧捆绑在胸前的绳索。

"是个女的，什么时候死的，就说不好了。"仵作无奈地向捕快头目汇报。

捕快头目很严谨："还是要确定时间，否则，如何确定这具尸体是纳黛依？"

仵作显得很是为难，这时，旁边的胡笑笑插话道："让我试试！"

"你是谁？"捕快头目看着说话之人是一个可爱的小姑娘，面露怀疑之色。

胡笑笑大大方方地回道："我是太医署医学士，是来扬州药园找我师兄的。也许，我能帮你们确认呢！"

捕快头目看了看仵作，仵作点点头："太医署的医师，自然是可信的。"

胡笑笑得到捕快头目的许可，来到纳黛依的尸体旁边蹲下，不但没有一丝恶心、厌恶的神情，反而表现出极大的兴趣，这一点让还有点儿怀疑的捕快头目心服口服。胡笑笑聚精会神地看着这具仰面朝天的尸体，偶尔还从怀中掏出手巾，垫着手去拨弄、抚摸、按压尸体，随后又请仵作帮助自己把尸体翻过去，让其后背朝上。伴随着胡笑笑的暗暗点头或摇头，围观的捕快头目以及仵作的心情也上下起伏着。

终于，胡笑笑站起身来，擦擦脸上的汗，冲着捕快头目说道："算是咱们幸运，这湖水温度不高，否则，这种天气下，尸体可能腐败得更厉害。"

捕快头目眼睛一眨不眨地看着胡笑笑，生怕漏掉了胡笑笑的任何一句话。

胡笑笑指着纳黛依的尸体："你看她的皮肤，已经肿胀得十分明显，因此，不会是昨夜被杀后抛尸；同时，皮肤尚没有脱落，因此，纳黛依被杀的时间大概在一天一夜之内的某个时间。"

围观众人不自觉地点头认可。

胡笑笑又蹲了下来，按按纳黛依的尸体："你看，尸体略显僵直，但是还没有完全僵硬，这也验证了刚才的判断。按照纳黛依失踪的时间，这具尸体应该就是她！"

围观人群发出了一片啧啧赞叹声，捕快头目赶紧命令手下写成报告。胡笑笑放下心来，长舒一口气，走回围观的人群中。景大天冲着胡笑笑竖着大拇指，随后便盯着捆绑尸体的绳索发呆。阿花更是老样子，脑袋在胡笑笑的腿上蹭来蹭去，表示赞美。

盛子晏却在望着天空发呆：就在纳黛依的尸体刚刚被翻过来的时候，盛子晏看到她的右肩上有一小块因长时间泡水而略显模糊的文

第四十一章 墨色人偶再现（上）

身。只一眼，盛子晏就看出来了：

那文身图案，赫然墨色人偶也！

墨色人偶，这是深深刻在盛子晏骨髓里的图案！

盛子晏激动万分，又怕别人发现自己的失态，于是强迫自己不再看纳黛依尸体上的文身，只是虔诚地望天祷告：他此时相信这世界一定有神明存在，天理昭彰，绝不会放过一个恶人！

这个墨色人偶的文身，同样刺激着另一个人——刘孚之的心脏。

看到纳黛依尸体上的模糊的墨色人偶文身，刘孚之浑身一震！但他立刻便若无其事地蹲下来抚弄着阿花，手却颤抖得厉害，以至于被抚摸的阿花都感觉到了异样，扭头看了看刘孚之，然后不断地用头蹭胡笑笑，提醒胡笑笑注意刘孚之的异常举动。不过，胡笑笑一直关注着盛子晏，无暇他顾：当胡笑笑看到墨色人偶文身的一刹那，立刻瞟了盛子晏一眼，生怕这个文身图案又触发了盛子晏的离魂症。果然，盛子晏仰面向天，嘴里振振有词！胡笑笑紧张地盯着盛子晏，警惕意中人病情的进一步发展……

墨色人偶文身同样也没逃过韩滉的眼睛。

韩滉立刻回想起在殓房和胡笑笑解剖贾寻的尸体时，贾寻尸体上的同样位置也有同样的文身！看来，贾寻和纳黛依有关联这件事是确凿无疑了！否则，贾寻也不会开门揖盗，把纳黛依放进屋来，最终葬送了自己的性命。不过，这个墨色人偶文身代表什么呢？为什么盛子晏在看到这墨色人偶文身时，情绪波动会如此之大呢？

韩滉还来不及细想，就发现波斯大屋的小厮在人群中偷偷抹着眼泪。

韩滉慢慢走过去，轻轻拍了一下小厮的肩膀。小厮扭头，眼睛都哭红了。韩滉掏出大胡子和小白脸的画像，轻声询问道："就是这两个人杀害了你家老板，有印象吗？"

小厮强忍着不让自己哭出声来，狠狠地看着画像，摇了摇头。

韩滉胡噜胡噜小厮的脑袋："我就住在西浔客栈，有什么事情，可以随时找我。"

小厮也不说话，扭头离开，死死地咬紧牙关。他暗自下定决心，一定要找到杀害老板的这两个凶手！他自小随阿爷、阿娘逃难至扬州，要不是纳黛依相救，早就饿死他乡了。他必须替惨死的恩人报仇！

天遂人愿，四处搜寻的小厮竟然在四得赌坊门口看到了小白脸！

小厮紧紧跟着小白脸，可毕竟缺乏跟踪经验，很快就跟丢了。小厮思来想去，决定去西浔客栈找韩滉帮忙。聪明的小厮知道，韩滉等人虽然不是官府中人，但是最了解内幕情况，也最靠得住！

小厮来到西浔客栈时，只有盛子晏独自待在房间。原来，韩滉注意到盛子晏看见墨色人偶后，眼神有所涣散，担心他出问题，就嘱咐他在客栈留守，自己则和其他人继续去仙眼湖探访。

听说发现了小白脸的踪迹，盛子晏立刻带着小厮来到四得赌坊。四得赌坊昼夜开放，里面乌烟瘴气，不见天日。二人进入赌坊后，盛子晏顺手拉住一个伙计，塞了几文钱："兄弟，找俩人。"

伙计收好钱，眉开眼笑地说："您尽管问。"

盛子晏小声地问："我要找一个大胡子和一个小白脸，可有印象？"

伙计很是为难："我们这儿的小白脸儿太多了，大胡子也不少，不知道您要找的是谁，恐怕帮不了您。"

小厮灵机一动，请伙计拿来纸笔，画出大胡子和小白脸的样子。伙计连称认识："这俩人给钱挺大方，可是，大胡子这两天没来，这小白脸……刚走！"

"去哪儿了？你知道他住哪里吗？"盛子晏焦急地问着。

伙计无奈地摇摇头。这时，旁边一个摇摇晃晃、一看就是在赌坊"扎根"了好几天的赌客经过，看到大胡子和小白脸的画像，眼睛一亮:"这俩赌鬼!"

"你认识?"盛子晏大喜过望。

赌客却不接话,自言自语道:"唉,这次在扬州算栽了,赌本都赔光了,也不知有没有好心人能让我翻翻本儿!"

盛子晏赶紧摸兜,兜里却空空如也,本来就没带多少钱,都给了伙计,只好无奈地冲着赌客摊摊手:"不好意思,兄弟,我现在……"

突然,一只小手伸了过来,上面是三文钱。小厮坚定地说:"大哥,我相信你一定能把害死老板的人找出来!等抓住凶手后,告诉我,明年上坟的时候,我、我转告老板!"

盛子晏郑重其事地点点头,接过钱,转身递给那个赌客。赌客接过钱,一脸不屑地揣进怀里:"这点儿钱不够!"

一向谦逊温和的盛子晏怒了,他想起景大天那浑不懔的范儿,有样学样,一把揪住赌客的衣领,凶神恶煞地说:"快给老子说!"

赌客一看文质彬彬的盛子晏变了脸,也吓了一跳:"没说不说啊,得容我点儿工夫啊!"

盛子晏依旧不松手:"别废话!说!"

赌客赶紧回答:"在润州鬼市见过,这俩人都是那赌坊的常客!没想到,咱来扬州换手气,又碰见他俩了!"

韩滉、景大天、胡笑笑和刘孚之正带着阿花在仙眼湖边勘查,想看看阿花能否再立新功。可惜因为气味被水掩盖,阿花尝试了几次,都找不到方向。

韩滉、胡笑笑和刘孚之陪着阿花反复尝试,景大天却一直魂不守舍,他的脑海里一直浮现出绑在纳黛依尸体上的绳索……

"别愣着!"韩滉看到景大天恍恍惚惚,出言提醒。

景大天仿佛没有听见,思绪全部集中在绳子上面。

"听不见了?"刘孚之见景大天好像中了邪,听不到韩滉说话,便凑过来,想给景大天把脉。景大天突然间想到了答案,甩开刘孚之的手，冲着胡笑笑大声喊道："笑笑小姐，你帮俺想一下，纳黛依身上绳子的绑法是不是八字梅花接十字暗扣？"

胡笑笑简单回忆一番，回答道："具体叫什么我不知道，但是，就是景大哥说的这两种形状衔接在一起。"

景大天兴冲冲地转向韩滉："老师，我知道了！这是江南私盐贩子绑私盐大包的手法！"

"对上了！"不知道什么时候，盛子晏也来了，"那俩小子是润州鬼市赌坊的常客！"

于是，盛子晏把接到波斯大屋小厮的报告后到四得赌坊追查大胡子和小白脸的情形向众人介绍了一遍。润州鬼市、私盐贩子，两条线索加在一起，落风帮已经呼之欲出了！

盛子晏和景大天的发现没错，这小白脸和大胡子正是活动在润州焦山、松寥山一带的落风帮帮众！

正如苏赫布预料的那样，眼见在教堂当杂役的哥哥被纳黛依所杀，弟弟立刻逃离扬州，找到了相熟的落风帮帮众，将纳黛依拥有两幅藏宝画卷的秘密卖给了落风帮帮主啸通海。啸通海此刻正是焦头烂额：贩私盐本就心惊胆战，还要应付润州官府的清剿。眼下，润州官府组织的清剿刚刚结束，落风帮损失惨重，这贩私盐的营生如何继续下去实在令啸通海头大。就在这时候，有人送来了一笔大宝藏，正合啸通海心意！于是，啸通海立刻派自己的得力手下大胡子和小白脸前往扬州抢夺两幅画卷。

得手之后，大胡子携带两幅画卷先行回落风帮交差，小白脸在扬州按啸通海的指令和当地盐贩子联络，其间，赌瘾发作，又跑到四得赌坊赌了几手过过瘾，结果冤家路窄，被小厮发现……

第四十二章
墨色人偶再现
下

美美地吃完一顿盐水鹅，趁着大家休息的当口，韩滉拉着盛子晏找了个客栈里没人的茶座，一边喝茶，一边聊起下一步的部署。经过一番曲折，案件总算有了进展，下一步的焦点便落在了落风帮的头上。

"我去查近期驶离黄天荡的船只资料，"盛子晏胸有成竹地说，"如果没有出航记录，就说明落风帮还没有搜集到三幅画卷，尚不知道藏宝地点，或者至少还没有做好搜寻宝藏的准备工作，到时我们就立刻去鬼市找落风帮！"

"务必慎重！"韩滉一字一顿地缓缓说道，"这桩案子已经不仅仅是连环凶案了，更涉及丹渎王墓宝藏，以及当年的丹渎王墓被盗案的真相，绝不简单！"

盛子晏见韩滉的表情极为严峻，想到自己即将殊死一搏去完成的任务，脸色也变得凝重起来。韩滉却以为盛子晏是在思考自己说的话，于是解释道："当年的这桩案子，只有极少人知道，连我这个级别的官员都毫不知情。可见，其背后一定有更大的阴谋！我们面对的，也许不单单是江湖上的杀手和盗墓贼！"

盛子晏附和着。尽管已经知晓韩滉的身份，更相信韩滉的判断，不过，盛子晏对背后有谁的什么图谋并不感兴趣，他只想要实现自己的目标……

润州城南，乐刻斋迎来了一位陌生的客人——润州司法参军况海。

其实，况海早就该来了。自打得知堂弟况韦私下抄录了重要的官府档案，并卖给了乐刻斋，他就想来了。可惜，一来，这几日官府迎来送往，由于刺史尚未到任，几位参军需要分担刺史繁重的行政工作；二来，他需要的一些东西还没有准备好，而这些东西都是不能让其他人帮着准备的，比如短刀，比如引火用的硫黄。

直到今天，一切准备停当，趁着黄昏，况海前来拜访乐刻老人。

依旧是十二三岁的小孙女奉茶，依旧是乐刻老人在院落中的石桌旁待客，不过，乐刻老人和况海的交谈，却是简短而生硬。

况海冷冰冰地说："听说，官府有人私抄档案卖给了你。"

乐刻老人点了点头，语气平静，却暗藏机锋："我的确是收集了一些官家档案，里边有很多见不得人的东西。"

况海依旧不动声色："你都看过什么？"

乐刻老人缓缓摇头："我收集的东西过于庞杂，尚没有时间仔细阅览。"

况海盯着乐刻老人："那就好！都还回来，这是官府的机密。"

乐刻老人面容冷峻："如果真是机密，大人一定担心我看过，所以，大人此次怀揣利刃前来，而且……"

"而且什么？"况海暗暗攥紧了拳头。

乐刻老人闻了闻："而且，还带着引火硫黄，想来，大人到这乐刻斋，就没想让老儿有个善终吧？"

况海见乐刻老人挑明，笑了笑，掏出匕首和硫黄放到桌上："有些事情是你不该做的，既然做了，就要付出代价。有什么要求，提

第四十二章 墨色人偶再现（下） | 261

吧。"

乐刻老人没有做无谓的反抗："司法参军况海，平素口碑并不差，甚至颇得坊间好评，不知道卷入了什么事端，逼得大人要亲自下手。若大人心意已决，我只有一个要求，刚才给大人开门的是我的孙女，她什么都不知道，放过她。"

况海点点头，从怀里掏出一个布包，打开，里边是褐色的药面。况海将药面倒进了乐刻老人面前的茶碗，示意乐刻老人喝下。

乐刻老人死死看着况海："请大人言而有信！否则，老儿就算做厉鬼也不会放过你！"

说完，乐刻老人仰头喝了几口茶，立刻倒地身死。

况海装模作样地起身，低声问道："怎么了？怎么回事？"

小孙女听到况海慌张的声音，连忙从后院跑出来，见爷爷倒地，连忙奔到乐刻老人身边查看情况。况海突然恶狠狠地掐住小孙女的脖子，两个手指捏住小孙女的脸颊，迫使小孙女张开了嘴，将乐刻老人剩下的半碗残茶灌进了小孙女的嘴里，小孙女也倒地身死！

况海分别将两人的尸体拖进了北屋的藏书房，撒好硫黄等物，随后又回到石桌旁，确认没有疏漏之后，点燃火折，抛入北屋，迅速出院而去。身后，藏书房中火光冲天，已经有邻居提着水桶出来救火，可是无济于事，藏书房迅速被吞噬在火焰之中。

况海做完这件大事，心里稍许踏实了些。十二年前的那桩丹淓王墓爆炸案件的档案，润州衙门和刑部各存有一份，这两份档案如同两根刺一直扎在他的心头：刑部的那份，无法毁掉，因此润州衙门这一份，他也不敢轻易销毁，以免上司勾选时核对不上，反而暴露！十二年前案发时，况海靠贿赂上司才将此事遮掩过去，这么多年一直平安无事，他绝不允许这档案在民间传播开来……

况海回到府邸时，捕快头目欧阳尘已经等候很久了，他是想汇报银鱼袋的主人韩滉的情况。原来，韩滉已经把自己所了解到的情况，通过匿名的方式告知了扬州衙门，而扬州衙门又将杀人凶手可能来自落风帮的情报通报给了润州衙门。

"这么说，这位要去鬼市了？"况海探询道。

欧阳尘点点头："应该会去。"

"务必保证他的安全！他要是有个三长两短，我们可担待不起。"况海装出担惊受怕的样子嘱咐着，他绝不能在欧阳尘面前暴露自己对韩滉的图谋。

欧阳尘连忙点头称是。

况海呷了口茶："前一阵子，搜剿落风帮的行动明显没有让他们伤筋动骨。"

欧阳尘接话道："是啊，看来要定期搜剿这些私盐贩子。钱，不是他们该赚的！"

况海继续布局："在落风帮活动的那些地方，都布下眼线了？"

"没错！"欧阳尘痛快答复，"按您的吩咐，在赌坊、酒肆、妓馆，都布置好了我们的人。"

况海很是满意："好！记住，从今天起，他们的主要任务不是了解落风帮的动向，而是那位的动向！"

欧阳尘连连点头："明白，保护刺史安全，也是我的职责所在！"

况海随口道："画像都让他们看了？"

"看了看了，每个眼线都烂熟于心！我正好带来了，还给您。"说着，欧阳尘从怀中掏出韩滉的画像，递给况海。

况海接过来，收好，随后再次叮嘱欧阳尘："一有情况，要第一时间向我汇报！我来亲自布置，绝不能出现半点差池！"

欧阳尘诺诺连声，走出府邸。况明从内屋闪出。

况海不紧不慢地问："你都听见了？"

况明赶紧点头："需要我怎么做？"

况海也不看弟弟况明，不怒自威地说道："你纠集的那一群昆仑奴，搞的什么勾当？"

况明没想到况海突然提起这个！这件事况明自认为做得很隐蔽，却不知哥哥早已经掌握，于是吓得赶紧跪下，大气儿也不敢喘。毕竟，况家这个大家族所有的事务都仰仗当官的哥哥打理，也因此，况海在家族里一言九鼎。

见况明不说话，况海严厉地训斥道："你和这些昆仑奴在焦山贩卖私盐，是想趁着我这几年清剿落风帮，取他们而代之吗？"

"不敢不敢！"况明连忙摆手辩解。

"啪"的一声，况海把茶杯摔得粉碎，吓了况明一跳："你们还在烟袋石废弃的古堡里私设地牢，囚禁来和落风帮接头的盐商，强迫他们和你们做生意……你胆子真大！"

况明低头，不敢作声。

"说啊！"况海气得咆哮起来，"你哪儿来的胆子！是不是有人在背后撺掇你？快说！这是有人要害我！"

见况海一再逼问，况明干脆壮起胆子："哥，你让我说实话？"

"废话！"况海怒极，"老子当然要听实话！"

况明鼓起勇气："哥，你为官清廉，谨小慎微，可咱们这一大家子，人吃马喂的，可都需要钱！再者说，你迎来送往、外面打点，不得花钱？不然，你以为你花的那些钱，都是哪儿来的？当清官，哪儿那么容易！"

"闭嘴！"况海怒喝。

况明赶紧打住话头，再不言语。

良久，况海才语气平和地说道："刚才你都听见了，这位大人为了查案，很可能要去鬼市！这案子事关我的前程，一旦他出现在鬼市，欧阳尘会第一时间通知我，我立刻告诉你。该怎么做，你心里应该有数！"

第四十三章
鬼市赌坊
上

八月十三，宜挂匾、祭祀、祈福，大吉。

韩滉、盛子晏、胡笑笑等人向润州出发，目标是松寥山鬼市。

盛子晏通过进奏官的渠道进行调查，得知近期并没有船只驶离黄天荡，这说明抢走纳黛依两幅画卷的落风帮并没有集齐三幅画卷，或者说至少还没有做好前往黄天荡盗取藏宝的准备。因此，韩滉、盛子晏决定查访落风帮，惩治杀人凶手，拿回属于丹淓王墓的画卷！

如果说，起初韩滉探寻贾寻被杀案主要是出于好奇，那么前往扬州寻找纳黛依，除了好奇之外，更多的是一种使命感在驱使着他。而这次去鬼市，韩滉的内心又多了一份悲壮。贾寻和纳黛依双双被杀，丹淓王墓宝藏若隐若现，王墓被盗案被悄无声息地遮掩……所有这些的背后，似乎都隐藏着某种神秘势力。此番前往松寥山，一切都将迎来最终的了断！然而，由于怀疑丹淓王墓被盗案涉及官员的隐瞒枉法，韩滉暂时还不想借助官府的力量，只能继续暗地里探案。韩滉所倚靠的，无非是盛子晏、胡笑笑、景大天这几个人。与那些明面上的、暗中的敌人相比，他们显得如此势单力薄。

正因为要保存有生力量，韩滉极力主张自己和景大天先行前往鬼市，让盛子晏、胡笑笑等人在润州城休整，待两日后，大家在韩滉、盛子晏、景大天第一次鬼市夜饮的酒肆会合。盛子晏、胡笑笑坚决反对，毕竟，面对强大的落风帮，韩滉和景大天的力量过于单薄。刘孚之更是强烈要求加入探案团队。但是，韩滉反复申明理由：其一，既然大家已经组成一个团队，就要讲究分工配合，留个后手以便于接应是十分重要的。其二，他和景大天算是闲云野鹤，可刘孚之、盛子晏、胡笑笑的情况却不同。胡笑笑需要兼顾润州病坊和焦山蛇园的事务；盛子晏虽是请假回乡，但是依旧顶着进奏官的头衔，一味不理职责恐怕不妥；刘孚之更是有汉家药肆需要照看。因此，休整两日，料理完各自的事务之后，再无后顾之忧地全身心投入探案，显然是更合理的安排。

众人无奈，只得同意韩滉的建议。一行人在京口码头分手，盛子晏、胡笑笑、刘孚之进了润州城，韩滉和景大天则上了松寥山。

刚转进松寥山山口，见到那条热河，景大天的手便控制不住地颤抖起来。韩滉看在眼里，觉得很是好笑："怎么这么激动？"

景大天强自抑制着兴奋："闻到了江湖的味道，舒服！"

韩滉更是奇怪："江湖还有味道？"

"那可不！"景大天陶醉着，"朝堂是一种味道，市井是一种味道，像俺爹和老师您这样的文人所组成的诗词歌赋的圈子，又是一种味道。可江湖的味道真是绝了！香粉、烈酒、热血，搅在一块儿，就是那么诱人！"

韩滉假装生气地说："行啊，你小子就在鬼市江湖里活着吧，以后别跟我学画了。"

景大天赶紧奉承韩滉："学！必须得学！老师您凭借高超的绘画技艺，行走江湖探案，不也是风生水起吗？"

韩滉听着，美滋滋地说："就会拍马屁！来到这鬼市探案，还得靠你的江湖经验！"

景大天很是好奇："老师，听说在风雨交加的夜晚，鬼市里真能听到鬼在吟诗、谈话？"

"胡说！"韩滉被这话逗得哈哈大笑，"本朝有宵禁制度，谁敢在晚上摆摊做生意？一旦被巡查的捕快发现，就会面临人进监牢、货物被没收的处罚，可谓人财两失。所以啊，就有人编造出这神乎其神的故事，让官府和普通百姓以为真的有鬼，尤其是让捕快们不敢轻易一探究竟，只能躲得远远的。摊贩们则得以借此机会无所顾忌地摆摊做生意。"

景大天撇着嘴："官府也够傻的，这也信！"

韩滉摇摇头："你以为官府真傻？这鬼市，起初只有少部分人去做生意，后来知道的人多了，就有越来越多的平民百姓去鬼市买卖。官府起先也想禁绝，可若一味禁止老百姓夜晚的生活，弦绷得太紧，容易出问题，所以干脆就让这鬼市成为小小的宣泄口，官府与百姓也就彼此心照不宣，达成默契了。"

说话间，师徒二人已经来到鬼市的入口。松寥山山腰的雾气中，密集而破旧的建筑隐约可见。

"老师，这次去赌坊，咱怎么个探法？"景大天发问。

"由着你耍！"韩滉笑着回答，"要得越开越好，要引起落风帮的注意！"

"好嘞！"景大天这下开了心，大踏步朝鬼市里走去。

这鬼市依山势而建，破屋叠破屋，小巷穿小巷，如迷宫一样难窥全貌。在这数不清的店铺中，只有一家赌坊。赌坊并无名字，入口很是窄小。进得赌场里，迎面横着个破柜台，拐入旁边小门，里面豁然开朗。可偌大一间屋子，却只在中间摆着一张赌台，赌的内容也很是单调，只有"猜大小"。按照赌坊掌柜的说法，来这儿就是冲着钱来的，没必要整那么多花样！

提前换好生意人装束的韩滉、景大天，大摇大摆地走进赌坊。柜台里面，小伙计正在打瞌睡，没留意两人进来。倒是柜台外，坐在桌前的掌柜等几人放下手里的破茶杯，打量着韩滉和景大天，其中一个面色白净的年轻人，更是颇感兴趣的样子。韩滉和景大天掀开小门门帘，台子上，荷官刚刚摇了一把，三个骰子分别是"二""二""四"三个数，押"小"的众多赌客们赢了，正眉飞色舞。韩滉和景大天凑过去看，荷官又摇起了骰子，吆喝着买定离手，大家又纷纷押到"小"，结果这次三个骰子开出来的是"四""四""六"三个数，都是"大"！在场的赌客输了一大半，不过，下注的人押的都是十几文或者几十文，并没有出手特别阔绰的豪客。景大天特意看了看荷官的手法，又仔细看了看骰子，不易察觉地撇了撇嘴，拄拄韩滉的衣袖，两人转身离开。

那个白净的年轻人悄悄跟了出来，尾随着韩滉和景大天。

景大天带着韩滉在鬼市里闲逛，先后买下了两个和赌坊里一模一样的骰子，还有铁针、铁珠等物。韩滉正好奇这些稀奇古怪东西的用处，景大天低声说道："有人跟着咱们，赌坊里的。会不会是落风帮？"

韩滉悄声说："让他跟着。"

两人便随意走着，直到看到一个粥铺，景大天这才拉着韩滉赶紧坐下，冲留着山羊胡的老板大剌剌地吩咐着："两碗糯米粥，一碗稠一点，另一碗随便！"

那白净年轻人也不跟上，只是远远观望。

韩滉见这粥铺并无稀奇，所售卖的既非药粥，也非茶粥，就只是普普通通的葱粥，于是告诉景大天："这粥真是毫无特点。"

景大天笑道："您随便喝点儿，这粥俺有用处。"

不一会儿，山羊胡老板端上两碗糯米葱粥，一碗极稠，一碗稠稀合适。景大天把"正常"的那碗葱粥奉给韩滉，仔细看了看极稠的这一碗，扁着嘴命令山羊胡老板："这碗，再稠！"

山羊胡老板糊涂了："再稠？再稠可没法喝了！"

景大天一瞪眼："谁说要喝了？"

山羊胡老板感到一股怒气涌上心头，可看着景大天一脸蛮横的凶样，只好将多余的话咽回肚子里，将粥端了回去，心里暗想："老子稠死你！"果然，片刻之后，一碗熬得几乎不见一滴水的"粥"被端了上来。

景大天反复看了看，还用手试了下黏稠度，很是满意，大方地掏出五文钱结账："富余的，取些土灰来……贴着石缝抠，有劲！"

山羊胡老板越发糊涂了，不过，抠两下石缝就能挣钱，何乐而不为？于是痛快地接过钱，忙着去抠土灰了。

景大天开始了自己的工作：用铁针把两个骰子中间钻个小洞，小心翼翼地各放一粒铁珠进去。这时，山羊胡老板攥着把土灰跑了回来，景大天让山羊胡老板把土灰撒到地上，然后把稠粥倒上去，一番搅拌之后做成糯米土灰浆，充作糨糊，紧接着拿出骰子，在韩滉和山羊胡老板惊异的注视下，用糨糊把骰子上的小洞填平，打磨之后让山羊胡老板烤干。经过这番细致的操作，两个骰子浑然天成，丝毫看不出被安置了"机关"！景大天又从怀中摸出一块黑色小石头，拿到桌子下面，紧贴着桌面，桌面上的三个骰子立刻被吸住，"三"的那面朝上。

韩滉惊讶不已："这是什么？"

"磁石！专吸铁器！等到了赌坊，俺偷梁换柱，只要有两个骰子是固定的数字，另外一个骰子嘛……"景大天笑着，溜溜转悠着手里的骰子，"您要知道，这骰子每一面的点数不同，骰子与赌台台面之间的摩擦力，便有细小差别。凭俺的听风辨器之功，应该可以分辨出究竟是哪一面朝上，赌桌上的那些银子，还不是尽到咱的手里？"

景大天说完，得意地哈哈大笑。

韩滉追问道："把三个骰子都动一下手脚，不是更保险？"

"那可不成！"景大天解释着，"俺每次通过对角度、力度的控制，能让骰子的点数按照俺的意愿出现，但是，这样一来，这几个骰子的点数就总是相同的。您想想，要是每次都是三个'五'、三个'四'，人家肯定能看出来有猫腻！"

"明白了！"韩滉哈哈大笑，突然表情又严肃起来，"为师可提醒你，这种行径，为探案，偶可为之，但平日里万万不可投机作弊！"

"得嘞！"景大天痛快答应着，夸张地活动了一下周身的筋骨，"老师，走，跟俺挣钱去！"

第四十四章
鬼市赌坊
下

鬼市无名赌坊的赌台上，散落着三颗骰子。

刚刚结束了一局，围着赌台的男女老少叽叽喳喳，赢钱的兴高采烈，输钱的愤愤不平。围着赌台的人里，除了荷官和赌客，还有曾与韩滉、景大天打过交道的掌柜，那位跟踪两人的白净年轻人也回到了赌台边。赌客基本上都是男人，有几个还是一身粗鄙的地痞打扮，只有一个老太太牵着一个七八岁的小女孩，显得与众不同。

荷官正忙着把刚赢的铜钱往里划拉，突然，一声脆响，赌台上多了两锭闪闪发亮的银子！周围的人一下子都安静了，众人先是看着银子，然后将视线转向掷下两锭银子的豪客景大天。

景大天江湖范儿十足，大咧咧地问荷官："受注吗？"

荷官连忙笑脸相迎："当然！有生意，谁往外推？"

说着，荷官抄起三个骰子，准备放入骰盅开局。景大天赶紧拦下："慢！"

荷官、掌柜、众赌客尽皆愣住。

景大天嬉皮笑脸地冲荷官说道："下这么大的注，能不能让俺……这个……和骰子说几句体己话？"

大家被景大天这番话弄糊涂了,荷官也不知如何回答,看向掌柜。掌柜一阵敞笑:"钱多就是爷!请便!"

有了掌柜发话,荷官便把三个骰子递给景大天。景大天小心翼翼地捧起三个骰子,左看右看,随后把两个骰子留在左手,右手把精挑细选的那个骰子高高举起,又轻轻放到赌台上,大喝:"骰子神啊!请保佑俺开门红!"

所有人都随着景大天的视线,死死盯着赌台上的"骰子神"。景大天闭着眼睛,轻轻冲着骰子吹气,嘴里不断地嘀嘀咕咕着什么,突然睁眼,暴喝:"天灵灵,地灵灵,俺家骰子神要显灵!"

接着,景大天手舞足蹈,动作幅度极大,嘴里不断冲赌台上的骰子喊着:"上身!附体!"

围观的人们被景大天这一系列神神道道的举动所吸引,屏住呼吸,死死盯着可能要显灵的"骰子神"。借着这机会,景大天将左手袖筒里的两粒骰子与荷官的两个骰子调了包。一番装神弄鬼仪式作罢,除了韩滉事先知晓外,其他人都被蒙在了鼓里。景大天也累得够呛,将三个骰子还给荷官:"开始!"

荷官将三个骰子放入骰盅,姿态夸张地摇了起来。景大天虽看起来十分淡定,耳朵却是竖得老高,甚至有些微微颤动,他拼命地听骰盅里的声音。

荷官摇了半晌,将骰盅猛地扣在赌台上,大声招呼众赌客:"买定离手!"

韩滉混在众赌客之中,手撑着赌台台帮下沿,手中磁石紧贴台帮。景大天听到"吧嗒、吧嗒"两声,两个骰子已经被磁石吸住,数字固定,只剩一个没动过手脚的骰子,兀自旋转着。眼看就要尘埃落定,荷官忍不住咳嗽了几声,一下子扰乱了景大天!等荷官咳嗽完,那骰子已经停止滚动。大部分赌客已经下注,那个老太太表情紧张地看着直冒冷汗的景大天。景大天仔细回想着荷官咳嗽前那颗骰子的滚动状态,估摸着大概的点数,随后闭眼咬牙,把二两银子放到了

"小"的位置。老太太见状，立马把钱押到了"大"那边，并小声地告诉孙女："这是个棒槌，跟他反着下注，准赢！"

荷官揭开了骰盅，三个骰子分别是"四""四""二"，押"小"赢！景大天振臂欢呼！韩滉趁机换了个位置，以防在同样位置再用磁石造出同样的两个数字，引人怀疑。

第二局开始。没了荷官咳嗽的打扰，景大天更加轻松自如，连本带利全押，八两银子瞬间到手。跟着景大天押对的赌客一阵欢呼，执意反着来的老奶奶有些气急败坏。景大天端着八两银子，掂量掂量，大笑道："江湖上不兴见好就收，咱再来一局，挣钱的、捞本的，老少爷们一起上啊！"

众赌客跟着一起欢呼，韩滉一边欢呼，一边又换了个位置。

最后一局开始。面前摆着八锭银子，景大天越发豪气，坐姿也大刺刺起来。众赌客根本不管骰子，就盯着景大天，准备他下啥就跟啥。那位老奶奶颤巍巍地从怀里摸索出一个小布包，打开，里面是二十几文钱。小女孩急得要哭，苦劝老太太："奶奶，别赌了！这是买药钱！"

"不成！非赢回来不可，就跟他反着！"固执的老太太一边说，一边瞪着景大天，"奶奶就不信这个邪！"

景大天本已经听出骰子开出来又是"小"，正准备把八锭银子往"小"的位置上推，听到老太太和小女孩的对话，尤其是知道老太太拿出了"买药钱"后，犹豫了。他看看众赌客，见大多是衣衫褴褛之人，于是把银子搂了回来。

本想跟着景大天下注的赌客们着急了："兄弟，想没想好？"

景大天一惊一乍地望向骰子："什么？"

众人见景大天在和"骰子神"对话，都聚精会神地听着。

景大天一边听一边唠叨着："你说啥？这一局要普度众生？跟我反着的……必赢？"

听到这话，众人面面相觑。韩滉也不知道徒弟在捣什么鬼，静静观瞧，只见景大天留下二两银子本钱，把赢的六两银子推到"大"的位置。赌客们很是犹豫，老太太率先把装着二十几枚铜钱的小布包放到"小"的位置，其他赌客们慢慢跟上，全放在了"小"的位置。骰盅打开，果然是"四""四""一"三个数字，"小"赢！众人一片欢呼，都在心里感激"骰子神"。老太太一边数钱，一边得意地教育着孙女："奶奶耍了一辈子钱，啥没见过？"

韩滉和景大天出了赌坊，故意走得很慢。果然，那白净年轻人又跟了出来，快走几步拦住了景大天："义士够意思，还不忘给大家留口饭吃！"

景大天哈哈一笑："你看出来了？"

白净年轻人一拱手："我叫高强，义士仗义疏财，令人佩服！"

景大天同样拱手："过奖！俺叫……徐开，和叔叔做些生意，这是第一次到访宝地，还请多多指教。"

高强微笑着问道："两位想做些什么生意？"

景大天看向韩滉，韩滉见周围没人，这才小声地说："盐。"

高强大大方方地说："巧了，兄弟在落风帮做事，就做这盐的生意！今夜，可否请两位到飞月楼小坐？请两位验货！"

韩滉和景大天对视一眼，朝高强点了点头。

"已经到了？"听到欧阳尘急匆匆的通报，况海强忍着内心的慌张，装作波澜不惊地问，"怎么处置的？"

"果然如您判断，他们假扮盐商，来到鬼市赌坊，找落风帮来了！"欧阳尘汇报道。

况海点点头："留住了？"

欧阳尘赶紧回答："留住了。守在赌坊的捕快假冒落风帮的人约这两位晚上到住处验货。下一步如何处置，请您吩咐！"

"做得好！"况海沉吟片刻，"既然这位不想暴露自己的身份，必然有他自己的打算，不便惊扰；可同时，又要确保他的安全……这样，先让他看货，然后就说帮主要两天后才回来，到时候再请他商谈。这两天的时间，足够我们盘算好下一步的安排了。"

欧阳尘附和着："还是您考虑得周全。"

况海随口问道："和他们约在哪儿了？安全吗？鬼市乃三教九流汇聚之地，鱼龙混杂，可别有什么闪失！"

欧阳尘赶紧回答："约在飞月楼。您放心，暗中有人盯着呢。"

况海先是点头，突然又假意思考一阵，眉头紧皱道："不妥！"

欧阳尘糊涂了，一言不发，等候况海的指示。

况海假模假样地分析着："既然他已经把捕快当成落风帮的人，我们就不要动多余的人手了。万一被这位看出来，再把他吓跑了，就弄巧成拙了。把你的人都撤了！"

欧阳尘立刻表态："谨遵吩咐！"

"还有，"况海一脸正气的样子，"扬州衙门通报的案子怎么样了？要查清楚落风帮和贾寻、纳黛依的关系，早日擒凶！"

等欧阳尘一走，况海匆匆回到府邸，告知守候在家的况明："那位已经到了，今晚会去飞月楼！"

"动手吗？"况明摩拳擦掌。

况海不假思索地说："动，当然要动。不过，得让他自己走到你那儿去。"

况明糊涂了："让他自己去……烟袋石？"

况海点点头："若让你那些昆仑奴把他从飞月楼带走，动静太大！据说，那个渤海国小子很有些功夫。而且，虽说我让欧阳尘撤了对飞月楼的盯梢，可鬼市里的捕快还是不少，万一被发现了，你我都有麻烦！"

"可、可怎么让他自己找到烟袋石啊？"况明大为疑惑。

况海淡然一笑："对付这位自命不凡的才子，就得按他喜欢的套路玩！让他猜个谜语。"

"有必要这么复杂吗？"况明犹豫着，"万一他猜不出来呢？还不如直截了当，找个人告诉他……"

况海打断况明的话头，暴躁地说："你以为我想陪他玩？你以为，我不想痛痛快快告诉他，去你那个烟袋石？"

况明不敢说话了，垂手呆立。

虽然嫌兄弟愚笨，可看到况明一副害怕的模样，况海也不忍心，于是缓和了一下情绪，耐心讲解着："你问我为什么要如此复杂？第一，如果直接告诉他去烟袋石，这么简单得来的消息，他反而不会相信。这就是世人的心理，轻松得来的消息，总怀疑是假的，千辛万苦得来的，才笃信为真！"

"有道理。"况明点头称是。

"第二嘛，如果这谜语不慎落到别人手里，它就是一张废纸！"说到这里，况海得意扬扬。

况明这才恍然大悟，不过，还是有点儿不放心："可万一，这位也没猜出来呢？"

况海冷笑着说道："那就让他在焦山、松寥山、鬼市转悠吧！你手下的那些昆仑奴总能找到机会，神不知鬼不觉地……"

说着，况海恶狠狠地做了个割喉的手势。

第四十五章
李白诗里的奥秘
上

润州城的长街上,盛子晏、胡笑笑并肩走着,宛如一双神仙眷侣,惹得路人尽皆艳羡。

过去的这十几天是胡笑笑和盛子晏相处最久的一段时间。然而,由于紧张的案件调查工作占据了大部分时间,胡笑笑几乎找不到时间和意中人闲聊。尽管有毒山恶斗时的怦然心动,有药园治病时的倾情关切,但是,最令人向往的,还是一同漫步在阳光下,享受那份难得的宁静与惬意。因此,胡笑笑执意让盛子晏陪自己去润州病坊,一方面是想多些和他相处的机会,另一方面,是想借机向僧医一铎讨要入魂丹。刘孚之自然知道外甥女的心思,所以,也开玩笑似的命令盛子晏陪胡笑笑去病坊,自己则牵着阿花回了汉家药肆。

"盛大哥还扮过算命瞎子?韩老师说了,要是少了盛大哥,波斯大屋的底细可万万查不出来。"胡笑笑见盛子晏只是闷头走,便找了个话题,由衷地夸着盛子晏。

盛子晏紧紧鼻子:"那是韩老师开玩笑呢!算命倒是算过,可绝没有扮过瞎子。"

胡笑笑顽皮地说:"我可是有探子呢!听说,有好多女子打扮得花枝招展地来算命,是不是?探子还说,你是最受扬州城少女欢迎的算命先生呢!"

盛子晏脸红道:"这景大天,净夸大其词!"

胡笑笑见盛子晏如此窘迫,也就不开玩笑了:"盛大哥,你是怎么学会算命的?有空教教我。"

盛子晏解释道:"当这个进奏官嘛,就经常需要走街串巷,和各色人攀谈,自然就识得三教九流的一点儿门道。"

"说说看,说说看。"胡笑笑就喜欢听盛子晏说话,觉得这位盛大哥认真说话的时候,魅力无穷。

盛子晏也就侃侃而谈:"一提到算命,你可能就会联想到瞎子,这是因为相传东方朔十分怜悯瞎子,曾经将算命之术传给一对瞎子夫妻,所以,许多瞎子算命先生都拜东方朔为祖师爷,每年三月三都要'祭师',缅怀东方朔的恩德。"

胡笑笑感慨道:"多亏了东方朔,让这许多瞎子有了饭吃。"

"不光如此,"盛子晏微笑着看向胡笑笑,"所谓'瞽者善听,聋者善视,绝利一源,用师十倍;三反昼夜,用师万倍'!正因为眼睛看不见,瞎子往往要更加细心,听觉、嗅觉也更敏锐,这些都是算命必备的技能啊!"

盛子晏正说着,看胡笑笑似乎发呆了,忙问:"笑笑小姐想什么呢?"

胡笑笑恍过神来:"盛大哥,刚才你又笑了!这是我见过的……第三次!"

"是吗?"盛子晏摸着脸,像是要抹掉自己的笑容。和胡笑笑在一起,总是这样的轻松惬意,心旷神怡。盛子晏连忙晃晃脑袋,让思绪从儿女情长中摆脱出来,毕竟,自己还有重要的计划要完成!

胡笑笑看着盛子晏表情的倏忽变化,问道:"又想什么呢?"

盛子晏严肃起来:"鬼市。"

胡笑笑笑了起来："两天之后，咱们又能和韩老师、景大哥并肩作战了，我又紧张、又期待……"

盛子晏没等胡笑笑说完，突然扳过胡笑笑的肩膀："你别去鬼市！"

胡笑笑脸色通红，盛子晏瞬时意识到自己的失态，赶紧松开了手。

胡笑笑突然感受到盛子晏对自己的关心，心情大好，话语格外温柔："盛大哥如此说，理由何在？"

盛子晏担忧地说："这次去鬼市，不比之前查贾寻、纳黛依的案子。我们要面对的，可是贩私盐的落风帮！那些人都是刀头舔血的江湖恶汉，届时估计少不了搏命厮杀！"

"净吓人！"胡笑笑毫不退缩，"在毒山，咱俩又不是没见过恶人。"

提到毒山恶战，盛子晏不禁想起自己和胡笑笑互相扶持着逃命、在悬崖边相偎相依的旖旎场景。

胡笑笑笑着说："盛大哥，不必担心我。这次鬼市之旅，所有案子就该真相大白啦。这等好戏，我岂能错过？"

盛子晏闻听此言，想着结局要是呈现在胡笑笑眼前，不知道这姑娘将会有怎样的无奈。

一时间，两个人陷入了沉默，只是无言地走着。突然，路旁的院落里传来小狗的哀鸣。胡笑笑敲开了门，发现小狗突犯恶疾，女主人正不知所措。胡笑笑小心翼翼地接近小狗，语气温柔地和小狗说着话。小狗仿佛听懂了胡笑笑的安抚，呜咽声渐弱。胡笑笑从百宝袋中取出一小段绳索，在中间打了个结做成套子，嘱咐盛子晏："等我套住狗嘴，抓紧它！"

盛子晏点头不迭，撸胳膊、挽袖子，一副如临大敌的模样。

胡笑笑看着盛子晏的动作，惊呆了："夸张了吧？"

盛子晏不好意思地笑了，随即意识到自己竟然破天荒地在一天之中笑了两次，忙收敛了笑容。胡笑笑也看到了盛子晏的笑容，心里甜甜的，随即集中精力，迅速出手套住小狗的嘴巴，盛子晏立刻扑上去紧紧抱住小狗。胡笑笑将狗嘴绑好后，开始检查小狗的心跳与呼吸。

"没事儿，"检查完毕的胡笑笑放下心来，很是开心，"就是受凉了，急病，不碍事。"

说着，胡笑笑开出由半夏、桂枝、防风等药材组成的方子，嘱咐女主人照方抓药。女主人连连称谢。盛子晏看着胡笑笑明艳不可方物的样子，一时竟呆住了，想着如果自己没有背负那么多的仇恨，那么，一定要和眼前这个女人牵手一生！

想到仇恨，盛子晏立刻提醒自己，不要沉溺于儿女情长。于是，盛子晏又仔细盘算起自己要做的事情：在丹渎王墓被盗案中，除了当场炸死的江海天之外，还有四个出现在现场的盗墓者，其中，贾寻、纳黛依已经死于非命，除去已经知道的那个人之外，啸通海应该是最后一个仇人！想到这里，盛子晏恨得牙根痒痒，他不想分析那三幅画卷在哪里，这对他来说并不重要，重要的是报仇！贾寻、纳黛依已经横死，还有两人依旧逍遥法外，其中就包括啸通海。虽然仇恨的情绪如此强烈，以至于盛子晏甚至想用自己的双手去结果啸通海的性命，但他不想坐牢：替天行道的自己，不应该受到律法的惩罚！

润州医坊，僧医一铎见胡笑笑带来一位长身玉立的少年，便知道这位一定是胖瘦二位师兄提到的小师妹的心上人盛子晏了，忙迎上前来。

胡笑笑替两人做着介绍，随后让盛子晏随意转转，观赏一下院子里种植的芍药、菊花等药材，自己把一铎拉到旁边，说着悄悄话："还有什么想学的没？我保证知无不言，只要我会的，全说给一铎先生听！"

一铎假意板起面孔："是不是入魂丹用完了？"

胡笑笑挤挤眼睛："不愧是大宛国第一名医，聪明！"

一铎忍不住笑出声来:"少奉承。要是给外面这位治疗,我责无旁贷!也就只有这样的人物才配得上大唐第一女医师!"

胡笑笑吓得连连摆手:"这可太抬举我了。"

"谁让你先夸我的。"一铎从怀中取出锦盒,将盛有最后一颗入魂丹的锦盒大方地交给了胡笑笑,然后一副欲言又止的神情。

胡笑笑冰雪聪明,借着开玩笑探询道:"咱们可别见外,有什么想说的?是不是想交换什么医书妙方?"

一铎正色道:"大唐道家,谓人有三魂。"

胡笑笑也严肃起来:"一曰胎光,二曰爽灵,三曰幽精。胎光,太清阳和之气也;爽灵,阴气之变也;幽精,阴气之杂也。"

一铎点点头:"大宛国,也断说人有三魂——天、地、命。天魂归天路;地魂行人间;这命魂嘛,乃人身主魂,天地二魂聚合之,生命魂,而生人。命魂终结时,分阴阳。离魂症,在我们看来,就是这命魂离散飘荡所致。"

胡笑笑盯着一铎:"一铎先生的意思,离魂症的表现……"

一铎轻轻点头,暗自赞叹胡笑笑一点即透:"离魂症,即命魂未终结,却时时离散、飘荡,多表现为惊悸多疑、彻夜不寐、面容憔悴、魂不守舍……可你那位盛先生,完全不像啊!"

胡笑笑不禁皱紧了眉头,扭头看向正在院中赏菊的盛子晏。

阳光下的盛子晏负手而立,一副翩翩浊世佳公子的模样。

汉家药肆后院正房里,刘孚之正忙碌着。

此刻,刘孚之卧房里的五斗柜,已经变成了临时祭祀台,供着祖先牌位。一盆柴火刚被点燃,诡异的火焰映在刘孚之略显狰狞的脸上。待火焰旺起来,刘孚之点起三根长香,将香拈在手中,拱手作揖,慷慨激昂道:"属于我们的宝藏,要重见天日了!后辈终不辱使命!"

说罢,刘孚之跪下重重磕了三个头,随后看着祖先牌位,泪流满面。

门外传来一轻一重的脚步声。刘孚之知道是瘸子霍新来访,赶紧将长香掷于火盆中,把脸擦干净,推门迎出。

"杀一局!"霍新面无表情地看着刘孚之,"杀"字带着格外的寒意。

刘孚之笑着答应,神情已经变得和往常无异。两个人便在小院摆起棋桌,你来我往杀将起来,阿花在旁边逡巡。

霍新一边投子,一边打听道:"这几天,你跟我儿子还有笑笑,在一起吧?"

"去了趟扬州。"刘孚之谨慎回答着。

"这小子,现在还不着家呢!跟我说了一嘴,要查什么贾寻被杀的案子,这就没影了!"霍新依旧是那副对任何事情都不满的语气。

刘孚之嘿嘿笑着:"你冤枉你家小子啦!他本要回家看你,是我撺掇他陪笑笑去病坊看看。他俩在一块儿,咱老哥俩不就都踏实了吗?"

霍新盯着刘孚之的眼睛,点点头:"看来,离目标越来越近了。"

"没错,越来越近了!"刘孚之答应着,心里想的却是:随着落风帮渐渐浮出水面,自己离目标的确是越来越近了。扬州这一番探案经历,让他对韩滉、盛子晏的能力颇有信心。他相信这个团队一定能够找到那三幅画卷!

霍新叹口气:"近了就好,近了就好!不然啊,奶奶的,这日子过的,没有一件值得高兴的事儿!"

刘孚之看向霍新,两人目光相对。虽然做邻居已经一年,也经常在一起喝酒下棋,可是两人还没有像这样对视过,刘孚之突然有种奇怪的感觉,霍新的眼睛他似乎在哪里见过。

第四十六章

李白诗里的奥秘

下

　　月光如水银泻地，照着风尘弥漫的鬼市里纵横的街巷，以及低矮的泛着灰暗颜色的大片破旧建筑，拉长了小巷之中韩滉和景大天的影子。

　　韩滉边走边嘱咐着景大天："验货这事儿，可就靠你了。"

　　景大天疑惑道："老师，俺没贩过私盐啊！"

　　韩滉很是奇怪："江湖上的事儿你不是熟吗？"

　　景大天急了："老师，这是不是个考验？俺承认，俺是在江湖混过，那些师傅也都是江湖中人……可犯法的事儿，徒弟真不熟啊！"

　　韩滉哈哈一乐："的确是考验你呢，通过！验货简单，只要盐不发黑，没掺沙子，那咱只要说够咸，就成了！"

　　景大天点点头："然后呢？"

　　"然后，打探出落风帮在哪儿。这高强若不说，你就跟着他！"韩滉成竹在胸，踌躇满志地说，"进了落风帮，我们便探查杀害纳黛依的凶手，找出丹淚王墓的画卷！"

　　"您怕不怕？"景大天突然没头没脑地问了一句。

　　"什么？"韩滉没听清。

　　景大天清清嗓子："老师，咱们这次面对的，可是江湖上恶名远扬、敢跟大唐官府对着干的落风帮！为了不打草惊蛇，还不能动用衙门的力量。您不过是一介书生，真的、真的不怕吗？"

"要是一上来就面对这种局面，为师肯定会退缩，这也没什么可丢人的，毕竟毫无经验，毫无胜算嘛！"韩滉很是坦白，"可经过这十几天的探案，一来，已然到了这个份上，只能咬咬牙往前冲了；二来，我见识了你的武功，还有盛子晏的头脑，就连笑笑小姐也丝毫不差，我心里也就有了底。只要咱们几个人在一块儿，好像那落风帮，也就没那么可怕了，你说呢？"

景大天没有作声，只是使劲点点头，默默地跟着老师继续走在鬼市七扭八拐的小巷里，心中热血澎湃。

所谓飞月楼，不过是一座靠山而建的两层客栈，因为地处鬼市的边缘地带，所以很是冷清。韩滉和景大天走到距离飞月楼一个巷口的距离，便止步不前，仔细观察。只见飞月楼异常安静，只有零星烛光在几个房间的窗口闪动。确定并无异样之后，韩滉和景大天慢慢穿过寂静无人的巷子，悄然进入飞月楼。

楼里潮湿阴森，楼梯窄小破旧。韩滉和景大天小心翼翼地来到高强告知的顶层房间，只见门留着一条缝隙，里面漆黑一片。韩滉悄悄推开门，见没人吱声，大感奇怪。景大天蹑手蹑脚地往屋里走，经过桌子时，突然被绊了个跟跄，险些摔倒。韩滉赶紧点起火折，定睛一看，绊到景大天的，竟然是倒在血泊里的高强！高强双眼圆睁，仿佛有未竟之言，他的一只手仍直直地指向右前方。顺着高强的指引，韩滉和景大天看到光秃秃的墙上贴着一张普普通通的草纸，上面书写着李白所创作的《九日》，字迹潦草：

今日云景好，水绿秋山明。
携壶酌流霞，搴菊泛寒荣。
地远松岩古，风扬弦管清。

窥觞照欢颜，独笑还自倾。

落帽醉山月，空歌怀友生。

景大天检查了一遍尸体，没有发现任何线索。韩滉则仔细查看着墨迹，以及纸张上的痕迹。这时，楼下传来一阵脚步声，韩滉赶紧把门关好，和景大天贴在门后侧耳倾听，却只是住店客人。韩滉怕被人发现惹出麻烦，忙撕下墙上的草纸，和景大天悄悄溜出了飞月楼。

"这诗，是指引咱去落风帮？"拐进巷子后，景大天着急地询问。

韩滉紧皱着眉头："必是如此。可李太白的这首诗，写的是重阳登高独酌的所见所感，自有怀才不遇、纵情山水的无奈与旷达，和落风帮……怎么也连不起来啊！"

"别急，别急，再想想。"景大天赶紧安慰着老师。

韩滉苦思冥想着："看来，只能落在这'落帽'上了，风吹落帽，落风帮，还稍微能沾得上边儿。"

景大天挠挠脑袋："这'落帽'……啥意思？"

韩滉给景大天耐心解释着，说东晋有一位名士唤作孟嘉，乃大司马桓温手下参军。一次，孟嘉在野外豪饮时酩酊大醉，连帽子被风吹掉都不自知。桓温趁孟嘉如厕时，将嘲笑孟嘉的文字放在座位上，孟嘉发现后淡定提笔，写就一篇文章，为自己的落帽失礼辩护，从而让落帽这一失礼行为，成为一种洒脱的时尚行为。

"联系不上……"景大天琢磨半天，也没琢磨出"落帽"与落风帮的关联，"会不会线索不在这诗里？"

"绝无可能！"韩滉语气很坚决，"那屋里空空荡荡，连茶壶茶碗都没有。除了平常被褥，只有这一幅字，而且是草草写就的。"

景大天扬起眉毛："草草写就？"

韩滉一副不容置疑的语气："根据墨迹的褪色程度看，必然是两个时辰之内写成的。我估计，定是这个高强预感到有危险，想告诉我们落风帮的地址，又怕被他人看到，所以赶紧写出这一首诗，指点我们找到落风帮。"

景大天点点头:"这倒是,肯定写得特匆忙,诗都写错了。"

"写错了?"韩滉心思一动。刚才在屋子里,韩滉只是粗粗浏览了一遍诗句,注意力根本不在字句上。因此,听到景大天如是说,韩滉大感兴趣。

"当然写错啦!明明是'地远松石古',偏偏写作'地远松岩古',咱可是背过诗、作过诗的人,眼睛毒着呢!"景大天得意扬扬地说。

韩滉觉得这错字大有文章,连忙拉着景大天一溜小跑,寻摸到一个卖杂面煎饼的小摊儿。煎饼并无特色,煎饼摊儿周围的地面也是污水横流令人作呕,韩滉看中这里的唯一原因,就是摊子前的烛火点得够亮。

"来俩煎饼!"韩滉坐下,匆匆吩咐小贩一句,就从怀里取出录写着诗句的草纸,就着烛火仔细查看。果然如景大天所说,"石"字错写成了"岩"字。

"石……岩……石……岩……"韩滉轻声地自言自语,完全没有察觉到小贩已经把一张煎饼连着两碗山桃水奉上。

景大天也不客气:"老师,我先吃了!"

景大天刚张开嘴,韩滉突然一拍桌子,又使劲拍了拍脑门,把景大天吓了一跳。景大天以为韩滉魔怔了,连忙推推韩滉:"老师!老师!"

韩滉虽然失态却毫无察觉,只是欣喜若狂:"你看我这笨脑子!'石岩',不就是'食盐'吗?"

景大天也拍起了脑门:"这不就是在告诉咱这诗和落风帮有关吗?"

韩滉手舞足蹈地说:"你再想,这'石'字写成'岩'字,不就是'石'换成了'岩',或者'岩'代替了'石'吗?"

"啥意思?"景大天一时半会儿没明白。

韩滉也顾不上向景大天解释,径直询问小贩:"这鬼市,可有石换岩这个地方?或者石替岩?"

小贩懵懂地摇摇头。

韩滉停顿了片刻："那岩替石、岩代石，有没有听说过？"

小贩依旧摇头："也没有。"

韩滉继续苦思冥想，景大天也是积极开动脑筋。

一片安静之时，那小贩突然问道："你们打听的，莫不是烟袋石？"

"在哪儿？"韩滉、景大天惊喜万分，异口同声地问。

小贩转回身一边继续做着煎饼，一边唠叨着："从正南那条有石碑的路上焦山，一路看见岔道就走左边。等到了半山腰的松海，穿过去，悬崖边有块大石头，本来被文人们叫作烟黛石，可你就看吧，它像不像个烟袋？所以啊，咱们就都叫它烟袋石，反正都是一个音儿！那边还有个古堡，险峻着呢！可惜，已经废弃多年喽！寻常人，哪怕是鬼市的采药人，都不敢往那边去，那边有瘴气。听说，还闹鬼！"

小贩絮絮叨叨着，烙好了煎饼，转过身，两位客人已经不见了踪影，只有一锭银子摆在桌上，熠熠放光。

苍茫焦山，夜色阴沉。

从鬼市到焦山并不远，只是沿路不断经过密林，间或有小片沼泽，显得十分荒凉。因为高强被杀，韩滉担心夜长梦多，索性连夜前往烟袋石，探访落风帮，想来，既然有帮众高强的指引，落风帮也不会为难自己。不过韩滉并不知道，这个高强乃是假冒的落风帮帮众，其真实身份是润州衙门的捕快。

上了焦山，按照小贩指的道，两人一路攀到半山腰，眼看就要穿出松海，悬崖边那块酷似烟袋的烟袋石，还有爬满藤蔓的废弃古堡，都已经依稀可见。突然，韩滉和景大天脚下踩空，掉入陷阱。紧接着，一阵蓝色迷雾飘来，两人连声咳嗽，来不及反应过来，已经人事不省。

陷阱旁边，闪出三个铁塔样的昆仑奴……

第四十七章
昆仑奴的私牢
上

天光大亮，晦暗的古堡监牢通道内，两名昆仑奴抬着竹筐走在第一层的通道里，鞋子肆无忌惮地踏在破木板铺就的通道地面上，声响沉重而恐怖。

这环状古堡像是个没有屋顶的堡垒，中间是宽大的庭院。两名昆仑奴来到第一层一道关闭的铁栅栏门前，一名昆仑奴掏出钥匙，打开锁头，铁栅栏敞开，两名昆仑奴穿过。

由两道铁栅栏围成的空间内，有三间用砖石砌成的监牢，其中一间的铁门正在修缮，只有两间关押着囚徒。两名昆仑奴来到第一间监牢门口，打开锈迹斑斑的锁，推开沉重的铁门，只见两名囚徒正蜷缩在墙角。两名昆仑奴一个提刀警戒，另一个将木勺和盛着馒头、粥的木碗放到门口，随即关门，继续去隔壁的监牢。

模模糊糊蜷缩在墙角的两名犯人，其中一个长发披肩，看来已经被囚禁在这里有些时日。另一人则在墙边摩挲着，间或轻轻敲击着墙壁，手持一柄木勺，试探着是否可以挖掘，此人正是韩滉！

长发男子声音微弱地说道："别费劲了，逃不脱的，我们就是老鼠，一辈子就活在这臭水沟了。"

韩滉询问着长发男子："这里是什么所在？"

长发男子摇摇头："昆仑奴的私牢，其他的，不清楚。"

韩滉鄙夷地说："臭水沟里的老鼠，应该熟悉每个阴暗的角落。"

长发男子缓慢地爬到门口，拿起馒头吃起来。韩滉这才发现，这人的腿已经断了。

"我被关在这里，应该有一年了。开始还试着跑过，没用，这里就像是一座孤岛。哼，老鼠？我说错了，我们连老鼠都不如，老鼠也不会到这里来！"

韩滉几口吃完，用勺子继续挖着墙洞。门外传来开锁的声音，韩滉连忙从墙边迅速缩到墙角，同时将手里的木勺掷于门口的碗里。门"哐当"一声开了，一名昆仑奴进来收拾地上的碗和勺。尽管门打开后透进的光线极其微弱，但是韩滉依旧眯着眼睛，并用手遮挡着。昆仑奴收拾着木碗，当拿起木勺的时候，感觉到了异样，对着光线仔细看了看，发现木勺有磨损的痕迹。昆仑奴疑惑地看了看墙角的韩滉和长发男子，长发男子一脸无辜，韩滉依旧躲避着光线。昆仑奴转身出去，把牢门猛地关上。昆仑奴一走，韩滉立刻又凑到墙边，就着刚才用勺挖出的小坑，用手继续挖起来，即使手指已经出了血，依旧挖个不停。

长发男子无奈道："还要跑？被抓到了，肯定会被打个半死！"

韩滉低声说道："难道在这儿等死？！"

两名收拾碗勺的昆仑奴打开了与韩滉相邻监牢的牢门，发现门口并没有摆放着木碗，这引起了昆仑奴的警觉。两人立刻握紧刀柄，看向牢房的角落。只见模模糊糊的两个影子靠在墙角处，一个身影纹丝不动，另一个则有细微的挣扎意图。

开门的昆仑奴用刀敲了敲牢门示警，墙角的那两团阴影没有任何变化。两名昆仑奴对视一眼，其中一个昆仑奴持刀慢慢向墙角走去，走了几步，才隐约看清楚，墙角那"人"竟是用木碗、木筷、铺地的稻草，以及撕下的破旧衣物堆砌伪装而成！另一名犯人则浑身动弹不得，像是被点了穴道，嘴里还塞着破布，正在拼命挣扎！

突然，隐藏在门后的景大天一跃而出，出拳击昏尚来不及举刀的昆仑奴，一把夺过他手中的佩刀。另一名昆仑奴抢上前来，挥刀就砍，景大天躲避不及，肩膀被刀刃划中，只得忍痛对打一番，将昆仑奴砍倒后夺门而出！昆仑奴咆哮着呼救。

景大天持刀向两名昆仑奴的来路逃去，刚通过敞开的铁栅门，听到呼救的另几名昆仑奴已经持长枪、盾牌急速迎面而来！狭小的通道里，几柄长枪的枪尖露出阴森的光芒。景大天返身便逃，经过铁栅门时，眼疾手快地将锁头扣上，随即疾跑，跨过被他砍伤的两名昆仑奴的身体。与此同时，被挡在铁栅门之外的昆仑奴正拨弄着锁头，后面的昆仑奴挤上前来，将钥匙插进锁眼，眼看就要打开。

景大天亡命而逃，拐过弯去，又是一个锁住的铁栅门！焦急的景大天用力劈砍锁头，身后那几名手持长枪、盾牌的昆仑奴堪堪将至。景大天大吼一声，火星四溅，锁头终于断成两半！通过铁栅门后，圆形走廊的一边是旋转向上的石梯。景大天沿石梯爬到第二层，石梯下方，昆仑奴已经跟随而至。景大天拼命奔跑，前面又闪出两名昆仑奴！景大天慌不择路，见旁边又是一个楼梯，连忙闪身而入。楼梯旁边有一处几米见方的小块空地，摆放着一堆木桶、砖瓦之类的杂物。景大天听闻身后昆仑奴喊声已至，立刻跳进一个木桶，把木桶盖盖上。刚盖好，昆仑奴便追至楼梯处，领头的立刻向上攀爬，跑在最后的昆仑奴留意到这一堆木桶，停下来仔细打量，不禁起了疑心，用枪尖相继挑开两个木桶盖子，里面空空如也，随后又逼近了景大天藏身的木桶。景大天手握钢刀，做好攻击准备，屏息以待。这时，已经爬上楼梯的昆仑奴催促着，这名昆仑奴便放弃了搜索，转身跟着追了过去。

景大天长出一口气，悄悄地掀起盖子，放到地上。哪知道旁边有几块废弃的砖石，景大天不小心将砖石碰倒在地，声响立刻引回了已经爬到上层的昆仑奴。景大天无奈，只得拿出佩刀一番砍杀，勉强依靠逼仄的楼梯阻住对手，虚晃一刀后又往回跑，昆仑奴紧追不放。一番七转八绕，眼看着要被环廊两端的昆仑奴堵在中间，景大天闪身进入环廊边的凹陷处，竟发现一道通往顶层的天梯，头顶光亮已经可见！景大天正在迟疑，后面昆仑奴的喊声更加清晰，景大天便立刻攀缘而上，向头顶光亮处逃跑。攀到二分之一的位置，景大天发现一个横向通往古堡第三层观景台的通道，便钻进通道中。弯腰刚走了几步，迎头出现一名昆仑奴，举箭便射，景大天连忙低头俯卧，利箭擦着头皮而过。那昆仑奴又张弓搭箭，景大天连忙倒着往回爬，退到向上的通道处，沿天梯继续攀登。

头顶的光亮越来越近。

终于，景大天成功攀上了最高处，全身浸润在太阳的光亮里——此处竟是一座高塔！景大天向下望去，目瞪口呆：只见眼前是看不到底的深渊，身后是古堡庭院，无论跳向哪里都会粉身碎骨！景大天无奈，只好下了天梯，束手就擒。

"去扬州了？"霍新坐在自家屋里的小桌旁，喝着酒，打量着来和他打招呼的盛子晏。

盛子晏点点头："是啊，昨天回来得晚，没有来打扰您。"

霍新冷哼一声："案子怎么样了？"

盛子晏还是一样的沉闷语气："有进展。"

"我估计也有进展。"霍新冷笑着，"忙着探案，都忘了老子了！"

"没忘。"盛子晏回答道。

霍新又是一声冷笑："忘就忘了吧！这世道，自己活着就不容易了，还顾得上别人？！"

盛子晏无话可说。父子俩的对话总是这样，简短、冷淡，而且总是说不上几句就把话说死了。如此的家庭氛围，简直让盛子晏窒息。盛子晏曾几次想搬出去住，但终于没有成行，他不忍心抛下霍新。这

第四十七章 昆仑奴的私牢（上）

辈子，盛子晏始终感谢霍新两件事：

第一件，从悲田院把自己领回家。尽管自那之后霍新从来没有给过自己好脸色，但是，这个男人毕竟让自己有了一个家，让十岁起就成为孤儿的自己十分感激。

第二件，一年前，霍新告诉盛子晏，不久前霍新和新邻居刘孚之去焦山打猎，天晚雾大，便滞留在山顶的窝棚里。刘孚之喝多了，说他是死过一回的人。霍新不信，刘孚之就说出在某年某月某日的一次爆炸中，他差点儿被炸死。刘孚之醉酒时说出的日期，让盛子晏大吃一惊。在一个险象环生的夜里，借着月光，盛子晏验证了真相……

为了这两件事，盛子晏决定，一定要给霍新养老送终。

"又想什么呢？陪老子说句话，就这么难？"霍新一拍桌子，桌上的酒杯滚落到地上。

"我去了扬州，找到了杀贾寻的凶手，是个波斯女人，可她也死了。"盛子晏一边捡起地上的酒杯，将其重新摆好，一边机械地说着，"我还要上焦山，去查杀死波斯女人的凶手。"

霍新稍微满意了一些，语气有所缓和："有眉目了？"

盛子晏一边给霍新倒上酒，一边回答道："有了，应该是为了几幅画。"

霍新摸摸脸上又开始隐隐作痛的一长溜麻坑："十几年前，句容有个人为了半块饼就杀了一家四口。为了几幅画杀人，不稀奇。"

盛子晏点点头："这几幅画，还不简单呢！"

霍新盯着盛子晏看了片刻，喝了一大口酒："焦山那地方邪乎，小心点儿，别白白送了命。"

霍新脱口而出的这句发自内心的关心的话语，让盛子晏和霍新自己都愣住了，随后两人再也无言。

和霍新打过招呼，盛子晏按照计划去找肇兴元，准备了解一些官府在焦山、松寥山清剿落风帮的情况，以及落风帮近期的动向，以便为下一步和落风帮打交道做准备。哪知道没聊几句，肇兴元就告诉盛子晏乐刻斋失火、乐刻老人和孙女葬身火海的噩耗。盛子晏顾不得和肇兴元多说，立刻跑到乐刻斋，只见乐刻斋的院子还和往常一样，唯有北边的藏书房已经化为灰烬。虽然屋子里过火的书柜、烧毁的书籍已经被清理干净，但烟熏火燎的断壁残垣仍在，可以想象当时火灾的惨烈。盛子晏站在藏书房的废墟前，回想着自己与乐刻老人的点滴、乐刻老人孙女的笑脸，不禁潸然泪下。

一个面色沉郁的中年男子从院外走来，见盛子晏独自站在院落里落泪，便上前询问。原来，这男子是乐刻老人的儿子，刚刚为老人和女儿料理完后事，正要赶回长安。得知盛子晏与乐刻老人交好，中年男子便把院落的钥匙交给了盛子晏，请盛子晏闲暇时帮忙照看。

短短几天竟发生如此变故，盛子晏拿着钥匙，难以平静。看过了太多的阴谋伎俩，他不相信乐刻斋的失火是意外，更难以相信祖孙二人竟均未能逃脱，双双葬身火海！盛子晏想要弄清楚，究竟是谁下的毒手……

第四十八章
昆仑奴的私牢
下

"进套了！进套了！"况明兴高采烈地跑进况海府邸，向况海报告着喜讯。

况海也很是得意："那首诗，起作用了？"

"当然！"况明由衷地钦佩兄长，"能写诗，在我大唐算不得什么本事，能把诗当作诱敌的利器，这才是真正的高人！"

面对况明的赞美之词，况海连连摆手："这可真是过奖了。"

"这俩人还留着吗？干脆……"况明恶狠狠地做了个斩首的手势。

"不能杀！"况海连忙阻止，一副深思熟虑的表情，"有些草芥，杀就杀了，有的人金贵，轻易杀不得。"

况明不服气地问："那就这么养着他们？"

况海微微一笑："养上一段时间就可以了。"

"养上一段时间？"况明不理解，拖延一段时间对兄长的危险处境有什么帮助。

况海启发着况明："忘了《唐律疏议·职制》里的那一条了？官人无故不上，一天，笞二十；二十五天，杖一百；满三十五天，判处徒刑一年！"

况明这才恍然大悟，原来况海是想让韩滉缺勤，然后被降职调用，如此一来，由贾寻被杀所引起的丹渎王墓大案重见天日的危险，就能化为无形！当朝对官员缺勤的处罚执行得极其严格，比如玄宗时的刑部尚书裴敦复，刚刚立下军功，本当升迁，却因权相李林甫出于嫉妒从中作梗，而被远授岭南之官。裴敦复心中怨怼，不愿赴任，超过规定的赴任时间，于是以限满不赴之罪，被贬为淄州刺史。

"还是兄长深谋远虑！"况明打心里佩服。

况海笑笑："这位身份不比寻常，乃是世家出身。他要是死了，上面定然彻查，那样，我们的麻烦更大。这么做也是不得已而为之。"

焦山，昆仑奴的私牢。

微弱的阳光从一本书大小的空洞中照射进来，断腿的长发男子依旧蜷缩在角落里，看着韩滉徒劳地挖着墙，粉末不断地掉落到地上。

韩滉并不知道对面是哪里，只是毫不气馁地坚持尝试。

"你不像是贩盐的。"长发男子突然说道。

听到"盐"这个字，韩滉一惊："难道你是？"

长发男子叹口气："我是衢州人氏，当地官家的盐买不起，我和族人也浪荡惯了，无事可做，便干起了这贩卖私盐的勾当。"

"那怎么到了这里？"韩滉继续问着，手仍不停地在墙上拼命挖着。

"偌大的江南，像我这样的贩子，要想拿到盐，最好的办法就是找落风帮。"长发男子向韩滉介绍着，"他们人多势众，又心狠手辣，把持着北地和东南的盐路，价钱又算是合理，因此，整个江南的私盐生意都成了他们的。"

安史之乱爆发后，朝廷为了维持财政收入以贴补军用，致使盐价过高。国家对盐业过多干预，盐业市场根本不存在公平竞争的环境，而食盐又是家家户户每日生活的必需品，老百姓买不到价格低廉的食盐，私盐交易便泛滥开来。韩滉理解，在如此环境下，私盐泛滥倒也合乎情理，于是点了点头。

监牢内光线晦暗，长发男子看不到韩滉的点头动作："你还听着吗？"

韩滉微微一笑："听着呢，很有意思。"

长发男子又长叹一声："您听着有意思，于我，却是一场噩梦！大概一年前，我如往常一般又来进盐，哪知刚进鬼市，便被绑到了这里。"

韩滉好奇地问："他们是什么人？"

长发男子摇摇头："不知道，他们只是让我给族人寄去书信，让族人以高价去买他们的盐。"

"那就是另一股盐枭了？"韩滉沉吟着，手不停地在墙上挖着。

长发男子冷笑一声："我怀疑，他们背后有官府的力量。"

闻听此言，韩滉大惊，但随即一想，贩卖私盐的利润越来越大，很多人都开始铤而走险做起私盐生意，不少官员眼红了，也利用手中权力试图分一杯羹，类似案件屡见不鲜，因此，此案有官府中人参与也就不足为奇了。

"又没声儿了？"长发男子询问道。

韩滉连忙作答："我琢磨呢。你是怎么看出他们背后有官府撑腰的？"

长发男子笑笑："他们的盐价高，但是量很小，很可能是从官盐中截下来的一小批。可惜，我见不到他们的盐，无法看出是否为官盐。但是……"

"但是什么？"韩滉追问道。

长发男子的声音里透着恐惧："我试着跑了几次，结果受到了各种刑罚。那些刑罚，可都是官府中人惯用的！"

隔壁景大天的牢房，木碗和木勺摆放在门口。

景大天思虑一番，来到门口，将木勺一掰两段，拿着尖锐的部分朝着自己的胳膊比试了一下，随即缓缓地划向粗粝的皮肤，血慢慢地流了出来……

旁边的犯人看到景大天鲜血直流，吓得猛拍监牢门，引来了昆仑奴。昆仑奴看到景大天这般模样，连忙把景大天带到一间小屋，让医师检查。毕竟，他们得到况明的指令，要保证新来的这两个人的生命安全。

医师已是须发皆白，认真清理着景大天胳膊上的伤口，边看伤口，边怀疑地看着景大天："这是摔倒碰伤的？"

景大天看向老医师，回答得十分干脆："实不相瞒，这伤口是俺自己所为！"

老医师不解地看着景大天。景大天扭头看看窗户，这里的窗户比监牢的"窗户"大得多，此刻半开着，可以看到粗粗的铁栅栏外，有两名昆仑奴在守着。景大天轻叹一口气："俺弄伤自己，只是为了来你这里，多呼吸几口空气，牢房里全是腐朽、霉烂的味道。"

老医师点点头，不再说话，慢慢起身走到窗口，把窗户打开得更大一些。

景大天趁机侧头，旁边老医师的工具箱里，有一些医用的银针和尖锐的铁片。景大天趁老医师不备，把手伸向了工具箱，拿出一根银针，趁机塞进包裹着胳膊伤处的布帛里。

治疗完毕，景大天被两名昆仑奴押解着，重回牢房。刚走出老医师的门，戴着面具的况明突然出现，看看景大天裹着布帛的胳膊，又看向老医师，厉声询问："怎么伤的？"

老医师胆怯地答道："锐物划伤。"

况明盯着景大天，面色冷峻："牢房里，哪儿来的锐物？"

景大天一句话不说。

况明突然伸出手，抓住景大天受伤的胳膊，眼睛死死地盯着景大天。景大天咬紧牙关一声不吭，脸上汗粒直淌。况明松开手，喝令老医师拆开包扎的布帛。老医师连忙依令而行，拆了两圈后，张口结舌地从布帛的夹层中掏出一枚医用银针。况明拿过银针，冷冷地看着老医师，老医师浑身颤抖。

　　况明冷冷地说："不关你的事，下不为例。"

　　老医师连连点头拜谢。况明也不搭理老医师，转向一言不发的景大天，看了片刻，向旁边的昆仑奴发布着指令："罚！"

　　两名昆仑奴立刻将景大天拖到转角处的另一个小房间，墙上挂满了各种刑具，地上还有干涸的血迹，令人不寒而栗。两名昆仑奴将景大天的双手铐起，固定在中间竖着的铁柱上，将竹板编织成的书袄绕在景大天的前胸。况明亲自上手，转动着连接在书袄两侧的绳索，一股收缩之力碾压着景大天的身体，景大天立刻昏死过去……

　　景大天醒过来时已是身在监牢，活动了一下身体，浑身剧痛难忍，只好歇息。

　　突然，景大天感觉头上有沙土掉落，紧接着，传来了韩滉的声音，微弱得好像来自另一个世界："徒儿安在？"

第四十九章

飞鸽传书

（上）

刚刚逃狱失败、挨了顿打的景大天，猛地听到老师的声音，欣喜若狂，忍着疼痛，艰难地扶着墙站起来，寻找着声音的来处。同屋的囚徒借着小窗口透进来的微弱日光，看到墙上落土的地方，忙指给景大天："那儿……"

景大天一瞪眼，吓得这囚徒赶紧背过身去，生怕景大天再点自己的穴道。

景大天靠到墙边，透过小洞向隔壁看去，却根本看不到人，只能把嘴凑到小洞边上小声说道："老师，你还好吧？"

韩滉激动得声音发颤："好！你呢？"

景大天沮丧地说："老师，我逃了一次，逃不出去……"

韩滉都快哭出声了："为师怎么对得起你阿爷呀！你跟着我本来是想学画画，哪知道一步步到了现在……我对不住你啊！"

"胡说！"景大天脱口而出，又意识到对老师如此言语，实在不妥，赶忙解释道，"老师别怪徒弟粗俗，跟着老师这一年多，好玩！以后要是能逃出去，徒弟、徒弟还跟着您闯荡江湖！"

韩滉叹口气："这次要是能逃出去，为师也该上任了。"

"闯荡江湖可是人生一大快事！"景大天眼中闪烁着向往的光芒，随后又叹了口气，"唉，和老师、笑笑小姐还有盛子晏一起探案，真是让人回味无穷。"

"行！为师答应你，咱们这次出去，就算为师上任了，也一定找机会，和你再闯江湖！"韩滉豪情万丈地说道，可转眼声调就降了下来，"可是眼下，出不去啊……"

韩滉猛然意识到，师徒俩说了半天深情的话，原来都是空中楼阁，还闯荡江湖呢，连出去都不可能，于是自嘲地笑了起来。

听到老师笑了，尽管不知道原因，景大天强忍着剧痛，也陪着"呵呵"乐了起来。

"能逃出去。"长发男子突然发话了。

"什么？"韩滉和景大天一惊，尽管长发男子的声音听起来极其微弱，但他说的话却不亚于一道惊雷！

长发男子慢慢说道："我本来和隔壁那个人关在一起，你们俩来了以后，估计他们是想把你们俩分开，这才把我挪到这一间。隔壁那间的墙角原本有个通道，通道下面就是排水道，我从那里逃过，结果被抓了回来。那个通道可以通往外面，不过现在，他们一定防范得特别严。"

"那也得试试，我肯定出得去！"景大天信心十足，"老师，我这就去试试！"

韩滉也是十分激动，但立刻冷静下来，连忙嘱咐道："你要是出去了，千万别向官府求救！"

景大天惊诧不已："为什么？"

韩滉把长发男子所说的有关昆仑奴背后有官员撑腰的猜测，向景大天简单讲述了一遍，然后说道："我们不像这些买盐的联系人还有利用价值，可是现在我们还没有死，说明他们投鼠忌器。可一旦报了官，万一他们狗急跳墙，可能真就要了咱们的命！"

"那怎么办？"景大天询问道。

韩滉胸有成竹地说："去长安。中书令郭子仪与我交好，让他想主意！"

景大天在监牢墙角摸索着，果然发现了原有的排水通道。通道被铺在地上的石砖遮挡着，但石砖看起来并不牢固，看来的确如那个长发男子所说，是后来所补。景大天费力抠出砖缝里的泥土，试了试，觉得应该可以撬开，正准备发力，牢门处传来钥匙插入锁头的声响，景大天连忙一动不动地趴在地上。门开了，两个昆仑奴将装着馒头、白菜汤的木碗和木勺摆在门口。景大天假装行动不便，爬到门前，拿过馒头大口地嚼了起来。两个昆仑奴指指点点，取笑着景大天的不自量力，随即转身离开。

待牢门关上，景大天立刻来到已松动的墙角地砖处，将石砖掀起，排水道露了出来，排水道口封有铁栅栏。景大天咬牙发力，将两根铁栅栏掰弯至可以让自己钻入的宽度，接着小心翼翼地进了排水道。进入排水道后，景大天很快爬到了排水道主通道，左右看去，只见左前方深不可测，右前方可以看到不远处的尽头，有一丝光亮射入！景大天拼命向右爬，待爬到光亮处，发现这是一个深坑，可是有一块大石横亘于其中，大石与坚硬岩壁间的缝隙根本无法通过。景大天猜测，这里应该就是长发男子之前逃出的出口，昆仑奴将长发男子抓回后，用大石将这里堵住，断绝了逃跑的去路！景大天呆呆地斜倚在缝隙处，外面射入隐隐的太阳光亮，可望而不可即，景大天望着这光亮，不由得流出了眼泪。

来不及继续悲哀，景大天立刻返回，向主通道的左边探寻，走到一个丁字口，发现石壁上有一个小门。景大天大喜过望，把锈蚀的把手扳开，一堆渣土扑面而来。景大天不管不顾，大把扒拉着堆砌于小门外的潮湿泥土。突然，一股水流缓缓地漫了过来。景大天触摸到这水流，一时惊呆了。水越来越多，猛然冲破泥土的阻挡，汹涌而来！景大天连忙转身，夺路而逃，脚下的水面仍在持续上涨。

正逃的时候，景大天突然觉得胳膊像被针扎了一下一样，扭头一看，一条被水流冲来的蛇咬了自己一口，随后立刻消失在水流中。景大天顾不上这些，在排水道里疯狂地逃跑，伴随着水浪奔腾，直逃到排水道砖墙处，眼看再无退路。此刻的水势更急，已经渐渐逼近逼仄的排水道通道的顶端。景大天只能用奇怪的姿势，拼命把口鼻贴到上面的墙壁与水面的空隙处，双手抓住凸起的砖石，拼命地踹着排水道墙砖。水势越来越大，景大天急得手都划出了血。墙壁总算有了一些松动，这时水已几乎填满了下水道。头完全浸在水里的景大天用尽残存气力终于将砖墙顶出一个豁口，水从豁口处奔涌而出，流向砖墙的另一侧，水平面骤然下降。不过，毕竟砖墙上的豁口不大，后面的水流急迫压制过来，局面依旧危险。景大天钻过豁口，后面水流又至，景大天只能继续奔逃。砖墙这一面，又有几条蛇被水冲得四散而逃，有一条蛇和景大天并行而逃，结果一头撞到石头上，竟短暂地晕厥过去。景大天一把抄过蛇继续逃跑，直逃到一个和主通道相连的分支通道，误以为是回监牢的岔路，连忙将蛇放下。蛇这时也醒了过来，奔逃而去。景大天定睛向上看去，发现这里竟然是环形走廊，刚要掀开铁栅栏，一阵急促的脚步声传来，景大天赶紧矮身放下铁栅栏，刚刚放好，几名昆仑奴便踩着铁栅栏匆匆而过！等四周安静下来，景大天连忙从排水道钻了出来，上到通道，见四下无人，迅速来到一间小屋门口，使尽全力拉扯着锁头，想进屋后从窗户逃脱。突然，身后传来一名昆仑奴的厉喝，同时，一柄长枪的枪尖贴上了景大天的后背。景大天停止了手中的动作。

　　昆仑奴用枪尖示意景大天右转："走！"

　　景大天向右转身，在右臂对着枪尖的瞬间，突然用左手去抓枪杆，昆仑奴发力，枪尖扎入景大天右臂。景大天强忍剧痛，终于用右臂受伤换来的片刻时间抓紧枪杆，咬牙切齿地将枪杆末端生生刺进昆仑奴的咽喉！昆仑奴尸体栽倒在通道里，景大天连忙以枪尖别开了锁头，进入小屋。这小屋竟然是景大天被用刑的地方，景大天心中暗喜，毕竟自己对这里有所了解，于是轻车熟路地取下墙上挂着的倒刺木棒，顾不上倒刺刺入皮肤的疼痛，紧握着木棒冲出房门，直奔古堡正门而去！眼前是一片草坪，远处就是那片他和韩滉掉入陷阱的松海，自由触手可及。激动的景大天刚迈步，一道绳索瞬间绷起，猝不及防的景大天摔了个嘴啃泥，木棒也被甩飞，与此同时，三名昆仑奴冲了出来，手持长枪、砍刀，逼住了景大天……

"老师，我又回来了，路被堵死了！"景大天哭丧着脸，凑近了墙上勉强可以通话的孔洞。

韩滉正充满期待，听到景大天的声音，强忍着失望，连忙起身安慰："没事没事，再想办法！"

景大天本是个硬朗汉子，在老师韩滉面前却委屈得快哭出来了："老师，俺太倒霉了！要是只有那几个昆仑奴，俺肯定能跟他们一战。可是、可是俺被水淹了，还被蛇咬了一口！"

韩滉一惊，担心地询问道："是不是毒蛇？"

景大天回忆道："光线太暗……看着不像。脑袋溜圆，身子圆滚滚的，和笑笑小姐蛇园里的蛇差不多，肯定好吃……"

放下心来的韩滉听景大天提到蛇园，灵机一动，手探入怀里，摸到了胡笑笑给的太医署信鸽专用料！那是在扬州药园时，胡笑笑给刘孚之飞鸽传书时，分给韩滉、盛子晏和景大天的，韩滉没用，便随手揣起来了。韩滉心想：这私牢也在焦山，离太医署蛇园应该不会太远，何不试着把蛇园里的信鸽引过来，飞鸽传书？

想到这儿，韩滉让景大天先歇歇，随即连忙把信鸽专用料撒在小窗口上。原本并未抱太大希望，哪知道片刻之间，就有两只信鸽飞来！信鸽贪嘴，很快啄光了窗台上的料，眼看信鸽就要飞走，激动的韩滉赶忙伸手抓住了一只，接着扯下衣襟，咬破食指，用血写下"焦山烟袋古堡，勿找官府求救"的字样。此时，指尖的血已经淡无痕迹，韩滉赶忙又挤出血滴，本想继续写"去长安求助郭子仪"几个字，哪知道还没来得及写，两名昆仑奴已经来收拾碗和勺了！韩滉立刻将血书牢牢绑在信鸽的脚上，趁着昆仑奴推门之前松开了手！

　　焦山下午暖暖的阳光中，这只白色的信鸽飞向了蛇园。

第五十章

飞鸽传书

下

汉家药肆后院正房里，刘孚之正忙碌着。

刘孚之刚刚再次和胡笑笑确定，他一定要跟着去焦山，并说可以让药肆伙计帮助照看阿花。胡笑笑虽然奇怪舅舅为何如此坚决，但也只是认为舅舅可能是太过关心盛子晏，关心这位未来的外甥女婿，也就答允了。

等胡笑笑急匆匆赶往润州病坊，刘孚之又来到胡笑笑的房间，从多宝格药柜里取出了南诏杀人香。上一次，刘孚之试着将这南诏杀人香和他研制多年的定神丹混合起来让盛子晏服下。果然，这以南诏杀人香为药引的定神丹效果更是惊人，有离魂症之疾的盛子晏服药之后，半盏茶的时间便病症发作，还前往纳黛依的别墅试图行凶，只因别墅大门敞开，这才作罢。

刘孚之取出茶刀，垫上草纸，再次研磨了些许南诏杀人香的粉末，足够三颗定神丹所用，毕竟，这次前去落风帮，一定要一次成功！刘孚之将南诏杀人香的粉末仔细包好，来到锁着的小屋，炼制成三颗特制的定神丹，随后回到他的卧房，把窗帘拉严，门闩插好，点起一盆柴火，再将祖先牌位摆放到五斗柜上，开始祭拜祖先。只见刘孚之先将三颗定神丹放置在五斗柜上的托盘里，随即点起三根长香，将香拈在手中，"扑通"一声跪在地上，嘴里念念有词："列祖列宗，感谢在天之灵佑护，让孚之先是在霍新处，意外得知盛子晏的身世，后又得知盛子晏竟患有离魂之症。苍天有眼，天地之大，兜兜转转，一切又尽在孚之的掌握。列祖列宗放心，孚之已做好周密安排，定让宝藏重归汉家！"

祭祀完毕，刘孚之站起身来，犹豫再三，终于忍不住诱惑，在又一次检查窗帘、门闩之后，将五斗柜轻轻地挪开，从五斗柜里取出一把小刀，蹲在地上，把五斗柜遮挡住的两块长砖撬开，取出一个木盒。刘孚之打开盖子，里边还是一个木盒，再次打开，木盒里面现出一层厚厚的布帛，周围散放着自制的防虫蛀、防潮的药草。一层层地打开布帛，一幅画卷呈现眼前，和纳黛依手里的那两幅画卷，尺寸、装裱一模一样！刘孚之小心翼翼地展开，神秘画卷终于露出真面目，原来是一幅山水画：一座孤零零的山峰矗立于滔滔江水之中。作画之人的技法勉强算作一般，刘孚之却凝视良久，许久之后，刘孚之才叹了口气，将这幅画卷轻轻卷好，又层层包裹着放入了暗洞，挪回了五斗柜。

胡笑笑和盛子晏此刻正在润州病坊。

胡笑笑应僧医一铎之邀，用祝由术协助一铎给一位头疼病人做开颅手术。服下麻沸散之后，胡笑笑又念了一番咒语，待病人昏昏沉沉，一铎手持小巧利刃切开了病人的脑缝，胡笑笑惊叹不已。其时，大唐太医署医学士的研究方向虽各有偏重，比如咒禁科精通祝由之术，药学部熟悉各种草药功效，但各科所掌握的基础科目并无太大区别——外科精于处理跌打损伤，其中，由于战事连绵，尤其擅长医治刀箭创伤；至于体表肿瘤，除了针灸、使用药物外，也会根据情况实施割除手术。不过，对于那些需要开肠破肚的手术，甚至如一铎所实施的这般开脑的手术，太医署中很少涉及，这也是胡笑笑非常珍惜解剖尸体机会的原因所在。盖因当时公序良俗所制约,医师们难有解剖尸体的实践机会,复杂的人体手术也就无从下手。不过在民间,其实颇有敢于尝试的医师,能够对患者施行探腹取物乃至换脸手术的大有人在。为了在实施外科手术方面取得经验,大唐太医署加强了与胡医的交流,来自大宛国的僧医一铎便以擅长开颅、割除息肉而著称。

只见一铎巧妙运刀,不一会儿,便从病人脑袋里挑出不少小虫,这些小虫长仅二寸,看着甚是骇人。一铎嘱咐助手缝合伤口、敷药,和胡笑笑回到大厅。

隔着窗户观摩手术的盛子晏也是叹为观止。这次是盛子晏主动向胡笑笑提出想要前来观摩,感受一下祝由术的奥妙与神奇——毕竟,胡笑笑将用这项古老的法术为他治疗。见盛子晏对祝由术表现得如此有兴趣,胡笑笑很是高兴,不过,胡笑笑并不知道,自己的意中人主动提出接受祝由术的催眠治疗,其实有着更深的目的。而本来对胡笑笑颇为心动的盛子晏,也因为怀有的这个目的,才在面对胡笑笑的时候压抑着自己的情感,踌躇不前。

胡笑笑一边就手术问题与一铎探讨得失,一边给盛子晏讲解施行祝由术的时候病者要注意配合的事项。正在这时,面带忧虑之色的胖师兄匆匆赶来,将飞鸽传书交给了胡笑笑。看到韩湜的血书,盛子晏和胡笑笑大吃一惊。

"烟袋石那里确实有个古堡,"胖师兄思索着,"不过,给咱们提供药材的山里百姓最近都不去那里了,说什么有一群昆仑奴占了古堡,松海里还常有瘴气!"

盛子晏想了半天,想不出头绪。要解救韩湜和景大天,不能求助官府,可时间又不等人!盛子晏咬咬牙,快步往外走去,胡笑笑在后面使劲喊着,盛子晏也置之不理。胡笑笑急了,冲了出去,一把揪住盛子晏:"干吗去?是不是想独自去焦山送死?"

盛子晏面露焦急之色,却安慰着胡笑笑:"怎么会是送死?一定会有办法全身而退的。"

胡笑笑头一扬:"我也去!"

"你不能去!"盛子晏这下真急了,"去了也是给我添乱!你在旁边,我就分心了!"

听到盛子晏情急之下说出的关心自己的话语,胡笑笑心情大好。

"怎么叫添乱?"胖师兄很不满意,"小师妹去就添乱了?你以为药王教给我们的,只有治伤祛病的方子吗?"

听到这话,盛子晏突然想起来,被尊为"药王"的当朝著名医学家孙思邈在青城山炼丹时意外掌握了硝石、硫黄、木炭混合在一起的火药配方,因此孙思邈也是不折不扣的"火药之王"。

胡笑笑得意扬扬地说道:"朔方节度使李光弼打洛阳的时候,还专程派人延请我师兄去军中帮助制作'机飞火'呢!"

胖师兄接话道:"那是,虽说咱自己制作的没法和军中的相比,可对付那些昆仑奴足够了!"

盛子晏一时无语。

"我再飞鸽传书,让你瘦师兄驰援!"胖师兄冲着胡笑笑说道,随后转向盛子晏,大声地说:"我们哥俩陪笑笑一起,还算添乱吗?"

盛子晏只是摇头,眼里含泪。

胡笑笑大喜,冲盛子晏做着鬼脸:"那我和师兄先去药肆,把药肆里的硫黄、硝石等物带到蛇园,那里囤的木炭加上硫黄和硝石,够咱们炸他一炸了!"

"还有我!"僧医一铎突然发声。

"你?"胡笑笑、盛子晏、胖师兄异口同声地问。

"你们等着!"一铎转身跑回内室,不一会儿,就端着一把弩跑回来,"看清楚,这是什么?"

胡笑笑惊异地问:"先生还会使弩?"

"何止会!咱这射弩术,可是大宛国高手尚尧巫师所教,在汗血宝马上练就的!"一铎挺着肚子,"咱当和尚前,可不是善……"

一铎硬生生把后面的"茬"字咽了回去。不过大家都已明白他的意思，会心一笑。

　　时间紧迫，胡笑笑带着胖师兄、僧医一铎前往汉家药肆，和刘孚之一道搜集尽可能多的硫黄和硝石，随后前往焦山蛇园，与瘦师兄会合，制作火药。盛子晏则来到了开洛坊，这里是锻造刀剑所在。只见长街两边都是锻造炉，炉火熊熊燃着，铁匠们赤裸上身挥动着铁锤，砸着刚从炉火中抽出来的红红的铁块，打造着各式器具，所铸兵器中尤其以剑为最。唐人尚武，上至达官贵人，下至平民百姓，无不以佩剑为荣，国家对兵器的管制也相对宽松，因此民间锻造业兴盛。

　　盛子晏停在了一个炉火最旺、铁花四溅的锻造炉前。这家的打铁人是一个身材高大的汉子，汉子直愣愣看着盛子晏。

　　"我需要一把剑，最好的剑。"盛子晏说着，把一锭银子甩了过去。

　　打铁人一把接住，也不说话，掂量掂量这远远超过打造一把剑所需之资的银子，二话不说，便开始锤炼起来。

　　通红的炉火映着盛子晏的脸，此刻，盛子晏完全忘记了自己刻骨铭心的仇恨，忘记了自己必须要完成的任务，只想拿着这把最锋利的剑，救出韩滉和景大天。

第五十一章
越 狱
上

焦山蛇园，黄昏时分。

机飞火、火箭等所需要的"弹药"初步制作完毕，已经进入收尾阶段，帮不上忙的盛子晏来到蛇园的山坡上，看着正缓缓落山的太阳发呆。

胡笑笑刚刚给忙得满头大汗的刘孚之、僧医一铎、胖瘦二位师兄奉完茶，看到远处静立于山坡上的盛子晏，知道牵挂着韩滉的盛子晏内心难免紧张，便走过去安慰。经历了毒山恶战和这段时间的朝夕相处，又听到了盛子晏刚刚在润州病坊的真情流露，胡笑笑已经知道自己在盛子晏心目中的位置，所以，当与盛子晏并肩而立的时候，尽管羞涩，胡笑笑还是猛地伸出手，将盛子晏的胳膊紧紧挽住。盛子晏浑身一震，没有说话，只是默默地感受着温存。

"你知道我最喜欢看什么吗？"不等盛子晏回答，胡笑笑自言自语道，"我喜欢看黄昏的时候，家里的炊烟。小时候，太阳就像现在这样缓缓落山，像一幅画那么好看。这时，妈妈就开始生火准备做饭啦，那白白的炊烟缓缓升腾，好像融进了画卷里。妈妈还打趣地说以后不知道我会给……给哪个有福气的男人生火做饭。"

说到这里，胡笑笑一阵脸红，指着太阳说："你看，多美。"

盛子晏看着仿佛跳动着往山下落去的太阳，只感觉残阳如血。

夜幕降临，盛子晏一行人从蛇园出发，上了焦山。

众人一路艰难攀到半山腰，面前便是松海。盛子晏救人心切，就要往里走，刘孚之突然"咦"了一声，胡笑笑忙一把拉住盛子晏，一边询问着刘孚之："有古怪吗？"

刘孚之点点头："陷阱不少。"

看到刘孚之仅凭盛子晏的脚步声，就判断出前面有陷阱，胖瘦二位师兄、僧医一铎等人都大为惊异。唯有盛子晏，冷静下来思考之后，倒是对刘孚之的这一"专长"一点儿也不意外了，因为这些可都是盗墓者的必备本领！

刘孚之趴在地上，时而仔细地观察草色，甚至趴下身子去闻草的味道，判断草是否在原地生长；时而又用携带的短刀刀柄轻轻敲击地面，判断是否有空洞，一系列的动作老练而且高效。刘孚之并不知道盛子晏其实已经知晓他的身份，因此也就毫无顾忌地施展起探墓的技术，全力摸索着陷阱。较之句容柳泽湖边沼泽里复杂的丹渎王墓，探查此处陷阱明显容易得多。刘孚之轻车熟路，在前面小心翼翼地领路，并很专业地做下标记，以便回程不至于迷路。盛子晏、胡笑笑一行人就紧紧跟着刘孚之开辟的蛇形路线前行，至少躲过了五处陷阱，这才顺利通过了松海，随后便躲在松海林间仔细地观察古堡。

这座三层古堡建造在悬崖边上，借助了悬崖的突出之势，一小半古堡的边缘紧贴着山谷深渊，另外一大半面向松海，只有一个正门，门口插着两支火把。松海边缘离正门有十几丈的距离，中间都是草坪。只有三层能见到一座观景台，除此之外再无通道，房间的窗户都极为窄小，寻常人等无法通过。

众人看着易守难攻的古堡束手无策。大家虽满怀勇气与决心，却对攻城略地的手段一窍不通。

"一铎先生，你不是说你当僧人以前不是善茬吗？赶紧想想怎么才能攻进去。"胡笑笑轻声问着一铎。

一铎摇摇头："我那是跟人打架，不要命的，可咱这是打仗啊。"

这时，看着古堡思索了半天的盛子晏发话了："正面强攻很难，只能佯攻。"

胡笑笑对盛子晏信心十足："你说吧，我们都听你的。"

胖师兄立刻点头，显然很给小师妹面子，其他人冲着胡笑笑，也是把盛子晏当作头领。时间紧迫，盛子晏也就不再客气，直接说道："我数了数，这古堡有三层，一共十八个房间，除去做饭、餐茶之用，应该有十五个房间住人，再抛去关押犯人所用，里面恐怕至少有十名昆仑奴。"

说到这里，盛子晏看向一铎和胖瘦二位师兄："你们三位负责发射火箭与机飞火，吸引他们的注意。"

一铎和胖瘦二位师兄点点头。

盛子晏转而看向胡笑笑和刘乎之："你们协助发射火器，同时注意观察对方动向。"

胡笑笑担心地问盛子晏："那你呢？"

盛子晏表情凝重："我从悬崖过去，从观景台进古堡救人。"

"悬崖？怎么过去？"不等胡笑笑说话，瘦师兄提出了疑问。

盛子晏指了指悬崖："等你们用机飞火和火箭吸引住里面昆仑奴的注意后，我就贴着悬崖边溜过去。我刚看了，应该可以扒着山壁过去。"

瘦师兄逼问道："那回来呢？就算你能爬个来回，里面那两个也能和你一样爬回来？再说了，你也够呛能行！"

盛子晏急了："总得试一试！况且，要是形势允许，我们也可以从大门出来！"

瘦师兄拍拍盛子晏的肩膀："从大门跑出来不是成人家的活靶子了吗？别急，还是我跟你去吧。"

"你？"盛子晏和胡笑笑都是一惊。

瘦师兄拍拍鼓鼓囊囊的胸脯，冲胡笑笑笑了笑："你师兄和采药的上过山，爬个悬崖倒还不在话下。而且，我可以做个溜索，等救出人之后，我们直接顺着溜索荡回来！"

盛子晏很是兴奋："那就有劳师兄了！"

胖师兄冲着瘦师兄说道："你干脆带些火药，把那些昆仑奴炸傻了再跑！"

就在盛子晏、胡笑笑、刘孚之一行人筹划偷袭烟袋石古堡的时候，霍新出现在了汉家药肆。

"掌柜出去了！"伙计招呼着霍新。

霍新的表情还是如平常一般阴郁："什么时候回来？"

伙计赶紧接话："这个……掌柜的倒是没说。"

霍新不说话了，一瘸一拐地往后院走，伙计连忙拦住霍新："您这是去哪儿啊？"

霍新不耐烦地说："我去看看阿花。"

伙计有些着急："阿花跟您不熟，没有掌柜的和笑笑小姐在，我怕阿花咬着您。"

霍新急了："你是看不起我这个瘸子，是不是？！"

伙计看到霍新狠狠瞪着自己，连忙摆手："不敢不敢，那我领您去。"

霍新更加暴躁地咆哮道："我没有腿吗？你还是看不起我，是不是？！"

伙计愣住了，显得有些手足无措，赶紧让开了路。

说也奇怪，一踏进后院，霍新立刻平静下来，跟刚才愤怒暴躁的他判若两人。霍新眼里闪着精光，四处巡视，寻找着异样。

阿花从自己的小窝里跑出来，见到并不太熟悉的霍新，立刻朝霍新扑去，同时狂叫！霍新一把抓住阿花的后颈，阿花使劲挣脱开。一人—猞猁,凶狠对峙。

听见阿花的狂叫,伙计连忙进了后院。霍新又恢复了惯常的那副暴躁样子:"妈的!连个畜生也看不起我!"

说着,霍新一瘸一拐地转身离去。

这一趟,霍新看到了胡笑笑的房门敞开着,显然是因为匆忙离开而忘记上锁;而刘孚之卧房的门却被牢牢地锁上了。霍新知道,东西一定在那里。

焦山烟袋石的监牢里,景大天正仰面朝天地躺在地上养着精神。

另一间牢房内,韩滉和长发男子低声交谈着有关私盐交易的情形。牢房内漆黑一片,只有一缕微弱的月光透过一扇窄小的窗户射到牢房内的地面上。

"你们是如何与落风帮接头的?"韩滉细心地询问着。他知道,这些情报以后一定用得上。

"大意了!"长发男子后悔不迭,"本来都是去鬼市里的一家画店接头,有一套固定的暗语。"

韩滉觉得很是好笑:"这盐枭倒是风雅,找个画店做接头地点。"

长发男子叹了口气,语气中满是懊悔:"唉,真是失策啊。原以为熟门熟路了,想图个省事,这次在京口码头下了船,有人自称落风帮帮众,将我们引到这山脚下,然后突然出现了两个昆仑奴,后来的事儿……不提也罢!"

韩滉安慰着垂泪的长发男子:"以后若是能出去,别再贩私盐了,有违律法。"

"可官家的盐,吃不起啊!"长发男子无奈道。

韩滉点点头,顿觉自己有"何不食肉糜"之嫌。要知道,自从把食盐的经营权收归官府,以筹措军费应对安禄山、史思明的暴乱,朝廷便尝到了甜头:与加征人头税相比,采取食盐专卖与加税的方式效果更为显著,毕竟户籍人口变数大,流民和黑户不少,可盐人人得吃。因此，安史之乱被平定后，食盐专卖这项临时举措反而固定下来，成了大唐的定制。这是国家的政策，韩滉一个人无力更改，也只有陪着长发男子叹息。

长发男子喃喃地说："我们原本都是本分人，被安史之乱搅得没了营生，又越发吃不起盐，眼看着那些贩盐的凭着胆子大就能赚上一笔，一咬牙，也就做起了这买卖。"

"我看做这买卖的，或是心狠手辣的江湖恶人，或是官家人的附庸，你这样的平民百姓……"韩滉说到这儿，微微摇头。

长发男子叹口气："唉，我这辈子也就这样了。要是出去了，我得告诉兄弟们去干些别的营生！"

两个人就这么你一言我一语地聊着，突然，一声炸雷响起！韩滉惊喜交加，连忙趴在窗口向外看，可惜这窗口面对的是悬崖，看不到任何情况。墙上孔洞里传来景大天兴奋的声音："老师！老师！"

韩滉连忙凑到孔洞处："准备好，盛子晏他们来了！"

外面的昆仑奴不知道发生了什么事情，连忙冲出去查看。一名昆仑奴刚刚走出大门，便被一铎的大宛弩射来的火箭射中心口，立时毙命！其余的昆仑奴连忙躲藏起来或伏地，注视着弩箭射出的松海深处，不敢轻举妄动。

古堡紧挨山壁的一面，密集的荒草枯枝间，盛子晏和瘦师兄的脑袋小心翼翼地露了出来。

趁着昆仑奴不知所措的工夫，盛子晏和瘦师兄迅即来到悬崖边，瘦师兄固定好溜索的一端，随即引着盛子晏在岩壁上攀爬。盛子晏毕竟毫无经验，两次险些坠下，多亏瘦师兄拉住，方才化险为夷。两人一路来到观景台下，向上观察一番，古堡里寂静无声，瘦师兄将溜索另一端的铁钩甩到观景台的栏杆上，两人蹬着陡峭的石壁，迅速到达观景台。瘦师兄正要往里走，盛子晏一把将瘦师兄拽了回来，并示意惊诧的瘦师兄伏低身子。一阵脚步声响起，一个昆仑奴持砍刀走出古堡，在观景台上转悠了一圈，见没人后便离开了。

等脚步声过去，盛子晏冲着瘦师兄指指上面："咱俩分头行动，我去救人，一会儿在这儿会合。"

瘦师兄点点头："你千万小心，我去埋火药。"

两人互相嘱咐了几句，便扒着观景台栏杆，慢慢攀缘上去，进了古堡。瘦师兄去勘查火药的埋放地点，盛子晏略微观察形势，发现二、三层的房间大都房门大开，唯有一层的三间房门紧闭，并被栅栏门隔成一个独立空间，立刻判断出关押韩滉和景大天的监牢就在此处，于是蹑手蹑脚地躲避开那个持刀巡视的昆仑奴，迅速下到一层，开始开锁。

第五十二章
越 狱
下

听到外面的爆炸声更盛，景大天疯狂起来，先是使劲撞击了几下大门，见难以奏效，又把来不及被收走的木勺插入大门，结果木勺"咔嚓"一声断为两截。景大天气恼地把断成两截的木勺甩在地上。另外一个囚徒也激动不已，在牢房内来回走动着，直到景大天呵斥其"冷静"，才停止不动，在一旁看着景大天暴躁地砸墙。

另一间牢房里，韩滉把长发男人扶起来，长发男人眼见自由在即，虽然嘴上说着自己逃不出去的话语，但眼神仍充满渴望。韩滉已做好背着长发男子逃跑的准备。这时候，门突然被猛地推开，盛子晏探进头来！韩滉快哭出来了，哽咽地叫道："子晏！"

盛子晏强忍狂喜，点点头，又去打开另一间牢房，救出了景大天和另一名囚徒。一行人迅速朝三层观景台逃离，景大天路过一间贮藏室时，进去顺手拿了一个扫把，将扫把头除去，只握木棍跑出。就耽误这片刻时间，昆仑奴的长枪倏忽而至，两人打斗起来。景大天受伤势所累，只能堪堪招架。这时，二层瘦师兄点燃的火药突然炸响，吓了昆仑奴一跳，久经江湖的景大天丝毫不乱，趁机击杀了昆仑奴，追上了盛子晏和韩滉。

在二层，刚刚点完火药的瘦师兄着急地大喊，提醒着盛子晏："快！快！"

原来，正门处的几名昆仑奴听到爆炸声，回来查看，发现囚徒已经逃跑，于是拼命追赶。盛子晏、韩滉、景大天等人在黑暗的古堡里拼命地奔跑，摔倒了又爬起来，而楼层之间的石梯空间逼仄，大家的头不断被石壁磕到，鲜血淋漓却浑然不顾，搏命狂奔。与景大天同监牢的囚徒跑在最后，结果在上石梯时，后背被长枪刺中，大叫一声，倒地身死，血溅了前面的韩滉和景大天一身。景大天连忙回身，用木棍抵挡着近在咫尺的追兵，好在是居高临下，稍稍占据上风，可几名昆仑奴死死纠缠，景大天难以脱身。

已经来到二层的盛子晏与瘦师兄成功会合，其他人也顺利抵达。瘦师兄又摸出一包火药，准备扔向昆仑奴，替景大天解围。盛子晏四下观望警戒，瘦师兄点着了长长的导火索，导火索"哧哧"响着，绽放着火星。瘦师兄偷偷将火药扔到昆仑奴所在位置附近，一拍盛子晏，两人连忙躲远。可是火药却毫无动静。瘦师兄刚走近想要检查，火药却突然炸开，瘦师兄"啊"的一声，捂腿倒地，小腿渗出鲜血！而炸开的火药也飞向几名昆仑奴，距离最近的昆仑奴脸被炸烂、头发上着了火，鬼哭狼嚎着倒地。景大天趁机逃脱。

盛子晏拖着瘦师兄拼命往楼上跑，瘦师兄疼得龇牙咧嘴，盛子晏累得呼哧带喘，两个人好不容易来到了观景台。大家正准备滑溜索而逃，剩余两名昆仑奴又追了上来，景大天一瘸一拐地拼命阻住其中一名持长枪的昆仑奴，另一名手拿砍刀的昆仑奴见韩滉扶着长发男子正要上溜索，举着砍刀就往上冲，想要砍断溜索！盛子晏、瘦师兄帮着景大天对敌，距离较远，眼看着昆仑奴就要得逞，几人的心都提到了嗓子眼！长发男子心想反正也是个死，于是索性把心一横，勇气陡生，死死抱住了昆仑奴，任凭砍刀一刀一刀砍在后背、头上，死不撒手，结果两人踉跄着滚过栏杆，双双坠崖！韩滉全力拉扯，却禁不住两个人的重量，眼见着刚才还活生生的人，转眼死于非命，想要大喊却喊不出声，眼睛血红。

受长发男子启发，盛子晏突然从后面扑向昆仑奴，箍住昆仑奴的脖子。昆仑奴被这搏命打法惊呆，停滞片刻，景大天、瘦师兄借机一起扑向昆仑奴，几个人叠罗汉一般倒在一起。等瘦师兄、景大天、盛子晏依次站起身来，长枪已经扎在昆仑奴胸口，景大天握住枪杆，满脸是血。

"有爆炸声！爆炸声！"

润州府的两名捕快在焦山脚下的埋伏点听到了半山腰的爆炸声。埋伏点设置在一小片密林中，与上方烟袋石古堡恰好处在同一个方位。两名捕快走出密林，抬头便看到了爆炸的火光，连忙叫醒正在打盹儿的欧阳尘。

为了完成况海布置的保护好韩溰的任务，欧阳尘丝毫不敢怠慢，毕竟这关系着自己的官帽。于是，欧阳尘不间断地巡视位于松寥山鬼市和焦山的埋伏点，结果，恰好赶上了烟袋石古堡的爆炸。

被叫醒的欧阳尘走出小片密林，来到了山脚，仰头注视着烟袋石古堡处不断迸发的火光，那是机飞火和火箭爆炸时发出的亮光。

"先别管，有别的地方出现情况再说！"欧阳尘嘱咐着捕快，因为况海特意告诉欧阳尘，烟袋石古堡有任何情况都不要轻举妄动，况海况大人自有安排……

松海里，胡笑笑、僧医一铎、胖师兄、刘孚之正要得得心应手，用大宛弩不断地发射火箭和机飞火，完全压制住了昆仑奴。弩操作起来极其简单，通过"望山"的刻度调整发射角度，扣动铜郭下方的"悬刀"，即可顺利发射箭矢，初学者也能很快掌握。而大宛弩使用起来更是简单且高效，盖因当时大宛与前朝汉军交战，吃足了汉弩的亏，于是痛定思痛，以汉弩为模板，反复研究，终于制成了以瞄准精确著称的大宛弩，配上这机飞火，打得昆仑奴抬不起头来。

在大宛弩的火力掩护下，胡笑笑等人终于迎回了韩滉、景大天等人。来不及寒暄，胡笑笑迅速掏出百宝袋，用最短的时间给受伤的瘦师兄、景大天敷上创伤药，一行人迅速撤退。

刘孚之带路，胡笑笑、一铎紧紧跟随，胖师兄扶着瘦师兄，韩滉、景大天互相帮衬，盛子晏落在最后。突然，盛子晏的脚被一根像是捕猎用的绳索绊到了，紧接着，绳索扯翻了挂在树上的竹筐，竹筐内的一个弹丸坠地、散开，一道蓝雾登时弥散，盛子晏想要叫前面的人，可一句话也说不出来，紧接着便晕倒在地。

众人仓皇下山，胡笑笑回头招呼大家，突然大惊："盛子晏呢？"

大家这才发现盛子晏没有跟上来。

胡笑笑二话不说，扭头就往回冲，刘孚之一把拽住："谁去你也不能去！"

胡笑笑急了，甩脱了舅舅的手："别人都不去，我也要去！"

说完，胡笑笑就往山上跑去。眼见胡笑笑如此，其他人都要跟去。景大天赶紧大声劝止："赶紧带老师去蛇园，俺和笑笑小姐去！"

说着，景大天追胡笑笑而去。两个人沿来路一直穿过松海，快接近古堡时，发现了盛子晏的长剑。胡笑笑脸色惨白，继续往前追去，果然发现一名昆仑奴正拖着盛子晏往古堡走去！拿着盛子晏长剑的景大天和胡笑笑冲了过去，突然，另一名昆仑奴从古堡里蹿出，持砍刀扑向胡笑笑！胡笑笑赶忙掏出随身带的短剑，可毕竟不擅格斗，动作明显慢了半拍。眼看昆仑奴砍刀将至，千钧一发之际，一支弩箭带着风声飞到，正中昆仑奴面门！原来，景大天和胡笑笑转身便跑，其他人既牵挂盛子晏，又放心不下景大天和胡笑笑，于是韩滉率先往回追，其他人也不甘落后，众人很快便追上了景大天和胡笑笑。一铎及时射箭，化解了胡笑笑的险情。

景大天与昆仑奴缠斗，两人的枪剑都被对方打飞，索性肉搏起来。胡笑笑一把抱住盛子晏，见其只是晕厥，这才放心，连忙掏出草药让盛子晏闻，盛子晏方才悠悠醒转。韩滉等人也都围了上来，一铎要帮景大天料理昆仑奴，景大天一把拦住，向众人说道："你们先撤，我断后！"

一铎不放心地问道："行吗？"

景大天使劲点头。这憋屈的监牢让景大天受够了苦，现在，终于可以堂堂王正打一架了，何等快活！只见景大天与身材高大魁梧的昆仑奴近身肉搏，昆仑奴晃晃悠悠，景大天也时有踉跄，两个人拳拳到肉，基本没有章法。稍稍占据上风的景大天又打了一会儿，索性脱去了外衣，赤膊上阵，大喊大叫道："痛快！"

渐渐地，昆仑奴开始体力不支，被景大天打得晕头转向。见状，景大天停了下来："痛快点儿，谁也别动，一人一拳！早做了断！"

说完，景大天就和昆仑奴面对面站定，也不再说话，憋红了脸运气。那昆仑奴也是条汉子，懂了景大天的意思后，也一动不动地运气。

景大天大叫道："你先开始！"

昆仑奴猛的一拳打向景大天的肚子。景大天"啊"了一声，只略微晃了晃，随后稳住身形，拼尽全力也给了昆仑奴一拳。两个人一来一回打了七八下，眼看昆仑奴快要支撑不住，正轮到昆仑奴打景大天，景大天挺胸叠肚正准备如前几次那样硬扛，结果昆仑奴使坏，拳头中间拐了个弯，突然朝着景大天面门抢了过来！景大天吓傻了，拳头擦着景大天头皮抢了过去，趁着景大天慌乱之时，昆仑奴扭头便往古堡跑。

景大天大怒道："言而无信！"

说完，景大天便要去追，韩滉一把将他拽住："够了！跑！"

景大天还没有打过瘾，却也不敢忤逆老师，只好骂骂咧咧地随大家一起往山下跑。大家跑了没有多远，只听"轰"的一声，古堡竟然发生了爆炸，威力极大，燃着火星的碎石漫天飞舞，将焦山映得通红！

韩滉等人都是惊骇不已，胖师兄更是嘀咕着，说这可是官府的火药才有的威力！

"炸了？"况海坐在府邸的交椅上，面无表情地问道。

"炸了！"况明小心翼翼地回答，"按哥的吩咐，眼见那位逃跑已成定局……用的是军用的火药，给够分量了！"

"有活口吗？"况海前后晃悠着交椅，声音里听不出任何情绪。

"九个昆仑奴，一个医师，一个没少。"况明利落地答道。

况海不再说话，站起身来，走到窗前，看着窗外的深沉夜色。况明不知道况海是喜是忧，低垂着双手，大气也不敢出。

良久，况海转过身来，冲着况明语气平缓地说道："我知道，你经营这古堡有些时日了，特地找些昆仑奴来，没有找本地人，也是为了保护家族。我也知道，我一直伸手要钱，却不问你钱的来处，难为你了。"

况明见兄长如此体恤，感动得连连点头。

况海叹口气，继续心平气和地说道："炸就炸了，虽然损失不小，不过，倒也不留痕迹，炸得好。我况家能有现在的家财、地位，都是拜我这个不大不小的官所赐。在长安，司法参军不算多大的官，可在这里，我们一跺脚，润州城可就要震上一震！所以，保住位置是最重要的。留得青山在，不怕没柴烧！"

况明点头称是。

况海拍拍况明的肩膀："你能明白这些，我倍感欣慰。再说了，这位追着贾寻不放，终究是麻烦。好在经过这么一折腾，这位养尊处优惯了的主儿吓了一大跳，恐怕也断了再纠缠的念头了，应该明白老老实实上任才是正道！"

说着，况海不禁面露微笑，况明也总算松了口气，跟着笑了起来。

可惜，况海低估了韩滉。

第五十三章
焚 画
上

京口码头通往松寥山鬼市的土路上,一驾驴车晃晃悠悠地走着,车里坐着韩滉、盛子晏、景大天。

经历了烟袋石古堡一战的命悬一线,韩滉非但没有生出惧怕之心,反而更燃起了斗志——这就是况海不了解韩滉的地方。韩滉的父亲是玄宗时代的丞相,韩滉自小就心高气傲,颇为顽劣。父亲为了让脾气火爆的韩滉修身养性,这才让他学习画画。的确,画画让韩滉的张扬性子稍有收敛,韩滉如今表现得如谦谦君子一般,但是他骨子里的硬气却始终未除。当吏部员外郎的时候,韩滉甚至敢顶撞皇帝!这等人物,岂能被轻易吓倒?他只会愈挫愈勇,非要把案子查个水落石出不可。

到了京口码头,几人与三位并肩作战的医师分别。尝到了有接应的甜头的韩滉依旧安排胡笑笑和刘孚之在鬼市接应;韩滉自己则带着联系用的太医署信鸽专用料和景大天、盛子晏假作刚下船的私盐贩子,按照长发男子的指点,去鬼市画店和落风帮接头。胖瘦二位师兄、一铎等人放心不下,想一同前往,不过韩滉坚信去落风帮探宝更需要以智取,不像闯古堡私牢这样需要以命相搏。

不过，这次韩滉可是想错了。

前往松寥山的野径旁，十二岁的女孩朱朱正带着五岁的弟弟兜兜扑打着白色蝴蝶。荒野地上，零零落落生长着矮棘树，两个孩子穿得破破烂烂，却乐此不疲。远处，那条松寥山上的热河流下来，在不远处的土坡淌过。

韩滉三人乘坐的驴车自远处而来，卷起一片沙尘。驴车停到了荒野上，车夫下车喂驴，韩滉、盛子晏、景大天也跳下车，舒展着筋骨。看到几个陌生人前来，朱朱使劲拉着兜兜，两个人静静地看着这几个人。

看到野外有两个孩子，作为进奏官的盛子晏好奇地走过去问道："怎么在这儿玩？大人呢？"

朱朱很是警惕，往后拽了拽弟弟："我就是大人。"

盛子晏看着朱朱破旧的衣服，指着她肩膀处裂开的一个大口子，示意朱朱："回家让你阿娘给补补。"

朱朱摇摇头："我没有阿娘，也没有阿爷。"

盛子晏一愣，又仔细看了看朱朱，仿佛从这个女孩倔强的目光里看到了小时候的自己。

这时，景大天从驴车处跑来，催促着盛子晏："走了！驴喂好了！"说着，景大天还顺手拍拍朱朱的头。

盛子晏从怀里掏出一锭银子，交到朱朱手里，转身随着景大天快步离去。突然，朱朱拉住盛子晏的衣襟，等盛子晏回头，朱朱已经跪在了地上。盛子晏和朱朱目光相对，两人都不禁热泪盈眶！

盛子晏拉起朱朱，又捏捏跟过来的兜兜的脸蛋，这才上了驴车，扬长而去。

朱朱捧着银子，默默地望着驴车走远，旁边的兜兜摔了一跤，朱朱连忙去扶。河堤坡沿上，两个鬼鬼祟祟的落风帮帮众慢慢探出头来，接着来到朱朱和兜兜身边，拽着两人就走……

鬼市偏僻处隐藏着一家不起眼的古画店,店里倒是布置得颇为典雅,柜格、墙上展示着各式各样的画作,不过韩滉看一眼便知道都是假画。

见到三位客人进店,一个四十多岁、眼神锐利的伙计迎上前来。伙计无名指上戴着的一枚硕大的紫宝石扳指,让韩滉眼前一亮。原来,这名戴着紫宝石扳指的伙计,便是落风帮的接头人。

韩滉凑上前去:"店家,找幅画,山水最好是蜀地的。"

这伙计仔细打量一番韩滉等人,回应道:"海里仙山行不行?"

韩滉笑了:"不如蜀地的好吃。"

伙计又盯着三人看了看,挠挠脖子:"里面请!"

说完,伙计转身走到画店最里面的一道门前,掀开纱帘,朝后进院落而去。韩滉忙招呼盛子晏、景大天跟上伙计的脚步。

景大天紧随韩滉,盛子晏却皱起了眉头。伙计不断用手挠脖子,这动作盛子晏见过多次,都是走街串巷时遇到的不信任他的人所做出的。想到这里,盛子晏多了个心眼,从柜格里抽出幅画卷,揣进怀里,这才追上韩滉和景大天。

三人随伙计走上一条布满水渍的潮湿小路,小路位于两所房子的外墙之间,上面加盖着低矮的顶棚,走路需要猫腰前行,阴冷潮湿的空气让三人不禁掩住口鼻。就这样拐了几个弯,已经绕晕了的三人来到一个院落,一驾驴车停在院落之中。那伙计攀上驴车,打开车厢,在车厢角落掀开座位,于阴暗处拉动吊环,一块铁板立刻掀开,原来下层有夹层。伙计示意韩滉三人钻进夹层,夹层里恰可安置三人,夹层壁有细小的透气孔供通风所用。伙计驾着这辆特制的驴车出了院门,行驶在鬼市的街道上。从外表看去,这驴车上只有一个赶车人,足可以甩掉所有盯梢。

就这样晃晃悠悠走了好久,驴车来到鬼市僻静处的一座房子前。伙计打开夹层,放出韩滉、盛子晏和景大天,几名落风帮帮众从房子里出来，和伙计一起押着韩滉等人进了屋，来到里面的小院。伙计让三人在东房内稍等，说帮主一会儿就到，随即便出了门。盛子晏、景大天嘀咕着这里的神秘莫测，韩滉则趁机在门外小院里撒下了太医署信鸽专用料……

突然，"咣当"几声，三人前后各有一排铁栅栏从房顶降下，将三人关在其中！三人在铁笼子里面面相觑，景大天急得跳脚，又撞又踹，可是铁栅栏纹丝不动，倒是把脚踹得生疼。

"中计了！"韩滉后悔不迭，"哪儿露馅了呢？"

盛子晏一边查看栅栏，一边说道："他们一开始就没相信咱们。"

景大天很是不满："马后炮！不早说！"

盛子晏摸索着栅栏，自言自语道："外面应该有机关，可以打开。"

三个人赶紧四处打量着铁栅栏的机关。景大天看遍了屋子上下四周，向韩滉指了指背窗的翘头案，示意翘头案靠窗的一面应该有机关。盛子晏把着栅栏，伸出腿去，使劲地够翘头案靠近自己的一角，使翘头案稍稍地挪动了一点儿。果然，翘头案另外的一条腿是固定在地上的，而靠窗一侧的抽屉边果真有一个开合机关！盛子晏拼命地伸着腿，试图把翘头案横过来，以便能够正面面对机关，可却总是差一点儿。景大天又忍不住扒拉开盛子晏，以为自己能够到，结果腿还没有盛子晏长，距离桌腿更远。这时，盛子晏把一锭银子递到景大天面前，景大天立刻明白，接过银子，瞄准了墙上的开关，直接将银子掷了过去，银子砸墙反弹，结果离开关仅差毫厘！韩滉和盛子晏屏息观看，景大天又从怀里取出一锭银子，瞄准着墙壁上的开关。

韩滉忍不住出声："银子还够吗？"

景大天本来瞄准了半天，正要出手，韩滉话音一出，景大天手一哆嗦，猛地将银子掷向墙壁，结果偏得离谱，打到了窗棂上，砰然作响！景大天埋怨地看了韩滉一眼，也不敢出言指责，只是竖起食指示意噤声，接着又拿出一锭银子，嘴里念念有词，随后又一次瞄准墙壁上的开关投了出去，银子正中机关，两道铁栅栏"咣当"一下升了上去！三人大喜，正要冲出门去，却又被迎面而来的几把闪亮的砍刀逼回了房间！

来的正是几名落风帮帮众，随后，那名伙计也走了进来，此时已经换上锦衣华服，阴狠地盯着三人，正是落风帮帮主啸通海！

啸通海近来心神不宁，坐卧不安。

四十来岁的啸通海生于歙州，从小过的就是苦日子。父母早亡，啸通海便远去少林寺学艺，因太过顽劣，虽然练就一身武艺，但依旧被赶了出来。于是啸通海回到老家，净做些鸡鸣狗盗之事，因为心狠手辣，年纪轻轻便成了村子里地痞的头儿。原本，啸通海只是带着兄弟们干一些偷鸡摸狗的勾当，后来，官盐价格大涨，贩私盐成了那些敢于搏命的人的好营生。啸通海干起私盐生意后，与同行白刃相见，不断吸收江湖上的心狠手辣之徒，竟然成了气候，成为江南地区私人小贩的供货商。

赚了钱之后，啸通海也想做些有头有脸的事儿。比如在鬼市里开了几家画店、古玩店，贩卖些假货，附庸风雅，甚至还动了去润州城开店的念头，可惜终因怕被官家发现而作罢。

这一年来，啸通海察觉到风声不对，明显有人在抢自己的私盐生意，而官府又加大了对落风帮的清剿力度。啸通海知道，这两件事情之间肯定有关。精明、谨慎的啸通海开始未雨绸缪，做好了周密的应对计划：一方面，他决定重拾那些利润大的"行当"，比如拐卖妇孺，甚至考虑开设妓院，以弥补收入缺口；另一方面，更加小心地防范风险，在接头的时候也更加谨慎。同时，啸通海也不再待在存放私盐的盐洞里，他听读书人讲过大隐隐于市的道理，于是秘密地在鬼市买下产业，虽说小院并不起眼，可是相邻的宅院也被啸通海以不同的名字买下，两处房产形成一套大的宅院。如此一来，啸通海身在鬼市而非松寥山中，可以更敏锐地察觉到外面的风吹草动，也因此，况海对落风帮的清剿虽然声势浩大，也查获了两处存放私盐的盐洞，但是并没有令落风帮伤筋动骨，更遑论找到啸通海的踪迹了。

此刻，啸通海手扶刀柄，盯着韩滉，质问道："是谁派你们来杀我？"

韩滉还在辩解："我们是来找落风帮贩盐的！"

"放屁！"啸通海大怒，"就你们几个这样子，还装盐贩子？"

景大天受不了这般侮辱，大声叫骂："老子乃渤海国景大天，奉朝廷指令，来到这鬼市，取你的狗命！"

啸通海扭头看着景大天，冷笑道："这就对了，必是朝廷派你们来的！这本来不值钱的盐，养肥了多少官？又养肥了多少衙门小吏？"

韩滉板着面孔说道："不许污蔑朝廷！"

啸通海冷笑着说道："朝廷？什么是朝廷？谁又是朝廷？坐在上面的那个人代表朝廷？还是那些官代表朝廷？他们靠着官盐升官发财，咱靠着私盐过活，一样是靠着白花花的盐，他们怎么就比咱高上一头了？"

韩滉苦笑道："可我们真不是朝廷派来的！"

啸通海一指景大天："这可是他亲口说的！"

韩滉无奈道："那你说，他一个渤海国的，奉的是哪个朝廷的令？"

啸通海想了想，觉得也对："那你们为什么偷偷来这里？说出来，饶你们不死！"

韩滉大声地说："我们是来买盐的！"

啸通海看着韩滉等人，露出一丝残忍的笑，右手做出一个下压的动作。手下立刻明白，扬起砍刀就要杀人。

情急之下，盛子晏突然掀开衣襟，露出怀中偷拿的画卷："我们是来献画的！"

啸通海一惊，连忙拦住手下："什么画？"

韩滉和景大天也愣住了，齐齐看着盛子晏。

盛子晏不慌不忙地说道："这是丹渎王墓的藏宝画卷！和你手里的那两幅合到一起，正可揭示藏于黄天荡深处的大汉宝藏之秘！"

啸通海内心一阵狂喜，但是表面上不露声色："你怎么知道另外那两幅在我这里？"

盛子晏哼了一声："你以为，我们没去找过纳黛依？"

啸通海立刻明白，一定是那波斯杂役的弟弟也把情报卖给了眼前这伙人，只是自己先下手为强。眼见三幅画卷即将集齐，啸通海大为欣喜，激动地说道："拿来看看，是真是假！"

盛子晏伸手入怀，却从怀里掏出了火折子。啸通海和手下不解其意，都奇怪地看着盛子晏。只见盛子晏点起火折子，又拿出画卷，作势要点，朗声道："为了这幅画，我们受苦遭罪不说，还有人为了它命都丢了！你说拿走就拿走？"

景大天赶紧帮腔："对啊，你拿走了，肯定就不还了！俺浪荡江湖多年，你这样的，俺见多了！"

啸通海突然哈哈大笑："骗都不会骗！"

这话将韩滉、盛子晏、景大天说愣了。

啸通海指着画卷："大小都不一样，还来蒙我？"

其余落风帮帮众见啸通海如此说，又举起砍刀。

盛子晏冷笑道："是谁告诉你，丹渎王墓的三幅藏宝画卷，是一样的尺寸，一样的大小？又是谁告诉你，这三幅画卷，都没有重新装裱过？"

这下子轮到啸通海发愣了。啸通海想了半天，冲着盛子晏口气缓和地说道："那你想怎么办？"

盛子晏暗地里松了口气，知道几个人的性命暂时保住了，于是说道："先让我们吃饭，我们要休息。跋山涉水找你献画，你却刀兵相见，这岂是待客之道？"

第五十三章 楚 画（上） | 329

啸通海连连点头:"好说,好说!"

盛子晏继续提着条件:"还有,我知道你手里这两幅画是怎么来的,我们休息的时候,你必须沐浴更衣,斋戒半天,让画卷去去血腥气,否则大不吉利!"

啸通海气得脸通红,咬咬牙,勉强点头:"好说。"

盛子晏见啸通海面色不虞,也不想太刺激他,于是不再咄咄逼人:"晚上咱们再商量如何去寻宝,找到宝藏怎么分。我们也不贪,哪怕十份里分得一份,我们三个也是一辈子花不完了。"

啸通海听到这话,才舒服一些,也说了句客气话:"当然,这么一份大宝藏,谁也没有胃口独吞。不过,我劝你们老老实实的,别耍花招,在落风帮,还没有人能逃得出去!"

"我们就是冲这宝藏来的,怎么会跑?"盛子晏赶紧接话,随即晃了晃手里的画卷,"没有你那两幅画,这个,分文不值!"

啸通海点点头,接着命令手下帮众把韩滉三人带到了最里面的一间逃无可逃的房间。

第五十四章

焚 画

下

  等屋里只剩韩滉三人，盛子晏连忙冲着韩滉解释道："权宜之计，还要仰仗老师临时画一幅。"

  韩滉皱着眉头："还是赶紧琢磨怎么逃吧。这画上画的是什么都不知道，晚上给他们，必定露馅儿！"

  景大天连忙接话："您胡乱画就行，那姓啸的连第三幅画的大小尺寸都不知道，更别提内容了。"

  韩滉想想也是，便让盛子晏把画卷打开，画卷上画的是一幅茂林修竹图，落的是汉朝大画家刘褒的款，一看便是仿作。不过，虽然技法一般，但看画纸确实是前朝人的画作。韩滉派景大天在门口望风，让盛子晏打下手，小心翼翼地铺好垫纸，在洒水、吸去水分后，揭下了画纸，在画纸背面沿着前面竹林的笔触，信手画上一幅山水图，重新裱好。

  盛子晏、景大天惊叹于韩滉的挥洒自如，可韩滉用茶水反复渲染，用香灰不断铺陈墨迹之后，还是不住地摇头。

  "老师，您咋这么不放心？"景大天很是不解。

  盛子晏也有同感："我觉得没问题，肯定能蒙混过关。"

韩滉叹息一声："可做旧这块瞒不了人，就这墨色，无论如何也不像前朝的画啊！"

景大天一副浑不懔的样子："这就不错了！晚上先谈条件，那姓啸的要是非要看画的话，就给他看。一旦他看出来是假的，俺直接出手！"

韩滉和盛子晏对视一眼，异口同声地说道："也只有如此了！"

啸通海为了表示出诚意，特意将晚宴设置在一间稍加布置过的小厅，还上了蒸肉蒜泥、椒盐烤鸭、去骨鱼片、带皮脸肉四道硬菜。这在鬼市里已经算是难得了，毕竟鱼、鸭这等新鲜原料，都要在京口码头的集市上买。啸通海拉上二帮主作陪，同时还做了周密安排，门口警卫乃至斟酒上菜的帮众，个个太阳穴鼓着，景大天一看便知都是练家子。

眼见得美酒佳肴，这几天压根没怎么正经吃饭的韩滉、景大天是甩开了腮帮子，饱餐战饭。啸通海看着俩人这副吃相，直皱眉头，心说这倒是像私盐贩子的做派。

见啸通海眼神有异，韩滉笑着说："不瞒你说，我们可是好几天没正经吃顿好饭了。"

啸通海点点头："那你们好好吃，我先看看画。"

景大天瞪大了眼："斋戒了吗？沐浴了吗？俺当初为了看这画，差点没洗秃噜皮！"

"洗了洗了，费了两桶水呢！"为了能够拿到多方觊觎的画卷，啸通海忍气吞声地答道。

盛子晏还想拖延时间："咱们还是先商量商量，这宝藏到时候怎么分吧。"

啸通海还没接话，旁边的二帮主急了，噌地站起来："哪儿来这么多废话，先看画！要是假的呢？别瞎耽误工夫。"

韩滉见啸通海、二帮主明显不满，知道躲不过去，于是不紧不慢地说道："也好，把宴席撤了吧，干干净净地迎画。"

啸通海点点头，旁边的帮众迅速撤下宴席。

景大天找补道："有大红布没有？铺桌上，喜兴！"

啸通海冷笑一声，依旧吩咐手下照做。

等到红布铺上桌，景大天大咧咧地说："其他人都退下吧！"

二帮主又要发怒，啸通海摆手制止，随即命令手下帮众退到门外。

景大天斜愣了一眼二帮主："你也是。"

二帮主急了："你们是……成心找碴儿！"

景大天振振有词："你这么冲动，万一把画弄坏了，咋办？"

"退下！"啸通海突然发话，正要发飙的二帮主只好恨恨地退到屋外。

屋子里只剩下帮主啸通海一人。啸通海见二帮主特意将门留了个缝儿，便从祭拜的香筒里取出一支香，"嗖"地一甩，这软香如铁筷一般将门关得死死的，力道惊人！啸通海特意露这一手，意在告诉韩滉等人别做无谓的挣扎。

景大天一下子愣住了，明白这啸通海的功夫在自己之上，很是沮丧。盛子晏也犹豫起来，不知所措。

韩滉看在眼里，小声安慰着两人："一切都听老师的。"

在暗示两人别轻举妄动之后，韩滉慢慢地从怀中取出画卷。景大天和盛子晏对视一眼，都攥紧了拳头，只要啸通海看出是假画，死活也得拼上一拼！

盛子晏和景大天就等着韩滉展开画卷，希望能分散一下啸通海的注意力，哪知道韩滉慢慢悠悠地取出画卷，突然拿出了火折子，将画卷点燃！

啸通海大惊："你要干吗？"

不等啸通海上前来抢，韩滉已经退到墙角，盛子晏尽管不知所以，但明白韩滉一定有其用意，便用身体拼命挡住扑上来的啸通海，景大天见状也拦了上来。就耽误这片刻，画卷已经化为灰烬。

听见里面有变，二帮主带着帮众闯了进来。啸通海红了眼，抢过二帮主的佩剑，直冲韩滉而去！

眼看剑尖直抵韩滉咽喉，景大天、盛子晏都被帮众纠缠，难以回援，韩滉突然大喝一声："还要画吗？"

啸通海一愣，堪堪收住剑的去势，但剑尖仍距离韩滉的咽喉只差分毫。"哪儿还有画？"

韩滉临危不惧："自然有，只是不想就这么轻易给你。不然，谁能保证你不会杀人灭口？"

啸通海逼问着韩滉："画呢？"

韩滉指指脑袋。

啸通海糊涂了："到底搞什么鬼？！"

韩滉笑了："你说，当朝画家，谁的名气最大？"

啸通海想了想："李思训？"

李思训出身宗室，其画作以"金碧山水"著称，这是因为李思训在作画的时候除了使用石青和石绿两种颜料作为主色之外，还会加上泥金一色，从而创作出"青绿为质、金碧为纹"的青绿山水画，其画作有"国朝第一山水"之誉，堪称妇孺皆知。不过，韩滉却撇了撇嘴："李思训画得好是好，可他的画终究没有脱离魏晋南北朝以来求仙访道的内容，常取神话故事中的人物作点缀，稍显保守。再举！"

啸通海听傻了，正琢磨着，二帮主插了一嘴："阎立本？"

这阎立本也是大唐上下闻名的人物，曾任工部尚书，不过其画名更盛，曾经奉太宗召令，亲自为太宗画像。有一次，南山出现猛兽伤人事件，太宗派勇士捕获猛兽无果，虢地王元凤自告奋勇为民除害，一箭射死猛兽。太宗大喜，让阎立本将射杀猛兽的场面画下来，阎立本将这一场景画得形神兼备，就连鞍马仆从都栩栩如生，所见之人无不惊叹和佩服阎立本绘画技艺之高超。不过，韩滉闻听，依旧摇摇头："阎立本本人都不认同他的画师身份，画心不纯粹。再举！"

落风帮上下都听傻了，不知道还能举出什么画家。沉寂半天，啸通海才试探着说："既然这两个不算，那说一个还活着的，行不？"

韩滉点点头："当然可以。"

啸通海生怕又入不了韩滉法眼，小声地说："韩滉……"

韩滉哈哈大笑："这个倒是货真价实，拿笔来！"

啸通海让二帮主取来纸笔，韩滉接过来，铺陈在桌上，然后问道："这韩滉画的哪幅画，您印象最深刻？"

啸通海连忙回答："当然是《五牛图》！一头吃草蹭痒痒，一头慢慢往前走，一头正叫着，一头回头吐舌头，还有一头正在想事儿呢。"

韩滉一边画着，一边听着啸通海的话，很是得意，对这位如此了解自己画作的帮主，瞬间倒也不那么讨厌了。啸通海还想介绍更多的内容，韩滉已将《五牛图》画完！当然，韩滉刻意留出些小败笔，如果被鉴定成真迹，那麻烦可就大了，这些江湖恶汉可是百无禁忌，把三人活埋也未可知。

啸通海看到这幅栩栩如生的《五牛图》，也明白了韩滉的意思：那幅丹渎王墓的画卷就在这位脑子里，随时可以复制。啸通海放心不下，让二帮主把粗通书画的一名帮众找来。这帮众是啸通海当时为了附庸风雅开假画店，特意在江湖上寻摸来的，后来被拉着入了伙。帮众一看，大惊，连说以这画的逼真程度，说是真迹也不为过，随即佩服地朝韩滉竖了竖大拇指。

啸通海放心了，冲着韩滉说道："那什么时候把画再画出来？放心，咱落风帮不会干出卸磨杀驴的事情来！"

韩滉松了口气，知道主动权又回来了，于是说道："别着急，这两天，咱们把条件谈好，我自然会把那幅山水画卷丝毫不差地画出来！"

第五十五章
落风帮
上

　　胡笑笑和刘孚之守在落风帮假画店的门口，等了许久，也不见韩滉、盛子晏、景大天三人出来，便知情况不妙。
　　"怎么办？"刘孚之焦急地询问着胡笑笑。
　　胡笑笑倒是镇定，拉着舅舅往旁边的高坡上走。鬼市地形诡异多变，房屋也依地势或上山或入谷，七扭八绕如迷宫一般，这也是官府屡屡清剿落风帮难获成功的重要原因。登到这一条街道的最高点，胡笑笑一边扫视层层错落的房屋与一片片山林，一边告诉刘孚之："别急，我们太医署的鸽子，鼻子灵着呢！"
　　刘孚之明白胡笑笑和韩滉必有默契，可是仍有疑问："这鬼市地势高低起伏不定，如果他们仨被绑到山谷那一片或者山上，咱们可就看不到了，能保证发现他们的踪迹吗？"
　　胡笑笑摇摇头："保证不了。不过，要转运那三个大活人，想来也必然会用上车马，这车马在鬼市里上山下山的，可不方便。"
　　话音未落，只见两只鸽子向几条街之外的大宅里俯冲下去，胡笑笑和刘孚之连忙记住了那大宅的方位，随即寻踪而去。望山跑死马，看着不远的距离，舅甥俩足足走了半盏茶的工夫，方才找到。只见这大宅的门口看上去普普通通，也就是寻常人家的样子，可刘孚之发现每每有路人在门口逗留时间稍长，院门上的一个小孔都会打开，显然监视甚严。胡笑笑和刘孚之等了一个时辰，也只有一个衣衫褴褛的中年人推着一辆泔水车进门，很快便推车出来，泔水车轮吃劲，明显是装了泔水。

胡笑笑灵机一动，歪头看向刘孚之。

刘孚之猜到了胡笑笑的意图："扮作他？"

因为刘孚之有过在扬州被景大天易容的经验，于是两人会心一笑，刘孚之领着胡笑笑去寻鬼市里相熟的店铺易容。两人一路沿街高低穿行，胡笑笑突然笑了起来。

刘孚之糊涂了："你笑什么？"

胡笑笑不好意思地吐吐舌头："舅舅，你说一个从来不笑的人，一天之内笑了两次，说明什么？"

刘孚之一下子明白了："你说的是盛子晏吧？"

胡笑笑点点头："是啊，不光笑，话也多说了不少呢。"

刘孚之哼哼哈哈，显然没有心思谈论盛子晏和胡笑笑的话题。

胡笑笑没有察觉舅舅的异样，带着微微笑意，轻轻嗅着空气中的气息："现在是江南最美的季节了，虽没有夏天的繁花似锦，没有春天的草长莺飞，可天高云淡，总让人格外开心呢！"

刘孚之敷衍道："怎么想起这些了？"

胡笑笑依旧笑着说："盛大哥告诉我的，他还说有机会带我去他老家——一个位于沼泽旁的村庄。听说那里很美，尤其秋天的时候，天空中的云朵悠然飘过，偶尔遮住太阳时，阳光如密密麻麻的线一样，从云朵的缝隙里射到地上，那片大沼泽便反射出耀眼的光芒，像另一个世界一样。"

刘孚之知道，盛子晏描述的家乡就是句容柳泽湖，想到柳泽湖畔沼泽里的那座丹渎王墓，刘孚之的心不禁狂跳起来……

胡笑笑和刘孚之来到了石塔下，胡笑笑认得这里，上一次来鬼市找南诏人就曾经经过这里。两人在悬崖边坐竹筐下到谷底，来到南诏人的树屋。这次，刘孚之认识的南诏人阿巴斯回来了，阿巴斯把刘孚之和胡笑笑让进屋里，并按照刘孚之的要求，提供了简单的易容用品。

刘孚之倚桌而坐，对面是铜镜，胡笑笑为刘孚之进行简单易容，先用各色毛笔为刘孚之修饰眉毛，又给他粘上两绺黑髯，再用画笔将刘孚之的脸颊修饰得瘦一些……

一番操作下来，刻意佝偻着身形的刘孚之和那运泔水的中年人几乎一模一样。

就在胡笑笑为刘孚之易容的同时，在鬼市那扇黑乎乎的柴门里，霍新又找到了坐在暗无天日的墙角里的猥琐医生。

"这次隔的时间够短啊。"猥琐医生诧异地看着霍新。

霍新瘫坐在破椅子上："疼得实在受不了！你给我用的是什么药？"

"已经尽量给你用最好的药了。"猥琐医生皮笑肉不笑地说着。

霍新疼得面目都有些扭曲了："有没有更好的？"

猥琐医生收敛了笑容："有倒是有，可你用不起。"

霍新咬咬牙："先给我用上，马上我就会有一大笔钱了。"

猥琐医生摇摇头："你在我这里治疗有十二年了吧？你知道的，我这里，从不赊账。"

"现在的人，都他妈没有人性！"霍新咒骂着，从怀里掏出一锭银子。

猥琐医生接过银子，掂了掂："就这点儿？麻药上不上？"

霍新盯着猥琐医生："当然上！"

猥琐医生晃了晃手里的银子："麻沸散别用了，用当归、川芎、白芷，效果更好。"

霍新气得不再说话。

猥琐医生收起银子，扯开霍新用来遮住下巴的衣领，上次缝合的地方已经渗出了血水，极为可怖。猥琐医生吓得倒吸一口凉气："你真想好了？用当归、白芷和川芎？"

霍新全无惧色："别废话。"

猥琐医生给霍新服下了几味草药调成的麻药，接着切开了霍新下巴上涌出血水的伤疤，这麻药药效比麻沸散差上不少，霍新疼得一把抓起桌上肮脏的布帛塞进嘴里，咬着牙，满头大汗却不吭一声。猥琐医生一刀刀地划着，血水几乎染红了霍新的全身。猥琐医生实在顶不住了，手伸向了桌上的麻沸散。

霍新一把按住猥琐医生的手："我用不起。"

猥琐医生哆哆嗦嗦地说："算我送你的。"

"用不着。我不欠你的情，别人也不能欠我！"霍新摇摇头，擦了擦脸上的汗，"我的银子，够不够换一桶擦身子的水和一件旧衣服？"

"够！够！"猥琐医生被霍新吓坏了，点头不迭。

黄昏时分，一瘸一拐的霍新穿着猥琐医生的旧衣服，走进了汉家药肆。

伙计看见一脸阴郁的霍新，吓得连忙招呼，生怕怠慢："您又来了？掌柜的还没回来呢。"

霍新板着脸："我知道，我去看看阿花！怎么着，你们这些小崽子，还是看不起我这个瘸子？"

"怎么会！"伙计们都知道霍新脾气火爆，不愿意惹事，赶紧赔着笑。

霍新又一瘸一拐地进了后院，阿花正在里面欢蹦乱跳。霍新狠狠地瞪了阿花一眼，把阿花吓了一跳。阿花刚想叫唤，霍新向它抛去一个掺着迷药的肉丸，阿花闻了闻，正在犹豫，霍新突然卡住阿花的脖子，将肉丸塞了进去！

　　过了一会儿，伙计到后院喂阿花，奇怪地发现霍新不见了，心里嘀咕着这霍新跟鬼似的，走了也看不到影子。再看阿花，正倒在地上呼呼大睡。伙计把吃食往阿花面前的盆里一放，就赶紧趁着掌柜刘孚之不在，关门喝酒去了。

　　听到院门关上的声音，霍新推开小柴门，嘴里骂了一句"兔崽子"，随后便来到刘孚之的房门前站定，平静气息，随后掏出撬针，打开了门锁，闪身进去。

　　来到屋里的霍新像变了个人，目光格外锐利，在打量了一遍全屋之后，迅速排除了不可能藏匿物品的地方，最后确定了地板和一面墙壁，随即便开始了紧张的探查。只见霍新时而伏地倾听，时而手指轻叩，动作有条不紊，与刘孚之的机灵鬼祟又有不同，完全是一副标准的职业捕快的风范。

　　一番探查之后，霍新沿着地面探到五斗柜处，于是将五斗柜轻轻挪开，露出被五斗柜遮挡住的地面，又敲击一番，听出空洞所在，连忙取出火折子，查看砖与砖之间的缝隙，终于发现了机关！霍新又自怀中取出布帛，垫着手小心翼翼地用撬针撬起两块长砖，一个木盒呈现在霍新的眼前！霍新眼里含泪，动作却一刻不停，打开套着的木盒，散开厚厚布帛，注意不触碰散放的防虫蛀、防潮的药草，终于看到了一幅画卷。霍新起身来到门前，确定外面并无异样，这才回到暗洞处，打开画卷。尽管霍新拥有极强的自制力，他的手还是不由自主地颤抖起来，导致他停顿了好几次，调整好气息后，才缓缓展开那幅神秘的画卷！

　　看着画卷中的山水，霍新再也忍不住眼泪，勉强压抑着号啕的冲动，不住地哽咽。良久，霍新才让自己的心情恢复了平静，随后将画卷放回原处，又将地砖、五斗柜仔细地恢复原样。他相信，三幅画卷齐聚在这里的那一天很快就会到来……

落风帮大宅内，韩滉三人所在的小院可谓"风光旖旎"。

在一个小房间里的土炕上，三个妓女分别倚靠着韩滉、盛子晏和景大天。景大天已是酒酣耳熟，脸颊绯红。炕边的小桌上，几个酒壶散乱地放着，已经见底。景大天举起酒杯，口齿不清地说："来来来，今朝有酒今朝醉！"

韩滉和三名妓女陪着景大天举杯喝下去。盛子晏摆摆手，装作不胜酒力的样子。和盛子晏坐在一起的妓女轻轻拍了拍盛子晏的手，附耳说道："您这位朋友是想耍，还是想喝酒？没见过这么喝的。"

盛子晏连忙解释："渤海国义士都这样，性情中人。"

陪着景大天的那个妓女倒是兴致盎然，和景大天较真起来："接着划拳！刚才我还输着呢，得扳回来。"

景大天又来了兴致，吆五喝六地说道："刚才输的，喝酒了吗？"

妓女呵呵乐着，拿起酒杯正要喝，被景大天拦住了，只见景大天摇摇晃晃地说："等等，给俺满上，俺陪你喝！"

这妓女笑逐颜开地看着景大天，不住地赞赏："够意思！真痛快！"说着，忙给景大天斟满酒，两人碰杯。景大天举着酒杯，吆喝着韩滉、盛子晏和另两名妓女："都别闲着，都喝！"

说完，景大天和陪着他的妓女一饮而尽。

陪着盛子晏的妓女忸怩着，脸色绯红，撇撇嘴，很是不满景大天，但也勉强喝了下去。盛子晏则舌头打结地说道："不行不行，待会儿再喝。我得……得去……"

妓女连忙搀扶着盛子晏，要陪着盛子晏同去茅厕。景大天一把拦住了她："去哪儿？哪儿也不许去！"

说着，景大天一把搂过这妓女："来来来，咱仨喝！"

这妓女翻了个白眼儿，只得留下。

晃晃悠悠的盛子晏偷偷和韩滉对了一下眼色，出了门去。

这是韩滉、盛子晏、景大天定好的计策，借着啸通海求着韩滉画画、送妓女前来"娱乐"的机会，酒量好的景大天负责灌醉妓女，让盛子晏得以抽身探查那两幅画卷的存放之处。

盛子晏走出房间，小心翼翼地观察着。落风帮毕竟是江湖帮派，尽管大门口的把守十分严密，可帮里的警戒还是很松散。听着房间里服侍韩滉、盛子晏、景大天的妓女们的浪声浪气，负责看守的两名帮众早就耐不住寂寞，也去厨房找酒喝了。盛子晏躲避着偶尔出现的帮众，向落风帮的核心区溜去。见到一处暗门，盛子晏知道这里必有文章，连忙取出撬针开锁。里面是一进较为开阔的院落，盛子晏进了院落，反手把门关上，四处扫视。

这时，远处走来一个帮众，好像还拖着一个小孩。盛子晏连忙隐身廊柱之后，见这帮众拖着小孩来到左手边的一间大屋里，盛子晏悄悄地绕到屋子后面的窗户下，慢慢起身，借着窗户缝隙往里看。这屋子颇大，靠窗户位置摆放了木板、布幔等杂物。帮众拖着小孩进了屋子，将其扔到地上，小孩吓得高声大哭，帮众指着小孩威胁道："不许哭！"

小孩还是哭个不停。一名帮众猛的一脚踢中小孩，小孩终于不敢再哇哇大哭，但依旧低头抽泣。盛子晏看清楚这小孩的面庞后，惊讶地发现，这小孩竟是之前自己遇到的姐弟俩中的弟弟兜兜！

这时，门外传来一阵沉重的脚步声。这名帮众听见，连忙将手竖于唇边，示意兜兜噤声，兜兜顿时紧张起来，帮众自己也紧张地看向门口，大气不敢出一声。盛子晏赶紧藏得更严实些。

脚步声持续片刻，原来是帮主啸通海带着两名帮众赶了过来。屋里的帮众连忙躬身施礼："帮主，把您给惊动了……"

啸通海看向地上刚才还在号啕大哭的兜兜，问道："怎么回事儿？"

帮众连忙回答："教了半天，这孩子就只会哭闹，也不去要钱。"

啸通海打量着兜兜，慢慢地张嘴，和颜悦色地说："想活下去，就得要到钱。你会不会说话？"

帮众插嘴："他会！"

啸通海一摆手，制止了帮众，依旧看着兜兜。

兜兜吓得赶紧点点头。

"那就别哭，先吃饭。"啸通海哼了一声，对那个帮众说，"再给他五天的时间，如果他还张不开嘴，那就先打折一条腿。人不会说话，腿可会说话。看到这断腿的孩子，人家更愿意给钱！"

近半年来，啸通海深感私盐生意危机四伏，不仅引其他人眼红，更遭官府与敌对势力联手打压，因此，啸通海决定在继续贩私盐的同时，开辟一些其他的"行当"。他将孩童掳来，然后强迫他们去乞讨，还计划将年龄稍大的女孩卖去妓院。总之，不能在贩私盐这一棵树上吊死！

啸通海转过头，看着恐惧的兜兜，说道："别着急，不会说话没关系，只要腿是瘸的，也能要到钱，到时候，我帮你！"

说完，啸通海的嘴角露出一丝残忍的微笑。盛子晏看到这一幕，神情紧张，手臂碰到了木质窗棂，发出"咚"的一声，虽然声音轻微，但在安静的夜里，却也清晰可辨。

啸通海凶狠凌厉的目光立刻射向窗户位置！

盛子晏大汗淋漓，大气不敢喘。一名帮众缓缓地朝窗户处走了过去，脚步很沉，眼露精光。盛子晏连忙让过窗户，紧紧地贴在窗边的外墙上，屏住呼吸。这时，又一声响动传出！盛子晏非常惊讶，因为他并没有弄出任何动静。只见这帮众来到窗边，扒拉开靠窗堆放的木料、布幔等物，一双稚嫩、恐惧的眼睛露了出来，藏在里面的正是小男孩的姐姐朱朱。帮众一把揪住朱朱，轻而易举地将朱朱甩到了啸通海的脚下。

啸通海看着朱朱，又转头问询着帮众："她是谁？"

帮众皱着眉头："和这个小男孩一起弄回来的，本来想让她沏茶倒水干上几天，就送到妓院去，奇怪，怎么跑到这儿来了？"

啸通海点点头，盯着朱朱问道："你想逃走？"

朱朱既不点头也不摇头，吓得直哆嗦。

啸通海又露出笑容："那你是来看你弟弟的？"

朱朱依旧哆嗦着。

啸通海看向帮众，不满地说："怎么没有拴好？小心这俩孩子从狗洞逃跑！"

几个帮众诺诺连声，一个帮众忙把兜兜拴到固定在屋角的铁链子上，另一名帮众正打算如法炮制拴了朱朱，啸通海发话了："看来她是吓糊涂了，给我带走。"

第五十六章

落风帮

(下)

夜幕低垂，月华隐匿，落风帮的院子又大多没有点燃灯盏，因此光线暗淡。整个鬼市也是如此。

啸通海一步一步，沉稳地朝院落深处的另一进院子走去，一名帮众则拽着朱朱紧紧跟随。朱朱一声不敢吭，虽然拼命地想挣脱，无奈这帮众手劲儿极大，只能暂时放弃。

盛子晏贴着院落两旁的房屋，以走廊的廊柱为掩护，在安全距离内跟踪着啸通海一行。眼看着啸通海进了另一进院子，这院子门槛很高，门口还有两名持枪帮众守卫，盛子晏不敢贸然行动，便从地上找到一小块石头，向房上扔去，投石问路。见半天没有动静，盛子晏手脚并用地撑着墙与廊柱，上到了屋顶，沿着屋顶弓身而行，来到了院子的门槛处，伏在门垛旁偷偷向里张望。只见这进院子不大，很是紧凑，啸通海在一间小屋门口停了下来，屋里灯火通明。盛子晏定了定神，刚要起身，突然，朱朱趁着帮众不备，猛的一下挣脱了束缚，转身便跑！

帮众不禁叫出声来："站住！"

就在这片刻的时间里，屋顶上猛然出现四五个帮众的身影，院落门口的两名巡视的帮众也持枪返身，如临大敌。盛子晏连忙伏下，倒吸一口凉气，一动不敢动。只听见有人抓住朱朱后扇了她一个耳光，清脆的耳光声在安静的夜里格外刺耳，朱朱却仿佛未觉，没有发出任何声响。

盛子晏等待了一会儿，又悄悄直起身，小心地扒着门檐望去。只见两边的房顶上，警戒的帮众已经隐去，声息皆无。两名帮众躬身把啸通海让进房间，继续在门口一左一右地充当警卫。拽着朱朱的帮众将朱朱拖进啸通海的屋子里，随后也走了出来。盛子晏擦了擦冷汗，知道不可久留，便轻轻地顺墙攀下，轻车熟路地顺原路返回。突然，身后院落里，传出了朱朱凄厉的叫喊，随后又悄无声息……

盛子晏张着嘴，惊呆了，久久才长出一口气，面目因愤怒而变得扭曲。

小房间里，韩滉已是不胜酒力，景大天以一敌三，和三名妓女玩得不亦乐乎。门开了，盛子晏走了进来，依旧是"醉态可掬"。

景大天取笑着盛子晏："兄弟去哪儿了？这泡尿，撒的时间可不短呀！"

说着，景大天哈哈大笑起来，另两名妓女也是笑得花枝乱颤。陪着盛子晏的妓女则赶紧下炕，关切地扶着盛子晏："您没事儿吧？"

盛子晏挥挥手，大大咧咧地说："没事儿，没事儿，喝多了找不着地儿了，多费了些时间。来！不好意思，我罚酒三杯！"

景大天见盛子晏情绪不对，微微一愣，盛子晏已经拿起桌上的酒杯，斟满之后，仰头就是一杯，眼睛里依旧冒着怒火。

旁边的妓女连忙拦着盛子晏："别喝太多了。没事儿，我们不罚您。"

盛子晏推开妓女的手："我自己罚我自己！"

三杯过后，盛子晏"砰"的一声，倒在桌子上，沉沉睡去。朦胧中，盛子晏又来到了柳泽湖边，在矮树丛中七扭八拐，躲避着能"吃人"的沼泽。走了很久很久，盛子晏停了下来，透过树叶的间隙，看着他跟踪的五个人走向沼泽中的大墓。时间一分一秒地过去，那五个人紧张地操作着什么，突然间，爆炸声起，火光冲天！盛子晏便看到一个人被炸到半空，伴随着破碎的石块、瓦片，还有沼泽的泥浆。

紧接着，盛子晏又恍恍惚惚地置身于悲田院，十几个和他一样的孤儿木讷地坐在悲田院的地上，等着接受领养人的挑选。阳光明媚，应该是很好的天气，可对于小小的盛子晏来说，那光线却是刺眼而残忍的，每个孩子的眼神都空洞无助，就和朱朱一样。

等盛子晏睁开眼，三名妓女已经离开。盛子晏头上敷着热手帕，韩滉和景大天关切地看着他。

韩滉见盛子晏醒来，这才长出一口气，露出欣慰的笑容："你可把我们吓坏了，呼吸什么的都正常，就是不出声。"

景大天撇着嘴："逞啥能啊？不能喝就别喝，俺全能应付！"

韩滉皱皱眉，制止了景大天的牢骚："查到两幅画的下落了？"

盛子晏摇摇头。

景大天又说着风凉话："可以啊，画没查着，倒是不少喝！这么长时间，都干吗去了？"

盛子晏依旧不说话，但是眼角却有一滴眼泪流出。景大天愣住了，百般诧异。韩滉睁大眼睛，感觉非常奇怪，连忙安慰盛子晏："没事儿、没事儿。"

盛子晏看着韩滉，嗫嚅道："我看到了路上遇到的那个小女孩儿，她和她弟弟都被抓了。"

"就是你给银子的那个？"韩滉问道。

盛子晏点点头："她被、被……"

盛子晏说不下去了，一阵哽咽。

景大天一把握住了盛子晏的手："好兄弟，刚才对不住了。放心，咱一定把他们救出去！"

第五十六章 落凤帮（下） | 347

韩滉表情沉重地点点头。身为一州之刺史，他深知，找出杀人凶手、挖掘当年丹渎王墓被盗案的真相是他理所当然要担负起的责任，而解救身陷魔窟的姐弟俩，同样是他的职责所在！

润州况海府邸，两层楼阁的二层是一座凉亭，凉亭四周窗户敞开，窗纱被束在窗户的一边。远处，润州城暗淡的灯火尽在眼前。

这是况海独自养神的地方，无论是谁，未经允许都不能上来。此刻，凉亭内的长案上铺着鬼市的地图，况海正在仔细思考着。欧阳尘站在旁边，紧张地擦着头上的冷汗，心里直打鼓：况大人要求自己保护好韩滉韩大人，一定要跟住，可是自己竟然给跟丢了，着实失职！

这时，半晌不吭声的况海发话了："说说吧。"

"这鬼市的地形实在是诡谲，地图都是平面的，反映不出鬼市的地势错落。有时候，明明就看见对方在上面，但是要想抓住他，可能得绕上一里路，实在太难！"欧阳尘为自己开脱着。

况海点点头："你继续。"

欧阳尘见况海并无愠怒之色，稍微放宽心，指着鬼市地图说道："我们的人在这条街看到了那位，等绕道下去，他就已经不见了。就一会儿工夫！"

况海盯着地图："周围都有什么可疑的地方吗？"

欧阳尘连忙摇头："可疑的地方倒是没有，不过，这家画店我们在重点盯着。"

"为什么？"况海追问。

欧阳尘解释道："其他店铺都是独门独院，唯有这家画店的后门外是条路。那位在这里不见，或许就藏身在这几家店铺里，又或许是从画店后门溜走了。"

况海依旧不动声色："查查这几家店铺的底细，给我死死盯住这家画店，前门、后门都盯着。如果有生面孔进去，立刻紧密跟踪，务必给我找到他！"

欧阳尘略有为难："这鬼市的路，崎岖纵横，四通八达，实在是透着古怪，我怕……"

况海打断了欧阳尘："他要是有什么闪失，又是在咱润州出的事儿，别说我保不住你，我都自身难保！"

欧阳尘赶紧向况海保证全力追查韩滉的踪迹，随后便匆匆离开。

待欧阳尘脚步声远去，况明自屏风后面闪出。

况海也不看况明，眼睛兀自盯着鬼市地图，自言自语道："想不到这个啸通海，当初也有份儿。"

况明接话："哥是说丹渎王墓被盗案？"

况海点点头："五个人，死了两个。现在，又死了两个……"

况明面露喜色："要是他也死了，就算档案里有些东西，也死无对证了。"

况海抬眼看向窗外，咬牙切齿地说："要先找到落风帮！"

第五十七章
萨满巫师神灵附体
上

啸通海早早就准备好了一间自认为十分雅致的房间，将其布置为画室，提供给韩滉用于作画。房间内挂着青布幔，门口还特意挂了俩喜庆吉利的大红灯笼，仿若乡村婚房一般。见了韩滉，啸通海的言语间透着尊敬。昨天韩滉、盛子晏表现出来的无惧无畏，让啸通海决定好好结交三人，以便顺利集齐三幅丹浃王墓的藏宝画卷。不过，啸通海终究放心不下，决定亲自陪同监督。

韩滉看到青布幔，心里踏实了几分。此物乃避煞所用，说明啸通海也笃信神灵，如此，盛子晏的计策定能实施！于是，韩滉一边不紧不慢地作画，一边按照盛子晏所教授的办法，对啸通海进行基本的刺探——这些刺探至关重要，因为韩滉、景大天准备在晚上假装被神灵附体，吸引住啸通海以及尽可能多帮众的注意力，掩护盛子晏放走身世凄惨的姐弟俩。

只见韩滉拿着画笔，摇头晃脑地酝酿动笔，不住地唠叨："那山，可着实有特点，似有天柱山之雄奇……"

说着，韩滉瞄向啸通海，只见啸通海盯着画纸，表情毫无波澜。

韩滉便又转个思路："再一看，又有普陀山海天一色的气象。"

啸通海还是毫无反应。

韩滉笑了笑，亮出大招："可感觉还是最像黄山，钟灵毓秀，天下奇绝！"

啸通海听到"黄山"时眼睛一亮，韩滉心中暗喜：中了！

原来，盛子晏进落风帮的时候，就发现院子里摆着赵元帅、八大帝、九相公、新关帝、老关帝等多尊神灵塑像。见多识广的盛子晏立刻想起屯溪黎阳地区的习俗——"靖阳节"。据说，每年八月初一至八月十三，该地区都有"神像出游"的特别活动。这给了盛子晏启发，再加上啸通海的江南左近口音，盛子晏初步断定这位帮主是歙州人氏。歙州便在黄山脚下，再加上在回答韩滉"当朝画家，谁的名气最大"的提问时，啸通海立时提出善画山水的李思训，可见啸通海对山有着本能亲近。因此，盛子晏便请韩滉在作画时，将几座名山进行比较，故意将啸通海最可能熟悉的黄山放在最后，察言观色，试探啸通海的祖籍。韩滉照办，果然有所收获。

韩滉心里踏实了大半，接着在画纸上落了几笔，形似笼罩在云雾中的黄山山峰。突然，韩滉的手猛烈哆嗦起来，随即面色惨白，手中的画笔摔在地上，溅出的墨点飞到了白墙上。

啸通海吓了一跳："怎么回事？"

韩滉捂着胸口："没、没事儿，老毛病了，太激、激动了！"

啸通海连忙把水杯递给韩滉。韩滉咕咚咕咚喝了几口，这才缓过神来："一想到三幅画卷合而为一，马上就能找到黄天荡的宝藏，我就激动……咱、咱可是要发大财了呀！唉，阿爷阿娘从小便数落我，说我成不了气候，现在，终于能让他们知道儿子争气了！"

啸通海闻听此言，情绪明显低落下来，脸上暗淡无光。

韩滉看在眼里，心想：这人父母双亡，应该是错不了了。

韩滉在"画室"与啸通海巧妙周旋，屋子里，盛子晏正对景大天进行紧张的培训。

"眼睛，注意他的眼睛！眼睛最容易暴露一个人的想法。"盛子晏如教书先生般走来走去，耐心讲解着，"不过，这啸通海在江湖中历练已久，眼神空洞，恐怕看不出来。"

景大天不太满意："这不白说吗？再说了，在江湖中历练久了，眼神就空洞了？那你看看俺的眼神儿空洞不空洞？"

盛子晏认真看了看景大天的眼睛，说道："师兄眼里有光芒闪动，说明大有梦想，亦是有情有义之人。"

景大天一撇嘴："废话！年纪轻轻的，哪能眼里就没光了？"

"非也！"盛子晏纠正着，"有的人，即使年过花甲，依旧眼神透亮，心地纯真；有的人，不过弱冠，就已经乏善可陈喽！"

得到盛子晏的赞许，景大天很是开心："没错，俺就没啥心眼。"

盛子晏严肃起来："别打岔，我接着说。如果看他的眼睛看不出什么，那就盯着他的嘴唇。记住，要是他的嘴唇缩了一下，那就说明他不同意你说的话，你可得赶紧随机应变，万万不可一条道走到黑！"

景大天连连点头："好说，好说。"

盛子晏觉得今天景大天的态度格外好，但也无暇多想，继续说道："要想判断他对你说的话是否认同，手也很重要，尤其是当他把手放到后颈之上时，你就要注意了。这一点，已经验证了。"

"明白，就是因为姓啸的做了这个动作，你才偷了画以防万一，结果真派上用场了！你说，要没那画，咱几个早没命了吧？"景大天夸奖着盛子晏。

盛子晏自顾自地继续说："还有，他在诈你的时候，往往会眨眼，有时候，眉毛还会上挑。"

"等等！"景大天终于忍不住了，"有件事儿，俺想和你说。"

盛子晏早察觉到景大天的欲言又止，干脆停下来："请说。"

景大天突然一抱拳："师弟，先前俺对你多有失礼之处，老觉得你酸文假醋的，还不爱笑。俺不喜欢总拘着的人，所以觉得你一定孤傲无比、自命不凡。昨天，见到你对那对姐弟……俺看出来了，你是有情有义的汉子！"

盛子晏哭笑不得："现在才看出来？我去焦山救你和老师的时候，你就没看出来？"

景大天又是一撇嘴："谁知道你救俺们是不是藏着什么坏心眼儿啊？那对姐弟可与你毫不相干，你对他们如此仗义，俺知道，你这人肯定坏不了！"

听景大天提起那对姐弟，盛子晏不禁黯然。景大天纳闷地问道："夸你呢，咋又不开心了？"

"我救他们，是因为我们都是一类人，都没有阿爷阿娘了。"盛子晏忧伤叹气，陷入了回忆，"很小的时候，我就跟着阿娘读书识字，阿娘缝衣累了，就轻轻唱曲儿给我听。和后来相比，小时候的我像生活在仙境中一样。"

说着，盛子晏看看景大天："我经常想，如果十二年前，家里没有经历如此变故，阿娘没有生病，阿爷没有……我会是什么样子？师兄，你不会理解，你有阿爷呵护着你，在你面临危险的时候担心你，心疼你的遭遇，总是劝你要好好地跟着好人学好……"

景大天好奇地问道："那你阿爷呢？后来怎么了？"

盛子晏不再继续这个话题："有机会再讲吧。时间紧迫，咱们接着说！"

景大天点点头："行！总之呢，以前是俺对不住你，俺给你鞠个躬。不过，有句话，俺可说在前面。"

"什么？"盛子晏很是诧异。

景大天正色道："你要是对不起俺笑笑贤妹，俺可绝不答应！"

时至中午，作画告一段落。韩滉装作殚精竭虑地画了小半幅，同时也套出了啸通海的不少底细，为景大天晚上的表演做好了准备。

出了"画室"，韩滉去茅厕方便。路上，突然感觉身后有人碰了

第五十七章 萨满巫师神灵附体（上） | 353

自己一下。韩滉扭头一看，是负责运送泔水的中年男人。韩滉正觉奇怪，那汉子冲着韩滉悄悄眨了眨眼，韩滉仔细一看，竟然是刘孚之！

韩滉大喜过望，连忙引着刘孚之来到僻静处。刘孚之赶紧说道："我午时和戌时能进来两次，可进不到里面，最远也就是这里了。有什么情况，咱们随时联系。"

正说着，二帮主和几名帮众从后面走了过来，刘孚之赶紧推着泔水车朝门口走去。

刘孚之推着泔水车进入一条窄小肮脏的小巷，来到一个小屋门口，左右看看，见没有可疑的人跟踪，便开门将车推进屋子里。刘孚之关好门后，把车小心地停放在门口，正好堵住房门，随即来到墙角，扒拉开墙角松散的柴火垛，里面露出一个肮脏的中年男人，正是真正运泔水的人。这人被紧紧地捆绑着，见到刘孚之，连声告饶："好汉饶命！好汉饶命！"

刘孚之以指竖唇，凶狠地瞪着中年人，示意其不许说话，中年人立刻闭嘴。刘孚之把地上的一块破布塞进中年人的嘴里。

胡笑笑正在厨房，组合着瘦师兄留下的两件机飞火，听到声音，连忙跑了过来，看到两个"长得一样的中年人"，不禁觉得好笑："我这易容水平还可以吧？"

刘孚之这才感觉面皮发紧，憋得难受，连忙卸下易容的"伪装"，把柴火重新堆好。

胡笑笑一边帮着刘孚之堆柴火，一边说道："堆好也行，反正我刚给他喂过东西了。"

刘孚之不满地说："柴火要堆好！怎么没把嘴堵上？"

胡笑笑满是同情："憋得多难受啊！而且我都跟他说好了，不能出声，更不能喊叫，只要忍上个两三天，就给他十贯钱。他都答应了。"

刘孚之提醒着胡笑笑："别太好心。要想再见到你盛大哥，就务必要小心谨慎！"

"您见到盛大哥了？"胡笑笑一阵惊喜。

刘孚之摇摇头："没有，只见到了你韩老师。"

胡笑笑情不自禁地抓住了刘孚之的胳膊："他们怎么样？"

刘孚之小声地说："里边看得严，没时间多说话。不过感觉，这两天他们就会有行动。"

"太好了！"胡笑笑的兴奋之情溢于言表，"机飞火都准备好了。"

刘孚之看着笑嘻嘻的胡笑笑，挠了挠头。虽说这个外甥女天性阳光，可是现在还能笑得出来，真是奇怪，于是问道："你就不担心你盛大哥？"

胡笑笑依旧笑容洋溢："担心有什么用？我再担心，他也不会自己就从落风帮跑出来呀！再说了，盛大哥吉人天相，自有神灵保佑。而且，舅舅，您就说，您见过像他这么聪明的人吗？"

刘孚之笑了起来："哎哟，看来你俩挺有进展啊，这都不带掩饰的了！"

胡笑笑有些不好意思："反正我心意已决。这不也是舅舅希望的吗？"

"可你想过没有？如果盛子晏……出不来呢？"刘孚之问道。

"不可能！"胡笑笑毫不迟疑地回答。

刘孚之感慨道："落风帮看守严密，帮主啸通海又心狠手辣，要是他们的行动出了什么岔子，没准儿，这几个人就……"

胡笑笑收起了笑容，表情刚毅："我相信，盛大哥不会有闪失的！万一他真有危险，拼了命，我也要把他救出来！"

看着胡笑笑如此钟情的样子，刘孚之心里闪过了一丝愧疚。不过，这丝愧疚转眼即逝。为了完成家族大业，牺牲个把人，算得了什么？想到这里，刘孚之倒也心宽起来："好了，咱们吃什么饭？舅舅饿了。"

胡笑笑又恢复了笑意："在这粗陋之地，舅舅又让我看好他，也做不了什么大餐，饼行吗？"

第五十七章 萨满巫师神灵附体（上）

刘孚之摸着饿得咕咕叫的肚子："行！再来些菜粥，挺好！"

"好嘞！"胡笑笑答应着，快步朝厨房走去。

等胡笑笑的身影消失，刘孚之迅速从怀里取出装着定神丹的瓷瓶，挑出一粒混有南诏杀人香的丹丸，放到一张草纸上。接着，他又掏出一个层层包裹的布包，一一打开，直到最后，一小撮淡粉色的粉末呈现在眼前——这正是刘孚之精心研究数年的汉家迷药。此药从前的药效总是差些火候，如今与定神丹、南诏杀人香共同使用，堪称完美配方。刘孚之曾经拿自己做过一次实验，能将失忆的时间控制得恰到好处。不过，刘孚之也只舍得做过那一次实验，毕竟，汉家迷药和南诏杀人香的原料都太过珍贵。可这一次不同了，画卷近在咫尺，落风帮的局势瞬息万变，时间紧迫，不允许他再像在扬州药园一样，先给盛子晏展示人偶令其离魂症发作，再喂服迷药令其恍惚杀人。局面迫使刘孚之用最简单的办法来完成他的计划。

刘孚之小心翼翼地把那枚丹丸研成粉末，混入汉家迷药的淡粉色粉末中，又把垫着的草纸轻轻折了一下，随后撕下两片衣襟，将其团成小球堵住鼻子，蹑手蹑脚地来到厨房。

厨房门关着，胡笑笑正在熬粥，完全没有看到身后的刘孚之。刘孚之将折好的草纸塞进门缝中，随后轻轻地吹气，霎时，一股粉色烟雾腾空而起，胡笑笑慢慢倒地，人事不知。

过了一刻时间，胡笑笑坐起，见面前是关切着自己的刘孚之，不知自己为何坐在地上，却仍是头晕目眩。

"没事儿，可能是累了。"刘孚之说着，装模作样地为胡笑笑号了脉，又给胡笑笑喂了一杯苦苦的解晕用的钩藤水，掩盖着里面解药的味道，心中则暗喜，这"吹药"的方法效果甚好，如此看来，已是万事俱备，只欠东风了！

第五十八章
萨满巫师神灵附体
（下）

就在刘孚之推着泔水车从落风帮出来的时候，小巷的转角处，一个脏兮兮的流浪汉正死死地盯着落风帮的小门，还不时朝山坡上卖糖葫芦的捕快同伴打着暗号。

润州府的捕快们是上午跟到这里的。

按照况海的指令，欧阳尘调集了大批捕快，集中监视着画店所在的这条街的五六家店铺。二十多名捕快分工合作，其中更有三名捕快守在画店的后门。

清晨，一名来自洪州的私盐贩子来到画店接头。依照往常的惯例，私盐贩子与落风帮帮众在画店就可以完成款项结算及私盐交付地点的协商。但是，偏偏这私盐贩子的家人也是被昆仑奴囚禁于私牢之中，长久得不到消息。因此，这私盐贩子声称必须得到家人的消息，否则就不再进货。画店的帮众做不了主，这才用那驾夹层驴车，将接头人运往落风帮。看守画店后门的三名捕快之一便一路跟踪，最终找到了落风帮的巢穴所在。

欧阳尘连忙将喜讯报告给况海。打发走了欧阳尘之后，况海开始仔细盘算起来。看来，这个啸通海的确是丹渎王墓被盗案中的最后一名盗墓者了。按照况海的推算，参与盗墓者已经五死其四，只要把啸通海干掉，他就可以高枕无忧了。况海决定亲自前往松廖山坐镇，毕竟，也到了和韩滉韩大人面对面的时候了——把上司安全地从贩盐帮会里解救出来，同时以清剿落风帮为名，干掉啸通海，这就是况海的如意算盘。但是，况海还不想立刻就开始行动，落风帮可不是善茬，况海准备严密监视落风帮里的一举一动，选择最合适的时机，等啸通海和韩滉两败俱伤的时候再下手。

晚饭之后，啸通海带着二帮主找到韩滉，询问他晚上能不能再画上几笔，毕竟上午和下午的收获不多。韩滉告诉啸通海不要贪快，他要仔细回忆，万一有一笔的位置画错了，可就前功尽弃。啸通海倒也理解，正准备说上几句场面话，旁边的景大天突然死死盯着啸通海，双手抖动着指向半空，嘀咕着谁也听不懂的话，连声音都变了，接着就边喊热边开始脱衣服！

景大天的举动把啸通海和二帮主吓得一激灵。啸通海指着不住跳动的景大天，结结巴巴地问韩滉："这、这是咋了？"

韩滉和盛子晏倒是一副见怪不怪的样子。盛子晏死死地抱住景大天，韩滉则附耳啸通海："他是渤海国的萨满巫师，被附体了，不用怕，常有的事儿。"

这时，景大天突然平静了，双眼圆睁，炯炯有神，跟换了个人似的。他缓缓举起双手，做吹笙状，不时喝问："仙鹤何在？"

韩滉和盛子晏偷偷看向啸通海，只见啸通海面露惊讶之色，却不疑有他。这也难怪，毕竟在当朝，上至天子，下到寻常百姓，都对鬼神之说情有独钟。甚至有不少人事事都要占卜，问事于神灵，对所谓的神灵附体更是深信不疑。刀头舔血的江湖人，笃信尤甚。盛子晏一下子踏实了，背对人的时候，朝景大天挤挤眼。景大天会意，继续傲视四方："我乃浮丘公麾下小童，来此寻人！"

啸通海听闻，顿时大惊失色！原来，出生于歙州的啸通海，自幼便在黄山脚下成长，对于流传的黄帝与容成子、浮丘公炼丹于黄山，吹笙骑鹤，脚踏白龙飞升的神话传说耳熟能详。黄山甚至有以容成、浮丘名字命名的山峰。啸通海心里打起了鼓，暗自揣测：这是老家的故人来寻我了？

其实，这都是盛子晏替景大天设计好的桥段。既然打探到啸通海是歙州人，熟悉黄山，那他就必然对黄帝与容成子、浮丘公炼丹于黄山的传说有所耳闻，所谓的寻仙鹤、吹笙等细节无非是为了烘托气氛罢了。

景大天看到啸通海，突然一惊，眼睛发直发呆，浑身瘫软无力，又突然表现出一副想哭的样子。

啸通海试探地说："我是大海……"

景大天猛一挺身，眼睛直勾勾地盯住啸通海："你……过得很好，带人马了。让阿爷看看！"

啸通海连忙点头，激动得说不出话来，只是看向二帮主。二帮主会意，把门口的几名帮众招呼进来："这儿呢！这儿呢！"

景大天挤出了几滴眼泪："好，好，好啊！"

啸通海沉浸在震惊和喜悦中，几名帮众则有些不知所措。二帮主打量着景大天，又看看盛子晏和韩滉，面露怀疑之色。

景大天见状，连忙指向二帮主，欢快地拍着手，跳着脚："这是你的福将！有福啊！"

二帮主听闻，大为高兴。他深知自己刚刚担任二帮主之职，还有不少人不服，眼下可是树立威信、赢得人心的好机会，于是连忙嘱咐身边的帮众："快！多叫些兄弟来！"

韩滉、盛子晏和景大天听了二帮主这话，都松了口气，暗想这下省事了，都不用使劲，他们自己就聚齐了！盛子晏又向景大天使了个眼色，景大天会意，晕晕乎乎地往庭院走，那里地儿大，容得下更多的帮众。

眼看着帮众聚了不少，有三十人左右，连帮内仅有的两名奴婢也

第五十八章 萨满巫师神灵附体（下）

都跑来看神仙附体了。盛子晏估算,总共也就有不超过四十名帮众驻扎在此地,如今已经来了大半,于是示意景大天开始表演。

景大天从怀里掏出一支香,点燃,手中举着香很有节奏感地晃悠着。韩滉向啸通海悄声解释:"这是在净化空气呢。世间污浊,须焚香驱之。要不,神灵不会待太久。"

啸通海抬头看去,只见天上影影绰绰,其实这都是鬼市做生意的烛火、炭火所致。可被眼前的气场影响,啸通海点头不迭:"确实污浊,需要再点几支吗?我去安排……"

话还没说完,只见景大天突然把香一甩,"扑通"一下,盘腿坐在了庭院的中央,开始做吹笙状。

韩滉又向啸通海恭喜道:"阿爷升天成了仙童,大喜啊!"

景大天突然跳起身来,一边跳跃,一边吟唱,音调极其深沉。接着,景大天的下巴开始哆嗦,牙齿咬得格格作响:"我可要走了!"

韩滉赶紧捅着啸通海:"快!问神灵问题!"

啸通海挠着脑袋,拼命想着问题,其他帮众也琢磨着有啥事儿要请示神灵。

就趁着这当口,盛子晏悄悄离开了人头攒动的庭院。

落风帮院里的甬路上,一名帮众正在警惕地巡视着。

等他转过弯去,盛子晏从角落里闪了出来,小心翼翼地观察一番后,疾行至落风帮核心区,穿过暗门,进了院落,来到左手边大屋后面的窗户处。透过窗户,盛子晏看见兜兜被粗大的铁链拴住,正昏昏沉沉地睡着,并没有帮众看守。盛子晏绕到门口,打开房门。兜兜被开门声惊醒,一看到生面孔,吓得一哆嗦,刚要叫喊,盛子晏连忙捂住了兜兜的嘴。兜兜认出了盛子晏,便懂事地不再挣扎。盛子晏这才松开手,开始解锁链。

一名帮众在院里巡视,见兜兜所在屋的门开着,蹑手蹑脚地走近,发现了盛子晏!帮众举起砍刀,悄悄走到盛子晏身后。盛子晏正在聚精会神地开锁,没有察觉身后动静,兜兜的视线则被盛子晏挡住。帮众举刀正要砍下,突然身子一晃,栽倒在地上,背后心口处扎着一把匕首。

盛子晏这才惊觉,转身一看,发现杀死帮众的竟然是朱朱!

盛子晏一把抱住朱朱,小声地说:"带着弟弟,从狗洞逃。"

朱朱为难地说:"最近的狗洞在隔壁院子,那里把守最严。"

盛子晏想了想,终于琢磨出计策。

在囚禁兜兜的屋子的后窗下,堆放的柴火突然间冒起了火光。

眼见烟尘升起,盛子晏连忙收拾起火折子,溜回了庭院。景大天还在那儿浑身颤抖,似是而非、云山雾罩地回答啸通海以及帮众提出的问题。好在借助盛子晏传授的经验,景大天敏锐地抓住了提问帮众的几个明显的表情,判断出帮众的心理,从而给出了准确的回答,让啸通海和帮众们大感灵验。

此刻,在兜兜被囚禁的屋子的隔壁院落负责警戒的几名帮众看见起了火,纷纷前来救火,一时间乱作一团。缩在院门后的朱朱带着兜兜趁机跑到隔壁院子,从狗洞里钻出,连续钻了四个狗洞,终于成功逃出了落风帮。

第五十九章
杀人者盛子晏
上

　　一场蹊跷的火情、一名被刺死的帮众，再加上姐弟俩从戒备森严的落风帮全身而退，这一切都让啸通海如临大敌：眼下可是多事之秋，润州府的大规模清剿虽然告一段落，可鬼市里凭空出现了不少探子模样的人，令人生疑；焦山的烟袋石古堡神秘莫测，虽说前几天被炸了，可其中的缘由还没有打探出来……啸通海知道，作为江南最大的贩卖私盐的帮会，落风帮早就被官府盯上了，江湖中也有许多人眼馋这私盐生意，随时可能落井下石，因此自己必须格外小心。

　　经过仔细勘查，啸通海和二帮主并没有看出上述事件的可疑之处，最大的可能就是那姐弟俩趁帮众不备打开锁链，放火后逃跑，几个狗洞旁的痕迹也证明了这一点。而火情发生后，啸通海第一时间排查人员，除了韩滉、景大天，盛子晏也在庭院里，这三人应该可以排除怀疑。倒是景大天主动找到啸通海，表达了他对这次火情的看法：这火情有可能是神灵附他身的时候所带来的仙界的火星子引起的。要知道，当年黄帝和容成公等仙人硬是在黄山坚硬的石梁上凿了个凹坑来放置丹炉！著名的黄山松在当年都是烧火的柴火，丹炉里的熊熊火焰照亮了黄山的莽莽夜空！因此，景大天希望啸通海能陪着他在落风帮各处仔细转转，看看是否有"仙火"的痕迹。

景大天这个想趁机窥探落风帮的伎俩被啸通海识破了。虽说啸通海对他被神灵附体深信不疑，但决不能任由外人把落风帮的老窝摸个底儿朝天。所以，啸通海拒绝了"巫师"的提议，同时要求帮众加强警戒，不能在宝藏即将到手的关键时刻出任何纰漏。

救出姐弟俩的计划得以顺利实施，韩滉、盛子晏、景大天三人回到小屋，趁热打铁，制定着盗取画卷、逃离落风帮的计划。

借着月色，三个人缩在炕上，把茶壶、茶杯、火折子、银子、布巾等所有能用上的物件都摆了出来，来模拟落风帮里的各个暗门与院落。成功探过两次路的盛子晏伏在炕前，给韩滉、景大天比画道："这是最有可能藏宝的院子，至少有四名帮众埋伏。那个女孩也说过，这里是看守最严的院子。"

景大天急得抓耳挠腮："信息太少了。"

盛子晏苦着脸："能有这消息已经不容易了，我差点儿在里面送了命。要不是那女孩儿……"

正说着，窗外传来巡视帮众的脚步声。三个人连忙噤声、趴好，直到脚步声渐渐远去。

"着了这把火之后，防得更严了！"景大天愤愤不平。

韩滉突然来了灵感："或许，咱们可以再点上一把火！"

"怎么讲？"盛子晏、景大天大感兴趣。

"里应外合、浑水摸鱼！"韩滉把计划讲给两人，"别忘了，咱们还有接应呢。如果夜深人静的时候，空中突然出现乱飞的机飞火、火箭……"

"妙啊！"盛子晏恍然大悟，"润州府刚刚清剿过落风帮，朝廷的机飞火一飞，他们肯定以为是润州府杀来了，必乱阵脚！"

韩滉对自己的计策很是得意，补充道："还有妙的呢！趁着机飞火和火箭飞进来，咱们也别闲着，在里面也放上几把小火，反正到时候肯定一片混乱，谁知道咋回事？"

盛子晏不禁击掌叫绝。

景大天稀里糊涂地问道："那画呢？咋偷？"

韩滉和盛子晏心有灵犀地对视一眼，盛子晏答道："一旦四处起火，啸通海肯定要抢救最值钱的东西，什么最值钱？"

景大天恍然大悟："明白了，他到时候自己就把画拿出来了！然后，咱们再抢他的！"

韩滉开始设计起来："咱们把计划和动手时间盘算清楚，明天午时，我会把消息传给刘孚之，让笑笑小姐尽快准备。"

盛子晏点点头："亥时怎么样？"

"我觉得没问题。"韩滉转向景大天，"帮众在咱门口的巡视规律都清楚吧？明天晚上，咱们得赶在亥时之前抢几件衣服，好方便行动。"

"好嘞！"景大天痛快应和着，冲着盛子晏拍着胸脯，"等到处着火冒烟以后，俺见一个撂倒一个，保证让你能顺顺当当地去偷画！"

韩滉沉吟着看向盛子晏："我和大天负责浑水摸鱼，你去偷画最合适，只有你知道那院子的所在。"

盛子晏连忙点头："放心吧，到时候烟熏火燎的，我再穿着帮众的衣服，姓啸的哪里想得到？肯定能得手！"

第二天上午，在宛若婚房的"画室"里，韩滉为了争取时间，画得格外快，寥寥数笔，一座怪石嶙峋的山峰便已完成。看着自己的作品，韩滉不禁击节赞叹："画得好！看这刀砍斧劈的笔法，可谓笔笔见性，见山川，见自我！见自我啊！"

啸通海在旁边急得想插嘴："这个……"

韩滉不等啸通海说出整句话，又侃侃而谈："你看，这各种皴法可不是无中生有，这是敬畏自然。大刀阔斧游弋，于细节处小心！"

啸通海应付道："是是是……可这个……"

"可是什么？"韩滉又打断了啸通海，装着糊涂，"是不是空的地方太多了？这叫留白，关键就是这留白！"

啸通海急了："画得好坏不重要！得画得像！"

韩滉假装刚明白："帮主是担心这个啊？这是必须的！要不，我能耽误这么多工夫吗？"

啸通海大喜，上来就要把画抓走，韩滉一把按住："干吗？"

啸通海傻了："把三幅画凑到一起啊！"

韩滉睁大眼睛："急啥？还没上色呢！"

"啊？还需要上色？"啸通海大为惊讶，因为他手里的两幅画卷都是水墨山水。

韩滉一副奇怪的神情："当然！难道……你那两幅不是？"

啸通海皱紧了眉头："不是……"

韩滉深吸一口气，极其庄重地看着条案上的画卷："看来，我画的这一幅，是三幅画之魂啊！"

"啥、啥叫'画魂'？"啸通海不解其意。

韩滉也不解释，催促着啸通海："快去快去，拿颜料来！黄、红、绿三色，多多益善！黑色也再搞一些来！"

啸通海扭头就往外跑：这可是"画魂"啊！成败在此一举！

啸通海跑到外面，扯住一个经过的帮众，让他赶紧照韩滉所吩咐的去买颜料，因为落风帮的画店只卖假画，是不卖画笔、颜料等物的。

等帮众气喘吁吁地买来颜料，也已到了午时了。其间，借着上茅厕的机会，韩滉又看到了正靠着泔水车假装打扫的刘孚之。韩滉使了个眼色，从怀里掏出一张揉得皱巴巴的草纸，将其扔到角落，随即扬长而去。刘孚之会意，趁没人留意，把草纸团扫到了簸箕里。

刘孚之拿着韩滉的草纸团，赶紧推着泔水车回到住处，和等得着急的胡笑笑一起看了起来。上面写的是当晚亥时行动、请胡笑笑以机飞火配合等计划的详情。得知盛大哥和韩滉、景大天今晚就能逃离落风帮，胡笑笑在兴奋之余又有些紧张，担心仅凭自己和舅舅之力来完成这一任务，难免势单力薄。于是，胡笑笑饭都顾不上吃，先后跑到焦山蛇园和润州病坊，把胖瘦二位师兄和僧医一铎都搬了出来，说明了情况。胡笑笑倒不担心几位师兄的安全，毕竟只需要选好有利地形，按照韩滉给的图示，远远地向落风帮巢穴发射机飞火和火箭就行，没有伤亡之虞。而胖瘦二位师兄和僧医一铎本就想帮胡笑笑、韩滉等人，于是欣然从命。

胡笑笑这边正积极地"纠集人马"，忙得热火朝天，刘孚之在住处更加忙碌。他先在背囊中取出两个牛皮囊，这两个囊袋是他昔日上山采药时常用的，能够妥善地保存火种等物品，防止它们被雨雪浸湿。紧接着，刘孚之又做起了木工活儿，找了几块小木板，将木板钉在泔水桶中间，做出个隔层。随后，再把一个牛皮囊切开，严严实实地罩住隔层，形成了一个滴水不透、极为隐秘的暗箱。另一个牛皮囊，刘孚之则小心地贴身藏于怀中，以便到时装上那两幅画卷。等泔水车里倒上泔水，任谁也难以想到，这肮脏的推车里竟隐藏着世人觊觎的画卷。

做完这一切，刘孚之长舒一口气，伸展着累得有些发酸的胳膊，畅想着三幅画卷在手、宝藏触手可及的美景。突然，身后传来一声轻微的响动，刘孚之吓了一跳，赶紧回头看去，只见墙角堆积着的柴火垛里露出了那个运泔水的中年人的眼睛！刘孚之暗骂自己大意，赶紧上前扒拉开柴火。中年人被紧紧地捆绑着，见到奔过来的刘孚之面露凶光，知道对方起了杀心，但苦于嘴里塞着破布，无法出声求饶，只能拼命摇头。

刘孚之面目狰狞："谁让你睁眼的？"

中年人泪流满面，不断地摇头，却无济于事，眼睁睁地看着刘孚之将利刃缓缓送入自己的胸口！

刘孚之把短刀上的血迹在中年人的尸身上擦拭干净，将尸身推回原处，仍旧用柴火盖好。

此刻正值未时，鬼市沉浸在一种慵懒而静谧的氛围之中。那些在夜晚如鬼魅般游荡的客人，此时已进入梦乡。鬼市里的店家也大都呵欠连天地勉强支撑着，等着偶尔光顾的顾客。

距离落风帮几个门脸的"千手当铺"以广纳来路不明的当物而著称。未时起，当铺里突然热闹了起来，陆续来了五六个精壮汉子。这几个人号称前来典当东西，却拿不出要当的玩意儿，只是机警地窥探四周。当铺掌柜心里发慌，连忙悄悄地把柜台里的那些明显是赃物的物件撤下。

不一会儿，着便装的欧阳尘快步走进当铺。掌柜刚要迎上去招呼，先前那五六个客人齐齐抽出短刀，露出捕快的腰牌！掌柜吓得瘫倒在地，马上认罪，把这几年大收赃物的事儿全都交代了出来。哪知道欧阳尘根本没搭理他，只是号令捕快们"动手"。捕快们一拥而上，很快就将掌柜、朝奉、伙计的衣服扒了个干净，随后迅速换上。掌柜正糊涂着，欧阳尘警告掌柜和其他人："都去后院，不许出声！让我听到一点儿动静，大牢见！"

掌柜吓得赶紧带着朝奉、伙计跑进了后院小屋，将房门紧锁。

当铺里，换上掌柜衣服的欧阳尘刚坐下，一名便装捕快就匆匆跑了进来，上前禀报："况参军来了！"

欧阳尘连忙起身，一边往门外迎，一边询问捕快："都办妥了？"

捕快点点头："尽管放心。"

欧阳尘刚来到门口，况海就匆匆进了当铺。等况海坐定，欧阳尘朗声道："千手当铺、鬼脸客栈、两家茶铺、一家扶桑病坊里的三十六名捕快已进入监视位置，其余百名捕快于鬼市待命！"

况海抬眼，面无表情地说："我要的是万无一失。"

欧阳尘咬紧牙关说："绝对没有纰漏！"

况海这才放心地点点头，露出笑容："坐，咱们静观其变！"

亥时将至。

来自热河上的雾气，渐渐弥漫了上来。鬼市里的一些店铺点起了烛火，暗淡的光亮摇曳，绰绰人影交杂其中，阴冷森然。就在这可怖的雾气中，胡笑笑和僧医一铎、胖瘦二位师兄、刘孚之悄悄摸上山来。

胖瘦二位师兄选定的位置位于落风帮巢穴上一层的高坡上，虽然该位置周围遍布荆棘，无法看到落风帮，但是可以居高临下发射机飞火，效果最好；胡笑笑和僧医一铎选定的位置在与落风帮巢穴相隔不算太远的悬崖边，这里同样隐蔽，虽然也看不到落风帮，但毕竟已经距离很近，胡笑笑准备一旦发生意外，便立刻冲进落风帮，搭救盛子晏等人！

当然，胡笑笑等人的行动，没有逃过捕快们的眼睛，捕快们立刻将这一情形汇报给况海和欧阳尘。况海和一铎有过一面之交，因此，对这位胡域僧医的到来很是诧异。不过，况海知道这些人是来搭救韩滉的，所以决定按兵不动，等韩滉一方与落风帮互相残杀，再坐收渔人之利。于是，况海号令全体捕快整装待命，严密监视落风帮的一举一动。

眼看就要到行动时间，胡笑笑的心提到了嗓子眼。她想和舅舅商量几句，一回身，却没有看到刘孚之的身影。胡笑笑以为舅舅和胖瘦二位师兄在一起，也就没在意。

此时，刘孚之推着泔水车来到了落风帮。

守门的帮众很是奇怪，因为往日运泔水都在戌时，于是斥责着刘孚之："怎么这么晚？不想干了？"

刘孚之点头哈腰地赔着笑脸："车坏了，刚修好。"

守门的帮众看了看泔水车，又看了看刘孚之，打开了门。刘孚之推着车进了落风帮。

第六十章

杀人者盛子晏

下

　　落风帮里，一名看上去也就十七八岁的年轻帮众每隔上一段时间，便会经过韩滉三人所在的小屋。等这个年轻帮众再次经过小屋的时候，发现那位渤海国的巫师正斜倚在门口，抬头看着黑黢黢的天空，眼神迷离，手好像又抖上了。

　　年轻帮众凑上去，怯生生地叫道："巫师，巫师？"

　　年轻帮众叫了两声，景大天才回过神来，晃了晃脑袋，看向帮众："叫俺有事儿？"

　　年轻帮众麻利地从怀里掏出布包，从里面拿出两颗饴糖递到景大天跟前。

　　景大天一把接过，塞进嘴里，吧唧道："你们这儿吃的不行，这嘴里是真没味儿。"

　　年轻帮众嗫嚅道："巫师，我想求你件事儿。"

　　景大天欢快地嚼着饴糖："说！"

　　年轻帮众喘口粗气："你能让我阿娘附体不？我想、我想和她说上几句话。"

　　景大天大咧咧地说："好说！进屋，烧炷香试试。"

说着，景大天率先进了屋子。年轻帮众以为巫师要在屋子里焚香请神，连忙跟了进来。刚迈进屋子，门后躲着的盛子晏一把掐住了年轻帮众的脖子，韩滉则捂住了他的嘴。年轻帮众拼命挣扎，景大天上前抽出这帮众身上挎着的短刀，便要刺向他的脖颈！

说时迟那时快，眼看刀刃就要刺中咽喉，盛子晏猛然伸手，景大天赶紧收手，可刀刃依旧划伤了盛子晏的手，鲜血瞬间染红了盛子晏的手掌。

景大天大怒，低声喝道："你疯了？！"

盛子晏也急了："何苦要他性命？"

韩滉也瞪着景大天："不能滥杀无辜！"

景大天怒目圆睁："他无辜？杀人抢孩子的勾当，不知干了多少？这叫无辜？"

韩滉和盛子晏看看言之有理的景大天，又扭头看看眼神里满是惊恐的帮众，不知道如何说才好。景大天叹口气，扭转短刀，用刀背使劲磕了一下年轻帮众的前胸，帮众应声栽倒。

韩滉和盛子晏都是一惊，齐声说道："你……"

景大天撇撇嘴："没死，晕了而已。"

韩滉和盛子晏冲着景大天赞赏地点点头。盛子晏赶紧扒下帮众的衣服。

景大天兀自不服气："就你俩这样的，以后行走江湖，准吃亏！"

这时，盛子晏已经换好了帮众的衣服，冲韩滉和景大天点点头，溜了出去。

盛子晏第三次踏上这条黑黢黢的小道，已是轻车熟路。待来到暗门处，盛子晏正欲开锁，却惊讶地发现，门锁已经换成了簧片锁。虽说这锁比扬州波斯大屋里的十二簧片锁要简单许多，但是要想打开也颇费时间。盛子晏紧张地操作，急得满头大汗，终于听到了"咔嗒"的声响！盛子晏长出一口气，轻轻推门，哪知触动了门闩上挂着的一串青铜铃，清脆的铃声在夜深人静之时显得格外刺耳！

　　左近的两名帮众闻听铃声，立刻冲出。盛子晏赶紧往暗处跑，两名帮众紧紧追赶。盛子晏毕竟对道路不熟，跑了几步之后不慎摔倒，待起身后，两名帮众已经扑了上来。盛子晏就地一滚，身上登时被两柄短刀划出两道血痕。盛子晏也顾不得伤势，一边跑一边扯下靠墙的水桶、木铲等家什，阻碍追赶帮众的脚步。等逃进临近院子，盛子晏立刻滚到矮树丛后躲起来。追过来的两名帮众见没了身影，情知敌人就躲在这里，于是谨慎地搜索着屋檐下和树丛后。眼看就要搜到盛子晏藏身的位置，盛子晏已经做好殊死一搏的准备，就在这千钧一发之际，一支机飞火带着火光飞来，映红了天空。紧接着，又有几支机飞火飞至，其中一支落在矮树丛上，立时燃起火苗！两名帮众扭头便跑，以为润州府的清剿大军又至，盛子晏方才躲过一劫。

　　此刻，落风帮里一片混乱，帮众们四散奔逃。好在啸通海足够冷静，大声控制住了局面，帮众们这才明白捕快并未攻进来，于是打消了趁乱溜走的念头，随啸通海一起做好应战的准备。怎知道啸通海刚刚费尽力气做好动员工作，打晕两名帮众、换上帮众衣服的韩滉和景大天又开始"捣乱"，一边跑，一边大喊"捕快来了"！这下彻底扰乱了军心，帮众们都笃信捕快已经攻了进来，仓皇逃生。

　　啸通海徒呼奈何，只好放弃组织帮众抵抗，快步奔着藏画而去。

　　藏画的院子里原先戒备森严，此刻警戒的帮众早已四散逃离。

　　啸通海急急忙忙打开一间屋子的房门，这是一间小型的"藏宝室"，外间格架上摆放着青铜小鼎、波斯雕像、书画等价值不菲的藏品。啸通海对这些藏品视而不见，直奔内间，一把掀翻了靠墙条案，按动墙上的一块不起眼的墙砖，墙砖慢慢翻转，竟露出一个暗洞。啸通海从暗洞里取出一个布袋，里面正是从纳黛依处抢得的两幅画卷。

　　突然间，啸通海感觉不对，一转身，发现握着短刀的盛子晏正站在跟前。啸通海咬牙切齿地说："果然是你们捣的鬼！"

面对着自以为的仇人，盛子晏握刀的手忍不住地颤抖，他低吼道："我找你很久了！"

啸通海却不知道盛子晏说的是另一回事，冷笑道："就是为了这三幅画？"

盛子晏举刀直指啸通海的咽喉："你跑不了了，自己了断吧，别让我动手！"

啸通海看着满头冒汗、手直哆嗦的盛子晏，竟然笑了："你杀过人吗？"

盛子晏默不作声，眼睛狠狠地盯着啸通海。

啸通海笑得更厉害了，凑上前去，手指戳着自己的胸膛："来！杀了老子！老子死了，这画就是你的！宝藏也是你的！动手啊！"

啸通海叫得声嘶力竭，愤怒的盛子晏高举着刀，眼睛通红，可刀却迟迟没有落下：眼看大仇即将得报，可谁知道杀一个活生生的人竟是如此艰难！

啸通海看出了盛子晏的弱点，一面与盛子晏对视，一面悄悄握拳，准备发力攻击。就在啸通海准备出手的瞬间，半空中骤然弥漫起一股粉色烟尘！盛子晏与啸通海吸入粉尘，双双倒地，人事不省。只见刘孚之从门外大跨步走了进来，看着啸通海手里的画卷，眼睛里散发出狂热的光芒！

此刻，落风帮里更加混乱。

眼看机飞火和火箭已经搅乱局势，况海向捕快下令出击绞杀！随着训练有素的捕快们的加入，帮众们彻底落入下风，像是没头苍蝇似的拼命抵抗着捕快的追剿。

混乱局势中，韩滉、景大天也是屡屡遇险，好在最后都化险为夷了。景大天朝着大门口跑去，但是没有看到韩滉的身影，回头看去，却见韩滉向庭院深处跑去，和十几名持刀枪的帮众撞了个正着。景大天大惊，连忙跑过去保护老师，此时韩滉已经被一名帮众撞翻，好在帮众知道这是"巫师"的朋友，不是捕快，这才放任不管。

韩滉跌跌撞撞地站起来，依旧朝里跑去。景大天追上了韩滉，韩滉指着里边大喊："盛子晏还没出来！"

景大天扶着韩滉往外走，急赤白脸地说："先逃出去再说！"

两人跑到门口，对面涌上来一群人马，堵住了去路。景大天大惊，挥舞着短刀，韩滉也从地上捡起一把短剑，准备拼命。就在两人准备跃出厮杀的瞬间，一大簇人举着火把，拥着况海、欧阳尘来到落风帮门前。

况海挥着剑，大喝道："润州府缉拿盐贩！投降者，可饶不死！"

况海一边喊着，一边指挥着手下众捕快，将包括韩滉、景大天、二帮主在内的一大群人团团围住。

景大天大喜过望，连忙喊道："这是润州刺史韩滉！"

况海听到喊声，连忙快步走上前来，仔细看了看韩滉，立刻恭敬施礼："润州司法参军况海，参见韩刺史！"

韩滉连忙指向里面："里面有我们的人！"

况海还没反应过来，胡笑笑和胖瘦二位师兄、僧医一铎也跑了下来。胡笑笑一把抓住韩滉的胳膊："盛大哥呢？"

韩滉气喘吁吁地指向里面，胡笑笑不等韩滉说话就扭头疯了一样地冲了进去。韩滉、景大天、况海、欧阳尘紧紧跟随。

谁也没有注意到，衣衫褴褛的刘乎之推着泔水车，溜着墙根，悄悄出了大门。

一路收拾了零星的残余帮众，众人追着胡笑笑一直来到最里边的院落。还没跑进院子，就看到盛子晏握着短刀逃了出来，手上、刀上满是血迹！

胡笑笑大喜过望，朝着盛子晏冲了上去。盛子晏却表情呆滞，刀尖冲前！韩滉大惊，连忙扑上去，阻止盛子晏挥刀伤人，结果盛子晏呆立未动，韩滉却一个趔趄，手臂挂上了刀子，血流如注。景大天也

第六十章 杀人者盛子晏（下）

冲上去，死死抱住盛子晏，胡笑笑则赶紧扯下衣襟替韩滉包扎。

盛子晏浑然不觉，面有惊恐之色，不住地回望。韩滉、胡笑笑、景大天、况海等人顺着盛子晏的目光，走进院落，靠近藏画的屋子，登时大惊！门框上是盛子晏的血手印，触目惊心。再往里看，墙上的暗洞大开着，里面已经空无一物，暗洞旁边的地上，啸通海的尸体被烧得焦黑，隐约可以看到咽喉处的致命伤口，右肩则被剁得稀烂。另两名无辜的奴婢也倒卧在院子里，同样是咽喉中刀，惨不忍睹！

第六十一章
布灰辨凶
上

　　景大天的呼噜声还回响在润州府衙门的二堂，韩滉已经起床，在衙门里转悠了。

　　在值守衙役的注目礼中，韩滉穿过宅门，步入前堂。润州府大堂高大宽阔，朝阳斜照之下，巍峨壮观。韩滉环顾四周，想着这段时日进鬼市、下扬州，风尘仆仆查案，出生入死涉险过关，而今，置身于这份难得的安逸之中，恍若隔世。

　　由于各县尚不知道新任刺史已到，还没有上报表册，韩滉很是清闲，得以静下心来，仔细回想昨夜发生在落风帮的一幕：盛子晏离魂症发作，杀了三个人，可那两幅画卷被谁拿走了？抑或是在那一片大火中被烧成了灰烬？随着落风帮被剿灭，官府内部涉嫌参与贩卖私盐的势力，是否也因此而难以追查，最终成为悬案？韩滉正试图理清头绪，司法参军况海前来拜见，韩滉连忙将况海让进了二堂的花园。

　　按惯例，新任刺史在吏部领取任命文书后，于各中途驿站歇脚，一路到达地界后，即应派人前往府衙通知属官，静候属官派人迎接。当然，会来事儿的属官们往往会提前打探到消息，自发前去驿站迎接。其后，更是发展到在本州州界就开始热烈欢迎了。新任刺史入府衙后，和前任刺史交接官印、账簿册籍，便算是正式走马上任。不过韩滉贪吃贪玩，请了一个月的假，推迟上任。前任刺史以及况海等润州主要官员都知道韩滉是世家子弟，家庭背景显赫，连圣上也要礼让三分，可前任刺史也有公干，于是况海就代为交接了。今日况海前来，便是将前任刺史交代的诸多事情移交给韩滉。

"刺史果然英明决断，还没上任，就潜入落风帮，一举剿灭了这伙贩盐的恶徒！"况海奉承着韩滉。

韩滉连忙推让："我已经写好奏章，都是参军的功劳！参军清剿落风帮已有时日，一切本就在参军掌握之中，我只是适逢其会。再说，这次要是没有参军及时出击，我要脱身，还颇有些不易呢！"

况海心情大好："这倒是，我也确实盯了这伙贼盗有些日子了。可要是没有刺史和几位医师的里应外合，要攻入这落风帮，难！"

韩滉摆摆手，算是结束了互相恭维，接着问道："那位进奏官，怎么样了？"

况海试探着盛子晏的底细："他是刺史的……"

韩滉笑了笑："秉公即可。萍水相逢，无非是欣赏此人而已。潜入落风帮，他出了大力气！"

况海回应道："进奏官盛子晏已经被关进了润州天牢，并受到严密的看管！"

"哦？"韩滉脸色严峻起来。

况海叹口气："如果单单是杀了啸通海，倒也说得过去，可他连那两个奴婢也杀了，这就有些麻烦了。"

此刻，润州天牢里，盛子晏也在苦苦思索着落风帮里的情景。

盛子晏的记忆在拦住啸通海的那一刻，突然中断。等到他清醒过来，啸通海和两个奴婢已经伏尸眼前。盛子晏赶紧往门外跑，结果遇到了韩滉等人，只能把戏继续演下去，演的还是那个屡试不爽、被胡笑笑认准了的离魂症患者。可是，在他失去知觉的那段时间里，究竟发生了什么？到底是谁偷走了画卷？又是谁杀死了啸通海？

盛子晏正苦苦想着，肇兴元领着挎着竹食盒的胡笑笑走了进来。

看到盛子晏，胡笑笑立刻绽放出灿烂的笑容，并迅速打开竹食盒盖，对盛子晏说："香味闻见没？透糍糕，还有洛阳羊汤！"

盛子晏不忍拂了胡笑笑的心意，赶紧起身，假装特别馋地大口吃着。胡笑笑怎知盛子晏味同嚼蜡，以为盛子晏饿坏了，很是心疼："盛大哥，别着急！我马上向韩老师请命，把你接到润州病坊去。你这离魂症啊，还得用祝由术治。对了，你猜，韩老师是谁？"

盛子晏早就知道韩滉身份，不过依旧配合着胡笑笑，装作不知："谁？"

胡笑笑吐吐舌头："润州刺史！当朝有名的大画家——韩滉！难怪他画画得这么好！"

盛子晏露出一丝苦笑："就算韩老师是刺史，掌一州之权柄，可我犯的是杀人罪啊！"

"你有病！"胡笑笑急了，"韩老师和景大哥昨天已经和那位司法参军况海解释过了。你连杀落风帮的帮众都下不去手，若不是病发，怎么可能杀那两个无辜奴婢？！"

盛子晏长叹一口气，一言不发，只是木然地喝着羊汤。

胡笑笑看着盛子晏的可怜模样，大为难受："盛大哥，你别怕，我就在这儿陪你，好不好？中午，舅舅还要给你送好吃的呢！"

盛子晏冲胡笑笑挤出一丝笑意，胡笑笑转身假装收拾碗碟，不让盛子晏看到她掉泪。在落风帮，尽管所有证据都指向盛子晏杀人，仵作也查验完毕，现场应况海之令已经封起，可胡笑笑执意要再次查验一遍尸体，她抱着一丝渺茫的希望：万一死者的死因不是刀伤呢？万一致命刀口与盛大哥所持短刀不相吻合呢？

结果，胡笑笑对三具尸体的查验结果与仵作一致。她感到惶恐不安，不知道等待盛大哥的会是什么命运……

刘孚之正在汉家药肆为盛子晏炖鸡。

这老母鸡是刘孚之早上在鸡坊买的散养鸡，以遍布焦山的五谷、药材为食，肉多而紧实，格外鲜美。刘孚之在烹饪鸡汤时，特意放了花椒、茱萸以及淮山、当归等"汉家专用料"，并辅以大葱、生姜等物。每次刘孚之炖这鸡汤，胡笑笑就大呼小叫地张罗着买胡饼，配着鸡汤吃，绝美！

把鸡放在双耳锅炖上之后，刘孚之惬意地回到自己的卧房。进屋后，刘孚之拉上窗帘、插好门闩，将祖先牌位摆放到五斗柜上，坐在案几前，静静地看着牌位良久，随后从床铺下取出一根藤鞭，冲着牌位诉说道："自从知道使命以来，孚之没有一刻不提醒自己，勿忘耻辱！如今，三幅画卷尽皆到手，孚之无愧大业！"

说完，刘孚之褪去衣衫，白皙的后背上唯有肩膀处布满了纵横交错的伤痕！刘孚之用藤鞭一下一下地狠狠抽着自己的肩膀，右肩处，依稀可见一个墨色人偶的文身图案！

昨天，刘孚之的计划实施得堪称完美：在盛子晏与啸通海对峙的一刹那，刘孚之抛出迷药药粉，盛子晏和啸通海立刻不省人事；刘孚之随即用盛子晏的砍刀砍死了啸通海，取出暗洞内的两幅藏宝画卷，贴身放好，把现场仔细地清理了一遍，避免留下指纹；刘孚之离开的时候，突然遇到逃跑至此的两名奴婢，便又取了盛子晏手里的刀，干脆利落地解决了两人，然后，又将擦去其指纹的刀用布帛垫着，放回盛子晏的手里，这才离开现场，把两幅画卷放入牛皮囊，藏到泔水车的夹层里，安然逃出落风帮！

如此一来，任何人都会深信不疑，盛子晏就是杀人凶手！刘孚之露出了满意的微笑——他知道，景大天对脚印的追踪、胡笑笑对尸体解剖各有绝招，因此，他格外小心谨慎，除了抹尽他的指纹、脚印，让景大天查无可查之外，哪怕怀里揣着利刃，也要多费工夫，用盛子晏的短刀杀死那两个奴婢，以免胡笑笑查验出尸体刀口的异样。

刘孚之得意地狂笑几声，心中多年的压抑与苦闷，在这一刻终于得以尽情发泄！他站起身来，将五斗柜轻轻挪开，撬开长砖，取出装画的木盒，一层层地打开布帛，这一次，三幅画卷满满当当地摆在一处。刘孚之小心翼翼地将三幅画卷展开，画面皆是寻常的山水景致：孤峰矗立，滔滔大水环绕。刘孚之将三幅画不断调换位置，想找出其中蕴含的秘密，却一无所获，但他并不急躁，将三幅画卷轻轻卷好，放入暗洞，再挪回五斗柜。他暗想："反正过两天就可以借着出远门探望旧友的机会，踏踏实实躲上一阵，有的是时间探究，也无需急于一时；眼下最关键的任务，是要坐实盛子晏的罪名，免得这小子干扰自己的计划！"

第六十二章

布灰辨凶

（下）

正午，日头高照，韩滉和况海的马车停在了润州天牢门前。

迎接的狱丞打开大门，将韩滉、况海、景大天迎进天牢。此时的韩滉身着官服，俨然一副不怒自威的高官模样，与贪玩贪吃的形象形成鲜明对比。

齿轮牵引着铁链，拉开了天牢的闸门，发出金属特有的磨砺声响。韩滉和况海、景大天走入晦暗通道，一路来到关押盛子晏的戒备森严的监房。胡笑笑正陪在盛子晏身边，见韩滉进来，喜不自胜地跳起来："韩老师！"

盛子晏看到韩滉出现，也是大为感激。韩滉刚刚上任刺史，便在头一天亲自来天牢探望他，足见其重情重义。盛子晏欲站起身，韩滉连忙伸手按住，结果一不小心碰到自己包扎着的胳膊伤处，不禁"哎哟"一声。

盛子晏惭愧不已："昨天都怪我，伤了老师……"

胡笑笑生怕盛子晏自责，赶紧打着圆场："我们都忘了这事儿了！韩老师也不疼。"

韩滉故意夸张地皱皱眉："其实还挺疼的！"

大家笑了一阵，算是揭过这件尴尬事。恰好刘孚之把炖鸡送来，景大天闻着味儿，一个劲儿夸刘孚之的厨艺，盛子晏赶紧招呼师哥一起吃。景大天一边大快朵颐，一边和胡笑笑一起，嘻嘻哈哈地陪着盛子晏闲扯。难得来此的况海在狱丞陪同下，前去检查天牢的防卫，刘孚之瞅准时机，悄悄向韩滉询问起关于盛子晏杀人的事情，假意做出因关心而吞吞吐吐的样子。韩滉果然起了疑心："有什么话，请直说。"

　　刘孚之犹犹豫豫地问："盛子晏不会……不会杀人偿命吧？"

　　韩滉沉吟道："应该不会。他当时并不清醒，有很多人在场，都可作证。"

　　刘孚之难掩失望，嘴里却附和道："那可太好了！他杀人也确实事出有因嘛！他这里……"

　　说着，刘孚之指指自己的脑袋。

　　韩滉看了一眼正和胡笑笑、景大天聊天的盛子晏，转过头来，小声问道："你是说……还是离魂症作祟？"

　　刘孚之神秘地说："刺史还记得纳黛依的别墅吗？"

　　韩滉眯起眼睛，回想着那个扬州的夜晚和第二天的别墅旁纳黛依泡得肿胀的尸身。

　　刘孚之叹口气："那天晚上，我和笑笑在扬州药园，以祝由之术为盛子晏治疗离魂症。晚上，我和盛子晏睡一个屋子。哪知道，半夜时分，盛子晏突然就发作了！"

　　韩滉虽然知道盛子晏的离魂症，但听到刘孚之的描述，看着刘孚之的恐怖神情，仍不免大吃一惊："什么样子？"

　　"形同鬼魅！"刘孚之犹自心悸不已，"他走出药园，直奔纳黛依的别墅，在慢坡上站了很久。那双眼睛，冷如冰霜，平时从没见过他这样。我怕他出事儿，就一直在后面盯着……"

　　韩滉猛地想起来，在纳黛依别墅前的慢坡上，他在焦急等待扬州捕快调查结果的时候，发现的那双脚印！韩滉清楚地记得，按照景大天的理论，那双脚印里面非常干净，应该是雨后所留。难道是盛子晏的？当时，韩滉对这个神秘人守候别墅的目的很是怀疑，于是学习景大天的方法，把脚印的长度、前中后三部分的纹路等都记了下来，准备有时间向景大天请教。韩滉对那纹路印象颇深，于是假装手中扇子掉落，捡拾时趁机翻过地上盛子晏的鞋子，几乎可以确定，盛子晏鞋底的长度、纹路等和他在纳黛依别墅前记下的鞋印一模一样！

刘孚之继续说道："这种病，实在没辙！控制不住！一发作，他就跟换了个人似的，根本不知道自己都做过什么。"

韩滉明白，因为胡笑笑也曾跟他说过太医署治疗过的离魂症案例——那老实本分的长安人，竟然在金陵变成了剪径大盗，并且对另外一个身份所做之事全然不知！如此说来，尽管盛子晏对自己病发时所做的杀戮之事毫不知情，但他早在扬州时就有恶念，可见他行凶杀人之事应是确凿无疑了。韩滉无奈地看着刘孚之，略带埋怨地说道："这事儿你当时就应该和我说啊！说了，也许就能避免昨夜的惨剧！"

刘孚之叹息道："谁知道他能真下杀手啊！再说，我和刺史并不相熟，这玄而又玄的事儿，如何启齿？"

韩滉还是有怪罪之意："不和我说，也应该告诉笑笑小姐！"

"那丫头就更说不得了！"刘孚之摇摇头，"唉，也怪我一直撮合这俩人。这丫头是心意已决，非盛子晏不嫁了。可哪知道他发病时……就想杀人啊！我和笑笑开不了口！"

韩滉想想，刘孚之的确为难，也就不再说下去。这时，况海在狱丞的陪同下回来，提醒着韩滉："刺史，时候不早了，有些申请调拨物资钱款的公文，还需要您过目。"

韩滉知道，因为自己推迟上任，这些公文已经拖延有些日子了，于是嘱咐盛子晏好好休息，不要多想。韩滉正要离开，胡笑笑目光殷殷地说道："韩老师，我有个请求。"

韩滉示意胡笑笑尽管说。

胡笑笑严肃地冲着韩滉和况海说道："请两位下令把盛子晏转到

润州病坊，我将和一铎医师用祝由术为他治疗。"

韩滉正在犹豫，况海已经抢先发话："不行！盛子晏是杀人重犯！"

胡笑笑努力辩解道："这里阴暗潮湿，对盛子晏的病情恢复极为不利，恳请两位体恤！"

况海不说话了，看向韩滉。韩滉刚上任，不好驳主要下属的面子，何况况海昨天又救了韩滉。而且，胡笑笑的提议着实不合律法。于是，韩滉回绝了胡笑笑，带着景大天、况海离开。

"那他什么时候能出去？"胡笑笑急得快哭了，追在韩滉一行人后面喊着。

刘孚之劝阻着胡笑笑，心里却很是得意：起码最近一段时间，盛子晏不会给自己添乱了！

回到府衙办完公事，韩滉赶紧回到二堂，拿出一本《周礼义疏》，来回翻找起来。

景大天奇怪地问道："您找啥呢？"

韩滉眼睛不离书卷："我记得贾公彦编撰的几本书里，有一本提到了指纹辨别之术，可找不到具体出处了。"

景大天恍然大悟："老师还在琢磨师弟的事儿？"

韩滉于是把盛子晏曾驻足于纳黛依别墅前的慢坡上以及自己核对鞋印纹路的事情告诉了景大天。

景大天糊涂了："指纹的事儿，您咋不问俺？"

韩滉诧异地看向景大天："鞋印你懂，指纹你也会？"

景大天委屈地说："您觉得只有师弟博闻强识？俺也不差！俺在江湖上积累的经验不比师弟从书本上得来的多？"

"快说说。"韩滉来了精神。

景大天侃侃而谈："您是不是想对比两个指纹一不一样？简单！俺那个大秦的师傅就是专门干这个的。他告诉俺，将两个指纹印在两张通透的油纸上,然后再将两张油纸上下叠起来,看看指纹吻不吻合就行了。"

韩滉气得差点儿没把茶喷出来:"这谁不会?我要的是找出指纹的办法!"

"不早说!"景大天挺起了胸,"老师,走着!"

鬼市。

落风帮巢穴门前,有多名捕快严密警戒。韩滉和景大天进去之后,一路穿廊过院,直奔啸通海毙命的那间屋子。韩滉询问把守的两名捕快,得知他和况海等人离开之后,没有任何人擅自进入,很是满意,褒奖了捕快几句,带着景大天走了进去。

屋子里,窗户关得严严的,三具尸体已经被搬走,但是家具陈设等均和前一天一模一样。韩滉正要往里走,景大天一把将他拉住,示意他就站在门边,不可往里再行半步,接着吩咐捕快在屋内门口处吊起大釜,取木炭烧水,捕快连忙照办。不一会儿,伴随着"毕毕剥剥"的声响,大釜上蒸气升腾,韩滉、景大天热得浑身冒汗。待木炭将水煮沸,屋里湿度骤增,两人宛如置身蒸笼之际,景大天灭了炭火,便看到烟尘在屋子里四处飘散,渐渐附着在屋内潮湿的物品表面,指纹立时显现,墙上、门框上,比比皆是。

"奇怪。"景大天指着墙上的暗洞处。只见暗洞周边的墙上,乃至挪开的案几上,都没有任何指纹!

"一定是盗画那小子为了掩饰抹去了痕迹。"景大天分析着。

"这倒能证明盛子晏的清白了。"韩滉皱着眉头,指着门框上的血手印,"这是昨天当场比对过的,和盛子晏的手印一模一样。若是他偷的画,总不会在门框上大大咧咧留下血手印,却把墙上擦得干干净净。"

景大天蹲了下来,仔细看了看地面:"别急,还有更神的事儿呢!"

闻听徒弟此言，韩滉的心蹦到了嗓子眼，不知道景大天还有啥妙招。

景大天打开门，把两名守门捕快叫进来，四个人都用布巾捂住鼻子，随后拿簸箕将燃烧后的炭粉碾碎，满屋遍撒。

"这叫布灰辨凶。"景大天一边向韩滉解释，一边和捕快们起劲地或吹或扇着炭粉。炭粉附着在地面的鞋印上，韩滉可以明显地看到，就在他的左近不远处便有几个盛子晏的清晰鞋印。可是令人震惊的是，啸遁海尸身所在的地方，周围两步之内竟然没有任何鞋印，更别提盛子晏的鞋印了！

韩滉和景大天风尘仆仆地回到润州城时，天色已近黄昏。在距离府衙尚远的地方，两人突然听到一阵急促的鼓声传来！

谁在喊冤？韩滉和景大天对望一眼，赶紧朝府衙跑去。

只见府衙大门口围着一堆看热闹的百姓，一个女子用尽全力在敲鼓，随后"扑通"一声跪在地上，一动不动，竟是胡笑笑！

韩滉赶紧过去，低喝道："胡闹！快起来！"

胡笑笑表情决绝："刺史若是不答应把盛大哥转移到病坊，我就不起来！"

"快起来吧！"韩滉掏出了银鱼袋，交给景大天，"快，现在就陪笑笑去天牢，把盛子晏转移到病坊去！"

胡笑笑又惊又喜，赶紧站起来，招呼着围观百姓："都散了，散了，这是个清官！"

韩滉哭笑不得，胡笑笑可不管这一套，一把拉住了韩滉的胳膊："怎么我一跪您就同意了？早晨还不答应呢！"

韩滉笑道："跟你跪不跪可没关系，我是刚知道……"

"知道什么？"胡笑笑着急地问道。

韩滉表情严肃地说："盛子晏，没有杀人！"

第六十二章 布灰辨凶（下） | 385

第六十三章
悲田院
上

"老师，您是不是觉得行走江湖特过瘾？"看着韩滉纵马驰骋的样子，景大天笑嘻嘻地问着。

韩滉勒住马的缰绳："倒也不是。若是以刺史身份去问，得到的回答多是官样文章，咱们不如就微服私访，肯定能打探到更多的消息。"

说罢，韩滉催马向前，景大天扬鞭紧紧跟上。师徒二人疾驰在去往句容的官道上，不过一个时辰的光景，句容已经在望。

句容县境北、东、南三面环山，呈"勹"形，群峰环绕，气象万千；而"勹"上之水注入句容赤山湖，湖为"口"，四岸有所容，山光水色，句容名字也由此而来。

韩滉、景大天此行是要探访盛子晏少年时的栖息之所：句容悲田院。悲田院原本为收养孤儿、孤寡老人以及穷苦病人的"悲田养病坊"，往往设置在佛寺之内。大唐朝廷为遏制佛教声望，以官督寺办之法参与，分工也更为细化，尤其似润州这样的经济发达之地，孤儿院便从养病坊脱离出来，成为悲田院。韩滉思忖，要彻底治好盛子晏的痼疾，除了依靠胡笑笑的祝由之术，更要了解盛子晏的过去，探查其发病的原因。

润州病坊里，胡笑笑正和盛子晏吃早饭，霍新气鼓鼓地闯了进来，劈头盖脸地臭骂道："小兔崽子！出了这么大的事儿，也不说一声！"

胡笑笑赶紧站起身来，劝未来的公公消气："快坐快坐，舅舅不是告诉您了嘛！"

"你舅舅？要不是我找他，他能主动告诉我？"霍新兀自站着，冲胡笑笑喊道，不过态度总算是客气了一些。

胡笑笑刚要接话，霍新又继续训斥盛子晏："就你这病秧子样，还能探案？指望你，能干成啥？！"

"您还别说，盛大哥真破了案子！"胡笑笑替情郎打气，骄傲地说着。

霍新一副不相信的神情："哦？那你说说。"

胡笑笑娓娓道来："贾寻被杀，盛大哥神机妙算，查出了是波斯女人纳黛依所为。后来纳黛依也被杀了，盛大哥又一直苦苦找线索，终于追查到鬼市，找到了落风帮帮主啸通海！"

霍新追问道："那这个啸通海呢？"

胡笑笑耸耸肩："也死了。"

霍新冷笑一声："你盛大哥，又查出来谁是凶手了？"

胡笑笑蔫了，声音也变小："还没有。"

霍新语带讥讽地说："这就叫案子破了？"

胡笑笑赶紧辩解道："这案子可不容易破，那些恶徒是为了丹溇王墓的画卷，拿到画卷，就能找到大宝藏呢！"

霍新瞪着胡笑笑："那好，凶手找不到，画呢？找到了？"

盛子晏无奈地说："两幅画在啸通海手里，可是……"

胡笑笑抢着替盛子晏解释："有人先下了手，杀了啸通海，抢走了画，还想栽赃盛大哥杀人！哼，多亏韩刺史明察秋毫，这才把盛大哥从天牢里放出来。"

霍新不依不饶地说："瞧瞧，差点儿把自己小命搭里边！这世道，那么多人尸位素餐，就非靠着你卖命探案？别忘了，你是个进奏官！"

霍新气得涨红了脸，紧紧缠绕在脖子上的布巾因为愤怒而松垮了几分，他赶紧捂严实，即使如此，还是露出了颔下边沿那一圈发红的疤痕。

胡笑笑看到，大吃一惊："您的脸！"

霍新下意识地扯紧布巾："没事儿，老毛病了。"

胡笑笑边拉着霍新边说："这里什么都有，我给您看看。"

霍新拼命拒绝着。他当然知道，胡笑笑的医术要比鬼市里的那位猥琐医师强得太多。可要是让胡笑笑查看，一下子就会被发现他曾经换过脸！他太怕有人因此生疑，继而追查下去。大功即将告成，霍新不允许有任何的纰漏，等他有了钱就可以去长安找大唐最好的医师！

盛子晏也担心地劝着霍新："就让笑笑小姐看看吧，我这里有银子。"

胡笑笑噘着嘴，嗔怪着盛子晏："盛大哥说哪儿的话！叔叔看病还要银子？"

"闭嘴！"霍新不耐烦地吆喝着。盛子晏于是不再吭声，还不习惯霍新脾气的胡笑笑更是吓得噤若寒蝉。

霍新心里有了底，知道三幅画卷应该已经聚齐在刘孚之手里了。探询的目的既然已经达到，霍新也就不再继续咒骂，转身离开——眼下，他最重要的任务，是监视住刘孚之，不能让他带着画卷走掉！

临走的时候，霍新看了一眼躺在炕上、面色苍白的盛子晏。一旦三幅画卷到手，他就要远走他乡了，和这个朝夕相处十多年的养子的缘分也就走到了尽头。尽管霍新只是利用盛子晏，可是，毕竟两人有十多年的感情，他竟然觉得眼睛模糊了，于是赶紧扭回头，快步离开，生怕眼泪掉下来。

看着霍新的背影消失在病坊的曲廊里，胡笑笑吐吐舌头，拍着胸口说道："你阿爷的脾气可真大！"

"这么多年，习惯了。"盛子晏安慰着胡笑笑，"你别在意，他嘴上厉害，其实人没那么坏。"

胡笑笑点点头："我没事儿！嘿嘿……"

盛子晏看着胡笑笑一脸坏笑，欲言又止的样子，不禁很是好奇："你想说什么？"

胡笑笑一本正经地说："别看你俩没有血缘关系，可要论这脾气，还真像亲爷俩啊！"

盛子晏挠挠头："我已经变了很多了吧？"

胡笑笑耸耸肩，调皮地表示不认同："不过也不赖你，都是那离魂症闹的。你放心，有我在，管保给你治好了！"

一提到离魂症，盛子晏感觉话又说死了，实在不知道该怎么继续这个话题，只好偷偷看了一眼铁了心要给他治病的胡笑笑，心中满是因为欺骗而生出的愧疚之情。

胡笑笑一脸为难："不过，你这个病，也真奇怪。"

盛子晏无奈地说："你又要说那个剪径大盗的例子了？"

"是啊！"胡笑笑百思不解，"在长安，他表现得老实巴交，在金陵，他就变得穷凶极恶，两个身份互不干扰。可盛大哥你……和他就不太一样。"

"哪里不一样？"盛子晏问道。

胡笑笑茫然地说："我也说不好，按一铎医师的说法，就是两个身份差得不多。不过，还是那句话，别太担心，有我呢！再说，韩老师和景大哥也在尽力帮你，昨天要不是他们，你还在天牢里呢！"

"昨天到底发生了什么？"盛子晏终于找到话茬，自然地切入。

胡笑笑盯着盛子晏，面带喜色："韩老师和景大哥又去落风帮了，他们用炭灰查了指纹和脚印，发现啸通海尸体两步之内没有你的脚

第六十三章 悲田院（上） | 389

印。"

盛子晏好奇地问:"那有谁的脚印?"

胡笑笑摇摇头:"谁的都没有,怪就怪在这儿了。也正因为这一点,韩老师判断说,真正的凶手因为担心露出马脚,仔细清理了现场,结果,反而露出了尾巴,还了你的清白!"

盛子晏听了胡笑笑的一番话,脑海里立刻浮现出刘孚之的形象,于是装作不经意地问道:"你舅舅呢?"

胡笑笑扑哧一乐:"在家做饭呢。我给他布置了任务——继续炖鸡汤!今天的午饭,我去买,还是洛阳羊汤!喜欢吧?"

盛子晏看着胡笑笑,满是感激地点点头。

胡笑笑很得意:"你看看,我这眼力准吧?昨天我就看出来了,你喜欢喝羊汤和鸡汤。来,起来一下,收拾收拾床铺。"

盛子晏站起身,让胡笑笑能够充分展示她的贤惠。胡笑笑正整理着床铺,赫然发现盛子晏的枕头下藏着一把短刀!

胡笑笑拿起刀,大为惊讶:"你藏这玩意儿干吗?"

盛子晏连忙夺过来:"习惯了,防身用。"

说着,盛子晏将短刀重新塞到枕头下。背后,胡笑笑向他投去一抹狐疑的目光。

刘孚之一刻也不想在润州多做停留,唯恐夜长梦多。他把逃跑时间设定在当夜宵禁之前,这样的话,万一败露,追赶者也会因为宵禁而耽误时间。至于目的地,刘孚之心中已有了明确的打算:他计划先到汴州躲上一两个月。他在汴州、神都都有朋友,作为大唐的东都,神都信息发达,而汴州距离神都不远,可以随时了解各种动态。刘孚之准备利用在汴州的这段时间隐姓埋名,搞清楚三幅画卷昭示的藏宝地点,待风平浪静,便去黄天荡寻找属于他的宝藏。

刘孚之从来没有跟任何人说过他是汉室之后——山阳公直系后人。遥想当年,高祖斩白蛇起义,奠定了汉室基业,竟然被曹丕无耻地窃取！这份亡国之恨深深地刻在每一位汉室后裔的心中！不过，虽然属于先祖的宝藏即将到手，刘孚之心中的喜悦难以名状，但是他不断告诫自己：冷静！再冷静！小心！再小心！他计划给胡笑笑留下书信，借口去鬼市为南诏故友送行，盘桓数日。可表面上，刘孚之还是一如既往，不仅不着急打包银两和换洗衣服，反而悠然自得地到汉家药肆为几位看病的老人开方……他要确保自己的计划万无一失，在最后一刻迅速收拾停当，实现金蝉脱壳！

于是，尚不到午时，刘孚之在汉家药肆迎来了一瘸一拐的霍新。

一进门，霍新就嚷嚷着："见你一面还真难！来，杀一盘！"

"今儿可不行。你那儿子刚从鬼市回来，"刘孚之笑着解释，"笑笑让我每天给他炖鸡汤呢！这边还得开方子，不得闲啊！"

"不打紧！"霍新环顾一圈等着开方的病人，突然大声喊道，"刘掌柜现在有事儿，找他徒弟开方子，一样能治病！"

病人们都是老街坊，知道霍新霸道，敢怒不敢言。刘孚之也只好一笑置之，交代好徒弟一些开药需注意的事项，便陪着霍新来到后院，摆上了棋局。阿花正在院子里溜达，见到霍新，不禁狂叫起来。霍新朝着阿花使劲瞪眼，刘孚之对阿花面对霍新时表现出的愤怒十分不解，但还是把阿花哄回了小屋，关好。

霍新大发牢骚："你说，我还活个什么劲？连畜生都看不起！"

刘孚之笑出了声："你跟畜生计较什么？"

刘孚之抬眼看霍新的时候，发现霍新竟戴着方巾，将脖子捂得严严实实，便问道："这是怎么了？"

霍新笑道："你说这世道，是不是四时不正？这秋老虎肆虐的日子，天气反倒冷下来了！我这儿围着方巾，还哆嗦呢！快快快，摆棋！"

两人开始较量起来。不同于以往的激烈，有心事的刘孚之棋走得不着四六，没几步就被霍新占尽上风。

霍新一边下棋一边牢骚满腹："唉，刚四十多，正当壮年，就靠下棋打发余生了，无趣！"

刘孚之安慰道："知足吧，还有人陪你下棋。"

霍新又埋怨起刘孚之来："你这下得也太差！搁往常，咱俩都能真刀真枪地干上百十回合，今天你可没好好走啊！是有心事儿？还是看不起我瘸子？"

刘孚之哼哼哈哈地敷衍着。

老练的霍新看着心不在焉的刘孚之，越发怀疑，于是想办法引开刘孚之："凉茶呢？客人来了，都不上茶？这世道，少什么都行，唯独少了你汉家的凉茶，不行！"

刘孚之一拍脑袋："忘了！忘了！承蒙夸奖！"

说着，刘孚之赶紧去前院拿凉茶，心想赶紧把霍新伺候好了，下完棋，打发他走人。见刘孚之去了前院，霍新立刻跳了起来，径直前往刘孚之卧房门口，轻轻推开门。只见里面收拾得整整齐齐，案几上还摆着没有调配完的几味药草，五斗柜上扔着擦拭的抹布，墙上还贴着特别标注了"盛子晏"的草纸，上面依次书写着"炖鸡、鱼脍、蒜泥羊肉"等字样，看来，已经计划好起码六七晚的菜谱了。

霍新正查找着纰漏，突然，刘孚之的一只手搭在了他的肩膀上！霍新吓了一跳，强自镇静道："你家这屋子，比我家强上不止十倍！这世道，怎么就我这么惨呢？"

霍新一边说着，一边转回头，迎着刘孚之狐疑的目光，又使劲地拍了刘孚之一下："说实话，要不是笑笑和我家小子有好事儿，老子压根就不能理你！气人！"

说完，霍新气鼓鼓地夺门而出，坐回了下棋的小凳子。刘孚之迅速朝屋子里瞟了一眼，见并没有翻动的迹象，也就没放在心上，跟着霍新坐下，满脸堆笑地说道："这么说，我还真是荣幸，能和你老霍攀上亲家！"

"那可不！你可是高攀我啦，刘掌柜！"

两个老狐狸哈哈大笑，心里却是各怀鬼胎。刘孚之想着自己故意没有做逃跑的准备工作，是怕被胡笑笑看出马脚，看来自己这步是走对了，否则，霍新这瘸子要是看出来自己有出远门的打算，和盛子晏一说，没准就惹出什么麻烦来。霍新则更为纠结：既希望东窗事发，刘孚之赶紧锒铛入狱，如此一来，那三幅画卷便可尽数归为己有；但他又不敢贸然报官，生怕官府将赃物收缴，那他费这么大劲策划的阴谋，可就落了空！讨回公道，这是霍新最初的想法，可随着岁数的增长，霍新把初心看得越来越淡了——复仇又有什么意义呢？他都惨成这样了，最需要的是钱！需要钱治疗！需要钱养老！虽然，再多的钱也弥补不了逝去的大好年华与曾经的一腔热血……

第六十四章
悲田院
下

　　刘孚之调制的凉茶的确有名，况海、况明两兄弟也在府邸怡然自得地喝着汉家药肆的凉茶。
　　"哥，咱就以茶代酒了，干！"况明举起了茶杯。
　　况海难得地展露笑颜，"当"的一下碰了杯，随后喝下一大口凉茶。
　　况明喜不自胜："这回可彻底踏实了。"
　　"可以这么说吧，"况海得意扬扬，"五个人，一个活口也没有！就算丹渎王墓被盗案的卷宗里有任何不利于我的记录，但当时这案子是我一手经办的，自是我说什么就是什么了。"
　　况明不放心地追问："那其他参与的人呢？"
　　"你哥我是什么人？"况海冷笑着，"当时我便想到此事可能会败露，因此，从开始到派卧底，再到最后了结，我调动了不下十个人参与，每个人都只负责其中一个环节，确保他们谁也不能一览全局！"
　　况明叹口气："难怪整个况家只有你最适合当官。"
　　况海轻啜了一口茶："仕途险恶，不得不防。不过，当官的乐趣也就在这儿！既要防着别人害你，又要琢磨怎么害别人，踩着他们的尸体往上爬！那种感受，是做其他任何事情都体会不到的！"

况明想想就觉得犯难:"太难了!"

况海呵呵一笑:"一帆风顺固然好,能化险为夷,更为畅快!"

况明大为佩服:"虽说你我是孪生兄弟,可我自愧弗如!"

况海也对自己大为满意,骄傲地微微颔首。

"那几幅画卷,又是怎么回事儿?"况明又问。

况海摇摇头:"这也是我百思不解的地方。一想到有人神不知鬼不觉地偷走了两幅画,我这背后就直发凉!"

说着,况海左右看看,仿佛那偷画者就在身旁。

况明只觉得瘆人:"你不想去追查此人是谁吗?"

"何必给自己找事儿呢?"况海表情凶狠地说,"不碍我的事儿,我不管;碍了我的事儿,不管他是谁,都别想过好日子!"

丰乐寺,坐落于句容城边,紧邻茅山之南,因伽蓝神在此大显神通而闻名遐迩。方圆百里包括金陵、润州等大城百姓,遇水旱之灾或有疾病时,均来该寺祈祷,据说非常灵验。

韩滉和景大天乔装改扮,假意来此收养孤儿。慈眉善目的丰乐寺老方丈闻听,连忙隆重相迎:"要男孩儿吧?多大的?"

老方丈一边说,一边引着韩滉和景大天往里走。其时,人们收养子嗣最重要的目的是延续香火,无论是家族的血脉继承还是财产继承,养子和亲子的地位和任务并无差异,故而老方丈有此一问。且当时的收养制度也相当完善,立嗣不仅要举行仪式,更要签订相关文书。

"男孩女孩都行,我们是从长安慕名而来。"韩滉笑着说道,"一位老友十一年前在这里收养了一个男孩儿,对方丈的慈悲为怀赞不绝口。"

老方丈微微一笑:"出家人,理应慈悲为怀。给这些孩子们找个好归宿,胜造七级浮屠啊!"

说着,老方丈把韩滉和景大天带到禅院,二十几个孩子正在禅院里玩耍。

韩滉看着这些孩子，继续刚才的话题："那位老友除了托我转达对方丈的谢意，还想问点儿事……"

老方丈捻须颔首，示意韩滉尽管讲。

韩滉说着准备好的说辞："那位老友抚养的孩子叫盛子晏，聪明伶俐自不必说，只是……"

韩滉说着，指指脑袋："他想问问方丈，这孩子在这里的时候，有没有得过什么病？"

"十一年前？"老方丈皱着眉头，"那可记不清了，这里的孩子一茬茬的，太多了。"

景大天从怀里掏出盛子晏的画像，说道："您看看，这是那娃现在的样子。"

老方丈一下子就认出来了："这孩子啊！没病！就是经常发呆，想心事。"

"那不就是有问题吗？"景大天插话道。

老方丈一笑，冲着韩滉说道："这里的孩子都是孤儿，大都家世凄惨。大一些的孩子，回忆回忆过去的事情、发发呆，乃人之常情。倒是您那位老友，我印象颇深。"

韩滉疑惑地问："怎么讲？"

老方丈笑着说道："这来领养的人啊，一般都是想让孩子将来继承家业，或者给自己养老送终。他却不同，只说要找有缘人。而且啊，脸只露了一半儿，我差点儿不想把孩子交给他呢！"

"那不还是给了。"景大天嘟囔着。

老方丈解释道："他当时是颔下发病，还让我查验了。"

韩滉顾不上领养者的古怪，继续问盛子晏的情况："这孩子发呆的时候，有没有什么异常？等发呆结束后，他还记得发呆时做的事情吗？"

老方丈一脸奇怪："怎么会不记得？这孩子脑子好着呢。当时，他在那批孩子里年龄最大,而且来了足足一年,对禅寺的一应事务都很熟悉,孩子们也愿意听他的,我还让他替寺里管着那些岁数小的孩子呢!"

"您确定?"韩滉追问着。

老方丈语气坚决:"当然!这孩子脑子很清楚,从来没有出现过你说的那种情况。"

韩滉沉吟片刻,继续打探:"这个盛子晏,以前叫什么?"

老方丈突然警觉起来:"你们不是来领养孩子的!到底是什么人?"

韩滉见已经瞒不住了,而且乔装打扮的目的也已大致达到,于是就实话实说:"实不相瞒,我乃润州刺史,和这位盛子晏是朋友。他近来身体有恙,我才特来相询。"

老方丈摇头,表示自己无话可说。

景大天以为老方丈不信,从怀里掏出了韩滉的银鱼袋:"大和尚,看看这玩意,总该信了吧?"

岂料老方丈的态度颇为强硬:"别说你是什么刺史,就算是圣上来了,孩子的底细也不能说!这是规矩!"

"这大和尚,真不通事理!"下山的路上,景大天直撇嘴。

韩滉却紧张地思索着,他在把一个个觉得奇怪的点串起来:胡笑笑说,太医署收治的离魂症患者,在长安时老实本分,在金陵却无恶不作,而且,此人在身处一个角色时,对自己在另一角色中的所作所为完全不知;老方丈却说,盛子晏思路清楚,不会忘记其发呆时所做的事!

韩滉又想起在润州病坊时,盛子晏的表现:见到自己前来,盛子晏连忙站起身,为误伤自己手臂而愧疚不已……

不对!如果盛子晏真有离魂症,怎么会记得发作时的场景?怎么知道是他误伤的自己?那时,他难道不应该是"另外一个人"吗?

一瞬间,韩滉感到不寒而栗。

第六十五章
杀机毕现
（上）

刘孚之到润州病坊送他精心炖制的独家鸡汤的时候，只看到了盛子晏和僧医一铎。

"笑笑哪儿去了？"刘孚之询问着。

"估计你俩错开了。笑笑回家取药了，晚上可要用祝由术呢！"僧医一铎解释着，随即离开了房间。

听到祝由术，刘孚之知道外甥女又要给盛子晏治疗，于是看向坐在炕边的盛子晏。盛子晏朝刘孚之做着鬼脸，表示无奈。

"笑笑做事，一向心里有数，你就放心吧！"刘孚之一边安慰着惴惴不安的盛子晏，一边打开竹食盒，"快来尝尝今天的鸡汤味道如何，你要是不腻的话，明天继续给你做。"

盛子晏品尝着鸡汤，做出津津有味的样子，同时试探着刘孚之："阿爷没去烦您吧？"

刘孚之呵呵一乐："不烦，不烦！老朋友了，找我杀了盘棋，我俩约好了，明天接着杀！"

"阿爷上午来这里发了通脾气，骂我自不量力，非要去探案，连个小小偷画贼都找不到。"盛子晏一副过意不去的样子，一边说，一边观察着刘孚之的反应。

老奸巨猾的刘孚之不动声色："你阿爷是担心你，就跟我担心笑笑一样。明天开始，这种事儿，你和笑笑再也不能干了，咱好好过日子。"

盛子晏正气十足地说道："怕什么？邪不压正！刺史还在继续查呢，不找到那个杀人栽赃的偷画贼，绝不罢休！"

刘孚之正背对着盛子晏收拾案几，漫不经心地答道："那就让他查，那是他的活儿。你啊，明天开始，就好好照顾笑笑！"

"明天刺史就要彻底调查，我和笑笑都要帮忙！"盛子晏继续进逼。

刘孚之表情轻松地说道："帮也行，我倒是不担心，至少不用像以前那样冒险了！唉，探案这种事儿，咱老百姓干，还是怕！"

随后，刘孚之催促着盛子晏："好不好吃？给句准话！要是好吃，我明天再给你做。这是笑笑定的明天的菜谱，你要是不喜欢，换！"

盛子晏咽下嘴里的鸡汤，一脸陶醉："百吃不厌！"

"那好，"刘孚之见鸡汤大受好评，笑开了花，"明天再给你送。"

刘孚之收拾好竹食盒，告辞离开。盛子晏目送刘孚之离开，待其身影消失不见，立刻眉头紧皱，调动起自己的全部经验，在心里分析着刚才观察到的刘孚之的一举一动：

提到阿爷埋怨自己找不到偷画贼时，刘孚之眼睛眨都不眨，表明心态格外轻松；

提到韩滉将继续查找偷画贼时，刘孚之背对着自己，看不到表情，但是肩膀未动，脖子不僵，显然并不紧张；

提到明天要彻底调查偷画贼时，刘孚之的眉头不但不皱，反而舒展起来，简直是毫不担忧！

所有刘孚之表现出来的样子，有悖于盛子晏之前的一切经验。究竟是什么原因让这个盗墓贼如此轻松，以至于有恃无恐？盛子晏从头到尾，反复回味着刘孚之说过的话，终于发现了一丝端倪：短短的几句对话，刘孚之却说了多次"明天"。也许，这就是刘孚之并不在意即将到来的危机的原因——"明天"和他已经毫无关系！如此看来，刘孚之今天晚上就要出逃，他说出如此多的"明天"，就是为了麻痹自己！

盛子晏长舒一口气，从枕头下摸出了短刀。

从润州病坊到胡笑笑的家，不算太近，但是也无须七拐八绕。只是回家取药的胡笑笑为了买香囊，拐了两次弯，完美错过了和舅舅的相遇：先是去了最受润州女人喜欢、最时尚的"漠之花"香囊店，买了一个"石上梅花"图案的香囊，还嘱咐绣娘特意绣上两句诗——"曾临岁寒伴风雪，不与繁花竞世间"。这两句诗可大有来由，是景大天殚精竭虑才吟诵出来的情诗。最关键的是景大天声称自己是渤海国的萨满巫师，只要把这两句诗绣在香囊上，神明就会保佑贤妹和盛子晏一生幸福！如此说辞，胡笑笑哪敢不从！

买好香囊回到家，拿了施行祝由术所需药物，胡笑笑顺带着取走了刘孚之的定魂丹：上次在扬州，舅舅特意嘱咐过，必须用上这定魂丹，能够防止盛子晏在治疗时走火入魔。等出了家门，胡笑笑灵机一动，又拐去了"漠之花"香囊店，她想在石头边缘再绣上金丝，取"情比金坚"之意——晚上，在盛大哥做完祝由术治疗，茫然颓废之际，看到如此大有寓意的定情信物，对他而言该是多么大的安慰！想到这儿，胡笑笑便忍不住地偷笑。

胡笑笑回到了病坊，只见竹食盒摆在案几上，里面是凉掉的残汤，盛子晏却不见踪迹。一铎医师说，盛子晏出去有一盏茶的时间了，去向未知。胡笑笑并没在意，开始准备祝由术所需用的药物。她从瓷瓶里取出一粒定魂丹，突然觉得有些许异样——里面似乎有迷药的味道！胡笑笑很是奇怪，于是稍稍研磨出一些药末，用托盘盛好，点起烛火炙烤，以加速挥发。

烟雾慢慢弥散，顷刻间，胡笑笑便摇摇晃晃，虽然勉强抵抗着眩晕的感觉，但仍是瘫软在地。好在迷药药量极小，胡笑笑在倒地之前，拼尽全力喊出了"一铎"的名字。

半盏茶的时间后，胡笑笑慢慢睁开了眼睛，发现一铎正守在面前，关切地看着她。一铎见胡笑笑醒来，松了口气："怎么回事儿？哪儿找的迷药？"

胡笑笑没有说话，她知道，自己遭遇了一件可怕的事情。

一铎继续说道："这迷药是高手所制，我不知道它的具体成分，不敢贸然替你解毒。"

胡笑笑努力朝一铎挤出个微笑，表示自己没事，随后晃了晃脑袋，觉得自己足够清醒了，便踉跄着走到床前，伸手摸向枕头。

果然如胡笑笑所担心的那样，盛子晏枕头底下的那把短刀，已经不见。

汉家药肆的卧房里，刘孚之正在紧张地收拾行囊。他已经吩咐好伙计诸项事宜，同时，也给笑笑留下了字条，声称要去鬼市探望南诏旧友，将盘桓几日。

在润州药坊，面对咄咄逼人的盛子晏，刘孚之竭尽全力让自己表现得自然；此刻，没有了任何压力，终于可以卸去伪装，刘孚之反而难以控制地紧张起来。

突然，身后传来了轻轻的敲门声！刘孚之吓了一跳，连忙把准备好的行囊丢在炕上，打开门——一柄短刀伸了进来，逼向刘孚之的咽喉，盛子晏随之出现，"砰"的一声关上了门！

刘孚之大为惊讶："子晏！是我！"

盛子晏看看炕上的包裹，已经了然："想跑？"

刘孚之依旧糊涂："你的病……又犯了？"

盛子晏看着眼前的仇人，眼神凄然："犯了，我这病，早在十二年前的柳泽湖畔，就犯了！"

刘孚之恍然明白，盛子晏已经知道了他的身份，脸色阴沉下来：

"你……什么都知道了？"

盛子晏点点头："你现在，也知道我是谁了吧？"

"早就知道。"刘孚之不再伪装，索性打开天窗说亮话，"你阿爷的死，和我无关。"

盛子晏悲愤万分："没有一个人救他，没有一个人！你们的脑子里只有宝藏，全然没有了结义兄弟，没有了道义，你们已经……已经不再是人！"

刘孚之辩解道："就算救了他，他也是废人了，活着，又有什么用？"

盛子晏对于这一番话感到难以置信，瞪着仇人良久，缓缓说道："用我的命换你的命，真不值！你去自首吧！虽难逃一死，但可免去折磨。"

刘孚之突然跪下，拼命诱惑着盛子晏："子晏，那三幅画就在我手里！你阿爷当初冒死走进那片沼泽，不就是为这个吗？那笔宝藏，我们一起分！"

盛子晏漠然地摇摇头："你感觉到了吗？阿爷的冤魂前来索命了！"

刘孚之又站了起来，不再卑躬屈膝："谁来索命，老子也不怕！我乃汉室之后，想杀，尽管来！"

盛子晏眼见刘孚之顽冥不化，便握紧刀柄，欲刺向刘孚之，替阿爷报仇。就在千钧一发之际，门突然打开了，胡笑笑跑了进来！

盛子晏、刘孚之一时间都有些愣神，胡笑笑更是瞠目结舌。瞬息之间，刘孚之最先反应过来，一把拽过胡笑笑，箍住她的脖子，挡住了盛子晏的刀锋！

已经红了眼睛的盛子晏见刘孚之此举，赶紧收回短刀，怒斥刘孚之："她是你外甥女！"

刘孚之冷笑道："不错，她是我外甥女，更是汉室之后！为了拿回属于前朝的宝藏，为了汉室的江山，就算是牺牲我自己，也在所不惜！"

被箍住脖子的胡笑笑喘息着恳求："舅舅……放、放了我……"

刘孚之咬牙切齿地说："放了你？得先让他放了我！"

盛子晏涨红着脸，表情决绝。

刘孚之见盛子晏握刀的手依旧青筋暴露，自知危机尚未解除，继续威胁着盛子晏："还想杀我？那就动手！不过，她可得死在我前面！"

盛子晏突然哈哈大笑："用她来要挟？你想错了！对我来说，她根本不值一提！"

胡笑笑闻听此言，万念俱灰，受到的打击比被亲舅舅挟持为人质更为沉重，不禁泪流满面。

盛子晏看也不看胡笑笑，慢慢收敛了笑容，紧紧地盯着刘孚之。刘孚之同样盯着盛子晏，观察了半天，突然像窥破了秘密一般，脸上绽放开笑容："听笑笑说，进奏官善于察言观色，甚至凭细微动作，便可揣度人心？"

盛子晏不解其意，哼了一声，并不说话。

刘孚之冲着盛子晏握刀的手扬扬下巴："你看看，手都出汗了，是不是压力太大所致？是不是这个女人让你不敢轻举妄动？"

盛子晏绷不住了，长出一口气。

刘孚之步步紧逼："被我说中了？你一直紧绷着，现在被我说中了心事，神经松弛了，自然会大气长出，是不是这样？"

盛子晏的脸因愤怒而变得扭曲，同时不自觉地咬紧了嘴唇。

刘孚之盯着盛子晏的嘴，笑容更盛："嘴角上扬了？进奏官，你来告诉我，嘴角上扬代表什么？说明你在仔细听我说话，对不对？如果你不在乎这个女人，你根本就没兴趣听我说话，只需把刀一送……"

说着，刘孚之夸张地做了个中刀歪脑袋的动作："杀了我即可，何必管她死活！可是，你看看你，这么认真地听我说话，啧啧！"

听着刘孚之得意忘形的分析，胡笑笑凝视着盛子晏的脸庞，她看出来了，舅舅全都说中了，盛子晏正是为了她才难下杀手！可此刻，幸福与苦痛竟如此紧紧缠绕，笼罩在死亡阴影里的胡笑笑感到茫然无措。

这时，刘孚之箍住胡笑笑的胳膊稍有松懈，胡笑笑立刻大喊："盛大哥！快跑！"

刘孚之马上箍得更紧。盛子晏见状，眉头紧皱。刘孚之见状，又笑了："你的眉毛快拧成'一'字了！你怒不可遏，想生吞活剥了我，可又担心心上人的安危，不敢造次！怎么样？我分析得对不对？这便是以其人之道，还治其人之身！"

盛子晏无力辩驳，浑身颤抖。

刘孚之更紧地箍住胡笑笑的脖子，猛地厉声大喝："把刀放下！不然，我勒死她！"

"咣当"一声，盛子晏手中的短刀应声坠地！

刘孚之一手继续箍住胡笑笑，另一只手捡起了短刀。

盛子晏声音低沉地说道："现在，放了笑笑吧。"

刘孚之哈哈大笑："放了她？哈哈哈哈……"

盛子晏和胡笑笑都糊涂了，愤怒地看着刘孚之。

刘孚之笑过之后，残忍地摇摇头："你真幼稚。知道宝藏秘密的人，都——得——死！"

说着，刘孚之举着刀，慢慢伸向胡笑笑的咽喉。突然，一股粉色烟尘从门缝里飘进来，刘孚之、盛子晏和胡笑笑立刻感到晕晕乎乎，倒地不醒。

门被轻轻推开了。待烟尘散去，韩滉、景大天和僧医一铎走了进来。

第六十六章
杀机毕现
下

"我是在半年前知道刘孚之是害死阿爷的仇人的。"

在润州府衙的二堂，盛子晏向韩滉和景大天讲述着："养父和刘孚之上焦山打猎，因天降大雨，被困在山上的窝棚里。养父无意中看到刘孚之右肩的人偶文身，回来后，当成一个奇闻怪谈讲给我听，可我当时差点忍不住要叫喊起来！终于又找到了一个害死阿爷的人！"

说到这里，盛子晏依旧是情绪激动。韩滉递给盛子晏一杯水，盛子晏一口气喝完，继续说道："十二年前，柳泽湖畔，阿爷被打盗洞的火药炸伤，如果有人救他一把，他不会死！可那几个人，只顾着进墓盗宝，没有一个人管阿爷，没有一个人！从此，我便死死地记住他们，他们每一个人都和我阿爷一样，右肩上文着墨色人偶！"

盛子晏停下来，平息着心绪，良久，才继续说道："我把刘孚之添到了报仇名单上，和贾寻并列。后来，我终于等到贾寻出狱，可还未及设计，他就已经死于非命！我知道这其中定有隐情，说不定，那几个害死阿爷的仇人都会裹挟其中！为了找到他们……"

"如何？"韩滉追问欲言又止的盛子晏。

盛子晏看向韩滉，犹豫片刻，和盘托出："我刻意结交您。我知道您贪玩，特意请假推迟一个月上任。更重要的是，您善断，背后又有强大的官府力量。如果把您拉进来，既可私下探案、了断仇怨，一旦事态严重，又可借助官府力量，左右逢源……"

"好啊！你是在利用老师！"景大天颇为不满。

韩滉摆摆手，示意景大天别打岔。

盛子晏面带愧疚地继续说道："后面的事情，你们都知道了。我们一路查到纳黛依，又前往落风帮，直到今天，我终于大仇得报！"

说到这里，盛子晏突然跪地磕头："谢老师、师兄相助！"

韩滉、景大天都不去扶盛子晏，显然还在生他的气。韩滉冷冷说道："那你这离魂症……"

盛子晏尴尬地站起身来："是我故意伪装的。我想着，迫不得已的时候，只能手刃仇人，可和这些盗墓贼一命换一命，太不值得。于是，我便……"

韩滉打断了盛子晏的话："你便刻意渲染，让所有人都以为你患有离魂症！"

景大天接话道："狡猾！这么一来，就算你万不得已杀了人，俺们也会以为是离魂症捣的鬼，治不了你的罪。"

盛子晏倔强地说："可不管怎样，我终究没有杀人！"

"刚才就差一点儿！"韩滉大声喝道，"你每时每刻都想着手刃仇人！要不是笑笑小姐，你早就万劫不复了！"

"老师……"盛子晏哽咽了。

这时，一直在门外偷听的胡笑笑终于忍不住跑了进来，冲向盛子晏，两人紧紧相拥！

韩滉哼了一声，拉着景大天走出房门，把空间留给二人。

此刻，润州府衙的监牢里，面对况海的审讯，刘孚之却是一声不吭。

刘孚之右肩上的人偶文身已经暴露无遗，可即使况海以重刑威胁，刘孚之依旧装疯卖傻，拒不承认自己是西汉丹淓王墓盗窃团伙中的一员。等韩滉和景大天走进来，刘孚之眼睛一亮，仿佛看到了救星，快速匍匐过去，一把拽住韩滉的衣襟："刺史！冤枉啊！我们可是一同……"

韩滉打断了刘孚之："盛子晏全说了！赶紧把盗墓之事从实招来！那几幅画卷，现在何处？"

刘孚之也不接话，就是一个劲儿地喊冤。

韩滉实在太过疲倦，不想再与刘孚之纠缠，于是对况海说道："先押起来吧，明天再审。"

衙役将刘孚之押回监房。韩滉一边打着哈欠，一边要随况海去库房，把丹渎王墓被盗案的卷宗取来夜读。景大天不忍韩滉连轴操劳，于是请老师先去休息，自请随况海前往，韩滉应允。

况海冲韩滉笑着问道："搜查落风帮的时候，还发现了一幅未竟之作，定是韩刺史的大作了？"

韩滉这才想起那幅为蒙骗啸通海而作的山水画，继而想起卧底落风帮时的惊险，不禁也露出笑意。

况海起劲地奉承着韩滉："一看便是大家风范，您不愧为当朝第一画家！"

韩滉听到夸奖，面带微笑地谦虚道："就是为了应付那些恶徒，随手画了几笔而已，经不起琢磨！尤其是几处皴法的尝试，唉，败笔啊！"

况海拼命摇头："刺史所言，我不同意！虽是草草画之，可是以墨线勾勒山石轮廓，再用大笔长线皴染，如此立体，当世少见！"

韩滉满心欢喜，心想这况海还挺懂行，又客气几句，便回二堂歇息。

景大天随况海出了监牢，还没到府衙大门，况海突然捂着肚子，嘱咐景大天稍等，随即朝茅厕跑去。景大天闲着无聊，便思忖着况海赞美韩滉画法精妙时所说的语句，准备死记一些名词，一旦哪天老爹盘问，也好蒙混过关。

不一会儿，况海揉着肚子走了回来，景大天关切地问道："好些了？"

况海皱着眉头说道："都怪这落风帮惹事，衙门上下近日皆奔波疲乏，饥一顿饱一顿的。"

况海一边说着，一边引着景大天匆匆朝库房赶去。

景大天很是理解："可不是嘛！把刺史也累够呛！"

况海点点头："你在刺史身边，有福气啊，多和韩刺史学学！"

"正学着呢！"景大天嬉皮笑脸地开始切入主题，"参军，您说这皴法，有那么神奇？"

"什么法？"况海不明其意。

看到况海一脸茫然的样子，景大天很是奇怪：刚才不是还像行家一样，猛夸老师皴法精妙吗？况海看出了景大天的疑惑，连忙遮掩道："快去取卷宗吧！然后咱们都好好歇歇！"

两人快步进了库房，看守档案的况韦迎上来，客气地寒暄了几句，随后引着况海和景大天取出了十二年前丹渎王墓被盗案的卷宗。

润州衙门的监牢前，月色如水。

一名衙役巡视至羁押刘孚之的监房门口，盛子晏突然自角落里闪出，将短刀抵着衙役后心，低语道："兄弟，别出声，绝不伤你！"

衙役忙不迭点头。盛子晏将衙役绑好，嘴堵住，取下捕快腰间的钥匙，进了刘孚之的监房。

原来，盛子晏刚和景大天聊了几句，听说刘孚之仍在负隅顽抗，心中满是担心：一旦刘孚之拒不承认，会不会逍遥法外？想到这里，盛子晏猛一激灵，责怪自己贪恋儿女情长，却忘了替阿爷报仇的大业！与刘孚之对峙时，自己已经为了红颜而放下复仇利刃，绝不能一错再错！于是，盛子晏趁机用迷药迷晕了胡笑笑，潜入监牢。

月色中的监房一片暗淡，刘孚之蜷缩在角落里，耷拉着脑袋，一动不动。盛子晏掏出短刀，慢慢地挪步过去，正挥手要杀，却觉得哪里不对，于是轻轻抬起刘孚之的下巴，发现刘孚之口吐白沫，已经死去！

第六十七章
李代桃僵
上

"来人！来人！"

被盛子晏所绑的衙役艰难地吐出嘴里的破布，大声地喊叫起来，尖厉的声音在安静的府衙里格外刺耳。韩滉、景大天等人闻听，迅速赶到监牢，只见盛子晏拿着刀，正呆若木鸡地守在刘孚之的尸体旁，场景之诡异，和前日在落风帮，盛子晏立于啸通海尸体旁的情境一模一样。

"师弟，快跑！"景大天低声提醒。

韩滉被景大天这话气得直哆嗦："人命关天，跑就完了？"

"不是我杀的！"盛子晏极力辩解着。

"还扯谎！"景大天着急地催促，"铁证如山！赶紧跑！俺替你掩护！"

韩滉大怒，瞪着景大天："胡闹！"

景大天吓得一吐舌头，缩回头去。

韩滉平抑着怒火，冲着盛子晏说道："说说吧，怎么回事儿？"

盛子晏看着韩滉，连连摇头："不是……真不是我杀的！"

"还狡辩！"韩滉左右看看，见四下无人，压低声音，"快说实情，我帮你想办法开脱！是否误杀？"

盛子晏焦急万分，只是摇头。

韩滉、景大天也是急得不知所措。

这时，门口传来胡笑笑的声音："和盛大哥无关！"

韩滉、盛子晏和景大天同时回头，门口处，胡笑笑和几名衙役匆匆赶来。原来，盛子晏只是给自己击杀刘孚之争取时间，因此，只给胡笑笑用了极少量的迷药，就连堵住衙役嘴的布巾，也塞得并不严实，所以胡笑笑才能很快醒来，衙役也能迅速挣脱。

"快说说！"着急不已的韩滉期待地看着胡笑笑。

胡笑笑脸色苍白，说话也是略显虚弱："盛大哥为报仇，持刀进来，已经是孤注一掷，何必又多此一举，用毒药毒杀？"

"对啊！"韩滉、景大天这才番然醒悟。

刚才，韩滉、景大天见盛子晏手持利刃，旁边是死去的刘孚之，慌乱中又有恨铁不成钢之意，一时没有细想。经过胡笑笑这番提醒，才想出关节所在。

"赶紧把仵作找来！"韩滉吩咐着衙役。他想，不管刘孚之是被杀还是畏罪自杀，要想查出什么东西，恐怕只能让仵作解剖验尸了。

衙役领命正要离开，胡笑笑一把拦住衙役，转头恳求着韩滉："刺史，请留全尸！"

韩滉猛地想起刘孚之与胡笑笑的关系，长叹一口气，点头应允。

一名衙役走近刘孚之，仔细搜查周身，并无半点异样：身上没有利器所扎的细微伤口，衣物上也没有任何的毒药等物品，怀里也没有能够盛放毒药的包囊等物。待衙役检查完毕，胡笑笑这才走过去，看着舅舅，泪如雨下，内心复杂：尽管舅舅对自己如此狠心，甚至为了宝藏不惜伤害自己，可毕竟在父母去世之后，两人相依为命多年，情感实在难以割舍。身旁，依旧呆立着的盛子晏看着胡笑笑的样子，也是倍感难过：眼见着刘孚之身死，自己大仇得报，应该满心欢喜才对，可为什么心里却空空荡荡？

良久，胡笑笑才平复了心绪，轻轻地替刘孚之合上眼睛。突然，胡笑笑看到了刘孚之的脖子，大感意外，立刻仔细观察起来。

"有问题？"韩滉睁大了眼睛，景大天、盛子晏也关注着胡笑笑的举动。

胡笑笑点点头，指着刘孚之的脖子："咽喉两侧这两处瘀痕是外力所致。他……他是被扼住脖子……"

"扼住脖子……灌的毒药？"韩滉思索着。

"可是，这、这也没啥挣扎痕迹啊！"景大天百思不解。

胡笑笑猜测道："很可能是喝到一半，舅舅……舅舅觉得不对，不想再喝了，结果，被凶手扼住脖子，硬灌了下去。"

听到这里，大家不约而同地把目光聚焦到案几上的茶杯上面。韩滉走过去，试探着摸了下杯子，茶水早已凉透，有几片茶叶飘在茶水之上。

衙役请示韩滉："我去验验这茶水？"

"不必了，"韩滉阴沉着脸，"这茶没问题。"

说着，韩滉走出了监房。

景大天奇怪地问道："有没有问题，得验验才知道啊！"

缓过神来的盛子晏向景大天解释道："茶叶浮在最上面，说明是用凉水泡的茶。可见，刘孚之并没有喝这茶，这茶是他死后，凶手摆上应付查验的。毒茶，已经被调了包！"

此刻，韩滉已经绕到了监房外与窗口对应的位置，在地下仔细查找，果然，很快便发现地面上的一摊浅浅的茶水印迹，其中还有泡过的茶叶残渣。韩滉心里有了底，快步回到监房内，盘问巡视的衙役："谁上的茶？"

衙役略显紧张："我。"

韩滉不满地问道："还给犯人倒茶？也没有把他绑起来！为何如此优待？"

衙役委屈地说："司法参军嘱咐我们不要难为他。"

韩滉不解:"为什么不按规矩办事?"

衙役有些害怕,声音也小了:"这位是……是汉家药肆的掌柜,衙门里都、都熟,又知道他是这位……"

说着,衙役看向胡笑笑。

韩滉知道,衙役想说这犯人是自己身边人的亲戚,就不再追问,态度也和缓了一些,接着问道:"这里都有谁能进来?"

衙役语气坚决地说:"正门有两名衙役彻夜看守,绝不可能有人进来。"

"还有旁门?"韩滉追问。

"有,不过平时都是锁着的,只有长史、司法参军和总捕头有旁门的钥匙。"衙役答道。

韩滉阴沉着脸,盯着衙役:"如果拿到钥匙,就能轻易来到这监房了?"

衙役答道:"是,因为监牢里平时只有一名衙役偶尔巡视,如果凶手从旁门进来,想要杀掉这犯人很容易!"

韩滉继续追问:"旁门还锁着?"

衙役点点头。

韩滉哼了一声,吩咐衙役:"查!"

因为嫌疑未解,盛子晏按律仍应被羁押在府衙。景大天便陪着胡笑笑,将刘孚之的尸身装殓好,送回汉家药肆,准备守灵几日后送葬。等忙活完了这些,已过子时,胡笑笑实在太过疲倦,送走景大天后便躺在炕上,可怎样也睡不着,脑子里满是一幕幕惨痛变故的画面,边想边哭,直到后半夜,才昏昏沉沉地睡去。

深沉夜色中,一个一瘸一拐的影子攀上了墙头,正是霍新。

密切留意汉家药肆动向的霍新,见刘孚之已死,知道时机已到!此刻他骑在围墙上,轻轻地抛出带着迷药的肉丸。睡眼惺忪的阿花听到动静,迷迷糊糊地溜达出来,吞下肉丸,片刻便晕倒在地。霍新翻下墙头，瞟了一眼堂屋里停放着的盛着刘孚之尸身的棺椁，摇摇头，随即快速来到刘孚之卧房门前，轻轻打开锁头，闪身进去。霍新轻轻挪开五斗柜，撬开长砖，哆嗦着手取出了木盒，散开厚厚的布帛，三幅画卷终于呈现在他的眼前！虽然已经不似第一次发现暗洞时那般激动，可霍新依旧是泪如雨下，毕竟，就是这几幅画卷改变了他的一生！霍新拼命擦干眼泪，让自己镇静，随即将画卷小心翼翼地放入背囊，又老练地将屋内陈设恢复原样，这才溜出门去。

来到墙根下，霍新利落地借助一条腿跳上墙，结果因为太过激动，还是不慎踩落了一块瓦片！瓦片坠地，响声清亮地裂成几片，吓得霍新赶紧拖着残腿，小跑着逃离！

胡笑笑被声响惊醒，连忙点起烛火，出来查看，结果发现了地上碎裂的瓦片。胡笑笑满脸狐疑地看看墙头，又检查了院子里的各处房门，没有发现异样。也许是野猫搞的鬼？胡笑笑心想。刚舒了一口气，结果发现阿花正躺在地上酣睡，胡笑笑很是心疼，便蹲在地上拍拍阿花，哪知道阿花竟然不醒。胡笑笑察觉有异，于是仔细观察着阿花的嘴角，凑过去闻了闻，皱紧了眉头，赶紧出了院子，直奔府衙。

韩滉被衙役从睡梦中叫醒，听胡笑笑说了有人迷倒阿花、夜入汉家药肆后院的事情后，情知事关重大，立刻带队率捕快前往汉家药肆后院，一番掘地三尺的严格搜索后，终于发现了藏画的暗洞！

看着空空如也的暗洞，韩滉知道，这里应该曾藏着那三幅丹淓王墓的藏宝画卷，但是当夜已经被盗走！韩滉紧张地分析着，连接着所有线索：既然知道丹淓王墓画卷以及刘孚之涉案，此人定非普通盗贼；这盗贼一定担心下一步的搜查会牵涉到自己，必然会尽快逃走！于是，韩滉紧急下令，在润州四处城门严格盘查外出人等，确保将画卷留在城内。韩滉相信，这个掌握了如此多内情的盗贼，一定不是什么生面孔，必然可以查到！

布置完这一切，天色已是大亮。

韩滉毫无困意，索性又盘算起刘孚之被杀一案。可是衙役汇报的调查结果，却令韩滉毫无头绪：有监牢旁门钥匙的三人，分别是长史、司法参军和总捕头。其中长史因随前任刺史晋升，将钥匙留给了总捕头，而总捕头有确凿的不在场证据，且两把钥匙并无遗失；司法参军况海更不必说，在案发当时，况海正陪同景大天去库房取丹渎王墓被盗案的卷宗，自是分身乏术。

眼看着一筹莫展，韩滉只好暂且令总捕头继续查案，自己则拿着丹渎王墓被盗案的卷宗，仔细研读起来。因为其中有一些疑点，于是韩滉请来了当年经手此案的况海了解案情。

"这伙盗墓贼，一共有四个人？"韩滉和蔼地问况海，毕竟，眼前这位司法参军因功勋卓著，极有可能被任命为新一任长史。

况海态度谦卑地解释道："对，这四个盗墓贼当初为了缔结盟誓，都在右肩膀上刺下了墨色人偶的文身，故称人偶社。"

韩滉笑笑："这都是那位捕快说的吧？"

况海连忙点头，表情很是谄媚："刺史了解得太透彻了！当年，为了查清这人偶社的底细，我特意派遣了一名叫岳明的捕快潜入人偶社，准备伺机将其一网打尽！"

韩滉遗憾地说："可惜啊，最终王墓因爆炸被毁，里面的宝藏，还有三幅画卷，迄今尚未追回！"

况海连忙站起身来，惭愧地说："我有责任！岳明向我密报过几次，称人偶社盗取丹渎王墓里的宝藏是志在必得，极有可能不惜代价，以火药炸开。我特意嘱咐岳明相机行事，一旦这伙盗贼要炸墓，立刻阻止！"

"参军何辜！"韩滉等况海说完，客气地示意况海落座，又看了看卷宗，问道，"这些事情，还有谁知道？"

况海摇摇头："为了保密，我和岳明的联系极为隐秘。"

韩滉叹了口气："这个岳明……也死了？"

"唉！"况海一拍大腿，"虽未见尸首，但他的衣服碎片当时已经找到。其实……对这捕快，我一直有所……"

韩滉直视况海，微微点头示意其继续。

况海长出一口气，随后说道："当时，众人都指称这岳明没有尽心尽职地阻止盗贼以火药炸墓，可有很多迹象表明，他……"

"说下去。"韩滉饶有兴趣。

况海愤愤不平地说："很多迹象表明，他极有可能因贪图宝藏，而与这些盗墓贼狼狈为奸，沆瀣一气！可惜啊，刘孚之也死了，所有人偶社成员都已不在人世，到底岳明是不是暗中加入了人偶社，也死无对证了。"

韩滉还要问些什么，突然一名衙役跑进来，告知二人一个惊人的消息：景大天遇刺了！

第六十八章
李代桃僵
下

景大天是去金山途中遇刺的。

韩滉甫一上任，便公务缠身。景大天这才明白，为啥老师非要请一个月假，游山玩水好吃好喝，因为一旦上任，可就没清闲日子喽！

眼见韩滉手下官吏众多，各司其职，景大天帮不上忙，在府衙里憋得格外难受，便决定自己出去闲逛。经过向况海等少数几个认识的人打听，景大天了解到城郊金山有座黄大仙庙，大感亲切。用景大天的话说："在俺们白山黑水，这黄大仙可是信众云集、名声显赫啊！大唐竟然也供着？"于是，景大天决定前去一游，而况海为讨好韩滉，特意给景大天配了一驾马车。

大清早，车夫赶着马车出了润州府衙，一路来到了城郊。

景大天正得意扬扬地哼着小曲，突然车前传来爆炸声！随之便升起一片蓝色烟雾。景大天大惊，正要问车夫出了什么事，那马儿却已经受惊，疯狂向前冲去！街上百姓见疯马狂奔，吓得轰然四散。马儿拖着快散架的车厢，来到一个丁字路口，马前又响起爆炸声，这马儿跑得越发癫狂，车夫也被甩了下去，头撞在街边绸缎庄门口的石敢当上，血溅一地！

马儿继续向前狂奔，车厢门帘早已散失，景大天抓着车厢立杆，摇摇欲坠，狼狈不堪。他屡次试图抓住缰绳，可均未能如愿。眼看前面无路可逃，大有直撞城墙、人马俱亡之势，景大天急得直冒冷汗！突然，景大天发现前面路边庭院养有鸡、羊，一群鸡和几只羊正在空场悠闲"散步"。景大天不及多想，掏出怀中袖箭击倒院门，鸡、羊支棱着脖子朝左右机警地看着，竟然不敢出门！景大天暗骂，又甩出一支袖箭，擦着最后一只羊的屁股飞过。羊大惊，终于和鸡群一起被景大天"轰"出院门，阻在街上！惊马眼见前面鸡、羊乱窜，一派乌烟瘴气，生生扬蹄悬空，接着掉头跑去。就在马车速度稍慢的刹那，景大天跳下车来！

马车反向狂奔，景大天坐在地上，拍着胸口直呼幸运。哪知道路边突然蹿出三名蒙面人，手持砍刀围住景大天。景大天兀自糊涂着，其中一名蒙面人挥刀便砍！景大天从地上捡起个扫帚，高接低挡，且战且退。这蒙面人武功颇高，咄咄逼人，好在另两名蒙面人只是观战，未曾参与，"武器"极不称手的景大天这才得以堪堪躲过一次次攻击，渐渐退到巷子里。蒙面人凶狠迫近，景大天的扫帚被砍得只剩寸长有余，无奈只好围着街边石碾绕圈。蒙面人试图逆向堵截，景大天瞅准机会，猛地抱起石碾甩出！石碾滚落，正砸中蒙面人的右脚，蒙面人负痛，大叫一声，扭头便跑。

景大天捡起蒙面人掉落在地的砍刀，回头看向另两名蒙面人："两位守江湖规矩，俺在此谢过！接着谁来？"

两个蒙面人对视一眼，其中一个跨上一步出了招，景大天持刀上迎，火星四溅。突然，另外一名蒙面人也扑了上来，一刀划向景大天左肋。景大天躲闪不及，鲜血直流！

景大天恼怒万分："骗子，不是单打独斗？"

两个蒙面人仰天大笑，其中一个大声道："咱潼关双雄，杀你一个人，是兄弟联手，对付那千军万马，也是咱兄弟二人！"

景大天大惊：一来，这潼关双雄在西域可是赫赫有名，可自己实在记不得啥时候招惹过他们；二来，堂堂潼关双雄，竟然做这刺杀的宵小勾当，是谁非要置自己于死地？景大天尚不及多想，潼关双雄便又扑了上来，一番激斗过后，潼关双雄大占上风！

眼看着苦苦支撑的景大天即将落败，突然，潼关双雄察觉旁边的沟渠有响动，为免被伏击，便停止斗杀，凝神望向沟渠。景大天大气不敢喘，不知道是福是祸。只见慢慢地，沟渠斜坡里站起来三个人，竟是一铎医师和胖瘦二位师兄，三个人药篮子里的草药洒落一地。

潼关双雄见状大惊，双双施礼。

一铎医师本来是去焦山药园延请胖瘦二位师兄会诊，三人正好路过此地，见景大天被围攻，琢磨暗中相助，结果被经验丰富的潼关双雄发现。三人正准备索性大干一场，哪知道这潼关双雄见了一铎，竟然如此客气。

一铎很是奇怪："你们是……"

潼关双雄恭敬有加地回道："在西阿拉梅金峰，承蒙先生相救。"

一铎医师这才对上号，记起自己曾经救过两人，于是恳求道："放过我好友如何？"

潼关双雄看了看景大天，也不说话，只是又朝一铎医师深施一礼，转眼间逃之夭夭！

景大天追上去问道："何人雇你们杀俺？"

那潼关双雄早已没了踪影。景大天回过头，也想朝一铎医师施礼致谢，哪知道腿一软，瘫坐到了地上。一铎、胖瘦二位师兄连忙上前将他扶起。

"潼关双雄是什么人物？"韩滉大为奇怪。

"不算什么正经人，给钱就干活，可武功是真高，要的价码也高！"景大天摸着脑袋，"真没想到，俺的脑袋这么值钱！"

"不应该啊！"韩滉嘀咕着，也没顾上徒弟听到这话的感受，暗自琢磨着，自己带着景大天游历大唐一年有余，从来没有遇到这种事情,"这几天有什么异常吗?"

景大天苦思冥想,仅仅想起自已和况海去库房取卷宗时,况海答话时的蹊跷之处,除此之外,并无异常。

况海?韩滉登时觉得这位司法参军大有问题:明明恭维自己时,似对皴染之艺颇为了解,如何片刻之后就一无所知,好似换了个人一样?韩滉决定暗中对况海其人深入了解一番,同时,令景大天再以布灰蒸雾之法,去取那杯毒茶茶杯上的指纹来!

第二天早上,盛子晏、况海、总捕头,还有三名前晚值班的衙役,被韩滉请到了衙门二堂。

况海等人都是摸不着头脑。韩滉微笑着请众人落座,随后说道:"刘孚之被杀一案仍是悬案,在座的几位,要么是前晚案发时在场,要么是官位在身职责所在的相关人士。特地请几位来,是想一起分析下,究竟是哪个环节出了问题,才导致杀手潜入监房。"

众人正在安静倾听,给大家上茶的景大天突然将茶盘打翻在地,一动不动地站在原地,手脚僵住,呆若木鸡!

韩滉大惊:"又要犯病?"

景大天也不回话,仰头向半空缓慢搜寻,哭丧着脸说道:"咋回事儿啊?咋非要找上俺啊?又不是俺杀的你!"

韩滉小心地冲着况海等人解释:"别慌,别慌,我这个徒弟是渤海国的萨满巫师,经常被冤魂上身。"

况海等人虽说点头表示听进了韩滉的话,可依旧抑制不住地感到慌张。虽然当时世人大都笃信鬼怪之说,但是真看到冤魂上身的机会并不多。大家都瞪大了眼睛,盯着景大天,只有盛子晏知道这俩人一定是在故弄玄虚,但也配合着演起戏来。

景大天晃得越来越厉害,突然声音变得尖利起来,全然不是他本来的声音,不住地大叫:"茶里有毒啊!就是你杀了我!"

景大天一边喊着,一边用凄厉的眼神扫视众人,况海的眼神已经

第六十八章 李代桃僵(下) | 419

很不自在，但仍强自镇定。

韩滉观察到况海的异常，心里更有了谱。原来，韩滉在调查况海时得知他有一个孪生弟弟，相貌与他极为相似。他便猜想会不会是况海使用了"李代桃僵"之计，让弟弟伪装成他陪景大天去库房公干，造成他不在现场的假象，而他自己则去监房杀了刘孚之？韩滉于是借传递公文之便，得到况海的指纹，通过对比，与景大天在毒茶茶杯上提取的指纹完全一致！再加上韩滉在质疑丹渎王墓卷宗中的疑点时，况海回答得支支吾吾，就更加坐实了况海有问题！也许，这就是况海杀死刘孚之的原因——杀人灭口！至于为什么杀人灭口，就只能等况海伏法后自己招供了。

韩滉向景大天使了个眼色，景大天的动作顿时和缓下来。

况海刚刚要松口气，景大天突然又疯魔起来！如此来回两次，况海已经接近崩溃！

景大天再一次平静下来，不再疯魔，平缓片刻，终于变回了自己的声音，小声嘀咕道："啥？啥……啥？有通灵仙者，要来这儿找出杀人凶手？"

况海又是一惊！

猛然间，大猞猁阿花自门口蹿出！只见阿花如影子一般闪现，猛冲向况海！

盛子晏配合着尖叫一声，制造紧张气氛。这是压垮况海的最后一击，他实在经不住反复的心理折磨，颓然跪地求饶。

韩滉起身厉喝："从实招来！"

阿花却扑倒了况海的椅子，一口叼起韩滉早就藏在那里的肉块，美美地吃了起来。

第六十九章

人偶社传奇

上

十三年前。

楚州洪泽镇，距高堰渡口五里的山间小村。

黄昏，村落上空突然狂风大作，阴云密布。村落最边缘的一座宅院里，江亦天正在堂屋逗弄着九岁的江岩。伴随着风雨声，一阵马蹄声传来，江亦天连忙把江岩轰去后院玩。

江岩不情愿地来到后院，趁阿爷不留意，"噌"的一下翻过篱笆，来到院外一丛杂草间的一口枯井旁，一个纵身，竟然跳了进去——不久前，调皮的江岩发现，阿爷在这口井的半腰挖了个通道，能直接通到自己屋子的雕花大床下！江岩虽然只有九岁，却也知道阿爷干的不是啥正经营生，他猜测，这是经常带着自己搬家的阿爷准备逃跑用的。今天，正好借机一窥来者面目，江岩觉得煞是好玩。

爬过潮湿的坑道，灰头土脸的江岩来到雕花大床下，透过空隙向外看去。空隙虽然狭窄，却也能隐约看见阿爷与来访者的样子。来者是一个美艳的波斯女子，似与阿爷相熟，正是阿黛依。

阿黛依笑得明媚，问道："想好了没有？"

江亦天面露犹疑之色："丹渎王墓，不是个小买卖，据说这墓极为坚固，得用上火药。"

阿黛依娇嗔地说："不用火药，找你干吗？刘甫早就探好了，这墓应该就在柳泽湖的沼泽里，那里荒无人烟，用多少火药，也没人听得见。"

江亦天追问道："他探好了？"

阿黛依有些不耐烦地说："你也不是新手了，什么时候变得如此婆婆妈妈了？"

江亦天叹口气："娃的娘没了，我……不能死。"

阿黛依哈哈大笑道："死不了！不但死不了，反而会有享不尽的荣华富贵，这些将来都是你那娃的！"

床下，江岩透过缝隙看着笑靥如花的纳黛依，薄纱之下，她右肩的墨色人偶文身格外醒目。

高堰渡口旁的一间小屋。

墙上挂着一张古旧泛黄的蛇君画卷，下方是一张破旧的案几，案几上赫然盘踞着一条金环大蛇，此外，还摆放着香炉、黄纸、长香等物。旁边的纳黛依、贾寻对这大蛇并不陌生，这是刘甫豢养的探墓灵蛇。通常墓穴里冬暖夏凉，多有通气孔洞，再加上土质历经年月变得松软，形成许多空穴，适宜蛇类穿行栖息。且墓穴僻静无扰，吸引了很多小动物在其中栖息，作为捕猎者的蛇也乐于在墓穴周边守候。刘甫的这条灵蛇便可探知同类的活动迹象，继而帮助他们找到墓穴所在。

眼见得刘甫端坐桌旁，闭目养神，任凭大蛇滑腻地在其身上游走，贾寻实在耐不住性子，忍不住开口问道："这个姓江的到底来不来？还得等多久？"

刘甫一副仙人模样，不急不慌，眼皮也不抬地说道："求人帮忙，多点耐性。"

贾寻皱紧了眉头："我就不明白了，这个江亦天到底什么来头？"

刘甫睁开眼，依旧不紧不慢地说道："什么来头？要是没有我和他，这件事儿，就成不了！"

贾寻很不服气，和纳黛依互相看看，两人都略显尴尬。

原来，这刘甫乃汉室之后，虽有其阿爷阿娘所传的诊病制药的本事，却将所有精力都放在寻找丹渎王墓上。毕竟，相传丹渎王墓里有三幅画卷，昭示着一笔巨大的汉室宝藏，这让整个江湖上的人都对其虎视眈眈，觊觎不已。"自家"的宝藏落入他人之手，这是刘甫难以容忍的，更何况，万一这笔宝藏可以在今后被用于匡扶汉室呢？

不过，想找到丹渎王墓绝非易事。首先，这座大墓深藏于漫无边际的柳泽湖边的大沼泽中，找寻它如大海捞针。再者，每日的花费更是惊人，没落日久的刘甫实在难以支撑下去，于是想起了曾经变卖过古玩、极讲信用的波斯画商纳黛依。纳黛依对丹渎王墓早有耳闻，两人一拍即合。

这纳黛依虽然是一介女流，可心怀报仇复国之志，想要一雪被大食屠城灭国的耻辱，和刘甫一样志存高远。不过，纳黛依毕竟并非大唐本土人氏，为了保险起见，特地找来和她相熟、耳目灵通的贾寻作为帮手，以防刘甫欺诈。贾寻曾多次受纳黛依雇佣，负责鉴别唐人拿来的画作、古玩的真伪，很得纳黛依信任。

刘甫对贾寻的入伙并无意见，但一再要求必须延请江亦天加入：刘甫只是查墓探穴的高手，江亦天可是在深入墓穴、开凿盗洞方面不可或缺的奇才！江亦天尤为擅长运用火药炸出盗洞，同时能够保证墓穴结构不被破坏，堪称一绝。常做古玩生意的纳黛依也与江亦天相熟，于是自告奋勇去请他。

听刘甫说没有他和江亦天，盗墓之事办不成，纳黛依心里很不是滋味。她未曾料到，自己在刘甫心目中竟是如此不重要！不过细想也是，虽然没钱不行，可是，江湖上想拿钱参与盗丹渎王墓的人，绝不在少数。这样一想，纳黛依也就暂时释然了。

几人正各自琢磨着，传来一阵轻轻的敲门声。刘甫大喜，赶紧前去开门，将江亦天迎入屋里。

不等江亦天开口，刘甫就把江亦天按在椅子上，还招呼贾寻取茶杯、找茶叶。贾寻觉得自己如同仆从一般，心生不满，却也不好发作。

江亦天和刘甫一番客套之后，踌躇片刻，终于开口："实在不是兄弟不愿意帮忙，这单活，太不吉利。"

纳黛依急了："这活儿，没你可不成！"

刘甫制止了急躁的纳黛依，依旧一副镇定模样："人各有志。江兄孩子还小，孩子阿娘又刚走，一个人带娃，有难处。"

江亦天点头感谢刘甫的理解，正要起身告辞，刘甫却又发话了："江兄恐怕……活不过两年吧？"

江亦天大惊，呆立当场。

刘甫指了指江亦天小臂上的一道灰色纹路，缓缓说道："这道毒纹，要是升到腋下，可就……照我看，也就是两年的光景。"

江亦天颓然跌坐在椅子上，很是绝望："这是在雁荡山取一座东汉大墓时被毒虫咬的，问了好几位医师，都说……"

刘甫笑笑："我倒是可以试试。"

"哦？"江亦天闻听，眼睛里冒着光。

不过刘甫却不再说话，只是平静地喝茶，眼神里透露出阴险。

江亦天知道刘甫以此要挟，站起身说道："我助你取那丹渎王墓！"

"好！"刘甫立时起身，几步跨向案几，点着了黄表纸，拈香点燃，跪下，旁边的纳黛依、江亦天、贾寻也纷纷跪下。

刘甫嘴里念念有词："今有我四人立誓，取那丹渎王墓的宝藏，敬请神灵保佑！"

说完，刘甫跑到院子里，捉回一只鸡，几下便将鸡后颈的鸡毛揪干净，随后从怀里掏出利刃，一刀划开鸡脖子。公鸡顿时乱扑腾起来，鸡血飞溅！就在此时，那条大蛇倏忽游至，几口便将公鸡吞下。

半年之后。

柳泽湖畔大沼泽里的地下洞穴内，火折微光闪现，照亮了刘甫、江亦天和纳黛依的脸庞，旁边，那条大蛇吐着芯子，跃跃欲试。

"堵死了？"纳黛依询问着刘甫。

刘甫摇摇头："不好说，坑道有加固痕迹，有其他人探过道，我感觉，应该不远了……"

刘甫话音刚落，一道光线掠过洞口，两名句容捕快冲底下吆喝道："什么人？"

江亦天、纳黛依都是一惊。刘甫早有准备，探手入怀，抓出一个粉色小球，朝洞口外一扬，登时粉色迷雾飘散，外面的两名捕快中了迷药，颓然倒地。刘甫率先跃出洞口，江亦天、纳黛依紧随其后，三人一路狂奔，直逃到在柳泽湖畔小村租下的院子里。三人正气喘呼呼，贾寻跟着跑了回来，上气不接下气地问道："你们怎么……"

话没说完，江亦天飞起一脚踹到贾寻头上，贾寻立刻晕了过去！

等贾寻被一盆冷水浇醒，发现自己被绑在椅子上，动弹不得。

刘甫见贾寻醒来，恶狠狠地说："那两个捕快，怎么来的？"

贾寻大惊，知道被误会了，连忙解释："和我无关！"

一旁的纳黛依也替贾寻解释道："他绝不会做这种事！"

刘甫拿起一根铁针，刺入贾寻肋下，贾寻立刻痛呼不已，刘甫拔出针，说道："要说实话，明白吗？"

贾寻痛苦喘息着回道："明……明白。"

刘甫咬牙切齿地说："我再问一遍，那两个捕快，怎么来的？"

贾寻近乎哽咽地说："真不关我的事啊！"

江亦天阴沉着脸说道："把守洞口这么重要的事儿，你竟溜了？！"

说着，江亦天狠狠踹了贾寻肚子一脚。贾寻疼痛万分，连着椅子一起倒地，蜷缩着身子打滚。

"快说！干吗去了？"刘甫逼问着。

"我去……拉……"贾寻疼得说不出整句。

刘甫再次拿起针："给老子说！"

贾寻拼命张嘴，却被吓得说不出话来。

刘甫的针再次刺入贾寻肋下，贾寻抽搐片刻，疼昏过去。

刘甫抽出针，正要再扎，突然，纳黛依拿着一把刀，挡在贾寻面前。刘甫、江亦天都是一惊："你要干吗？"

纳黛依大声地说："我以性命担保，与他无关！"

"你凭什么替他担保？"江亦天满是狐疑。

纳黛依说道："我认识他好几年，不会看错！再说，除了他，还有值得信任的人吗？以后还用得着他！"

江亦天和刘甫互相看看，依旧疑惑难消。

纳黛依替贾寻担保，除了明面上的理由之外，更有自己的心思：刘甫曾经说过，没有他刘甫和江亦天，丹淩王墓便盗不成！那么，会不会有一天，一旦有新的出资者加盟，她也会被这两人抛开？于是，纳黛依尽全力留下自己信任的贾寻，以求在四人团伙中取得平衡。

看着江亦天和刘甫怀疑的神情，纳黛依一咬牙，猛地挥刀，在洁白如玉的手臂上划了一下，手臂顿时鲜血直流！纳黛依跑向案几，取了个碗接住流出的鲜血，冲着惊呆了的江亦天和刘甫决然地说："我们歃血为盟！"

刘甫和江亦天佩服纳黛依的果敢，于是替贾寻松了绑。待贾寻醒转，几个人各自刺血并喝下血酒，发誓相互绝不背叛。纳黛依在另外三人的右肩刺下了墨色人偶图案，沉声说道："一荣俱荣，一损俱损，这人偶就是我们之间无法抹去的联系！"

第七十章
人偶社传奇
下

"竟然找到了丹渎王……王墓？"句容县衙里，县尉况海差点惊掉下巴！

正在进行汇报的捕快岳明赶紧说明情况："确切的位置，肯定还没找到。不过，这伙人围着柳泽湖边的大沼泽晃荡了几个月，在眼下这处'魔鬼沼泽'停留的时间远远超过以前任何一处。我判断，他们肯定是有眉目了！"

况海赞赏地看着这名最得力的捕快，鼓励道："继续说。"

岳明仔细分析道："而且，我们两个兄弟接近的那个洞里有灵蛇游过的痕迹，按照盗墓贼的习惯，不到关键时刻，绝不会轻易请出灵蛇去探墓。"

况海皱紧眉头，沉吟道："现在出击，时机是不是不对？"

岳明抱拳道："况县尉在行！最好不要轻举妄动，这伙人俱是探穴盗墓的高手，万一被他们发觉，打草惊蛇，再找就难了！再说，这大墓可是在大沼泽里，就算一般人知道了墓之所在，要想打盗洞进去，也难如登天！"

这最后一句话，正是况海最在意的。能否捕获盗墓贼人倒不是特别重要，不过，要是能一举找到丹渎王墓内的宝物，那可是大功一件！当朝，地方官员向圣上进献财物的风气始于高宗，至玄宗大盛。在代宗时期，每逢元旦、端午、冬至和皇帝生日，地方官员都要进贡，号为"四节进奉"。至德宗，进奉之风更甚，除四节进奉之外，又出现了月进、日进、助军、贺礼、助赏等名目，圣上也多以地方进奉状况来妄施恩宠。如果将天下知名的丹渎王墓找到，这将是多么大的一份礼物！

况海压抑着内心的激动，思忖良久，随后说道："我倒是有个办法，不过，恐怕要辛苦你了。"

岳明恭敬地施礼回应："属下定当全力以赴！"

柳泽湖畔小村，纳黛依租下的院子。

堂屋里，刘甫、江亦天、纳黛依、贾寻正围坐在案几前，商议着近几日探墓的进展。突然，一阵砸门声传来，伴随着粗犷的喊声："开门！开门！句容衙门例行检查！"

刘甫毫不慌乱，立刻掀开案几底下一个隐秘的通道盖板，和贾寻、江亦天迅速钻入暗道，然后把盖板合上。纳黛依把案几压到盖板上，随后跑去开门。

岳明和另一名捕快郑大卫持刀走了进来，岳明四下查看了一番，询问纳黛依："近几日有伙贼人在柳泽湖活动，有没有听到什么风吹草动？"

纳黛依一脸无辜地问道："我一直在家养病，大门都没出。"

郑大卫疑惑地看着纳黛依："波斯人，孤身一人，在这儿养病？"

纳黛依连忙解释："我从长安来，本想在这里做些生意，可一来就水土不服，病了有一阵子了。"

郑大卫和岳明对视一眼，又大致看了看屋内，转身要走。纳黛依刚刚松了一口气，岳明突然扭过头来："等等！"说着，岳明看向案几下面。纳黛依顺着岳明的目光看去，只见案几下面竟放着贾寻的短刀！郑大卫快步上前，走近案几，指着贾寻这把忘记拿到暗道里的短刀，转头叱喝纳黛依："这是什么？"

纳黛依的心吊到了嗓子眼；暗道里，刘甫、江亦天、贾寻也做好了殊死一搏的准备！哪知道郑大卫话音刚落，背后的岳明突然挥刀，一刀扎在了郑大卫的后心，郑大卫难以置信地瞪着眼睛，缓缓倒下。

岳明招呼纳黛依把案几挪开，掀开了暗道盖板，刘甫、江亦天、贾寻依次钻出。贾寻默默地把刀收了起来，和江亦天、纳黛依一起将郑大卫的尸身抬到院子里，挖坑掩埋。

屋子里，岳明看着刘甫，表情坚决地说："算我一个！"

岳明成功卧底之后，况海将此事向县令做了汇报。

因为事关绝密，况海并未说得太过详细。按照律例，派遣卧底这一绝密事件当由主簿记入档案，因此，此事除县令知晓外，句容主簿也略知一二。除了县令和主簿知道个大概，其他人等只是参与配合，无人知晓岳明便是卧底。况海则以执行任务失职为名，革除了岳明的捕快之职，可谓做得滴水不漏。再加上即使是单线联系，况海也极为小心，半年之内，岳明只有两次通过极为隐秘的方式告知况海进展。也就是在最后一次接头时，岳明提醒况海，丹渎王墓已基本找到，但进入大墓极为艰难，人偶社可能要用大量火药炸出盗洞，墓中的宝物有受损危险。

况海权衡再三，决定还是借助这些老手的力量打开墓穴，他自己则在"魔鬼沼泽"外的小村设伏。毕竟，墓中的宝物诱惑着况海，一旦得到宝物，将其进献给圣上，他的前途将不可限量；否则，若打不开墓穴，纵然抓住这伙盗墓贼，又有何用？届时，朝廷自当派大员想办法打开墓穴，那功劳可就和他不相干了！于是，况海嘱咐岳明伺机行事，一旦确知人偶社动手时间，前一天在村子旁约定的一棵大树上刻下记号即可，况海则每天乔装打扮，亲自前往查看。

正由于况海与岳明的小心翼翼，心怀疑虑的刘甫查访许久，并没有发现岳明的任何可疑之处。

与此同时，经过半年的努力，人偶社对于丹渎王墓具体地点的搜找工作终于有了收获。

大日子就要来临了！

在刘甫选定的黄道吉日里，众人在屋子里虔诚祭拜。眼见即将大功告成，大家都有些激动，最年轻的贾寻更是意气风发，正要大发感言，江亦天赶紧拦住："别吵醒孩子！"

原来，为了盗取大墓之后立刻溜走，江亦天专门从洪泽镇邻居处接来了小江岩，一旦功成，爷俩立刻远走高飞。按照江湖规矩，江亦天好说歹说，终于将江岩安置在一间小屋里，不与众人见面。

贾寻见江亦天不满，也就不再说话，大家各自带好装备，一路如鬼魅般，向"魔鬼沼泽"出发。

江亦天没有想到，江岩悄悄地跟在了后面。

"魔鬼沼泽"里，林木遮天蔽日，荒草丛生，地面泥泞不堪，稍有不慎便会陷入其中。再加上流传甚广的恶鬼传说，使得这里更添几分诡异与阴森。而永难消散的雾气更是给这片沼泽蒙上了一层阴森恐怖的面纱。

小江岩小心翼翼地走着，不时遇到的水面漂浮着的鸟和鱼的尸体，让他不寒而栗。学着前面依稀可见的大人的样子，江岩还捡了一根枯树枝，一边走一边向前探查，找结实的地方下脚。好在有前行几人的"带路"，江岩有惊无险地跟到了大墓前，藏身于密林中远远观望。

刘甫五人来到探得的丹渎王墓之上。江亦天和助手岳明将火药埋入事先打好的盗洞内——岳明充当助手是刘甫安排的，明面上是因为岳明身为捕快，有相应的经验，而实际上，刘甫还是对岳明不放心，暗想着一旦有危险，最有嫌疑的人先死！

结果，果然出了纰漏！火药刚刚被点燃，墓穴里就蹿出熊熊烈焰，爆炸声不绝于耳！原来，丹渎王喜炼丹，墓中竟存有大量硝石、硫黄，或许是想在另一个世界继续他的炼丹事业。加之墓穴密封极好，内部沼气充溢，火药点燃瞬间引发了毁灭性的爆炸，大量宝物被毁！

来不及逃脱的江亦天和岳明被炸成重伤，两人拼命呼救，可刘甫、纳黛依、贾寻三人知道若不抓紧取宝，宝物有可能尽数毁于大火，于是三人冒险入墓，不理会两人死活。江亦天全身被火焰包裹，在沼泽旁无助地挣扎，最终葬身火海。岳明则艰难地爬到身边的茂密灌木丛里，随后晕倒。

而远处的密林里，江岩眼睁睁地看着这一切，看着阿爷成了一个"火人"，被同伴们抛弃。

刘甫、纳黛依、贾寻进墓之后拿了些未及烧毁的金银器。令三人感到惊喜的是，那三幅画卷被精心保护在层层金箔中，幸免于难。取得宝藏之后，三人不敢回村，先将三幅画卷平分，随后相约半月之后在京口码头见面，以防人心不古。哪知道贾寻想立即享受，竟变卖墓中金器，结果被官府抓获。好在贾寻极为聪明，咬死自己只是临时被雇佣放风，无论被怎样拷打绝不招供，保住了性命；刘甫则改名为刘孚之，纳黛依继续从事古玩绘画生意，两人都等着贾寻出狱的那一天……

况海在头一天看到暗号，特意禀明县令，带着县令和捕快守在小村，准备表功一番。见沼泽里火光冲天，况海情知不好，连忙赶往爆炸所在，却看到古墓尽毁的惨状。面对县令极其不满的叱问，况海把责任推给了岳明，声称自己命岳明阻止炸墓，哪知道岳明暗中与人偶社勾结、沆瀣一气，结果导致墓毁人亡！

况海是根据江亦天的尸体和岳明破碎的衣服，做出岳明被炸死、尸骨未存的判断的。殊不知，岳明就在灌木丛里，早已经苏醒过来，只是身体虚弱发不出声，只能眼睁睁看着刘甫、纳黛依、贾寻分了三幅画卷，也听到了况海的栽赃……

第七十章 人偶社传奇（下） | 431

第七十一章
请君入瓮
上

独自走在润州城的长街上，盛子晏几欲落泪。

虽然洗脱了罪名，可盛子晏心里并不轻松。十二年来，阿爷的深仇大恨一直萦绕在他的心间，他假装患有离魂症，终日心有重负，只为报仇！所有这些长久地压抑着盛子晏年轻的心性，直到他再也无法遏制对胡笑笑那份温柔似水的眷恋，以及与韩滉之间那份惺惺相惜的情谊。这段时间成了他内心最纠结的时光。时至今日，一切都已尘埃落定，如何才能理清思绪，重新开始？

不知不觉间，盛子晏来到了乐刻斋，这里曾有另一位他最亲近的人——乐刻老人，可惜已经与他阴阳两隔。

乐刻斋的院子依旧如常，北边的藏书房原址只剩下烟熏火燎的断壁残垣。盛子晏在此驻足良久，回想着与乐刻老人相谈甚欢的那些时光，突然想起一件事：当初自己前来探询关于翠玉楼的过往时，乐刻老人吩咐孙女去取"生死簿"，结果小孙女回来时衣衫沾满了尘土，还埋怨乐刻老人把"生死簿"藏到闺房的天井上，逼得她只能踩着梯子爬上去，结果摔了一跤。

大火烧毁了藏书楼，其他房屋则安然无恙，或许，那些更珍贵的孤本或者档案，还有幸留存？盛子晏匆匆跑回家，取了乐刻老人儿子交予自己的钥匙，又跑回乐刻斋打开院门，径自来到乐刻老人孙女的闺房，架上梯子，攀上天井查看。果然有十数本书籍藏在此处！盛子晏仔细翻阅着，其中，一本乐刻老人手抄的笔记引起了他的注意。这本笔记里面涉及十二年前丹淚王墓被盗案的内容让盛子晏若有所思：巡捕岳明与郑大卫在搜寻盗墓贼时，郑大卫神秘失踪，岳明被以"贻误公事"之罪革去捕快之职。

　　进奏官的职业敏感，让盛子晏感觉这两名巡捕的事情绝非寻常！他立刻找到肇兴元，请求肇兴元帮助查找这两名捕快的资料。

　　"岳明光棍一个，查不到了，不过这郑大卫倒是妻儿俱在。"在润州府衙门口的茶馆里，肇兴元告知盛子晏查到的结果。

　　"句容人？"盛子晏询问着。

　　"没错，句容边城村人氏。"肇兴元翔实叙述，"郑大卫失踪后，他媳妇还来府衙闹过，说句容县尉况海对手下人的生死不闻不问，求刺史给个公道。不过最后也不了了之了。"

　　盛子晏觉得这是个值得挖掘的线索，没准对查到那三幅藏宝画卷的下落大有裨益，于是和肇兴元一道，前去询问被押在润州天牢的况海。自打被景大天用装神弄鬼的手段惊吓，招了杀刘孚之一事后，况海逐渐回过味来，后悔自己被奇巧淫技所蒙骗，因此除了承认杀刘孚之灭口之外，对其他罪名一概矢口否认。当盛子晏问及十二年前那两名捕快的下落时，况海更是一问三不知，避免再给自己添加罪责。

　　盛子晏无奈，决定去句容边城村走一遭。

　　边城村在柳泽湖畔，不过距魔鬼沼泽甚远。

　　盛子晏向村民打听郑大卫家所在，村民为其指点后，嘱咐盛子晏小心，因为那家的女人会突然发病。

盛子晏来到郑大卫家，一位四十多岁、满脸皱纹的农妇正在院子里拾掇花草，看上去并无异常。

"我是润州进奏官，前来了解十二年前郑大卫失踪一事。"盛子晏缓慢地做着自我介绍。

那村妇转过身来，暗淡无光的眼睛里突然泪如泉涌。盛子晏连忙上前安抚，哪知道农妇突然伸出长着长长指甲的肮脏双手，没头没脸地划向盛子晏，一边还凄厉地叫喊："什么都没了！什么都没了！现在来有什么用！"

盛子晏吓了一跳，使劲攥住农妇手腕，僵持了足足半盏茶工夫，农妇才归于平静，盛子晏也累得满头大汗。

"你早该来了！"农妇眼神呆滞，"怎么会失踪呢？明明两个人是结伴出去的，结果活生生的一个人说没就没了！"

盛子晏点点头，认真倾听。

农妇无奈地说："现在真晚了，他没了，岳明也死了。"

"岳明怎么死的？"盛子晏打探着。

农妇带着怨气说道："这都是报应！郑大卫和他是那么好的朋友，郑大卫没了，他连句话都没有！"

盛子晏叹口气："郑大卫和你说过查找盗墓贼的事情吗？"

农妇有些害怕地说："大墓！就是大墓！大家都说，他俩的死和大墓有关系，要不然，两个人咋都活不见人，死不见尸？"

盛子晏大为奇怪："岳明也是……死不见尸？"

农妇脸上的惊恐神情不减："是啊，都说他们招惹了不该惹的东西……"

盛子晏灵机一动，问道："那个岳明长什么样？"

农妇认真回忆了一番，摇摇头："也就是普通人模样吧，没啥特别的。"

盛子晏掏出一小锭银子留下，转身离开。刚走到院外，农妇突然大声说道："黑色胎记！"

"黑色胎记？"盛子晏回过头来。

"没错！黑色胎记！有一次，他俩一起查案，累得满身臭汗，就去小河边冲澡。我去给他们送饭时，看到岳明后腰眼上有块黑色胎记，长得挺奇怪的，像画了条小狗，我还笑他呢！"

盛子晏脸色变了，他想起了养父霍新的后腰眼上，有一块一模一样的黑色胎记……

随着况海的落网，韩滉心里的谜团，也一一得到了解答。

当年，丹渎王墓被炸，大量文物被焚毁，最珍贵的三幅藏宝画卷也下落不明。事关重大，况海为了掩盖自己的大意失职，将责任推到了死去的卧底捕快岳明身上。等到啸通海身死，况海被刘孚之的障眼法迷惑，误以为啸通海是最后一个人偶社成员，本以为五人全死，自此可以高枕无忧，哪知道竟冒出个刘孚之！况海一时间慌了手脚。眼看刘孚之有吐口的可能，为了避免刘孚之在供述中说出不利于自己的事情，况海决定铤而走险，对刘孚之赶尽杀绝！

而况明除了配合况海杀人之外，也供述了他在烟袋石古堡的作为，这就解开了韩滉心中的困惑：那股暗中捣鬼的官府力量，正是况海兄弟。至于其他种种罪恶，虽然况海、况明并未供认，但韩滉也猜出了个十之八九。他相信，只需假以时日，慢慢审问，一切终将水落石出！

公事既已了断，韩滉赶紧和景大天来到汉家药肆，安慰守灵的胡笑笑。

正在守灵的，除了胡笑笑和大猞猁阿花，还有霍新。

见盛子晏没有跟随韩滉和景大天前来，霍新便没好气儿地问："那小子呢？"

韩滉解释着，更是说给胡笑笑听："他先散散心，晚上来陪笑笑小姐。"

霍新一跺脚："刚听笑笑说，这小子是装病？这都是什么世道？！官员之间为了争夺升迁机会，相互诋毁；兄弟之间为了财产，撕破脸皮！眼下，这儿子都不能信了，什么玩意儿！"

"他是为了报阿爷的仇。"景大天插话道。

霍新一听，更是来气："对，是为了报仇，为了他那个盗贼老子报仇！"

"早知道不跟您说了。"胡笑笑嗔怪着霍新。

霍新对胡笑笑倒是有几分尊重，摆摆手："不提了，不提了！"

胡笑笑要去给韩滉、景大天拿凉茶。韩滉看着胡笑笑一脸憔悴，很是心疼，胡笑笑颇为感激地说道："老师，我没事儿。"

"怎么就没事儿了？你们来之前，笑笑一直哭，就没停过！"霍新又打抱不平起来，随后又看向躺在棺材里的刘孚之，埋怨道，"你说你也是，守着个药肆，有个这么孝顺的外甥女，非得贪图什么宝藏！那三幅破画有啥好的？就是水坑里的三块破石头！"

胡笑笑忍不住又哭了起来，景大天埋怨霍新，让霍新别老是喋喋不休了。霍新也心疼胡笑笑，赶紧安慰："哭啥啊，有我这把老骨头呢！你啥都别管，我替你料理这个老家伙！"

韩滉等胡笑笑平静下来，又和胡笑笑、霍新商讨刘孚之的安葬事宜，霍新表示由他一力承担。景大天插了几次嘴，被霍新指桑骂槐地暗讽一通，批判这世道着实不济，起码的敬老尊贤之风已荡然无存。

"没见过这样的，句句话都带着刺儿！"从汉家药肆出来，景大天大声说着霍新的不是。

韩滉一边笑，一边回味着霍新刚刚说过的话。突然，韩滉想到了霍新说的一句话，心中一凛：藏宝画卷没几个人见过，霍新是如何知晓画卷画的是茫茫水中的山峰？

韩滉正自起疑，盛子晏匆匆跑来，气喘吁吁地冲着韩滉说道："老师，我、我有话要说！"

韩滉表情严峻地回道："我也有话要对你说！"

傍晚，盛子晏来到了汉家药肆的后院。正在守灵的胡笑笑朝盛子晏点点头，心情复杂的两人一直沉默不语。

良久，胡笑笑轻轻发问："我一直在想一个问题。如果舅舅没有挟持我做人质，你会杀他吗？在监房里，如果他没有被况海灌下毒药，你会杀他吗？"

盛子晏摇摇头："不会！"

胡笑笑有些诧异："这么坚决？"

盛子晏语气肯定地说："要是一个月前，你问我这个问题，我会毫不犹豫地告诉你，会！"

胡笑笑凝视着盛子晏："一个人竟能改变得如此之快？"

盛子晏娓娓道来："我从前一个人独来独往惯了，一心想的只是要报阿爷的仇。可是，遇到了韩刺史、景大哥，还有……你之后，我有了一种从来没有过的体验。在面对敌人的时候，我不用再担心身后，因为我知道你们会舍命相助；在我病的时候，也不再孤苦无依，总有人用尽全力为我治疗。所以，每当我面对着你舅舅，杀伐之念冒出时，脑子里便总有你的影子跳出来，把心怀恶念的我挡住！"

说到这儿，盛子晏长叹一声，看向躺在棺材里的刘孚之。此刻的刘孚之倒是面目安详，还是那个左邻右舍熟悉的、乐善好施的汉家药肆掌柜的模样。

胡笑笑随着盛子晏的目光看向舅舅，喃喃自语道："虽然他要杀了我，可我一点儿也不怪他。我明白了，活在这世上，每个人想的不一样，认准的理也不一样，感受到的快乐更不一样。舅舅一心想要匡扶汉室，这是他给自己的责任，为了这个责任，在他的眼里，我的命算不得什么。可在我看来，每个人都应该活着，没有谁能剥夺其他人活着的权利！"

"对！"盛子晏接话道，"每个人都有权利活着。我从小开始，就特别想替阿爷报仇，甚至不惜一死。但是，随着年岁的增长，我逐渐领略到了这个世界的美好。这也是我假装患有离魂症，借他人之手复仇的原因——为报仇，我虽不惜一死，可要是能不死，更好！"

胡笑笑虽然沉浸在最后一个亲人离世的悲伤中，但是，听到盛子晏提起假装患有离魂症，嘴角依旧浮现出一丝笑意。

这时，背着一个大包裹的霍新从门外进来，说道："你俩出去透透气吧，我来给这个老家伙守着！"

霍新一边说着，一边从包裹内掏出宣城九酿和下酒小菜。胡笑笑见一向节衣缩食的霍新竟然拿出这么好的酒，不禁咂舌。

霍新取完酒菜，见盛子晏和胡笑笑依旧磨磨蹭蹭，冲着盛子晏瞪起了眼："怎么着？还得请你小子出去不成？"

盛子晏和胡笑笑赶紧逃出了门。

眼见两人远去，霍新这才长长地出了一口气……

第七十二章
请君入瓮
（下）

刘孚之出殡下葬的日子是霍新选定的吉日。

当日一大早，入殓师给刘孚之清洗干净，裹上衣衾，将其安置于棺椁之内。霍新则忙于筹备葬礼所需的一应物品，包括木制屋舍、马车等。霍新还亲自布置棺椁，将珠玉放到刘孚之的嘴里。待一切准备就绪，送葬的队伍缓缓起程。胡笑笑身着缟素，唱着挽歌，被刘孚之救治过的百姓得知消息后也纷纷前来，在灵柩经过的中途举行路祭。

有霍新代为操劳，悲恸的胡笑笑倒是省却了很多麻烦。韩滉碍于身份不便出席，但景大天代表老师到了现场，给足了面子。盛子晏则一直陪在胡笑笑身旁。

出殡队伍一路出城，直送到焦山金鳞观旁的墓地。这里也是霍新为自己所选的墓地，当初，霍新曾专门请替人卜地的风水先生算过，这里风水极好。霍新嘱咐先行一步的老友暂且等等自己，相约百年之后继续一起下棋。

黄昏时分，焦山上的那匹老狼又发出了凄厉的嚎叫声。不多时，大雨如注，直至傍晚仍未有停歇之势。

风雨之中，霍新背着背囊，一瘸一拐地上了焦山，艰难地登上了金鳞观旁的墓地。他找到上午刚刚落葬的刘孚之的墓穴，确定四下无人后，从背囊里掏出一把短柄铁锹，开始了紧张的挖掘。豆大的雨点打在霍新的头上、脸上，他浑然不觉，眼睛里迸发着疯狂的光芒。

终于挖到了棺椁，霍新跳到棺椁上，将覆盖于棺椁之上、已经变成泥浆的黄土铲到墓穴之外。雷声阵阵、雨声不断，掩饰着韩滉、盛子晏、景大天和胡笑笑等人的脚步声。

霍新浑身湿透，终于将黄色淤泥铲除干净。他迅速打开棺椁，从刘孚之尸体下取出一个被几层牛皮仔细蒙住的木匣——这正是他趁守灵之际藏好的三幅画卷！看着三幅历经艰险终于逃脱严密盘查、成功带出城的藏宝画卷，霍新一阵狂喜，仿佛梦寐以求的宝藏已近在咫尺。突然，几个火折同时打着，照亮了霍新惊愕的脸。

霍新便是前句容县捕快岳明。

当初，岳明受句容县尉况海之命，潜入人偶社，想得非常简单：凭这一件功劳，赢得在仕途上崭露头角的机会，最起码得当上捕头！对于出自寒门的岳明来说，这已经足够光宗耀祖了。哪知道，他提着脑袋冒险换来的，却是如此悲惨的结局——在魔鬼沼泽的灌木丛里，苏醒过来的岳明听到了况海和县令的那番对话，知道自己成了替罪羊。当时，岳明只能隐忍不发，他知道，自己一旦现身，立刻便有杀身之祸！况海的心狠手辣众所周知，任何阻碍其道路的人都难逃一死！更何况在当时，县令和况海之间利益相连，如同绑在一根绳上的蚂蚱。

等大批捕快围上来，象征性地搜索完现场，簇拥着县令和况海离去，岳明这才从灌木丛中爬出来。他忍受着剧痛，一路躲躲藏藏，艰难地来到了鬼市，这里有他当捕快时结识的、能够做整容手术的医师。尽管这猥琐医师手法并不高明，做危险程度如此之高的手术，风险极大，可岳明知道，这是他唯一的机会。要是去官府所办的药坊，一定会被况海找到,那样,死得更快!

那简直是一次血的洗礼!猥琐医师给岳明受重伤的头部缝了无数针,简直等于给他换了一张脸。这种复杂的手术,即使是大唐太医署的医师,一年也难得做上几回。好在,岳明凭借坚强的意志,熬过了那漫长的十几天。反复的高热、昏厥无数次将他推向死亡,其中一次短暂的呼吸骤停,竟让猥琐医师误以为已无力回天,无奈之下,竟把岳明扔到了院子里的窝棚下。当晚,大雨倾盆,苏醒过来的岳明挣扎着从鬼门关爬了回来!那天救命的雨让岳明刻骨铭心,雨势之大,就如同今天一样。

捡回一条命后,岳明一心想着讨回公道。可慢慢地,岳明对复仇看得越来越淡,他开始反思:复仇有什么意义?无非是逞一时之快,他最需要的是钱!岳明打消了报仇的念头,他想活着!他亲眼看到了刘甫、纳黛依、贾寻拿走了三幅藏宝画卷,他要找到那笔宝藏!

休养了一年之后,已经面目全非的岳明改名为霍新,取豁然开朗、焕然一新之意。他来到设于丰乐寺中的句容悲田院,给自己找了一个最合适的杀戮助手——江岩!岳明领养了江岩,并将其改名为盛子晏。同时,他一直跟踪着那三个人偶社的漏网之鱼:贾寻已经入狱,插翅难逃;纳黛依是一个波斯女子,很是扎眼,要找也很容易;于是,岳明便紧紧追踪着更名为刘孚之的刘甫。岳明知道,除了鬼市里的猥琐医师,这世上再没有任何人能认得出他就是曾经的那个句容捕快;同时,他也知道,除了身负任务、观察仔细的自己,没有任何一个人偶社成员见过小江岩——因为江亦天将江岩带到魔鬼沼泽的住处时,很是小心,不想让他的儿子和这些盗墓贼有任何瓜葛。但是,岳明依旧小心翼翼,在前些年并没有和刘甫打过照面,直到一年前,才带着盛子晏搬到了润州花间巷,和刘孚之做起了邻居,并刻意与其结交。同时,岳明找时机让盛子晏、刘孚之互相知道了对方的真实身份。至于刘孚之和盛子晏这两个聪明人之间的较量与互相利用,霍新都看在眼里,并在暗中推波助澜……

听完霍新的故事，韩滉等人不胜唏嘘。可是法不容情，霍新依旧被押入润州天牢。不过，虽然霍新手上有郑大卫一条性命，但也是受上司况海指使，因此免于死罪。

盛子晏感念霍新的十年照拂，与胡笑笑特意请来太医署的名医，为霍新做了彻底的治疗，确保他今后性命无忧。

正值秋高气爽之际，韩滉、盛子晏、胡笑笑、景大天一行人来到了黄天荡，共赏山景。

虽说事关机密，可世上没有不透风的墙，慢慢地，"黄天荡埋有汉朝宝藏"的消息不胫而走，不大的岛上到处都有扛着锄头敲敲打打的挖宝者。

"煞风景，煞风景！"景大天撇着嘴，"这些净想着不劳而获的人，败了俺的诗性！"

"煞风景？"韩滉笑眯眯地看着徒弟，"你不是也偷偷临摹了那三幅藏宝画卷？"

老师连这都知道？景大天暗想，不禁吐了吐舌头。原来，景大天出于好奇，趁着三幅画卷还没有被上缴到长安藏库，找到了管理润州衙门库房的司仓，称要观摩画卷。景大天一番软磨硬泡，司仓冲着韩滉的面子，只好应允。景大天便花了半天的时间，临摹了三幅藏宝画卷。

胡笑笑一本正经地取笑景大天："这就是景大哥的不对啦！你这不也琢磨着不劳而获吗？"

"嘿！"景大天假装急了，"单说俺是吧？你盛大哥可是和俺研究了好几个通宵呢！"

盛子晏不好意思地笑笑："惭愧惭愧，我尝试将这三幅画反复拼凑、比对，却仍是毫无头绪。"

几个人避开人潮，转进一条僻静而陡峭的山路，向上攀登。众人有说有笑，唯有景大天一句话不说，小脸憋得通红。

"景大哥，你这是憋诗呢吧？"胡笑笑冰雪聪明，笑着发问。

景大天也不答话，又憋了一会儿，突然大声地说："不容易啊！憋出来了！"

"快念快念！"胡笑笑催促着。

景大天摇头晃脑地吟诵道："何故人生步履匆，情归山水泊秋风。静听狂潮潮潮舞，醉望暮日日日红。"

大家齐声夸奖，连韩滉也笑着说徒弟作诗确实大有进步。

景大天很是得意，冲着胡笑笑和盛子晏显摆道："你俩文化水平比较低，俺给你们讲讲。你们看，这个'泊秋风'，多生动！多应景！最后两句，俺特意用了叠字，多有气势！"

正当景大天滔滔不绝之际，韩滉、盛子晏突然对视，眼中闪烁着光芒，不约而同地冲着景大天喊道："画带了吗？"

景大天糊涂了，连忙从背囊里取出三幅临摹的画卷。盛子晏一把抢过来，把三幅画叠在一起，胡笑笑也立刻明白了，和韩滉一起将脑袋凑了过去。盛子晏将三幅画叠在一起，重合的山峰竟然与黄天荡的主峰颇有几分相像！

盛子晏便举着这三幅叠在一起的画，继续沿小径绕山上行，一边走一边不住地将周围的景色与画中的景象进行对比。等转过一处悬崖，大家突然惊讶地发现，在此处看向黄天荡主峰，主峰的形状与叠在一起的画卷中山峰的形状几乎一模一样！而围绕在山峰左右的几块形状各异的山石，和画卷前景的那几块山石，也是毫无二致！

景大天缓缓地说道："难道说，那轰动大唐朝野的偌大宝藏，就在咱们脚下？"

四个人都情不自禁地张大了嘴巴……

—— 全文完 ——